Paul Walz

Bauernopfer – Lichthaus' zweiter Fall

Handlung und Figuren dieses Romans entspringen der Fantasie des Autors. Darum sind eventuelle Übereinstimmungen mit lebenden oder verstorbenen Personen zufällig und nicht beabsichtigt.

Der Autor

Paul Walz (Pseudonym) lebt mit seiner Familie in Trier. Hier wurde er 1964 auch geboren, besuchte erst die Schule, dann die Universität und arbeitete auch einige Jahre als Angestellter einer Bank. Der promovierte Diplomkaufmann ist seit 2001 Professor an einer Hochschule im Rhein-Main-Gebiet. Nach zahlreichen Beiträgen in betriebswirtschaftlichen Fachmagazinen, die er unter seinem bürgerlichen Namen veröffentlichte, war »Lichthaus kaltgestellt« sein erster, viel gelobter Kriminalroman um den Hauptkommissar, der nun seinen zweiten Fall lösen muss.

Paul Walz

Bauernopfer
Lichthaus' zweiter Fall

Trier Krimi

Prolibris Verlag

Für Gabi

Originalausgabe 2. Auflage 2016

Tel.: 0561/766 449 0, Fax: 0561/766 449 29

Korrektorat: Christiane Helms
Titelfoto: © Shutterstock
Druck: Totem, Inowroclaw, Polen
ISBN: 978-3-95475-072-6
www.prolibris-verlag.de

»Wo Liebe wächst, gedeiht das Leben. Wo Hass aufkommt, droht Untergang.«

Mahatma Gandhi

Prolog

Die Schmerzen glichen einem Flächenbrand, der ununterbrochen durch ihren Körper wütete, ihr den Atem nahm, sie aufbäumte und ein Stöhnen aus ihrer Kehle zwang, das von ganz unten, aus weiter Ferne zu kommen schien, gleich so, als ob der Tod riefe. Alles, was ihr einmal wichtig gewesen war, was ihrer Aufmerksamkeit wert gewesen schien, war in diesen Flammen niedergebrannt.

Nur er drang zu ihr vor, durchbrach den Feuerschein.

Die Tumore durchzogen ihren Leib. Töchter einer Zelle, die den Selbstvernichtungsmechanismus unaufhaltsam in Gang gesetzt hatte, fraßen Gewebe und drückten auf die Nerven, wucherten in gesundes Fleisch, hatten sie auf dem linken Auge mittlerweile blind gemacht.

Medikamente und Chemotherapeutika verschafften ihr Linderung, wenn auch keine weitere Zeit. Sie lag in Apathie, kaum eines klaren Gedankens fähig, ernährt über eine Kanüle in ihrem Arm, denn selbst zu essen, war ihr schon seit vielen Wochen unmöglich. Im Dunst der Morphine gab es gelegentlich klare Momente, dann wünschte sie sich den Tod herbei, der ihren Geist aus dieser Hülle des Martyriums befreien würde, wohin auch immer die Reise ging.

Wenn er aber an ihr Bett trat und ihre Hand, den Arm oder die kahle Stirn streichelte, wenn die Wärme seiner Berührung sie durchströmte, sie seine Tränen sah, erkannte, wie er mit ihr litt, gab es andere Momente, in denen es gelang, alles anzuhalten und die Krankheit hinter sich zu lassen, in denen es leicht fiel, ein Lächeln zu formen und ihn zu lieben, wie sie es immer getan hatte.

Dann war sie entschlossen weiterzukämpfen. Für diese wenigen Sekunden, für ihn.

Dienstag

Johannes Lichthaus ließ die Glaskugeln in den Händen hin und her wandern, zwischen den Fingern hindurchgleiten und wieder in die Hand zurückkehren. Eine überflüssige Angewohnheit, die ihm aber oft beim Denken half. Er schaute zum Fenster. Draußen war der trübe Märzhimmel mittlerweile schwarz, und die Lichter der Straßen bis hinüber zum Petrisberg brannten in der Dunkelheit, während der Feierabendverkehr unten an der Reichsabtei vorbeirauschte wie eine fluoreszierende Schlange.

Auf seinem Schreibtisch herrschte angenehme Ordnung, und er würde nicht mehr lange hier herumsitzen, sondern die Gelegenheit nutzen und ein paar seiner unzähligen Überstunden mit Claudia und Henriette abfeiern. Nachdem es um Weihnachten und Silvester zu zwei Tötungsdelikten und einigen Gewalttaten gekommen war, zeigten sich Januar und Februar bis auf Karneval extrem friedlich. Seine Mordkommission lief nur im zweiten Gang. Ob es an der eisigen Kälte lag, die spät im Winter über Deutschland hereingebrochen war, oder ob es einen anderen Grund dafür gab, nun, ihm war es egal. Die aktuellen Fälle waren weitgehend geklärt, und es schien eine Zeit anzubrechen, in der man den Schrank aufräumte und Akten von ungelösten Taten ans Licht zog.

Es klopfte, und Siran Özdemir kam wie gewohnt lächelnd herein. Der junge Deutschtürke war mittlerweile ein Jahr bei ihnen und zeigte jede Eigenschaft, die ein guter Kriminalbeamter haben musste: ein enormes Fachwissen, die Fähigkeit, sich in unterschiedlichste Fälle einzudenken, Intuition und unerschöpfliches Beharrungsvermögen, das einen davon abhielt, die Klärung schier unlösbarer Verbrechen aufzugeben. Siri, wie ihn alle in der Abteilung nannten, war ein kleiner, drahtiger Mittzwanziger, der nach Polizeihochschule und kurzer Streifenzeit von der Kripo in Ludwigshafen hierher versetzt worden war. Als Verstärkung nach einem Horrorfall, der bundesweit Schlagzeilen gemacht und die Ermittlungskommission um zwei Teilnehmer dezimiert hatte. Lichthaus' Blick wanderte zu dem Foto, das ihn und Thomas

Scherer zeigte, wie sie angestrengt über den Notizen am Whiteboard grübelten – ein Schnappschuss nur einige Tage bevor Scherer Opfer eines psychopathischen Mörders wurde. Lichthaus hatte den schwer verletzten Freund aus dem Fluss gezogen und zu reanimieren versucht, doch ohne Erfolg.

Siran setzte sich. Er trug wie so oft im Winter Jeans und einen schwarzen Rollkragenpullover, der in sein kurz geschnittenes ebenso dunkles Haar überzugehen schien. Er besaß die Gabe, mit einem Blick aus seinen braunen Augen und dem sanften Lächeln Zeugen zum Reden zu bringen, die sich vorher verweigert hatten. Aber sein Äußeres trog. Austrainiert, wie er war, hatten schon deutlich größere Angreifer das Nachsehen gehabt und endeten oft mit Sirans Knie auf dem Rücken und verdrehten Armen.

»Hallo Johannes, liegt noch was an, ansonsten würde ich für heute Schluss machen?« Es war typisch für ihn, nicht nach Hause zu gehen, ohne sich verabschiedet zu haben.

»Nein, Siri, nur eine Frage: Was ist mit diesem Brandscheid?«

Dirk Brandscheid stand in Verdacht, Zeuge eines Totschlags zu sein, der sich an Karneval in Trier-West ereignet hatte. Zwei völlig betrunkene Männer waren sich am Rosenmontagsnachmittag auf dem Bürgersteig begegnet und aneinandergeraten, da keiner dem anderen ausweichen wollte. Nachdem die beiden sich lautstark angebrüllt und mit allen Schimpfwörtern tituliert hatten, die sie aus ihren in Alkohol eingelegten Hirnen hervorkramen konnten, drosch der jüngere, ein Arbeitsloser namens Enrico Decker, seinem gut zwanzig Jahre älteren Widersacher derart ins Gesicht, dass dessen obere Zahnprothese brach, aus dem Mund schoss und quer über die Straße in den Rinnstein sprang, wo sie in einem Fastfood-Karton liegen blieb, in dem noch getrockneter Ketchup klebte. Der nun halb zahnlose Franz Friesdorf rannte nicht davon, sondern wischte sich das Blut vom Kinn, um sich anschließend auf Decker zu stürzen. Der verlor das ohnehin wackelige Gleichgewicht, und beide gingen zu Boden.

Einige Sekunden später war Decker tot, lag mit gebrochenem Schädel zwischen Bordstein und parkendem Auto im karnevalesken Unrat und glotzte leer in den Himmel. Der Notarzt war ohne

Chance. Friesdorf hatte einen Blutalkoholspiegel von 2,7 Promille und nach der Ausnüchterung einen enormen Kater, aber keinerlei Erinnerung an die Ereignisse mehr. Die wenigen Zeugen, zum Teil nicht minder betrunken, widersprachen sich über den Tathergang. Die einen behaupteten, Decker sei im Fallen auf den Randstein geknallt, während die anderen meinten, Friesdorf habe Deckers Kopf mit aller Wucht auf den Boden geknallt. Das Brechen des Schädels, in etwa so, als ob man eine Kokosnuss knackte, sei bis auf die gegenüberliegende Straßenseite zu hören gewesen. Die kriminaltechnischen Untersuchungen ergaben kein eindeutiges Bild, obwohl die zweite Version als wahrscheinlicher galt.

Brandscheid war hinter dem Fenster gesehen worden, vor dem das Geschehen wie auf einer Bühne abgelaufen war, aber er leugnete das, ließ jedoch durchblicken, auch zukünftig in der Nachbarschaft von Friesdorfs Familie wohnen zu wollen. Seither blieb er dabei, nichts gesehen zu haben. Am Morgen hatten sie ihn erneut einbestellt, leider ohne Erfolg.

Siran schüttelte nur den Kopf. »Der hat die Hosen gestrichen voll!« Er war in Deutschland aufgewachsen und beherrschte alle Nuancen des Deutschen mühelos. »Wir kommen so nicht weiter, und ein wenig kann ich den Mann verstehen. Der Vorfall ist ihm egal, wenn er allerdings gegen Friesdorf aussagt, wird ihm dessen Sippe das Leben zur Hölle machen. Du weißt ja, was in so einem Fall abgeht.«

Lichthaus nickte. Er hatte schon erlebt, wie Zeugen körperlich bedroht wurden, ihnen das Auto zerkratzt worden war oder Müll in den Garten geflogen kam. Brandscheid würde weiter schweigen. »Dann können wir es nicht ändern, gib dem Staatsanwalt Bescheid, soll der sich doch den Kopf zerbrechen und entscheiden.« Siran zuckte mit den Schultern und verabschiedete sich, während Lichthaus noch blieb. Sie mussten die Grenzen ihrer Arbeit akzeptieren. Irgendwann kam der Punkt, an dem sie mit ihren Möglichkeiten am Ende waren, so sehr man auch von der nicht beweisbaren Lösung überzeugt war. Die in Kunstharz eingegossene Schnur, die auf dem Sideboard unter Claudias Bild stand, sollte ihn immer daran erinnern.

*

Die Nacht, in der Horst Görgen sterben würde, war eisig kalt. Ostern lag zwar in greifbarer Nähe, doch hatte der Winter das irgendwie verpasst. Wie jeden Abend begann Görgen seinen Kontrollgang über den Hof um 20.45 Uhr, seit dreißig Jahren nun schon. Er zog die Wollweste über, öffnete die Haustür und schubste Skip, ihren betagten Mischlingshund, in den Gang zurück, dann trat er in die Kälte, wobei er den enttäuschten Blick des Hundes übersah. Sein Spaziergang war immer erst später an der Reihe. Kurz schloss Görgen die Augen und sog die kühle Luft in seine Lungen, die sich nicht mehr so richtig füllen wollten. Lungenemphysem, hatte der Arzt knapp konstatiert und ihn auf seine jahrzehntelange Raucherkarriere hingewiesen. Die Krankheit zehrte an ihm, raubte Gewicht und machte all seinen anderen Verdruss noch quälender.

So schnell es seine Atemnot zuließ, ging er mit der gewohnten Routine, die ihn wie ein Korsett stützte und durchhalten ließ, die wenigen Stufen hinunter über den Hof zum Laden. Hätte er jedoch geahnt, was ihn in den nächsten Stunden erwartete, wäre er die Allee entlanggerannt, um sich starr vor Angst im hintersten Winkel der Welt zu verkriechen. Am Hofladen schloss er den Eingang auf und schaltete die Beleuchtung ein. Sein Hof war der erste Ökohof weit und breit gewesen. Genauso war der Direktverkauf ab Hof zu Beginn der Achtzigerjahre eine Neuheit, den Kunden neugierig genutzt und für gut befunden hatten. Die Verkaufsfläche war dann wegen der steigenden Nachfrage erweitert worden, und sie hatten ein neues Wohnhaus gebaut, um Platz zu schaffen. Görgen schlurfte zwischen den Regalen hindurch zu den Kühlkabinen und Kühltheken, kontrollierte die Thermometer, öffnete und schloss Türen und sah sich prüfend um, bevor er das Licht ausknipste und den Laden verließ, um zum Schlachthaus hinüberzugehen, in dem sie ihr eigenes Vieh verarbeiteten.

Die dunkle Gestalt, die seine Bewegungen durch das Okular eines Nachtsichtgeräts verfolgte, sah er nicht. Still kauerte sie hinter dem leicht geöffneten Rolltor des Stalls und beobachtete den

Alten auf seinem stolpernden Rundgang, der ihn nach dem Kühlhaus zum Verschlag der Tiere im Streichelzoo und dann hier hineinführen sollte. So wie jeden Abend, nur dass heute nicht jeder Abend sein würde. Er wusste, ihm blieben bis dahin knappe zehn Minuten, und so steckte er das Fernglas in den Rucksack, schnappte sich den Taser und ging neben dem Tor in die Hocke, fast verschmolzen mit der Dunkelheit. Ein schwarzer Schatten nur, unbeweglich, jedoch so wach wie selten in seinem bisherigen Leben.

Nur wenige Notlampen beleuchteten dürftig den riesigen Stall. Die Rinder standen in geräumigen Freilaufgehegen, deren Böden mit einer dicken Packung Stroh bedeckt waren. Links die Milchkühe, rechts die Färsen und Kälber, davon abgetrennt die Jungbullen. Kein Tier war angebunden, und jedes konnte so fressen oder sich legen, wie immer es wollte. Der perfekte Stall eines Ökohofs, aber all das beachtete der nächtliche Besucher nicht. Er kannte sich hier aus, war schon oft in den Hof eingedrungen. Die Umgebung gefiel ihm in der Nacht. Die Kühe streckten noch vereinzelt die Köpfe zwischen die Fressgitter der Boxen hindurch und muffelten an der ausgestreuten Silage, während andere gemütlich dalagen und träge wiederkäuten. Eine Atmosphäre voller Zufriedenheit, wären da nicht weiter hinten die paar Schweine gewesen, die sich laut quiekend um den besten Platz am Koben stritten. Doch schnell trat wieder Ruhe eine, die gelegentlich durch das sanfte Rascheln des Heus oder eine stampfende Bewegung durchbrochen wurde. Die Tiere waren ruhig geblieben, als er durch den Schlupf geschlichen war, den die Rinder nutzten, um in das Freigehege zu gelangen. Sie waren die Nähe vieler Besucher gewohnt, die sich im Laufe des Tages durch den Vorzeigestall drückten. Eben hatte er den Schnappverschluss eines der Gattertore gelöst, die den Mittelgang von den Boxen trennten, das Gatter jedoch geschlossen gelassen, um die Viecher nicht zu animieren, nachts spazieren zu gehen.

Drüben im Haus brannte Licht, und er konnte in die menschenleere Küche blicken. Ein schmuckloser Raum mit einer Einrichtung aus den Achtzigerjahren. Dunkelbraune Einbauküche mit neobarocken Türen, dazwischen ein lindgrüner Fliesenspiegel. Unfassbar hässlich. Auf dem Tisch, von einer nackten Neonleuchte flimmernd beschienen, standen die Reste des Abendbrots achtlos herum. Auf dem einzigen Teller trocknete ein angebissenes Käsebrot vor sich hin, während in einem Glas Bier schal wurde. Seine Uhr zeigte sieben vor neun. Seine Zeit war fast gekommen. Ein Gatter ratterte laut, und er zuckte heftig zusammen, aber es war nur ein Rind, das sich an den Eisenstäben rieb und mit dem Horn dagegenstieß.

Langsam ließ er den Atem aus seinen Lungen entweichen, lehnte sich zurück und sog tief den Stallgeruch ein, der die von Tierleibern erwärmte Luft erfüllte. Er liebte es, das Gemisch aus Heu und Stroh, Tier und Dung. Es erinnerte ihn an seine Kindheit, an Tage, die schöner gewesen waren als die Gegenwart. Ihm kam es so vor, als ob die Sonne damals heller vom Himmel geschienen hätte. In jeden neuen Morgen war er voller Erwartungen und Hoffnungen gestartet, die sich jedoch nie erfüllten. Die Erinnerung an sein letztes Lachen schien aus einer anderen Zeit zu stammen, verblasste bereits, und heftige Traurigkeit überkam ihn wie so oft. Vergilbte Bilder aus der Vergangenheit und der Schrecken des Jetzt begannen sein Bewusstsein zu überfluten. Jetzt nur nicht darin versinken. Er straffte sich, riss sich zusammen und drängte die Depression zurück. In dieser Nacht würde er Gerechtigkeit fordern und damit beginnen, das Gleichgewicht wiederherzustellen. Rache nehmen für die Talfahrt seines Hierseins.

Ins Karree des Küchenfensters kam Leben. Dürr wie eine Vogelscheuche und völlig abgehärmt tauchte eine Frau auf, schmuddelig anzusehen. Auch hier ein Ritus. Der Kühlschrank wurde aufgezogen, eine Flasche herausgenommen und das Wasserglas mit Wodka gefüllt. Die fließende Bewegung einer Gewohnheitstrinkerin, und leer war das Glas. Unbeweglich verharrte sie einen Augenblick und wartete darauf, dass sich das sanfte Wohlsein der Droge in alle Poren verteilte. »Das Klicken«, wie es Paul Newman einst in der Verfilmung von Williams' »Die Katze auf dem heißen Blechdach« genannt hatte. Die Augen halb geschlossen stand sie so einige Sekunden, kippte das zweite Glas und trollte sich samt

Schnapsflasche leicht unsicheren Fußes in Richtung Wohnzimmer, aus dem das unstete Flimmern des Fernsehers zu sehen war. Sie spürte jetzt schon kaum mehr etwas, und in nicht einmal einer Stunde würde sie hinüber sein. Die polnische Hilfe würde später auftauchen, so gegen elf verließ sie immer ihre Bude über dem Laden, und sie schließlich ins Bett schaffen. So wie jeden Abend. Nur war heute Abend nicht wie jeder Abend.

Kurz darauf kamen schlurfende Schritte vom Hof herüber und machten sich direkt nebenan zu schaffen. Ein Huhn gackerte und die Ziegen meckerten den Eindringling an. Dann knarrte das Tor. Gleich würde es losgehen.

Er stand leise auf und spannte die Faust so fest um den Plastikgriff des Elektroschockers, dass seine Knochen hervortraten. Die Spannung, die den Puls beschleunigte, war groß. Nur die kommenden Stunden waren wichtig, er konnte »morgen« noch nicht einmal denken. Es galt nur das Hier und Jetzt. Vorsichtig zog er sich tiefer in den Schatten zurück, als der Alte das Tor so weit aufrollte, dass genügend Platz war, um hereinzukommen. Es war gut geschmiert und machte kaum ein Geräusch, als es zur Seite glitt. Doch plötzlich zögerte Görgen und trat wieder auf den Hof und blieb regungslos stehen. Auch er bewegte sich nicht einen Millimeter. Schweiß quoll ihm aus allen Poren und rann aus den Haaren über das geschwärzte Gesicht. Ein Tropfen rollte weiter, erreichte seine Lippen und schmeckte nach Salz. War er bemerkt worden?

Aber dann waren sie auch im Stall zu vernehmen. Abgehackte Rufe sirrten leise durch die Luft. Kraniche. Eine Schar dieser majestätischen Tiere durchpflügte den Nachthimmel gen Norden, wo sie als Vögel des Glücks galten. Wie so manch anderer konnte sich Görgen dem Zauber der Zugvögel nicht entziehen und lauschte zu ihnen hinauf. Durch einen Spalt im Holz war sein Lächeln im schwachen Widerschein der Küche zu erkennen, als er den Kopf nach hinten bog und in die Nacht starrte. Ein Moment des Friedens noch.

Horst Görgen riss sich von dem faszinierenden Anblick los und betrat den Stall. Seit sie ihn gebaut hatten, brannte in ihm Abend für Abend Stolz. Die Tiere konnten sich bewegen, in den Freilauf gehen oder direkt durch den Schlupf auf die Weide trotten. Einfach perfekt. Selbst den Schwalben gefiel es hier. Oben an den Balken hingen noch die Nester vom Vorjahr. Langsam folgte er dem Mittelgang und prüfte die Gatter. Wie immer hatte er das Licht ausgelassen und begnügte sich mit den Notlampen. Die Rinder traten ab und an gegen die Absperrungen oder lehnten sich daran, wodurch die Verschlüsse aufsprangen, und auch heute lohnte sich die Kontrolle. Auf der rechten Seite war ein Riegel offen. Er bückte sich ächzend und griff danach, aber etwas stimmte nicht. Der eiserne Haken hing nicht herab, sondern war über das Gatter gelegt worden. Jemand hatte ihn mit Absicht gezogen.

Ruckartig richtete er sich auf. Die Angst, die über Wochen schon sein Begleiter war, ließ sein Warnsystem schrillen. Er hörte die leise Bewegung in seinem Rücken, doch es war zu spät. Ein kalter Gegenstand wurde ihm an den Hals gedrückt, und schon schoss ein Stromstoß in seinen Körper, der ihm einen pulsierenden Schmerz in alle Glieder jagte und sie bewegungslos machte. Wehrlos sackte er weg, nahm nur noch schwach wahr, wie ihn kräftige Hände packten und durch den Gang nach hinten schleppten, wo er achtlos einer Puppe gleich auf den Boden fallen gelassen wurde. Feine Partikel von Stroh und Heu drangen in seine Nase und reizten diese, doch Niesen war nicht möglich. Nur mühsam gelang es ihm, die Augen zu öffnen und zu sehen, wie eine dunkle Gestalt mit Seilen hantierte, nur ließ ihn sein getrübtes Bewusstsein im Stich und er verstand nicht, was vorging. Die Angst kam zurück, und er bewegte sich, wollte erkennen, wer ihn überwältigt hatte. Aber schon wurde er auf den Bauch gedreht und seine Handgelenke wurden zusammengeknotet. Etwas wurde eingehakt. Kalt und metallisch. Ein sirrendes Geräusch und seine Arme zogen ihn nach oben in ein Meer aus Schmerz, dem er nur durch den Tod entkommen würde. Später, schmerzhaft viel später.

Mittwoch

Das erste Klingeln des Handys ignorierte Lichthaus im Halbschlaf, das zweite wurde von Claudia verstärkt, als sie ihn in die Rippen stieß. »Mach schon, ist ohnehin für dich. Los, nicht dass die Kleine wach wird.« Sie gähnte und wälzte sich zur Wand.

Lichthaus schüttelte den Kopf und warf leise fluchend die Bettdecke zurück, setzte sich auf und griff nach dem vibrierenden Smartphone. Der Klingelton war immer noch die impertinent durchdringende Tonfolge, die voreingestellt gewesen war und er schwor sich zum tausendsten Mal, ihn zu ändern. Doch dann konzentrierte er sich. Handyanrufe in der Nacht bedeuteten Verbrechen und Arbeit für ihn und seine Mitarbeiter. Er stellte die Verbindung her. »Ja?« Sein Ton war grob.

Eine vorsichtige Stimme drang an sein Ohr: »Entschuldige die Störung, habe ich dich geweckt?« Es war Siran. Da er ihn das erste Mal aus dem Bett warf, schien er unsicher auf seine Reaktion zu warten.

»Nein«, log er mit sarkastischem Unterton und schielte auf die Uhr. Es war knapp halb sechs. »Ich stehe jeden Morgen um fünf auf.«

»Wirklich?« Doch als keine Antwort folgte, verstand Siran den Zynismus und wechselte das Thema: »Wir haben einen ...«

Lichthaus gähnte. »Stopp mal einen Moment, bitte.« Er stand auf und schwankte einen Augenblick, bis der leichte Schwindel verflogen war. Es war kalt im Haus, und so wickelte er sich in eine Decke, die Claudia in frostigen Winternächten zusätzlich aufs Bett legte. Dann ging er wieder gähnend ins Arbeitszimmer, schloss die Tür und setzte sich an seinen Schreibtisch.

»So, da bin ich.«

»Wir haben einen Toten. Auf einem Bauernhof bei Wittlich. Muss da irgendwo im Nirgendwo liegen, zwischen Dreis und Bergweiler. Also ich weiß das nicht, aber ...«

»Meine Schwiegereltern wohnen da oben in der Nähe, ich kenne die Ecke ganz gut.« Er rieb sich die Augen und schaute abwesend auf den schwarzen Bildschirm seines Macs.

»Ach so, okay. Die Adresse ist Alleenhof bei Dreis. Mein Navi hat's sofort gefunden. Der Mann hängt tot im Stall, mehr haben die Kollegen aus dem Anrufer nicht herausgebracht. Der soll völlig durch den Wind gewesen sein.«

Lichthaus fummelte einen Stift aus der Schublade und kritzelte, verwundert darüber, dass das Ding auf Anhieb schrieb, die Daten auf einen Zettel. »Habt ihr einen Namen?«

»Horst Görgen. Ist der Bauer, glaube ich.«

»Hm. Wer ist oben?«

»Die Wittlicher sind sofort mit einer Streife samt Rettungswagen hin, um den Fundort abzuriegeln. Hoffentlich zertrampeln die nicht alles. Spleeth, also die Spurensicherung, ist benachrichtigt. Die müssten längst unterwegs sein.«

»Wieso schon die Spusi?«

»Der Streifenpolizist war zu einhundert Prozent sicher, dass ein Tötungsdelikt vorliegt, da er einen Selbstmord, bei dem sich das Opfer zuerst verprügelt, dann erhängt, um sich anschließend die Pulsader aufzuschneiden, für eher unwahrscheinlich hält.«

»In Ordnung. Ich werde Steinrausch in einer halben Stunde abholen. Sag ihm bitte Bescheid, und mach dich dann auf den Weg.«

Er beendete frierend das Gespräch und rieb sich über das stoppelige Gesicht. Er war müde. Am Vorabend waren sie spät zu Hause gewesen, da sie bis in die Nacht den Geburtstag von Frank, einem Freund aus Trier, gefeiert hatten. Der Fall kam zu einer denkbar ungünstigen Zeit. Güttler, der Rechtsmediziner ihres Bezirks, und Sophie Erdmann, eine Kollegin seines Teams, verbrachten gemeinsam ihren Urlaub und sollten erst in einigen Tagen zurück sein. Die Sache klang nicht gerade nach Routine, und da würden sie fehlen, besonders Sophie. Er wählte die Nummer der staatsanwaltschaftlichen Bereitschaft.

»Ja, hier Brauckmann«, murmelte der Mann noch halb im Schlaf, und Lichthaus hörte ein Bett knarzen. Im Hintergrund murrte eine zweite Stimme.

»Lichthaus von der Kripo in Trier. Man hat oben bei Wittlich einen Toten gefunden. Die Streife geht von einem Tötungsdelikt aus.«

»Sicher?«

»Die Jungs sind im Allgemeinen gut darin. Ich fahre gleich hin und wollte Sie nur vorab darüber informiert haben, dass ich die Spurensicherung mitnehme.«

»In Ordnung. Geben Sie mir Bescheid, dann komme ich gegebenenfalls hinzu.«

Sie beendeten das Gespräch, und Lichthaus schaute vorsichtig ins Kinderzimmer. Ein kleines Nachtlicht in Form eines Clowns funzelte dünn durch die Dunkelheit, doch es reichte aus, um sich zu orientieren. Henriette lag fest schlafend in ihrem Bettchen. Er lächelte und streichelte ihr zart über die roten Haare, die sie von Claudia geerbt hatte. Sie rührte sich nicht und atmete ruhig in tiefem Schlaf. Seit ein paar Monaten konnte sie laufen, und nichts schien mehr vor ihrer Neugierde sicher zu sein. Ständig fielen Dinge herunter, und erst gestern hatte sie sich eine volle Kanne kalter Milch übergeschüttet. Ihre Mutter hatte geschimpft, er hingegen gelacht und dann Küche und Kind gesäubert. Er wurde von der Kleinen mit Leichtigkeit um den Finger gewickelt und ließ es gerne geschehen. Im Hinausgehen trat er auf eins der Holzklötzchen, die Henriette gern im ganzen Haus verstreute. Schmerzhaft verzog er das Gesicht und hinkte ins Bad.

Als er aus der Dusche kam, war Claudia wach. »Was ist los?«

»Ein Toter oben bei Dreis. Die Kollegen gehen von einem Tötungsdelikt aus. Der Mann heißt Horst Görgen, ein Bauer. Kennst du ihn von früher?«

»Mein Gott ja, vom Alleenhof. Das waren die mit dem ersten Biohof plus Laden in der Gegend. Wir sind oft dahin. Die Tochter war in meiner Parallelklasse.« Sie dachte einen Augenblick nach. »Anne, genau, Anne Görgen. Komisches Mädchen.«

Sie gähnte, und er warf sich quer auf das Bett, um sie flüchtig zu küssen. »Ich muss los, erzähl mir heute Abend von ihr.«

Wenige Minuten später war er unterwegs. Auf dem kurzen Stück über Ruwer nach Kenn waren die dunklen Straßen fast menschenleer und nur einige Frühaufsteher warteten dick vermummt in der Kälte des Märzmorgens auf den Bus. Als er auf der Brücke rüber nach Ehrang fuhr, um Holger Steinrausch einzusammeln, verließ gerade ein großes Lastschiff den Hafen. Es war toll anzusehen, wie das ellenlange Ding im dünnen Nebel nur schwach vom Licht der orangefarbenen Lampen beleuchtet dahinglitt.

Der Kollege stand schon vor dem Haus in einer stillen Nebenstraße, die Gummistiefel wie eine Aktentasche unter den Arm geklemmt. Steinrausch war Dienstältester in der Gruppe. Mit der Zeit war er etwas aus der Form gegangen und suchte seit seinem fünfundfünfzigsten Geburtstag häufig die damals neue Lesebrille, doch der Verstand in seinem kahler werdenden Schädel war hellwach und griff zudem auf einen enormen Erfahrungsschatz zurück. Lichthaus mochte den Mann, der mit seiner Frau das kleine Häuschen allein bewohnte, seitdem die zwei Jungen studierten. Ihn als Freund zu bezeichnen, wäre wohl übertrieben gewesen, seit ihrem traumatischen Fall hatten sie aber nach und nach eine tiefe gegenseitige Sympathie füreinander entwickelt. Auf der Herfahrt hatte Lichthaus eine Bäckerei gefunden, die ihm schon so früh am Morgen Teilchen verkaufte, und er bot Steinrausch davon an, als sich dieser auf den Sitz neben ihm fallen ließ und sein dauernd schmerzendes Knie rieb.

»Hunger?«

»Immer!« Steinrausch fummelte in der Tüte. »Oh, ein Liebesknochen. Wie komme ich denn dazu?« Er grinste und biss herzhaft hinein, nicht ahnend, was ihnen bevorstand.

*

Der Weg zum Alleenhof war leicht zu finden. Keine zwanzig Minuten brauchte man via Autobahn bis zur Abfahrt nach Wittlich. Von dort waren es nur wenige Kilometer, bis sie unten an der L 43 eine Werbung zum Direkteinkauf beim Erzeuger einlud. Das Schild hatte etwas Zynisches. Eine schwarz-weiß gescheckte Kuh lächelte freundlich und wies mit sauberen Hufen nun in Richtung der Leiche ihres Eigners. Auf der schmalen Straße erreichten sie nach ein paar Hundert Metern eine kleine Siedlung zwischen Streuobstwiesen und Feldern. Lediglich eine Handvoll Häuser duckte sich in einer flachen Senke vor dem Wind. Der Weg führte mitten hindurch, und Lichthaus sah einfache Satteldachhäuser in eintönigem Grau mit Bakelitverkleidung auf der Wetterseite. Rauch kräuselte sich aus den Schornsteinen in den beginnenden Morgen. In einigen Gärten ragten Bohnenstangen aus verwaisten Beeten kahl in die Höhe, in anderen rosteten Kinderschaukeln dem nächsten Besuch entgegen. Der Winter war zwar fast vorbei, doch vom Frühling fehlte noch jede Spur. Die frustrierende Ödnis nistete sich in Lichthaus' Gemüt ein, und er sehnte sich nach der Wärme des Sommers.

Das letzte Haus bot dann eine Überraschung. Modern und wuchtig, mit Sichtbeton und weiten Fensterflächen war es in einen gestylten Garten gestellt. Fraglos schön anzusehen, aber hier wirkte es seltsam fehl am Platz. Steinrausch grunzte kurz und wies hinüber: »Was für eine Hütte mitten in dieser Walachei.« Zwei Kurven später zweigte schließlich die Einfahrt zum Alleenhof ab, und ihre Spannung stieg an, verdrängte alle Müdigkeit.

Als sie auf den Hof fuhren, sahen sie Siran Özdemir frierend vor einem großen, modernen Stallgebäude stehen. Unter seiner olivenfarbenen Haut erschien er ihnen sehr blass, wenig ambitioniert winkte er zu ihnen hinüber. Steinrausch schaute wortlos zu Lichthaus, der nur mit den Schultern zuckte und den BMW links neben den Bus der Spurensicherung stellte. Der Notarzt hatte sein Fahrzeug unmittelbar vor dem Stall noch innerhalb der Flatterbänder geparkt.

Sie stiegen aus und warfen eilig die warmen Jacken über. In der vergangenen Nacht war das Thermometer wieder bis knapp unter null gesunken, weshalb eine dünne Eisschicht die kleinen Pfützen auf dem Hof überzog.

Während Lichthaus in die Gummistiefel schlüpfte, die er auf Außeneinsätzen immer mitnahm, schaute er sich um. Der Alleenhof bot das Panorama des idealisierten Bauernhofs auf dem Kinderkanal. Die lange, kopfsteingepflasterte Zufahrt und der Hof zwischen den Gebäuden wurden zu beiden Seiten von uralten Kastanien eingerahmt, die nun die Äste nackt in den Himmel reckten. Zweifelsohne hatten sie für den Namen des Hofs Pate gestanden und es war gut vorstellbar, wie idyllisch alles aussah, wenn die Blätter riesige Kronen bildeten, doch jetzt schwankte nur eine einsame Krähe auf einem dünnen Ast. Die Allee traf genau auf das ursprüngliche Bauernhaus, ein sogenanntes Trierer Einhaus. Einst hatten sich unter dem gemeinsamen Dach dem Wohnhaus die Scheune und dieser unmittelbar der Stall angeschlossen. Das vorbildlich renovierte Gebäude beherbergte nun den Hofladen, auf den ein Schild hinwies. Auch auf dem Platz vor Scheune und Stall war das Kopfsteinpflaster erhalten geblieben, wobei hölzerne Bänke zum Verweilen einluden.

Eine Gruppe von Leuten, offensichtlich die Angestellten des Hofs, stand unschlüssig herum und beobachtete die Geschehnisse. Lichthaus sah zwei Männer mit Metzgerschürzen, die schweigend an ihren Zigaretten zogen. Daneben tuschelten Frauen miteinander, verstummten aber, als sie seine Blicke bemerkten.

In einiger Entfernung vom Laden befand sich das neue Wohnhaus der Görgens. Ein im Vergleich zum alten Hof hässlicher Bau. Weder alt noch neu wirkte es mit ausladendem Walmdach und geschwungenen Gauben seelenlos, auch wenn hier alles vorbildlich gepflegt war. Gegenüber erstreckten sich die modernen Wirtschaftsgebäude. Siran wartete vor dem riesigen Stallgebäude, in dessen Schatten ein winzig wirkender Hühnerpferch lag, in dem ein Hahn samt seinen Hennen umherstolzierte. Gleich daneben grasten einige Ziegen und ein Esel, offensichtlich der Streichelzoo für die Kinder der Kunden. Ein Idyll im Dunst, den die nun langsam durchbrechende Sonne vom auftauenden Boden aufsteigen ließ. Sie überquerten mit wenigen Schritten den Hof hinüber zum Stall, zwängten sich zwischen Streifenwagen und Rettungsfahrzeug durch und bückten sich gerade unter dem Absperrband hindurch, als zwei Streifenpolizisten herauskamen und zu ihrem Wagen gingen. Ihre Blicke waren ausdruckslos, die Mienen versteinert.

Siran lächelte schwach. »Ich habe den Fall eben übernommen. So etwas habe ich noch nicht gesehen. So brutal.«

»Man gewöhnt sich daran«, log Lichthaus. »Wo ist der Tote?«

»Liegt oder besser gesagt hängt da drin. Die Spusi ist vor etwa zehn Minuten rein.« Siran deutete mit der Hand auf den Stall, durch dessen offenes Rolltor man Schweine quieken hörte.

»Was sagt der Arzt?«

»Ärztin. Mausetot. Unnatürliche Todesursache.«

»Okay. Wer genau ist dieser Görgen? Ist die Familie informiert? Was ist mit demjenigen, der die Leiche gefunden hat?«

Siran konzentrierte sich. »Horst Görgen ist dreiundsechzig Jahre alt, verheiratet. Drei erwachsene Kinder. Der älteste Sohn leitet seit einiger Zeit den Hof gemeinsam mit dem Vater. Roland. Er wusste schon Bescheid, wohnt auch gleich da hinten in einem der Häuser. Ihr müsst dran vorbeigekommen sein. Er war ziemlich geschockt und versucht gerade, seine Mutter zu wecken. Anscheinend liegt die sturzbetrunken in der Kiste. Ist wohl der Normalfall. Er war jedenfalls nicht sonderlich überrascht, nur stinksauer. Dann gibt es noch eine Tochter, die Anne heißt, und einen zweiten Sohn namens Alexander. Mehr habe ich noch nicht in Erfahrung gebracht. Gefunden hat die Leiche Gregor Billen, einer der Metzger.«

Lichthaus nickte. »Gut. Ruf die Angestellten zusammen, sofern sie nicht da drüben herumstehen. Wir müssen alle auf dem Hof befragen. Keiner kann vorher weg. Stell auch fest, ob jemand fehlt.«

Wie besprochen informierte er Staatsanwalt Brauckmann, der zusicherte, sich sofort auf den Weg zu machen. Dann zog er sich Überschuhe über die Gummistiefel und trat mit Steinrausch durch eine Folienschleuse, die von den Technikern installiert worden war, in das schummrige Halbdunkel.

Die weitläufige Stallung mit Freilaufbereich und Boxen links und rechts des Mittelgangs war leer, wodurch die Fressgitter dem Ganzen den Eindruck eines Gefängnistrakts verliehen. Nur zwei Kälber befanden sich vereinsamt in einem Pferch und tranken an einer Milchflasche. Nach Lichthaus' Schätzung war das Gebäude wohl an die fünfzig Meter lang und bot problemlos Platz für Dutzende Rinder. Der hohe Giebel war teilweise offen und das rohe Gebälk war zu sehen, hier und da klebte ein Schwalbennest. In der

Mitte waren Heu und Silage mit Folie abgedeckt worden, und es war eine Gasse entstanden, der sie nun folgen konnten, ohne wichtige Spuren zu zerstören. Die Kollegen hatten sich inzwischen bis ans gegenüberliegende Ende vorgearbeitet, wo sich in einem schmalen Anbau der Schweinepferch befand, den man durch eine Schwingtür aus Kunststoff betrat.

Lichthaus und Steinrausch streiften sich nun Papieranzüge über und gingen dem Lärm nach, den die Schweine machten. Dort fanden sie gleich hinter der Tür Spleeth, der sich mit der Hand mechanisch den Mund wischte und leicht den Kopf schüttelte. Der hoch aufgeschossene, hagere Mann war in der Spurensuche und Auswertung ein Ass. Das Team wurde seit Jahren erfolgreich von ihm geleitet, doch war Lichthaus der verschlossene und oft unwirsche Kerl zutiefst unsympathisch. Lediglich dessen Fachkompetenz zollte er Respekt. Er nickte Spleeth zu, dieser reagierte aber nicht, war zu abgelenkt von dem, was er im Pferch sah.

Den zuvor angenehmen Geruch des Stalls verdrängte hier ein übler Gestank von Blut und Urin, der schwer und metallisch in der Luft hing, und Lichthaus schwante Böses. Er beobachtete, wie zwei Mitarbeiter in weißen Anzügen mehrere Schweine durch eine Klappe in den Hof scheuchten, was ihn an einen Katastrophenfilm erinnerte, in dem Infizierte ähnlich robust zur Quarantänestation getrieben wurden. Die klobigen Tiere quittierten die Bemühungen der Männer mit heftigem Quieken und wütendem Beißen nach deren Beinen. Nach viel Gebrüll und einigen Tritten waren die Viecher draußen und hinterließen wohltuende Ruhe. Die Kollegen wischten sich den Schweiß von der Stirn, und auch Spleeth kam in Bewegung. Er trat an das Gitter des Schweinestalls. Lichthaus folgte ihm, um sich ein Bild zu machen, zuckte bei dem Anblick, der sich ihm bot, jedoch entsetzt zurück. »Mein Gott!«, entwich es ihm.

Horst Görgen baumelte von einem Balken der Dachkonstruktion herab, der wie ein Galgen wirkte. Der oder die Täter hatten dem Opfer die Hände auf den Rücken gebunden und den vierschrötigen Mann dann an den Handgelenken nach oben gezogen, bis er frei in der Luft hing. An den Füßen war zur Beschwerung ein Betonklotz mit Griff befestigt worden, der normalerweise wohl dazu genutzt wurde, die Schwingtür offen zu halten. Die weit nach hinten gedrehten Arme waren durch das Gewicht des Körpers ausgekugelt worden, wodurch extreme Schmerzen entstanden sein mussten. Lichthaus kannte diese Foltermethode aus einem Besuch im KZ Dachau, wo man Insassen auf gleiche Art und Weise malträtiert hatte. Als Pfahlhängen bezeichnete damals die SS diese Vorgehensweise. Unter schrecklichem Leiden und zunehmender Atemnot führte diese Folter nach einigen Stunden zum Tod.

Der Oberkörper des Toten wurde von der unnatürlichen Haltung leicht nach vorne gebeugt. Sein Kopf hing nach unten, war wegen des Zugs nach oben jedoch nicht ganz auf die Brust gesunken, wodurch sie das im Tod erschlaffte Gesicht erkennen konnten. Den Mund hatte man mit einem Klebeband verschlossen, das der Mann im Schmerz tief in die Mundhöhle eingesogen hatte. Die dünnen Haare klebten wirr am Schädel, dunkelrot durchtränkt von Blut, das sich verkrustet auch auf einem Band wiederfand, das die Augen bedeckte. Der Täter hatte Görgen weitgehend entkleidet und brutal gefoltert. Striemen von Schlägen, die zu dunklen Hämatomen aufgelaufen waren, überzogen die Haut wie eine Landkarte.

Ein Wind fuhr durch die offene Luke in die Stallung und ließ die Leiche sanft schwanken. Das Seil knarzte leise am Balken. Lichthaus sah nun auch Rücken und Hinterkopf, die wie der übrige Körper massive Gewaltspuren aufwiesen. Ein Ohr war stark eingerissen und blau unterlaufen, der Nacken zu einer dicken Beule angeschwollen. Gleich unter dem Leichnam hatte sich eine jetzt verschmierte Blutlache gebildet, die angetrocknet war. Anscheinend hatten sich die Schweine hieran zu schaffen gemacht, da sich überall im Pferch, der im Gegensatz zum Rest des Stalls nicht mit Heu ausgestreut war, braunrote Hufspuren fanden. Görgens rechtes Hosenbein war von der Leiste abwärts dunkel verfärbt. Der Anblick ließ Lichthaus' Magen schmerzen, ein Ziehen, das er schon lange kannte. All seine Routine konnte nicht immer verhindern, dass er sich in den Toten, in dessen Sterben hineinfühlte. Manchmal versagte der professionelle Schutzschild eben. Horst Görgens Tortur ging ihm nahe, erfüllte ihn mit der grauenvollen Vorstellung des Hängens und Geschlagenwerdens, der Verzweiflung, sein Blut unaufhaltsam aus sich herausrinnen zu spüren, und des Wegdämmerns in den Tod.

Steinrauschs Stimme klang hohl, als er jetzt sprach, doch riss sie ihn aus seiner Erstarrung. »Da bin ich schon über dreißig Jahre bei diesem Verein, aber so etwas habe ich noch nie gesehen.« Er seufzte. »Lass uns loslegen.«

Lichthaus nickte. »Wir sollten feststellen, wann Görgen in den Stall gegangen und wann er gestorben ist.« Er schaute auf den Toten und wandte sich an Spleeth, dessen Leute auch an die Arbeit gingen. Eigentlich hätte er oder der Staatsanwalt die Tatortarbeit vorgeben müssen, wie immer verzichtete er jedoch darauf. Spleeth war der Profi. »Wie lange hängt der wohl hier?«

Der Techniker betrachtete den Tatort. »Eingedenk der Umgebungssituation schätze ich wenigstens fünf Stunden. Eher mehr. Er ist ja richtig ausgeblutet. Da die Blutlache, die von den Schweinen übrig gelassen worden ist, weitgehend durchgetrocknet ist, denke ich fünf Stunden. Wenn wir ihn abnehmen, schauen wir nach den Leichenflecken. Dann kann ich Genaueres sagen.« Er nickte bedächtig und instruierte den Fotografen.

Lichthaus und Steinrausch traten ein wenig zurück.

»Was der Mann noch an sich trug, deutet nicht auf Schlafbekleidung, also wird er abends und nicht nachts hierhergekommen sein. Warten wir mal ab, was die Rechtsmedizin sagt.« Steinrausch sah zu dem Ermordeten hinüber, zog die Mütze ab und kratzte seine Glatze. »Wie lange braucht man, um einen Menschen so zuzurichten? Selbst das Aufhängen war eine Plackerei. Görgen war ja kein Leichtgewicht. Kann das überhaupt einer allein bewerkstelligen?«

»Ich denke schon, wenn er so etwas wie einen Flaschenzug benutzt hat. Er zieht den Körper nach oben, befestigt das Seil, an dem er jetzt hängt, um den Balken und löst die Rutschsperre. Görgen fällt in seine jetzige Position. Der Flaschenzug ist entlastet und spielend zu entfernen. Sobald der Tote weg ist, soll Spleeth das einmal simulieren.«

»Auf jeden Fall war es sehr riskant. Es hätte doch jederzeit jemand hereinkommen können.«

Lichthaus nickte. »Es sei denn, der Täter war sich sicher, dass niemand außer Görgen abends in den Stall geht.«

»Dann kennt er sich aus.«

»Richtig. Aber vielleicht war es ihm auch egal. Wenn ich mir die Verletzungen ansehe, muss der Täter eine ziemliche Wut gehabt haben. Ein Irrer.« Er dachte noch einen Augenblick nach, wobei sein Blick automatisch auf der bedauernswerten Gestalt des Toten ruhte, die sich langsam am Seil drehte. »Man braucht wirklich nicht viel Fantasie, um zu vermuten, dass das hier eine Beziehungstat war. Die verklebten Augen könnten darauf hinweisen, dass der Mörder nicht von Görgen erkannt werden wollte.«

»Oder es soll so aussehen«, warf Steinrausch ein.

»Oder das. Fangen wir ganz von vorne an und befragen das Umfeld.« Er wandte sich an Spleeth, der immer noch den Fotografen einwies. »Wissen Sie schon, wie er hergeschafft wurde?«

»Wahrscheinlich geschleppt. Wir haben Schleifspuren im Mittelgang gefunden. Die sind bereits abgedeckt und werden nachher genauer untersucht. Es scheint so, als ob der Tote in der vorderen Hälfte des Stalls überwältigt und dann hierher gebracht wurde. Die Auswertung wird nicht einfach. Da befinden sich Unmengen an Spuren. Da der Stall nur gefegt und nicht geputzt wird, können die teilweise seit Jahren in einer Ecke liegen.« Er schaute die Kollegen verkniffen an.

»Das ist schlecht. Aber sehen Sie mal zu, was drin ist.«

Die Schultern zuckend verschwand Spleeth. Da sie der Spurensicherung nur im Weg standen, ging Lichthaus zusammen mit Steinrausch zurück zum Eingang. Es tat ihnen gut, wieder in die frische Luft und die nunmehr scheinende Sonne zu treten. Steinrausch wollte sich auf den Weg machen, um Siran bei der Befragung der Angestellten zu helfen, doch Lichthaus zog ihn zur Seite.

»Schau zuerst mal, was mit dem Sohn und der Ehefrau ist. Ich würde mir die beiden gerne so schnell wie möglich vornehmen.

Trennt sie voneinander, sofern Frau Görgen ansprechbar ist, und versiegelt die Büros.«

Am Rettungswagen warteten eine junge Ärztin und zwei Sanitäter. Er grüßte und stellte sich vor. »Ich brauche den Totenschein.«

Die Frau griff wortlos in die Tasche und reichte ihm den Schein. Ihr Gesicht wirkte blass unter den blonden Haaren.

»Was können Sie mir zur Todesursache sagen?«

Unfreundlich verzog sie die Miene und leckte sich kopfschüttelnd über die spröden Lippen. »Mein Vierundzwanzigstundendienst war um sechs Uhr vorbei und da kommt so ein Scheiß. Jetzt sitze ich seit einer Stunde hier rum und warte darauf, dass ich weg kann. Der muss ohnehin in die Rechtsmedizin, sollen die sich doch müde machen. Ich bin es nämlich schon.«

»Ich halte mich kurz«, wollte Lichthaus beschwichtigen, aber die Frau, deren große blaue Augen erschöpft dreinschauten, achtete nicht auf ihn.

»Sie haben den Totenschein, was wollen Sie denn noch.«

»Antworten«, sein Ton war schneidend. »Antworten, um weiterzukommen. Ich brauche Genaueres und will nicht ein paar Tage den Bericht der Rechtsmedizin abwarten.«

Wütend sprang die Ärztin aus dem Rettungswagen und baute sich vor ihm auf, wobei ihm auffiel, dass sie sehr groß war. »Verblutet vermutlich, aber das ist Ihnen sicherlich auch schon aufgefallen, oder?«

Lichthaus lächelte plötzlich. »Ja. Wollen Sie einen Tee?«

»Bitte? Also, ich möchte keinen Tee. Ich ...«

»Darjeeling Second Flush. Heiß und mit Honig gesüßt. Ich glaube, Sie könnten einen gebrauchen.«

Ein Zögern noch, dann entspannte sich ihr Gesicht und die Andeutung eines Lächelns huschte darüber wie eine schnell ziehende Wolke. »Sie geben nicht nach, oder?«

Langsam schüttelte er den Kopf, woraufhin sie sich einen viel zu großen Feuerwehrparka überwarf und Lichthaus steifbeinig zum Wagen begleitete. Wortlos reichte er ihr einen Becher und goss ihr aus seiner Thermoskanne ein. Nach dem ersten Schluck streckte sie die Glieder und begann, ohne auf seine Fragen zu warten: »Der Mann war fünf bis zwölf Stunden tot, als ich ihn mir angeschaut habe. Genaueres sollen Ihre Spezialisten herausfinden. Der Tod war wohl eine Erlösung. Was ich auf die Schnelle sagen kann, ist schon bitter genug. Betäubt wurde er durch einen Elektroschocker oder wie man die Dinger heute nennt. Am Hals hat er zwei ausgeprägte Male. Ich habe das ab und an mal gesehen. Der Angegriffene klappt zusammen und ist annähernd unbeweglich, bei eingetrübtem Bewusstsein.« Vorsichtig trank sie von dem dampfenden Tee.

»Durch das Aufhängen wurde die Schulter ausgerenkt. Extrem schmerzhaft, da das Körpergewicht und der Klotz, den man ihm an die Füße gebunden hat, stark nach unten gezogen haben. Ich vermute, dass Sehnen abgerissen sind und Gefäße verletzt wurden. Dann wurde er mit einem stumpfen Gegenstand geprügelt. Ich tippe auf einen Gummiknüppel oder etwas in der Art«, sie nahm einen weiteren Schluck. »Mit den Augen stimmt auch was nicht, aber da müssen Ihre Leute ran. Der Tod ist eingetreten, nachdem die Schlagader in der rechten Leiste geöffnet worden ist. Das Verbluten dauert ein paar Minuten. Ob der Tote noch bei Bewusstsein war, kann ich nicht sagen.« Sie sah ihn an. »Da war einer ziemlich sauer auf den Mann.«

Lichthaus schaute von seinen Notizen auf. »Wieso betonen Sie das so? Das liegt doch auf der Hand.«

»Auf den ersten Blick sieht man nicht, dass sich die Schläge überlagern. Das Opfer ist lange und intensiv geprügelt worden und hat vor Schmerz fast das Klebeband eingeatmet.«

Er nickte. »Dankeschön, das war es schon. Sie haben mir sehr weitergeholfen.«

Müde sah sie ihn an und blinzelte gegen die Sonne. »Ich danke für den Tee. Können wir jetzt los?«

»Klar. Schlafen Sie sich aus.«

Sie lächelte matt und ging. Er schaute ihr nach, bis sie den Rettungswagen erreicht hatte. Eine erschöpfte Gestalt. Wenig später fuhren sie vom Hof. Ein krächzender Ruf von oben lenkte ihn ab und füllte die kurze Stille, automatisch legte er den Kopf weit in den Nacken. In V-Form zog ein Schwarm Kraniche über den stahlblauen Himmel.

Es wird Frühling. Doch er freute sich nicht. Der Fall zeigte verstörende Züge, die ihm das Unbehagen in den Magen trieben.

*

Roland Görgen wirkte kühl, als er Lichthaus gegenüber Platz nahm und ihn eingehend musterte. Er ließ sich nicht im Geringsten anmerken, ob der Mord einen Schock in ihm ausgelöst haben könnte. Vater und Sohn glichen sich äußerlich. Er hatte die wuchtige Gestalt und das schwere Kinn geerbt, und auch die Tränensäcke, die wulstig unter den Augen hingen, erinnerten an den Alten. Die Haare jedoch waren dicht und struppig. Görgen trug Arbeitskleidung aus blauer Baumwolle, die noch sauber war. Sein Blick war düster, der Mund zusammengepresst, doch Lichthaus drehte gelassen ein Foto des Toten zwischen den Fingern und wartete, hielt dem Blick des anderen stand, bis dieser begann. »Was soll das hier?«

»Es tut mir leid, was mit Ihrem Vater geschehen ist, und ich verstehe die Trauer, die Sie empfinden, aber es ist unumgänglich, dass ich Sie in dieser Situation befrage, denn ich habe einen Mörder zu fassen, und das duldet keinen Aufschub.«

Görgen ignorierte die Argumente und hob unwillig die Hände, wobei seine schwere, teuer aussehende Uhr an die Stuhllehne klackte. »Wieso geben Sie mir nicht einmal die Zeit, meine Geschwister anzurufen und mich selbst zu fangen? Ihr Kollege taucht auf und fordert mich auf mitzukommen. Wie einen Kriminellen.« Unterdrückte Wut lag in seiner Stimme.

»Wie gesagt, wir müssen ein Verbrechen aufklären. Das hat Priorität vor allem anderen. Lassen Sie uns anfangen. Wann haben Sie Ihren Vater zuletzt gesehen.«

»Gestern Abend, so gegen halb sieben. Wir hatten Streit. Das sage ich Ihnen gleich, denn die Leute in der Metzgerei haben herumgestanden, das Ganze mitbekommen und werden ohnehin tratschen.« Sein Ton troff vor Verachtung.

»Worum ging es bei Ihrer Auseinandersetzung?«

»Da müsste ich weit ausholen, damit Sie den Kern des Problems verstehen.«

»Versuchen Sie's.«

»Ach, im Prinzip immer das alte Lied.« Er tappte mit den dicken Arbeitsstiefeln einen unregelmäßigen Takt auf dem Boden. »Wir gehören dem Bioland Verband an, der uns schwere Auflagen macht und laufend kontrolliert. Das schlägt auf die Wirtschaftlichkeit, da wir geringere Erträge haben als konventionelle Bauern, die Subventionen aber fast gleich sind. Ich will einfach nur auf die weniger strenge EU-Bioverordnung runter. Wir könnten dann unsere Hühnermast und den Legebetrieb deutlich ausweiten und auch stärker in die Schweinezucht einsteigen. Außerdem hat man mehr Möglichkeiten bei der Schädlingsbekämpfung und Düngung. Doch mein Vater ist schon seit den späten Siebzigerjahren bei Bioland und hat sich immer wieder quergestellt.«

»Worum ging es gestern Abend?«

Görgen rieb sich mit beiden Händen über das Gesicht. »Wir sollten aufpassen, die Auflagen nicht zu verletzen.«

»Inwiefern?«

»Das ist nicht wichtig.«

»Ich kann auch die Mitarbeiter fragen.«

Der Bauer verdrehte die Augen und wurde laut: »Mann, was hat das denn mit dem ganzen Scheiß zu tun? Sie wühlen an der falschen Stelle. Glauben Sie, ich bringe meinen Vater wegen eines lausigen Streits um?«

»Vielleicht war es der eine zu viel. Hören Sie: Wir sind Außenstehende und setzen uns aus vielen Informationen ein Bild der Situation zusammen, ohne das wir den Täter nicht fassen können. Im Moment ist daher alles relevant.«

»Er hatte festgestellt, dass pro Hektar ein lächerliches Pfund Stickstoff zu viel ausgebracht worden ist. Bei der von uns bewirtschafteten Ackerfläche macht das einhundert Kilo aus. Das war keine Absicht. Aber bei den miesen Böden, die wir hier teilweise haben, muss man dicht am Wind segeln, um einen auskömmlichen Ertrag zu machen. Der Mitarbeiter hatte sich verzählt und einen Sack mehr in den Düngewagen geworfen. Das ist nichts, doch Vater musste gleich durch die Decke gehen. Schreit vor den Leuten mit mir rum, gerade so, als wär ich sein Knecht.«

»Wo waren Sie gestern Abend nach dem Streit?«

Görgen lehnte sich vor und starrte Lichthaus mit kaum beherrschter Wut an: »Soll das ein Witz sein?«

Die Tür ging auf, und Siran schaute herein. »Wir sind vorerst fertig und wollten fragen, ob du kurz rüberkommen kannst?«

»Gleich, Siri. Ich brauche aber noch einen Augenblick.« Er wandte sich wieder Görgen zu. »Sie haben doch heute Morgen im Stall Ihren Vater gesehen. Das war keine kaltblütige Hinrichtung, sondern eine emotionsgeladene Tat. So etwas kommt aus dem Umfeld, und da gehören Sie nun einmal dazu. Zumal Sie zugegebenermaßen Unstimmigkeiten mit ihm hatten. Also, wo waren Sie gestern Abend?«

Görgen schnauzte: »Zu Hause bei meiner Frau und den Kindern. Die können Sie befragen, wenn es Ihnen dann besser geht. Wir wohnen in dem Neubau am Rand der kleinen Siedlung dort drüben.« Er spuckte die Worte praktisch auf die Tischplatte und lehnte sich mit funkelnden Augen nach vorne. »Eins sollten Sie aber wissen. Ich hatte meine Differenzen mit Vater, denn er war nicht einfach. Hat sich manchmal aufgespielt wie ein Großgrundbesitzer, und ich musste die Arbeit machen. Ohne mich sähe es hier nicht so aus. Doch ich habe ihn mein ganzes Leben lang bewundert. Im Studium hat er gegen den Staat protestiert und war dabei unnachgiebig. Später ist er hierher zurück auf den Hof der Familie und hat als einer der Ersten erkannt, dass die Welt so nicht weitermachen kann. Er hat trotz allem Widerstand den Biohof aufgezogen und Erfolg gehabt.« Görgen schluckte hörbar. »Verstehen Sie? Niemals hätte ich dem Alten etwas angetan. Niemals. Er wollte jetzt nur einfach die Zeichen der Zeit nicht mehr erkennen, das war unser Problem.«

»Er war Ihnen also im Weg.«

Görgen richtete sich auf und strich sich die struppigen Haare aus der Stirn. »Sie kapieren gar nichts. Wenn Sie mich brauchen, finden Sie mich irgendwo auf dem Hof.« Er stand auf und ging zur Tür.

Lichthaus' Stimme wurde laut und schneidend. »Ich bin noch nicht fertig. Wer könnte denn Ihren Vater so hassen, dass er ihn derart quält?«

»Mamas Liebling vielleicht. Mein Bruder Alexander. Der Alte hat ihn vor Jahren rausgeworfen.« Wut blitzte in den Augen.

»Warum?«

»Fragen Sie ihn doch selbst.«

»Ich frage aber Sie.«

»Weil er den Alten hasst wie die Pest. Hat immer auf Mutters Seite gestanden.«

»Was wollen Sie damit sagen?«

Görgen warf den Kopf zurück und blickte aus dem Fenster. »Sie säuft seit Jahren. Massiv. Jeder weiß Bescheid und ignoriert es. Sie hat Vater laufend vorgeworfen, er habe ihre Vorstellungen vom Leben zerstört, sei egoistisch gewesen und habe sie überredet, mit den Kindern weg aus der Stadt hierherzuziehen, sie gezwungen, ihren Beruf zu schmeißen. Dabei hat sie ja nicht einmal zu Ende studiert. Er würde sie betrügen, kommt dann noch, bevor sie ins Delirium fällt. Dummes Geschwätz, wenn Sie mich fragen. Alles Selbstschutzbehauptungen, damit sie sich nicht eingestehen muss, dass sie es ist, die die Flasche aufschraubt.« Görgen schüttelte leicht den Kopf. »Sie ekelt mich seit jeher mit ihrer Sauferei an. Doch Alexander hat immer zu ihr gehalten und sich mit Vater angelegt. Eines Abends haben sich die beiden wegen ihr geprügelt, woraufhin der Alte ihn aus dem Haus geworfen hat.«

»Wo ist Alexander?«

»Lebt in Koblenz mit seiner Frau und einem Kind. Ich habe den Kontakt zu ihm verloren. Er telefoniert oft mit Mutter. Fragen Sie bei ihr nach, wenn es möglich ist.«

»Ihre Mutter, wann kann ich sie ...?«

Görgen schnitt Lichthaus das Wort ab: »Vergessen Sie's. Die Schnapsdrossel ist nicht ansprechbar. Lallt nur rum und ist kaum in der Lage zu kapieren, dass ihr Mann tot im Stall hängt. Dieses Wrack hat mit der Mutter, die ich in Erinnerung habe, nichts mehr zu tun. Sie könnte ihn niemals auf diese Weise umbringen ...«, er zögerte, »… auf keine Weise. So gegen Mittag wird sie wohl wieder ein bisschen klar denken können. Versuchen Sie es dann.«

»Was glauben Sie, wer kommt als Täter infrage? Wo sitzen die Feinde Ihres Vater?«

»Er hatte keine Feinde.« Schuldbewusst wichen seine Augen Lichthaus' bohrendem Blick aus und schauten ins Leere. Barsch versuchte Roland Görgen seine Unsicherheit zu übertünchen: »Aber das rauszufinden, ist Ihr Job. Ich habe ganz andere Probleme. Kommende Woche wird der Alleenhof eine Auszeichnung bekommen. Von unseren politischen Freunden arrangiert.«

Er machte eine kleine Pause um die zaghafte Drohung deutlich werden zu lassen. »Tolle Werbung. Der Landwirtschaftsminister aus Berlin hat sich sogar angesagt, und jetzt dieser Mist. Ich muss unbedingt mit den Zuständigen aus dem Ministerium telefonieren. Wenn Sie noch etwas wissen wollen, rufen Sie mich an.«

»Wann soll der Besuch stattfinden?«

»Freitag.«

»Ich …«

Die Tür krachte ins Schloss, und weg war er. Einige Sekunden später hörte man ihn mit den Mitarbeitern brüllen. Lichthaus beherrschte seinen Ärger und sah sich einen Augenblick um. Er hatte das Büro neben dem Hofladen besetzt, um die Leute zu befragen, doch Görgen war so schnell hereingekommen, dass es ihm nicht möglich gewesen war, sich ein Bild zu machen. Der Raum war eng, aber sauber und durch die hohen Fenster fiel ausreichend Licht herein. Siran hatte alle Schränke und Schubladen ordentlich versiegelt. Auf den Regalen herrschte penible Ordnung. Die Rückenschilder auf den Ordnern, die in langen Reihen nebeneinanderstanden, zeugten von einer gut organisierten Buchhaltung. Gelb für die Rinderhaltung nach Jahren geordnet, rot für die Schweine und blau die Hühner, pflanzliche Erzeugnisse in grün. Nur in den Ecken drückten sich ein paar Wollmäuse.

Auf einem Board eine Kaffeemaschine der Art, die Lichthaus so hasste. Daneben drei Tassen. Die eine mit Smiley, die anderen weiß mit angeschlagenem Rand.

Direkt vor ihm der Schreibtisch mit dem unvermeidlichen Bildschirm und einem Foto der Familie aus besseren Tagen. Horst Görgen wirkte hierauf wie das Ebenbild seines ältesten Sohns, sah man einmal von seinem damals schon lichten Haar ab. Neben Roland, den er sofort wiedererkannte, befanden sich noch zwei Kinder und Renate Görgen auf dem Bild. Die beiden, anscheinend Alexander und Anne, waren jünger als ihr Bruder und kamen körperlich mehr nach der Mutter. Das Foto zeigte sie als eine attraktive Frau mit intelligenten Augen, einem angenehmen Lächeln im hübschen Gesicht und dicken braunen Locken, die sie nach der Mode der Achtzigerjahre zu einer riesigen Mähne frisiert hatte. Ihr Mann hatte seinen Arm um sie gelegt und strahlte vor Glück. Lichthaus würde herausfinden müssen, was seitdem geschehen war. Er musste die Tochter Anne und vor allem Alexander erreichen.

Stöhnend streckte er sich und vertrieb die Müdigkeit, die ihn in dem überheizten Raum zu übermannen drohte. Draußen sah er Roland wild gestikulierend einen Angestellten anschreien, der in Metzgerkleidung in der Sonne stand und rauchte. Als Görgen sich wegdrehte und ging, zeigte der andere ihm den Mittelfinger und schnippte ihm die Kippe hinterher.

Lichthaus grinste und ging zu Steinrausch, der seine Befragungen nebenan im Sozialraum beendet hatte, und rief Siran hinzu. Die Ergebnisse waren dünn. Die Verkäuferinnen im Hofladen arbeiteten nur Teilzeit und kannten die Verhältnisse kaum. Alle wussten von der Alkoholkrankheit Renate Görgens, die offenbar auch nicht mehr zu übersehen war. Die Verfeindung von Horst Görgen und seinem jüngeren Sohn Alexander war schon lange Allgemeinwissen. Von anderen Streitigkeiten war ihnen nichts bekannt.

Nach kurzer Diskussion kamen sie überein, dass Siran mit einigen Streifenbeamten die Nachbarn checken und die Techniker das Büro unter die Lupe nehmen sollten. Lichthaus hielt es für das Beste, wenn Steinrausch ins Präsidium fuhr, um ein Profil und eine Vita des Toten zu erstellen. Er selbst würde noch Gregor Billen über die Situation beim Auffinden der Leiche befragen und es bei

Renate Görgen versuchen. Eine erste Besprechung legte er für fünfzehn Uhr fest.

*

Gregor Billen war klein gewachsen, vielleicht einen Meter siebzig groß. Ein Zwerg im Vergleich zu seinem Chef. Doch als er sich jetzt mit blutiger Schürze an den leeren Zerlegetisch lehnte, sah man ihm an, dass er es gewohnt war, lange und körperlich hart zu arbeiten. Die Hände waren dick und schwielig, die Arme muskulös. Lichthaus hatte ihn nach einigem Suchen in der Hofschlachterei gefunden, wo er in einem blutbefleckten, feuchtwarmen Raum in Gummistiefeln herumhantierte. Der Metzger hatte zwei Tätowierungen auf den Unterarmen, die unprofessionell in die Haut gestochen worden waren. Sie erinnerten Lichthaus augenblicklich an diverse Knasttattoos und er rechnete damit, den Mann in ihrer Kartei zu finden.

»Haben Sie schon mal gesessen?« Die Frage war raus, bevor er sich bremsen konnte.

»Tolle Begrüßung.«

»Entschuldigung, ist mir so rausgerutscht, als ich Ihre Tattoos gesehen habe. Sie lieben Ihren Juniorchef, was? Ich habe Ihre Darbietung vorhin auf dem Hof beobachtet.«

Billen grinste entspannt. »Er ist eben ein Arschloch, doch das wissen alle.« Sein Blick wanderte zu seinen Armen. »Ist über zwanzig Jahre her meine bewegte Jugend. Schauen Sie mal in die Akten. Hab sechs Monate Jugendstrafe wegen Diebstahls gekriegt.« Er lehnte sich bequem zurück und zog die Schutzhaube von den raspelkurz geschnittenen braunen Haaren. »Ich bin sauber und schon eine Ewigkeit nur noch Metzger.«

»Wo haben Sie vorher gearbeitet?« Die Umgebung war Lichthaus unangenehm. Der Geruch nach Fleisch, Fett und Blut erinnerte ihn an den Toten, und er versuchte, möglichst nichts zu berühren.

»Gelernt hab ich in Trier, dann war ich über zehn Jahre in Schweich in einer Metzgerei. Hab mich da auf die Wursterstellung spezialisiert und den Meister gemacht. Als mein Chef aus Altersgründen aufgehört hat, bin ich durch Zufall zu den Görgens gekommen und bau seitdem die Hofschlachterei weiter aus. In Schweich hätt ich auch gerne den Laden übernommen, aber die Bank wollte mir kein Geld geben. Wegen'm Knast, Sie wissen schon.«

»Das klebt an einem bis zur Bahre. Also, Sie haben ihn im Stall aufgehängt an einem Balken gefunden. Wieso? Sie arbeiten doch hier und nicht im Stall?«

»Ich fang morgens um fünf an, wenn geschlachtet wird. Der Geselle und ein Helfer steigen meistens später ein. Heute sind Rinder dran.« Er schaute vielsagend an seiner blutigen Kleidung hinunter. »Als ich auf den Hof gekommen bin, war es überall dunkel, und die Türen im und um das Schlachthaus rum waren abgeschlossen. Ich hab mich gewundert, denn normalerweise hat der Alte alles vorbereitet. Also bin ich los, ihn suchen. Der kann ja auch mal verpennen.« Er schüttelte den Kopf. »Zuerst bin ich zum Wohnhaus klingeln. Anfangs nur so ein bisschen und dann Sturm. Aber keiner hat aufgemacht. Weil ich nicht wusste, wie ich ins Schlachthaus rein kommen sollte, hab ich Roland angerufen, der hat noch im Bett gelegen und mich angeschnauzt, das Arschloch! Der konnte sich aber auch keinen Reim darauf machen. Er hat nur gemeint, ich solle mich mal umsehen.«

»Sie besitzen keine Schlüssel für die Metzgerei?«

»Klar, nur hab ich den verschlampt. Ich dachte mir, dass Horst vielleicht dabei sei, das Vieh für heute rüberzutreiben und bin in den Stall, doch da war er nicht. Als ich schon halb wieder raus war, hab ich die Unruhe bei den Schweinen gehört. Das sind nur unsere Zuchtschweine, die Mast ist woanders. Ich ans Tor, das Licht angeknipst und nach hinten durch. Da hing er dann. Die Viecher sind im Blut rumgetappt und haben es aufgeleckt. Ich darf gar nicht dran denken. Hier hab ich laufend mit Blut und so zu tun, aber das war schrecklich.«

Es war für Lichthaus interessant zu sehen, wie Billen, der geradewegs vom Schlachten der Rinder kam, bei seiner Erinnerung erschauderte und einen Augenblick lang schwieg. Er hatte häufig beobachten können, wie Menschen in Schubladen dachten, in die sie alles einsortierten, was ihnen begegnete. So fand selbst grausames Handeln seinen Platz und damit eine Legitimation. Das Gewissen blieb völlig ruhig, so wie bei Adolf Eichmann. Dinge, die keiner Schublade zugeordnet werden konnten, waren für dieselben Individuen hingegen befremdend oder sogar schockierend. Der Metzger war wohl auch solch ein Paradebeispiel.

Billen fing sich: »Hat mich tierisch umgehauen. Ich bin sofort weg und hab die Polizei angerufen. Dann Roland.«

»Wie hat er reagiert?«

»Er war geschockt. Hab ich bei dem bisher nie erlebt. Total neben der Spur. Sogar noch, als er ungefähr fünf Minuten später auf den Hof gerast ist. Aus dem Auto raus und ab in den Stall. Als er wiedergekommen ist, hat er geflennt.«

»Ist Ihnen etwas Besonderes aufgefallen?«

»Nein«, er schüttelte den Kopf, »ich geh schon die ganze Zeit den Morgen immer wieder durch, doch da ist nichts. Alles war an seinem Platz. Wie immer.«

»Und an den Tagen davor?«

Wieder nur Kopfschütteln.

»Roland und sein Vater hatten gestern Abend einen Streit. Was wissen Sie darüber?«

Die Frage war Billen unangenehm. »Hören Sie, ich red nicht gerne über den Chef.«

»Es bleibt unter uns.«

»Wer's glaubt. Aber ich muss wohl. Die beiden haben sich ständig in den Haaren gelegen. Roland will Geld verdienen, und Horst seine Ideale umsetzen. Dem Jungen ist es so ziemlich egal, ob er bio oder nicht bio produziert, Hauptsache die Kasse stimmt. Haben Sie sein Haus gesehen, diesen neumodischen Kasten? Der frisst ordentlich Kohle. In ihrem Gebrüll ging es um Dünger. Ich hab die Hälfte nicht verstanden, kenn mich halt nicht aus mit den Auflagen und so weiter. Das Letzte, was er zu seinem Alten gesagt hat, war: Leck mich am Arsch.«

»Rabiate Sprache. Glauben Sie, dass Roland auch gewalttätig werden könnte?«

»Nein. Der ist ein Kotzbrocken und springt mit uns um wie mit dem letzten Dreck, aber so weit würde er nicht gehen. Ein Saukerl schon, doch kein Mörder. Außerdem schien der an seinem Vater zu hängen. Trotz des Streits. Ich hab einmal beobachtet, wie Horst von der Leiter gefallen ist. Roland war extrem fürsorglich. Hat den Arzt gerufen, ihm aufgeholfen und was zu trinken gebracht, richtig liebevoll. Hätt ich nicht für möglich gehalten. Der war das nicht.«

Lichthaus nickte. Die Aussage deckte sich mit Rolands Angaben. Er wechselte das Thema: »Verarbeiten Sie hier nur eigenes Fleisch?«

»Nein.« Billen lächelte und wurde locker, da er nun auf sicherem Terrain unterwegs war. »Kommen Sie mal mit.«

Er ging voran durch einen glitschigen Korridor und öffnete die nächste Tür, die ins Schlachthaus führte. Zwei Männer in wasserdichten Hosen, beschichteten Schürzen und Gummistiefeln spritzten mit heißem Wasser den Boden ab. Eine braunrote Brühe lief in den Abfluss. Billen brüllte etwas, das Lichthaus jedoch nicht verstand, woraufhin die beiden die Arbeit einstellten und verschwanden.

»Hier wurden vorhin zehn Rinder geschlachtet. Wir verarbeiten nur Vieh aus der Umgebung. Die Tiere haben so weniger Stress während des Transports. Das ist human und gut fürs Fleisch, da Stresshormone auf den Geschmack schlagen. Unsere werden von der Weide oder aus dem Stall direkt hereingeführt und bekommen unmittelbar danach einen Bolzen ins Hirn. Sie sind auf der Stelle weg. Keine Tierquälerei. Dann wird der Halsschnitt angebracht, um sie auszubluten. Füße und Kopf ab- und aufhängen.«

Lichthaus schaute automatisch zur Winde an der Decke, erkannte jedoch sofort an der Größe der Apparatur, dass hier niemand Werkzeug hatte ausleihen können, um Horst Görgen in die Höhe zu ziehen. »Wir entfernen die Haut und nehmen die Tiere aus. Das Fell kommt in eine Gerberei. Leber, Nieren, Zunge und so weiter landen im Verkauf, der Rest geht nach Rivenich zur Verbrennung. Das Blut wird aufgefangen und verkauft. Wohin weiß ich nicht. Wenn wir Schweine schlachten, machen wir daraus Blutwurst. Die Rinderhälften gehen ins Kühlhaus zur Reifung.« Er sah Lichthaus' fragenden Blick und grinste. »Sie sagen dazu wohl abhängen.«

»Wie viele Rinder stehen hier auf dem Hof?«

Billen dachte einen Augenblick nach und zuckte schließlich mit den Schultern. »Ich hab da keinen exakten Überblick. Horst hat mir mal erzählt, dass wir so um die einhundert Milchkühe halten, aber auch einige Mastrinder. Es gibt eine Obergrenze, die ein Biohof nicht überschreiten darf, das hängt mit der eigenen Futterproduktion und der Hektarfläche zusammen, doch dafür bin ich der falsche Ansprechpartner.«

»Und Schweine?«

»Die genaue Zahl kann ich Ihnen nicht sagen. Wegen des Gestanks ist der Stall ein Stück weg. Hier am Hof sind nur die Sauen, die gedeckt werden sollen.«

»Ist die Metzgerei ausgelastet?«

»Nein, wir verarbeiten für benachbarte Biobetriebe mit.« Er deutete auf einen kleinen Tisch, auf dem noch die Ohren lagen. Das Blut an den Schnittflächen war schwarz verkrustet. »Rinder sind in ganz Europa einheitlich zu kennzeichnen. Sobald wir ein fremdes Tier zur Schlachtung übernehmen, wird eine Zugangsmeldung ausgelöst, der Lieferant meldet den Abgang, obwohl er das Fleisch ja zurückbekommt, und wir den Zugang. Die Meldung erfolgt anhand der Ohrmarken. So wird eine lückenlose Dokumentation gewährleistet.«

Sie gingen weiter ins Kühlhaus. Lichthaus sah ein paar Rinder- und Schweinehälften von der Decke baumeln. Gleich daneben befand sich die Wurstküche mit ihren unbekannten Gerätschaften, die sauber und unbenutzt auf den nächsten Einsatz warteten.

»Morgen sind Schweine dran, dann zwei Tage Verarbeitung. Wurstproduktion, Zerlegung, salzen und räuchern. Seit den letzten Skandalen ist die Nachfrage extrem nach oben geschnellt, sodass wir manchmal Rinder aus anderen Biohöfen für unseren Laden zukaufen müssen. Wir überwachen die Herkunft aber wie gesagt streng. Verkauft wird hier und in Trier auf dem Wochenmarkt. Aber nicht nur Fleisch, auch Gemüse, Eier, Käse und Milch.«

Sie beendeten den Rundgang und betraten den Hofladen durch den Hintereingang. Lichthaus verabschiedete sich von Billen, erinnerte ihn, das Gesprächsprotokoll zu unterzeichnen, und sah sich um.

Der Verkaufsraum war größer, als es von außen den Anschein hatte. Anders als in vergleichbaren Läden, die er gesehen hatte, gab es Regale zur Selbstbedienung, in denen insbesondere verpackte Produkte, wie Nudeln oder Müsli, angeboten wurden. Langsam schlenderte er hindurch und erkannte einiges von zu Hause wieder. Claudia achtete sehr auf ihre Ernährung und wäre womöglich eine gute Kundin gewesen, wenn dieser Hofladen in akzeptabler Reichweite läge. Die Einrichtung war in dunklem Holz gehalten und vermittelte einen nachhaltigen Eindruck, der auch von der alten Bausubstanz, den unebenen Bodenplatten und den schön hergerichteten unverputzten Mauern unterstützt wurde. Eine ruhige Atmosphäre ging von dem Laden aus. Neben den Regalen befand sich der Bereich für frische Waren, in dem mehrere Kunden zwischen diversen Apfelsorten und Gemüsen auswählten. Den leisen Gesprächen zufolge hatte die Nachricht über den Mord bereits den Weg in die Welt gefunden. Lichthaus rechnete praktisch sekündlich mit dem Eintreffen der Presse.

Der hintere Teil des Verkaufsraums wurde von der Fleischtheke und den Kühlregalen mit Milchprodukten eingenommen. Er trat heran und musterte die Auslagen, während ihn eine der Angestellten, die eine saubere, dunkelblaue Schürze mit der Aufschrift »Alleenhof« trug, misstrauisch beäugte. Offensichtlich hatte sie ihn wiedererkannt. Die Anspannung in der Atmosphäre löste er, indem er Steaks und etwas rohen Schinken kaufte. Aus der Kühlung nahm er noch zwei Weichkäse der Hofkäserei und einen Liter Milch.

*

Nachdem er gezahlt und die Einkäufe in seinen Wagen gebracht hatte, war es kurz vor elf, und er ging zum Wohnhaus in der Hoffnung, die Ehefrau des Toten ansprechbar vorzufinden, aber er wurde enttäuscht. Eine mittelalte Frau mit blondiertem Haar öffnete vorsichtig die Tür. Ihre stämmige Figur war in saubere Jeans und einen braunen Rollkragenpullover gekleidet. Eine Bernsteinkette hing vom Hals herunter über ihre stattliche Brust, um dann in der Luft zu baumeln. Ihr von Falten bereits tief zerklüftetes Gesicht wirkte ängstlich, doch fixierten ihn die grauen Augen mit festem Blick, als sie ihm in gebrochenem Deutsch mitteilte, dass Renate Görgen nicht zu sprechen sei. Lichthaus' Laune kippte, und er wollte auf einer Befragung bestehen, als aus dem Obergeschoss klagendes, fast hysterisch anmutendes Geschrei herunterdrang. Einzelne Worte waren nicht zu verstehen, und er war nicht in der Lage, sich auch nur vorzustellen, ob Trauer oder Alkohol oder aber beides zusammen den Ausbruch ausgelöst hatten. Es war furchtbar anzuhören. Sein Blick begegnete dem der Osteuropäerin, er tippte auf Polin. Ihre Augen flehten ihn an zu gehen, als die verzweifelten Schreie erstarben und in wimmerndes Schluchzen übergingen, das leiser werdend endlich verstummte.

»Wer sind Sie?«

»Ich habe Papiere. Ich darf arbeiten.« Sie rang die Hände.

»Die können Sie den Kollegen zeigen. Ich möchte nur wissen, wer Sie sind, wo Sie wohnen und wo Sie die vergangene Nacht verbracht haben.«

»Ich bin Elzbieta Kowalski, hier man sagt Elka, ich komme aus Glogów in Polen. Ich bleibe drei Monate. Frau Görgen ist krank. Ich putze und koche und mache die Wäsche.«

»Wohnen Sie hier auf dem Hof?«

»Über dem Laden ist kleines Appartement.«

»Waren Sie gestern Abend auch dort?«

Ihr Akzent wurde stärker: »Ja. Ich war im Haus bis acht. Nach dem Essen ich gehe immer in Wohnung und fernsehen.«

»Ist Ihnen irgendetwas aufgefallen?«

Sie blinzelte und setzte eine bedauernde Miene auf. »Niestety nie. Entschuldigung, ich spreche polnisch. Leider nein.«

Eine Lüge, er sah es ihr an. »Sie wissen, dass Sie die Wahrheit sagen müssen?«

Leichte Röte überstrich das nun angespannte Gesicht. »Natürlich. Aber ich habe nichts gesehen.«

»Was ist gestern Abend passiert? Wie ist das Verhältnis der Görgens untereinander?«

»Ich verstehe nicht ...«

»Elka!« Ein jammernder Schrei würgte ihren Satz ab. Sie zuckte mit den Schultern und schaute Lichthaus fragend an. Er sah ein, sich wohl oder übel noch gedulden zu müssen, und ließ die Frau vom Haken.

»Gehen Sie zu ihr, doch ich werde später Ihre Aussage aufnehmen.«

Ihren Protest ignorierte er, wandte sich nach einem kurzen Nicken ab und ging davon. Roland Görgen log. Elzbieta Kowalski log. Irgendetwas begann zu stinken, und er nahm die Fährte auf.

Da er Roland nirgendwo finden konnte, rief er ihn an. Sie verabredeten sich für den kommenden Morgen zu einem weiteren Gespräch, wobei Lichthaus deutlich machte, dass seine Mutter dann ebenfalls ansprechbar sein sollte.

*

Gebeugt stand Spleeth vor dem Stall und sprach mit einem untersetzten Mann, der, in einen Allwetterparka gehüllt, konzentriert zuhörte. Als er hinzutrat, drehte der Unbekannte sich um und lächelte ihn offen an.

»Oliver Brauckmann von der Staatsanwaltschaft. Sie sind Hauptkommissar Lichthaus?«

Der Mann war erst seit Kurzem im Dienst und bisher noch nicht mit der Mordkommission in Berührung gekommen. Er, vielleicht Ende zwanzig, gestand unumwunden, dass er zum ersten Mal einen Fall mit ungeklärter Todesfolge zu bearbeiten hatte und die Fahndung gerne lernend begleiten und wo immer möglich unterstützen würde. Das gefiel Lichthaus. Er hatte schon junge Staatsanwälte erlebt, die sich in alles einmischten, auch wenn sie von den Dingen nachgewiesenermaßen wenig verstanden. Erfahrene Beamte griffen nur dort ein, wo es sein musste. Brauckmann würde diese eher passive Haltung hoffentlich später ebenfalls einnehmen.

Spleeth räusperte sich. In dem weißen Schutzanzug, aus dem sein dürrer Hals mit dem unentwegt hüpfenden Adamsapfel herausragte, erinnerte er Lichthaus an einen der Geier aus Disneys Dschungelbuch.

»Wir haben bisher zwei erwähnenswerte Befunde. Schuhabdrücke am Zugang zum Stall und einen weiteren im Blut unter der Leiche. Die Analyse hat gezeigt, dass sie aus der vergangenen Nacht stammen und nicht dem Toten zuzuordnen sind. Einer meiner Leute macht gerade ein Gangprofil. Die Abdrücke lassen sich einige Meter verfolgen. Der Mann – Schuhgröße vierundvierzig passt nicht wirklich zu einer Frau – ist durch die Öffnung für die Tiere reingekommen.«

»Wissen Sie schon was zum Tathergang?«

»Ja. Das Opfer wurde etwa zehn Meter von der Tür entfernt mit einem Elektroschocker betäubt und nach hinten geschleift. Das war leicht zu erkennen. Gummiabrieb, der wohl von Görgens Stiefeln stammt, eine eindeutige Schleifspur und so weiter. Dann hat der Täter den Bewusstlosen da hochgezogen, wo er jetzt hängt. Es wurde ein Flaschenzug benutzt.«

»Ein Täter?«

»Kann ich noch nicht abschließend sagen, es sind bisher zwar nur zu einer Person Erkenntnisse vorhanden, doch fehlt natürlich die Feinanalyse. Zum Flaschenzug: Wir haben am Balken Faserspuren gefunden, die nicht zu dem Seil gehören, an dem Görgen hing, und von der Struktur her auch nicht zu den Hanfseilen passen, die wir hier im Stall finden konnten. Der Abrieb dort oben ist sicherer Beweis für so ein Ding. Ansonsten sollten wir die Analysen abwarten.«

»Simulieren Sie gegebenenfalls das Hochziehen. Todeszeitpunkt?«

»Ich korrigiere mich. Gestern Abend zwischen neun und zwölf Uhr. Die Totenstarre ist voll ausgeprägt, die Leichenflecken lassen sich wegdrücken, konfluieren aber. Dann ist da noch etwas, das ich Ihnen unbedingt zeigen muss.«

Emsig verschwand er und kam praktisch augenblicklich mit einem Plastikbeutel für die Beweissicherung wieder. »Sehen Sie hier«, er hielt den anderen den Beutel vor die Nase, »das ist das Band, mit dem die Augen verklebt waren.«

»Was ist mit den Augen. Die Ärztin hatte etwas erwähnt.«

»Ausgestochen. Ich habe gesehen, dass das Klebeband über den Augenhöhlen die Form des Augapfels nicht nachbildet, und einen Kollegen beauftragt, es abzuziehen. Der ist gleich raus zum Kotzen.« Spleeth grinste schmierig.

»Das ist ja ekelhaft.« Lichthaus verzog das Gesicht. »Ja, und?«

»Es ist was draufgeschrieben.«

»Was?«

Lichthaus griff nach dem Beutel. Der Klebestreifen war stahlgrau, etwa fünfundzwanzig Zentimeter lang und an beiden Enden glatt, fast rechtwinklig abgeschnitten. Wie er schon im Stall bemerkt hatte, war ein Großteil des Bands mit verkrustetem Blut bedeckt, doch es waren deutlich Druckbuchstaben zu erkennen. Er kniff die Augen zusammen und drehte den Oberkörper so weit, dass der Lichteinfall ideal war. »Mann, ist das klein geschrieben, was steht da? ... exet condemnat et oratio eius sit in pe...« Er stockte. »Was soll das denn bedeuten?«

Spleeth schüttelte den Kopf. »Keine Ahnung. Das ist Latein.«

»Cum fuerit iudicatus exeat condemnatus et oratio eius sit in peccatum soll das wohl heißen.« Matt grinsend schaute Brauckmann die Polizisten an. »Es geht nichts über eine humanistische Bildung. Latein Leistungskurs. Das heißt in etwa: Wenn man ihn verurteilt, muss er verdammt werden, und seine Gebete sind Sünde. Eine Art Urteilsspruch.«

»Das hat uns noch gefehlt. Ein selbsternannter Richter.« Lichthaus stöhnte.

Teilnahmslos zuckte Spleeth mit den Schultern. »Das ist Ihre Aufgabe, aber so wie der Mann traktiert wurde, war ordentlich Wut im Spiel.«

»Wie lange braucht ihr für den Tatort?«

»Wahrscheinlich den restlichen Tag. Einen ersten Bericht kann ich frühestens heute Abend vorlegen.«

»Gut. Wenn das Band gesäubert ist, schicken Sie mir bitte ein Foto.« Lichthaus wandte sich an den Staatsanwalt: »Wissen Sie, woher das Zitat stammt?«

»Nein, aber füttern Sie mal das Internet. Klingt wie aus der Bibel. Die ganze Inszenierung ist ziemlich plakativ. Da will uns einer was mitteilen.«

»Na, hoffentlich haben wir es nicht mit religiösen Fanatikern zu tun oder mit Freaks aus der Gewaltspielszene, die mal probieren wollten, wie sich das so im realen Leben anfühlt. Das hatten wir ja erst vor Kurzem in Norwegen.«

Sie entschieden, Görgen zur Obduktion freizugeben, und verabredeten gerade eine erste Lagebesprechung für den Mittag, als die Presse eintraf. Der Trierische Volksfreund fuhr auf den Hof, und Lichthaus beeilte sich, ins Auto zu kommen und es dem Staatsanwalt zu überlassen, die Informationen weiterzugeben und die Meute vom Hof zu verdrängen.

*

Kurz darauf parkte er auf einer Anhöhe und stieg aus. Die Sonne gewann an Kraft und wärmte ihn soweit, dass er auf den Parka verzichtete. Vor ihm in der Senke lag der Alleenhof. Er konnte die Techniker in ihren Anzügen umhergehen sehen. Zu seiner Rechten befand sich ein langgezogenes Gebäude, das wahrscheinlich der Schweinestall war. Er schätzte den Abstand grob auf dreihundert Meter. Dazwischen lagen Weiden und Felder, auf denen sich das erste Grün zeigte, aber noch viel Wasser vom Regen der letzten Tage stand. Auch der Boden unter seinen Füßen war nun aufgetaut und fühlte sich schwammig an. Etwa zwei Kilometer entfernt sah er die Häuser von Dreis, davor die kleine Siedlung, die sie morgens passiert hatten, und links, von seinem Standpunkt aus kaum hörbar, rauschte die Autobahn. Der Weg hierher führte weiter durch ein Waldstück hinauf nach Bergweiler. Für den Täter war es ein Leichtes gewesen, ungesehen auf den Hof zu gelangen. Ein Netz aus geteerten Feldwegen überspannte die gesamte Flur. Er brauchte nur von der L 43 in die Felder abzubiegen und außerhalb von Hör- und Sichtweite zu parken. Fünf Minuten später könnte er schon vor Ort sein. Lichthaus studierte das Gelände zu seinen Füßen und versuchte, einen wahrscheinlichen Anfahrtsweg auszumachen, doch es gab schlichtweg zu viele Alternativen.

Eine kalte Windböe fegte über ihn hinweg und nahm ihm die Illusion des Frühjahrs. Er floh in die Wärme des Wagens, fuhr jedoch nicht sofort los, sondern schenkte sich einen Darjeeling aus. Hierbei musste er lächeln. Seit Siran bei ihnen war, diskutierten die beiden häufig, ob nun der Darjeeling Second Flush oder Sirans Çay der bessere Tee sei. Mittlerweile kam Lichthaus ins Schwanken, denn der süße Tee aus den kleinen Gläsern, die der Kollege dem Kommissariat gespendet hatte, schmeckte wundervoll.

Er lehnte sich zurück und blinzelte wieder in die Sonne. Sofort kehrten seine Gedanken zu dem Mord an Horst Görgen zurück. Sie hatten es, da war er sich sicher, mit einer Beziehungstat zu tun, was nicht ungewöhnlich war, da fast alle Morde im persönlichen Umfeld geschahen. Meistens sogar in der Familie. Was ihn irritierte, war die Brutalität der Tat. Außerdem nährte das Klebeband seine Zweifel. Der lateinische Satz konnte auf andere Motive verweisen. Ein religiöser Hintergrund schien möglich. Sie würden hier ansetzen und religiös-militante Spinner ausfindig machen müssen. Aber auch durchgeknallte Killerspieler, zu denen die plakative Ausführung der Tat passte, waren nicht auszuschließen. Eigentlich glaubte er nicht daran, doch es blieb eine Option. Sie mussten abwarten, was die Kriminaltechniker noch herausfinden würden. Neugierig zog er seinen Tablet-PC hervor, den er neuerdings für Notizen, Fotos und Kurzrecherchen im Internet nutzte und suchte nach Ego-Shootern, aber das Ergebnis war ernüchternd: Mehr als einhunderttausend Einträge entsprachen seiner Anfrage. Er schaltete ab und lehnte sich zurück. Das war etwas für die Techniker.

Der Tee war heiß und wärmte, machte ihn aber auch schläfrig.

In der Familie jedenfalls stank es ganz gewaltig. Das Zerwürfnis zwischen dem Vater und seinem Sohn Alexander, die Konflikte zwischen den Söhnen, eine Ehekrise bei den Alten und mitten in dem Tohuwabohu die polnische Haushälterin. Wenn sie in der Familie nicht fündig würden, musste das Opfer den Zorn anderer erregt haben. Doch die Frage war, wie ein Ökobauer das hinbekam. Er hoffte, dass Steinrausch bereits erste Anhaltspunkte würde liefern können.

Geräuschvoll schlürfte er die letzten Tropfen aus dem Becher und schraubte ihn wieder auf die Thermoskanne.

Als er wenig später an Roland Görgens Haus vorbeikam, hielt er und klingelte am Tor, aber niemand rührte sich hinter dem modernen Ziergitterzaun. Ein Fußball lag verwaist auf der Wiese und wirkte wie ein Fremdkörper in dem ansonsten perfekten Arrangement. Das Grundstück war riesig, maß wohl zweitausend Quadratmeter und bot dem darauf stehenden Gebäude den richtigen Rahmen. Die weitläufigen Rasenflächen wurden nur hier und da von vereinzelten Beeten mit gestylten Büschen und Sträuchern unterbrochen und sahen dermaßen gleichmäßig aus, dass Lichthaus von Rollrasen ausging. Ganz billig war das nicht, passte jedoch in das exquisite Ambiente des Anwesens.

Das Haus selbst war aus zwei Baukörpern konstruiert worden. Der linke Teil hatte Würfelform. Zur Straße hin wurde die Front auf beiden Etagen fast vollständig von großen Glasflächen eingenommen. Parterre war eine Terrasse, die von einem schrägen Steinbeet begrenzt wurde. Es ging in ein Wasserband über, das über die Hausbreite verlief. Im ersten Stock, unter dem überstehenden Flachdach befand sich ein durchgehender Balkon, auf dem zwei Deckchairs und ein kleiner Tisch standen. Lichthaus vermutete dort oben die Schlafzimmer. Der Wohnbereich schien im Erdgeschoss zu sein. Durch die grauen, deckenhohen Fensterrahmen konnte er gerade noch den Kaminofen und eine ausladende Couchlandschaft sehen. Der zweite Teil des Hauses war schmaler als der andere. Unten lag die Doppelgarage mit Sektionaltor. Was immer sich hinter den an Schießscharten erinnernden Fenstern darüber verbergen mochte, es entzog sich seinen Blicken. Die im Übergangsbereich zwischen den beiden Baukörpern liegende Haustür wurde von großen Edelstahlblumenkübeln flankiert.

Er drückte nochmals auf die Klingel, was nach wie vor ohne Ergebnis blieb.

»Die sind nicht da.«

Er fuhr zusammen und wirbelte herum, konnte jedoch niemanden entdecken. Die übrigen Grundstücke und die Straße lagen wie leergefegt vor ihm.

Wieder wurde gesprochen: »Sie ist gerade eben mit den Kindern losgefahren. Ich bin hier drüben im angrenzenden Garten.« Jetzt entdeckte Lichthaus den Mann, der zu der Stimme gehörte. Es war Roland Görgens direkter Nachbar. »Bläske. Ich heiße Ernst Bläske. Nicht dass Sie meinen, ich läge unentwegt auf der Lauer, doch wenn das Tor aufgeht und ein Auto herausfährt, bekommt man das immer mit.« Er hatte sich mittlerweile zwischen Hecke und Zaun vorgearbeitet und stand nun unmittelbar vor Lichthaus. Die Gestalt war unscheinbar. Mittelgroß, mittelbraune Haare und dem Haus zufolge mittlere Einkommensklasse. Er trug Gummistiefel und einen uralten Mantel. Die Gartenhandschuhe schimmerten dunkel von feuchter Erde. Der Mann registrierte seinen Blick.

»Ich war bei der Gartenarbeit«, seine blauen Augen blickten ausdruckslos auf das Nachbarhaus. »Ihre Kollegen waren eben hier, doch da war sie auch schon fort. Sie sind von der Polizei, oder?«

Lichthaus lächelte. »Sieht man das?«

»Nein.« Sein Lächeln blieb unerwidert. »Ein Nummernschild RPL – 4 steht für die Polizei.«

»Sie sind gut informiert.«

»Internet macht's möglich. Ich bin viel zu Hause. Man hat mich zum Frührentner gemacht, weil die Firma den Bach runtergegangen ist.« Lichthaus verdrehte innerlich die Augen. Was jetzt kommen würde, war eine Litanei zur Ungerechtigkeit der Welt oder sonst etwas, und er musste zuhören, bevor er seine Fragen loswurde. »Mittlerweile bin ich froh drum, bei all der Arbeit.« Er sinnierte seinen Gedanken hinterher. »Er hatte übrigens eine Freundin.«

Lichthaus war von dem Gedankensprung des Mannes überrascht. »Wer?«

Bläske lehnte sich an den Zaun, von dem die Farbe abblätterte, und musterte ihn undurchdringlich. »Na, Horst Görgen. Wegen dem sind Sie doch hier.«

»Äh ... ja.«

»Nun, der war mit einer anderen Frau zusammen. Ich habe die gesehen, als sie an der Salm bei Himmerod spazieren gegangen sind. Die waren eindeutig ein Paar. Sie haben geschnurrt wie zwei rollige Katzen.«

»Kennen Sie die Freundin?«

»Ja. Sie hat oben in Wittlich ein Café. Ich war mal dort. Am alten Marktplatz. Silkes Bistro oder so ein Standardname. Muss viel jünger sein als er. Vielleicht Mitte vierzig.«

»Danke für die Info, dem gehen wir nach. Was ist mit dem Sohn und seiner Familie, Sie leben ja unmittelbar daneben?«

Das Interesse im Gesicht des anderen erlosch, und er sah Lichthaus wieder so ausdruckslos an, wie er es bereits zu Beginn des Gesprächs getan hatte.

»Wie meinen Sie das?«

»Ach, kommen Sie. Wenn es etwas zu wissen gibt, können es einem die Nachbarn meistens sagen. Das Haus hier zeigt ja schon, dass sie sich vom Rest der Leute abheben wollen.«

Bläske schaute hinter den Zaun und trat auf irgendetwas herum. »Die junge Frau könnten Sie mir schenken. Hübsch ohne Frage, aber ständig am Nörgeln. Mit ihm und den Kindern. Ab und zu kracht es da ganz ordentlich. Im Sommer stehen halt die Fenster auf, und da kriegt man ja was mit, ob man will oder nicht. Anfangs ist es eigentlich nur ums Geld gegangen. Sie lebt gerne auf großem Fuß, und er versucht zu bremsen, gibt jedoch immer nach. Markiert den wilden Mann, ist im Prinzip jedoch ein Weichei. Was glauben Sie, was die Bude gekostet hat? Da muss er eine Menge Vieh verkaufen, auch wenn sie halbtags irgendwo arbeitet. Seit einigen Monaten mault sie eher darüber, dass er nie da ist. Ansonsten scheint die Ehe in Ordnung zu sein. Sobald er mal Zeit hat, unternehmen sie alle zusammen etwas, und gelegentlich hört man die beiden beim Sex.«

»Was noch?«

»Standard. Die Kinder sind gut erzogen, von Affären oder so habe ich zumindest bisher nichts mitbekommen. Mehr kann ich Ihnen leider nicht sagen.«

»Was ist mit Horst Görgen?«

»Der ist nur selten drüben, mag seine Schwiegertochter und das ganze großkotzige Gehabe wohl nicht.«

»Sie kennen ihn besser?«

»Nun, während des Baus hier im letzten Sommer war er fast täglich da und hat die Handwerker kontrolliert. Roland war im Hof stärker gebunden, also hat der Alte das übernommen. Wir sind ins Gespräch gekommen, so wie wir beide jetzt. Görgen ist dann öfters auf einen Kaffee geblieben und hat viel erzählt, schien sein Leben in den Griff kriegen zu wollen oder so. Ich habe ihn nicht ausgefragt, er hat von selbst angefangen zu reden. Irgendwie hat es in ihm gegärt, und er musste den Druck ablassen.«

»Worüber hat er denn konkret gesprochen?«

»Streit und Versöhnung mit den Kindern und der Frau. Das Übliche eben. Meistens war sonst wer schuld. Hab's nicht wirklich verstanden, war mir aber auch egal. Mich interessieren die Probleme der anderen nicht, ich kämpfe schon genug mit den eigenen.«

»Was für einen Eindruck hatten Sie von Horst Görgen?«

Bläske dachte einen Augenblick nach. »Nach außen nett, doch eigentlich in seine Ziele verbohrt. Ein Rechthaber. Er hat seinen Nachbarn, diesen Bösen, mit Klagen überzogen. Gnadenlos ist der da rangegangen. Von dem sanften Ökobauern, den er auf dem Hof gespielt hat, war da kaum etwas übrig. Die Leute munkeln, dass er da seine politischen Kontakte aufgefahren hat.«

»Politische Kontakte?«

»Er war bei den Grünen vor Ort lange Zeit der große Macher. In dem einen oder anderen Fall soll er aus diesen Freundschaften skrupellos seinen Nutzen gezogen haben. Als Görgen dann hier rumgesessen und sich beklagt hat, habe ich bei mir gedacht, was für ein Jammerlappen er ist. Mit jedem so hart und mit sich selbstgerecht bis zum Gehtnichtmehr. So, jetzt ist aber gut.« Bläske machte zu. »Ich muss wieder an die Arbeit.« Er begann sich durch die dichten Hecken zu stemmen, doch Lichthaus rief ihm nach.

»Eine letzte Frage: War er später noch mal bei Ihnen?«

»Nein, ich hatte Glück, wenn er mich gegrüßt hat. Das Ganze war ihm wohl peinlich.«

»Danke auch. Wegen der Bistrobesitzerin werde ich gegebenenfalls noch einmal bei Ihnen vorbeischauen.«

Bläske nickte nur, hob knapp die Hand und verschwand in seinem Garten.

Kurz vor der Einmündung in die L 43 sah Lichthaus Roland Görgen mit laufendem Traktor mitten auf einem Feld stehen. Der bullige Mann hatte die Arme auf das Lenkrad gestützt und den Kopf darauf abgelegt. Trotz der verdreckten Seitenscheibe konnte er erkennen, dass Görgen haltlos weinte.

*

Bevor er ins Präsidium fuhr, machte er noch Zwischenstopp zu Hause in Eitelsbach, um die gekauften Lebensmittel abzugeben. Als er die Haustür öffnete, kam Henriette schon um die Ecke geflitzt.

»Papa, Papa.«

Lachend schloss er sie in die Arme und hob den kleinen, energiegeladenen Körper hoch, um ihr einen Kuss auf die Pausbacken zu drücken. Sie schmiegte sich an ihn, und er genoss den Augenblick. Sie trug nur den geringelten Pulli, den seine Schwiegermutter gestrickt hatte, und eine Strumpfhose, die über der Pampers spannte. Dazu Antirutschsocken. Claudia erschien in der Tür des Ateliers.

»Sie hat Ohren wie ein Luchs. Als du hinten um die Kurve gekommen bist, ist sie gleich aufgesprungen und hat Papa gesagt.« Sie grinste.

Lichthaus küsste sie leicht. Ein feiner Tongeruch ging von ihr aus. »Ich habe trotz Leiche ein paar Sachen vom Biohof mitgebracht.« Er hielt die Tüte hoch. »Die wollte ich nur in den Kühlschrank legen, dann muss ich ins Präsidium.«

»Wie war es?«, fragte Claudia neugierig.

Er blieb auf einen kurzen Imbiss und erzählte, während sie den Tisch deckten, von seinen Erlebnissen. Mittlerweile hatte Henriette so ziemlich alles angeschleppt, was ihr in die Hände gefallen war, um es ihm zu geben. Ihre grünen Augen strahlten vor Freude. Sie führte sich immer wie wild auf, sobald er endlich kam, und nahm ihn sofort in Beschlag. Er kitzelte ihren Bauch, woraufhin sie quiekend davonrannte. Normalerweise dürfte er Claudia nichts von den Fakten erzählen, doch das war ihm seit jeher egal. Die Interna waren bei ihr sicher, und er fand in ihren Diskussionen oftmals neue Ansätze. Außerdem wollte er sie teilhaben lassen, hoffte so auf Verständnis für seine Anspannung, wenn die Fälle ihn massiv forderten.

Schließlich saßen sie zusammen. Seine Tochter thronte im Kinderstuhl und aß genussvoll ein Marmeladenbrot, während sie mit ihrer freien Hand alles zu erreichen suchte, was sonst noch auf dem Tisch stand.

»Du kennst doch Anne Görgen von früher. Wie war sie?«

»Wie gesagt, komisch.« Claudia überlegte und rieb sich getrockneten Ton vom Daumen. Sie hatte im Atelier an der Vorlage für eine Skulptur gearbeitet. Ein Teil des ohnehin schon kleinen Gartens war geopfert worden, um eine Bildhauerwerkstatt einzurichten. Sie hatte einige Jahre ausschließlich gemalt und war hierbei auch finanziell sehr erfolgreich gewesen. In letzter Zeit hatte sie sich aber der Bildhauerei zugewandt, die sie in ihrem Kunststudium erlernt hatte. Ihr Gefühl für Proportionen und die Ausdrucksstärke ihrer Figuren verblüfften Lichthaus immer wieder, und er freute sich auf die fertigen Arbeiten, obwohl er anfangs nicht verstanden hatte, wieso sie nun Plastiken erstellte, wo der Verkauf ihrer Bilder doch so gut lief.

»Zu Beginn war sie völlig normal, doch in der Mittelstufe ist sie regelrecht ausgetickt. Hat sich aufgetakelt, als ginge sie zu einer Party und nicht zur Schule. Trat in die Jugendorganisation einer konservativen Partei ein und pöbelte mit den Grünen. Sie sah gut aus. Groß und schlank, hatte allerdings einen hässlichen Zug um den Mund. Fand ich jedenfalls. Ich glaube, sie wollte sich nur gegen diesen ganzen Ökokram auflehnen. Später hatte sie ein Verhältnis mit einem Lehrer, der daraufhin versetzt wurde und dessen Ehe in die Brüche ging. Anne hat sich sogar noch darüber lustig gemacht. Für die Oberstufe wurde sie in ein Internat abgeschoben und ist mir dann nie wieder über den Weg gelaufen. Auf dem letzten Klassentreffen habe ich gehört, dass sie in den USA gelandet sein soll. Was sie genau macht, weiß ich nicht.«

»Kennst du auch andere Familienmitglieder?«

»Alexander war ein Jahr unter mir am Cusanus-Gymnasium. Roland war älter und nicht bei uns auf der Schule. Alex war ein schüchterner Kerl, ich glaube, er hatte das Gefühl, im Schatten des großen Bruders zu leben. Er war auch kleiner als dieser und sein Vater, vermutlich kam er nach der Mutter. Ich mochte ihn. Wir hatten zusammen eine Kunst-AG und mussten gemeinsam einen Adler aus Draht biegen und mit Kunstharz beschmieren. Elende Sauerei. Zu Anfang war er total still. Hat kaum ein Wort gesprochen.«

»Du hast ihm keine Chance gelassen«, witzelte Lichthaus.

»Hahaha«, sie verdrehte die Augen. »Irgendwann ist er aber doch aufgetaut und hat viel erzählt. Er hat Narziss und Goldmund von Hermann Hesse gelesen. Daran kann ich mich noch erinnern. Wie er sich an der Gegensätzlichkeit von Narziss, dem frommen Abt, und Goldmund, dem gottlosen Lebemenschen, der die christliche Askese des Narziss kritisiert, aufgerieben hat, war schon ziemlich krass.«

»Wow. War er religiös?«

»Weiß ich nicht. Ich habe das nie vergessen, so intensiv hat er mir davon erzählt. Es hat Spaß gemacht mit ihm zu diskutieren. Er hatte einen scharfen Verstand, außerdem ist er auf deine Argumente eingegangen. Nun, wenige Monate später hatte ich dann aber meinen ersten Freund, und Alexander ist aus meinem Bilderrahmen gefallen. Ich erinnere mich noch, dass er das Abi ein Jahr verspätet gemacht hat.«

»Ich werde ihn ohnehin befragen, da kann ich das ja klären.«

Henriette hatte mittlerweile mit den Resten ihres Essens den Tisch gleichmäßig eingeschmiert und quengelte vor sich hin, während sie sich die Augen rieb. Nur mit Mühe und einem

Waschlappen gelang es Lichthaus, die Spuren ihres Kampfes mit Brot und Marmelade aus ihrem Gesicht zu wischen. Dann nahm er sie auf den Arm, woraufhin sie ihren Kopf auf seine Schulter legte und sich an ihn drückte.

»Bist du müde, mein Engelchen?«, flüsterte er ihr leise ins Ohr und ging, Claudia zuzwinkernd, mit der Kleinen nach oben. Er genoss es in vollen Zügen, ausnahmsweise einmal mittags hier zu sein, und stahl sich noch die Viertelstunde, um Henriette zum Mittagsschlaf hinzulegen.

*

Wenig später war er im Präsidium. Pflichtschuldigst informierte er kurz Müller, seinen Chef, den er abgrundtief verabscheute.

Im Büro der Kollegen, das gleichzeitig Besprechungsraum war, war Siran voll in Fahrt, als er eintrat. Der junge Türke hatte auf dem Regal eine Heizplatte installiert und war dabei, Çay zu kochen. Lichthaus lächelte und setzte sich an Sophie Erdmanns verwaisten Schreibtisch. Entspannt schaute er dem Kollegen zu, für den das Teekochen ein wichtiges Ritual im Tagesverlauf war. Auch Steinrausch ließ den Jungen gewähren und trank regelmäßig ein Çay Bardagi mit, wie die kleinen Teegläser auf Türkisch hießen. Siran benutzte, wie er Lichthaus vor Kurzem erklärt hatte, eine Doppelkanne, die aufeinandergesetzt wird. Der Wasserkessel, das Çaydanlik, saß unten, darauf kam die eigentliche Teekanne, das Demlik. Darin befanden sich die trockenen Teeblätter, über die er gerade heißes Wasser goss, um es nur wenige Sekunden später in das Waschbecken zu schütten. Nun füllte er das Çaydanlik, setzte das Demlik darauf und stellte beides auf die Heizplatte.

»So, das wär's fürs Erste.« Siran klatschte leise in die Hände, während seine dunklen Augen strahlten. Lichthaus erzählte von den neuen Fakten, die kritische Gesichter hervorriefen.

Siran war so etwas wie die Seele der Kompanie geworden und brachte als Hobbybäcker andauernd irgendwelche Leckereien mit. Er war der Erste gewesen, der alle zu sich einlud, was Lichthaus, als Chef der Truppe, etwas beschämt hatte. Sie arbeiteten intensiv zusammen, ihr Privatleben blieb aber meistens außen vor. Siran hatte diese Zweiteilung überwunden, indem er Sophie Erdmann und Stefan Güttler, ihn und Claudia und auch Steinrausch mit seiner Frau Birgit in seiner engen Altbauwohnung bekochte. Jeder musste seinen Stuhl mitbringen, gegessen wurde an einem Tapeziertisch, doch selten hatten sie einen so angenehmen Abend verbracht. Für den Sommer nun plante Lichthaus ein gemeinschaftliches Grillen in Eitelsbach.

»Was hat die Befragung der Nachbarn ergeben?«

»Wider Erwarten einiges.« Siran öffnete ein Dokument auf seinem Tablet. »Also, zuerst zu den Bewohnern des kleinen Weilers. Hier stehen fünf Häuser plus die Hütte von Roland Görgen. Neben dessen Anhang, den wir nicht angetroffen haben, leben drei ältere Paare, ein alleinstehender Mann und eine weitere Familie mit Kindern dort. Bruno Hemgesburg sagt aus, es war Viertel nach zehn, als ein Auto vorbeigefahren ist, das er nicht kannte. Da er gerade das Licht ausgeschaltet hatte, hat er sich gewundert, dass noch so spät jemand unterwegs war, und ist sich mit der Uhrzeit sicher.« Siran lachte auf. »Da geh ich immer erst vor die Tür. Am Wochenende jedenfalls. Zum Fahrzeugtyp und dem Fahrer konnte er keine weiteren Angaben machen. Zwei Zeugen haben den Pkw auch gesehen, beziehungsweise gehört. Es herrscht da anscheinend kaum Verkehr, wodurch jeder Wagen auffällt. Hier gab's aber zum Typ und dem Insassen Hinweise. Bettina Wirth kann zweifelsohne sagen, dass ein Mann in einem VW-Kombi vorbeigefahren ist.«

»Farbe, Alter oder sonst etwas?«

»Negativ.«

»Mist. Was ist mit Ernst Bläske?«, wollte Lichthaus wissen.

Siran schaute auf. »Woher kennst du denn schon den Namen?«

»Ich war noch ohne Erfolg bei den jungen Görgens, da ist er zwischen den Sträuchern aufgetaucht.«

»Wie bei uns. Er gibt an, dass er sich um seine kranke Frau gekümmert und dadurch nichts mitbekommen hat. Bei der Familie waren die Aussagen ähnlich. Ein Kind zahnt und hat den ganzen Abend geplärrt.«

»Weiter?«

»Ich bin noch zu dem Nachbarhof. Christian Bösen heißt der Bauer. Die Nachbarn haben erzählt, dass er mit Görgen im Clinch lag. Hat einen Prozess verloren. Der hat sich aufrichtig gefreut, als ich ihm erklärt habe, worum es geht.« Siran schüttelte den Kopf. »Meinte nur, es habe den Richtigen getroffen.«

Lichthaus erzählte kurz von dem, was Bläske zum Streit zwischen Görgen und Bösen gesagt hatte, als der Çaydanlik zu dampfen begann. Siran sprang auf und goss das kochende Wasser über die gespülten Teeblätter, füllte die Kanne wieder und platzierte beide wie zuvor übereinandergestapelt auf die Platte. Dann kam er zurück.

»Bösen weigert sich, ohne Anwalt auszusagen, und konnte auch auf meine Nachfrage kein Alibi vorweisen. Als ich noch eine Frage stellen wollte, hat er mir einfach die Tür vor der Nase zugeknallt.«

Steinrausch schüttelte den Kopf: »Der spinnt. Ich schicke dem eine Vorladung.« Er ließ sich die Daten von Siran geben und wollte gleich den Brief schreiben, doch Lichthaus hielt ihn zurück: »Mach mal langsam. Was hast du über Görgen herausgefunden?«

»Unmengen. Da gibt es viel zu tun. Was sagt denn unser allseits geliebter Chef zur Unterstützung oder einer Soko?«

»Na, was wohl?« Lichthaus äffte Müllers nasalen Ton nach: »Das entscheiden wir später. Er will auf die Ergebnisse der Besprechung warten.«

»Toll. Also Horst Görgen ist Jahrgang 48. Sein Vater hat den Hof bis in die Siebziger bewirtschaftet, dann ist der Betrieb an ihn übergegangen. Er hat eine noch lebende Schwester, Astrid. Ein Bruder ist bereits verstorben. Nach dem Abi 1967 am Cusanus-Gymnasium in Wittlich hat Görgen seinen Wehrdienst im Fliegerhorst Büchel angetreten. Wachbataillon. Er hatte sofort nach seiner Einberufung einen Wehrdienstverweigerungsantrag eingereicht, der aber nicht bearbeitet worden ist, da Görgen aufgrund eines angeblichen Herzklappenfehlers untauglich wurde. Zu dieser Erkrankung habe ich allerdings nichts mehr gefunden. War wohl getürkt.« Er schaute verlegen zu Siran. »Entschuldigung!« Doch der grinste nur und winkte ab. »Im Sommersemester 68 hat er ein Studium der Agrarwissenschaften in Frankfurt aufgenommen, ist dort jedoch sehr schnell in die Protestbewegung gerutscht. Moment bitte.« Steinrausch suchte in seinen Unterlagen.

Lichthaus nutzte die Pause für eine Zwischenfrage. »Was ist mit dem Bruder?«

»Herbert Görgen. Der ist in den frühen Sechzigern bei einem Traktorunfall ums Leben gekommen. Er war sieben Jahre älter als Horst und sollte den Hof übernehmen. Astrid liegt zwischen den beiden.«

Steinrausch kramte in seiner gewohnt unsortierten Weise in dem Stapel Papier. »Mensch, wo ist denn ...? Hier. 12. April 68. Protest vor der Societäts-Druckerei in Frankfurt. Die haben damals für die BILD gedruckt, und die Studenten waren der Meinung, dass die Hetzkampagne der Zeitung für den Tod von Benno Ohnesorg verantwortlich sei. Riesige Straßenschlacht, bei der Görgen angeblich einen Polizisten verletzt und daraufhin vier Tage in Gewahrsam gesessen hat. Verurteilt wurde er allerdings nicht. Er hat sich einige Zeit in der Szene rumgetrieben, ohne sein Studium weiterzuverfolgen. Bis 1971 hat er in Frankfurt gelebt, dort dann Joschka Fischer und Daniel Cohn-Bendit kennengelernt, soll sogar mal einen Monat bei den beiden zur Untermiete gewohnt haben. Die zunehmende Gewaltbereitschaft der linken Gruppen hat er begrüßt und war auch bei wenigstens drei Aktionen dabei. Hierfür liegen uns Belege vor. Er ist mit einem Schlägertrupp festgenommen worden, der bei Demonstrationen die Polizisten verprügelt hat. Man hat ihm schließlich eine Vorstrafe wegen Körperverletzung verpasst.«

»Hat es bei diesen Vorfällen Geschädigte gegeben, die jetzt vielleicht Rache üben wollen?«, warf Siran ein.

Lichthaus zögerte: »Nach so langer Zeit? Glaube ich eigentlich nicht. Erst wenn wir nicht weiterkommen, müssen wir das ins Visier nehmen.« Er machte sich eine Notiz und forderte Steinrausch auf weiterzumachen.

»1972 hat er sein Studium endgültig geschmissen, war in der Spontiszene aber weiter aktiv. Seit etwa 1970 scheint er mit seiner Frau Renate zusammen zu sein, man hat sie in diesem Jahr einmal gemeinsam verhaftet. Sie hat ihr Studium in Kunstgeschichte und Englisch auch nicht abgeschlossen, wurde irgendwann schwanger und ist mit ihrem Mann auf den Hof gezogen, als dessen Vater verstorben ist. Sie war nie berufstätig. Roland kam 1973, drei Jahre darauf Anne und wieder ein Jahr später Alexander. Görgen wird anschließend nicht mehr aktenkundig. Seine linke Gesinnung ist er jedoch nie so recht losgeworden, denn er wurde bei einer Protestaktion gegen die Haftbedingungen der RAF-Typen vor dem Knast in Wittlich fotografiert. Einer der Terroristen hat sich da oben zu Tode gehungert.«

Siran stand auf. »Sagt mir nichts. Çay ist fertig. Wer will?« Als die beiden anderen nickten, stellte er Teegläser auf ein Tablett, um sie bis etwa zu einem Drittel mit dem nun tiefdunklen Tee zu füllen. Dann goss er den Rest der Gläser mit heißem Wasser auf. Dazu gab es ein Tellerchen mit kleinen klebrigen Plätzchen, die aus mehreren Teigplatten bestanden.

»Das sind Baklava. Hab ich gestern in einem türkischen Supermarkt entdeckt. Die Füllung besteht aus gemahlenen Pistazien.«

Lichthaus und Steinrausch bedienten sich und genossen den starken, gesüßten Tee und das Gebäck, während sie Siran über die RAF informierten.

Siran nickte. »Siehst du hier eine Spur?«

Lichthaus schüttelte den Kopf: »Nicht nach so langer Zeit. Wir sollten das trotzdem noch mal aufarbeiten. Das kannst du machen, Siri, Geschichtsunterricht bei der Arbeit. Check die Vorfälle aus Frankfurt gleich mit.« Er grinste, konzentrierte sich dann aber wieder auf Steinrauschs Bericht.

»Wie gesagt, es wird zunächst ruhig um Görgen. Doch 1977 ist er schon dem Bioland-Verband beigetreten und hat die Produktion sukzessive umgestellt. 1979 kommt schließlich der zweite politische Wind. Er begründet in Trier den Kreisverband der Grünen mit, der anfangs wenige Mitglieder hat, und steigt in der Landespartei auf. 1987 sitzt er für eine halbe Legislaturperiode in der ersten Grünen Fraktion im Mainzer Landtag. Danach ist er jahrelang aktiv. Zuletzt im Kreistag Trier-Saarburg, dem er bis 2000 angehört hat. Gilt als sehr gut vernetzt. Ich habe da Fotos mit den alten Freunden gesehen. Görgen und der Außenminister. Görgen und der Europaabgeordnete. Darüber hinaus hat er auf Landesebene offensichtlich auch gute Kontakte zu den anderen Parteien unterhalten. Vor etwa zehn Jahren war dann auf einmal Schluss.«

»Wieso?«

»Weiß ich nicht. Er hat alle seine Ämter niedergelegt.«

Lichthaus lehnte sich zurück. »Prüf das bitte. Der Mann hatte ein bewegtes Leben, nur wirkliche Anhaltspunkte ergibt das Ganze nicht.« Er trank aus seinem Glas. »Was ist mit den Kindern?«

»Mit Roland habe ich noch nicht begonnen. Anne lebt in den USA.« Siran drehte sich zum Schreibtisch um und las vom Blatt. »Charlotte, North Carolina. Mehr kann ich aktuell nicht sagen. Sofern sie gestern drüben war, fällt sie ja aus dem unmittelbaren Täterkreis heraus. Ich schlage vor, wir fragen die Mutter nach der genauen Adresse. Der andere Sohn, Alexander, ist Lehrer für Deutsch und Geschichte am Görres-Gymnasium in Koblenz, ist aber seit einiger Zeit krankgeschrieben. Wieso war nicht rauszubringen. Verheiratet ist er mit einer Sabine Görgen, geborene Schultheis. Ein Kind. Die Tochter heißt Lea und ist fünf. Er hat im vergangenen Jahr seinen Vater wegen Belästigung seiner Frau angezeigt, drei Tage später wieder einen Rückzieher gemacht.«

»Aha. Roland hat ja bereits erwähnt, dass sein Bruder mit dem Alten Ärger hatte. Weißt du, worum es bei der Anzeige konkret ging?«

Steinrausch schüttelte den Kopf.

»Sieh mal nach, was du finden kannst. Wir müssen das Alibi prüfen. Gleiches gilt für Roland. Wir sollten unbedingt seine wirtschaftlichen Verhältnisse durchleuchten. Der gibt ganz schön was aus.«

»Habt ihr die Uhr gesehen? Das war eine Glashütte Sixties irgendwas. Unter siebentausend geht da nichts.«

»Na, du kennst dich aber aus, Siri«, Steinrausch schaute gespielt überrascht.

»Das ist purer Neid«, feixte Lichthaus und ignorierte Sirans verdrehte Augen. Dann wurde er wieder ernst und ging zum Board, um erste Punkte zu sammeln. Wie immer stellte er das Opfer in die Mitte und zog einen Pfeil. »Ich denke es ist ziemlich klar, dass es eine persönliche Beziehung zwischen Täter und Opfer gegeben hat. Keine Zufallstat. Die Brutalität und der Spruch auf dem Klebeband sind mir hierfür Beweis genug. Siri, geh im Internet bitte auf Recherche nach dem Zitat.« Er zog einen weiteren Strich.

»Da ist die Familie«, übernahm Steinrausch. »Alexander und Hass. Renate und Fragezeichen. Sie und Alexander müssen wir schnellstens unter die Lupe nehmen. Roland und Lebensstil. Anne und Fragezeichen. Die Partner können wir später ergänzen, sofern das wichtig wird.«

Lichthaus dachte nach. »Die Mutter werde ich mir morgen Vormittag vornehmen. Alexander rufe ich später an.« Er malte den dritten Pfeil und beschriftete ihn mit »Freundin«. »Sie kann ein Motiv haben. Eifersucht zum Beispiel, selbst wenn der Mord nicht dazu passt. Wie dem auch sei, ich will morgen in Wittlich frühstücken.« Er grinste.

»Politik«, stieg Siran mit ein. »RAF, Grüne und lokale Szene. Wer macht das?«

»Um die alten Geschichten kümmerst du dich, Siri, die aktuelle Politikszene müssen Holger und ich aufrollen. So ein Mist, dass Sophie in Urlaub ist, wir könnten sie gut gebrauchen.« Er zog noch einen Pfeil und schrieb Bösen dran. »Ruf ihn an und versuch es nochmals. Sollte er dir blöd kommen, droh ihm die Vorladung an, das zieht hoffentlich. Dann haben wir als Letztes Elzbieta Kowalski, die verbinde ich wieder mit der Familie. Was ist mit den Angestellten?«

»Kein Hinweis. Es scheint nirgendwo Hass auf Horst Görgen zu geben. Wäre Roland der Tote, würde ich hier zuerst suchen, das ist ein richtig widerlicher Hund.«

»Gut.« Lichthaus schaute auf die Uhr und wendete sich an Siran. »Wir müssen die privaten und geschäftlichen Unterlagen der Görgens zur Auswertung hier haben. Fahr nach unserer Besprechung bitte noch mal raus zum Hof und durchsuche mit einem der Techniker das Büro. Bringt alles mit. Brauckmann kann uns gleich einen Durchsuchungsbeschluss fertigmachen.«

*

Sie saßen im kleinen Sitzungsraum. Lichthaus hatte begonnen und die bislang bekannten Fakten zusammengefasst, bevor er die anstehenden Schritte erläuterte. Dann übernahm Spleeth. Der Chef der Polizeitechnik wand sich wie üblich in solchen Situationen. Er war ein akribischer Analyst, der die Arbeit im stillen Kämmerlein liebte, doch der öffentliche Auftritt war ihm zuwider.

»Nun.« Er war ungepflegt wie immer. Fettige Haare, dazu trug er ein ungebügeltes Hemd mit dunklen Rändern am Kragen und auch seine Jeans sah aus, als ob eine Wäsche seit Monaten überfällig sei. Er muffte. »Der Tathergang ist geklärt. Görgen wurde per Elektroschocker zwischen den Boxen betäubt und zum Schweinestall geschleppt.«

Lichthaus unterbrach: »Können Sie sagen, warum man so vorgegangen ist?«

»Ja. Nur im Schweinestall liegen die Balken tief genug, um problemlos heranzukommen, außerdem befindet er sich am weitesten vom Haus entfernt. Wir gehen von einem Täter aus, da die Art des Schleppens dies nahelegt, oder halten Sie es für wahrscheinlich, dass einer allein mühevoll einen schweren Körper schleppt, während ein anderer danebensteht?« Alle schüttelten den Kopf. »Außerdem haben wir nur die Fußspuren einer Person gesichert, die vom Auslauf in den Stall führen und sich im Schweinepferch neben dem Tatort wiederfinden.«

»Und hinaus?«, diesmal hakte Müller nach.

»Nein. Er scheint durchs Haupttor verschwunden zu sein.«

»Sonst noch Fußabdrücke?«

»Ja, massenhaft, nur nicht so eindeutig zuzuordnen.«

»Was meinen Sie mit eindeutig?«

»Im Blut war ein Teilabdruck des Profils, das wir am Schlupf gefunden haben. Die Sohlen sind sehr individuell abgelaufen. Wenn ihr die Schuhe findet, habt ihr den Mörder. Im Schweinestall wurde Görgen mittels eines Flaschenzugs nach oben gezogen. Das macht ein Mann spielend allein. Meine Leute haben das mit einem entsprechenden Gewicht simuliert. Außerdem kann man am Balken die passenden Abriebspuren sehen. Am Toten hat es etliche Spuren gegeben, ebenso an den Kleidern, die in einer Ecke gelegen haben, das wird jetzt alles in der KTU ausgewertet werden, unter Garantie sind dabei Fasern und Schuppen des Täters. Ergebnisse bekommt ihr nicht vor morgen. Im Stall selbst sichern wir noch. Das ist aber ein Fass ohne Boden, da es sich um unzählige Spuren handelt. Ein Problem war die Verwüstung durch die Schweine, die der Täter nach dem Mord aus einem anderen Pferch hereingelassen hat, wohl in der Hoffnung, Beweise vernichten zu können. Die Folterung bestand wohl vor allem in Schlägen mit einem Gartenschlauch oder etwas in der Art.«

Brauckmann schaute auf. »Ein Gartenschlauch? Wie soll das gehen?«

Spleeth kratzte sich eine Schuppe aus dem schütteren Haar und hielt die Hände rund einen Meter auseinander: »Wenn Sie einen Gummischlauch von dieser Länge mit Sand füllen und verschließen, ist das wesentlich wirkungsvoller als ein Knüppel oder eine Peitsche. Die Hämatome haben mich sofort an eine Elfjährige erinnert. Der Vater des Kindes hat damals genau solch ein Teil benutzt, um die Kleine fast totzuprügeln. Was war das für ein Skandal, als unser alter Kollege Marx dem Schwein bei der Festnahme mit dem Schlauch ein paar derart fester Schläge verpasst hat, dass der tagelang weder liegen noch sitzen konnte.« Spleeth grinste.

Lichthaus schüttelte lächelnd den Kopf. Marx war nie sein Freund gewesen. Sie hatten zu Anfang seines Dienstes in Trier massive Streitereien gehabt, da Marx auf den Posten spekuliert hatte, den Lichthaus schließlich bekommen hatte. Doch knapp vor Marx' Pensionierung hatte ausgerechnet der ihm das Leben gerettet. Sie hatten einen Serienmörder verfolgt, als dieser Lichthaus überwältigt hatte und garantiert erwürgt hätte, wäre Marx nicht per Zufall hinzugekommen. Lichthaus spürte selbst heute die Hände des Täters an seinem Hals, träumte in vielen Nächten heftig von der panischen Todesangst und wurde beim Aufwachen regelmäßig von tiefer Dankbarkeit gegenüber dem Kollegen erfüllt, der kurz nach seinem Ruhestand ins Konvent der Abtei St. Matthias eingetreten war. Er besuchte ihn häufig dort und kam langsam hinter die Kulisse eines Mannes, dessen fragile Persönlichkeit den Druck des Jobs mit Alkohol kompensiert hatte. Die Schläge gegen den Vater des misshandelten Mädchens passten genau ins Bild.

»Und weiter?«

Spleeth nahm den Faden wieder auf: »Die Prozedur wird einige Zeit in Anspruch genommen haben. Der Genitalbereich wurde auch nicht ausgelassen, das Skrotum ist stark angeschwollen. Am Ende wurde Görgen die Schlagader in der Leiste geöffnet, und er ist verblutet.«

Ein kurzes Schweigen trat ein, dann diskutierten sie noch eine Weile und beschlossen so vorzugehen, wie Lichthaus es mit seinem Team geplant hatte. Müller sagte zu, schnellstmöglich eine Sonderkommission zusammenzustellen. Abschließend formulierten sie die Punkte für eine Presseerklärung, die an die Polizeisprecherin weitergegeben wurde. Sie wiesen lediglich auf ein Tötungsdelikt hin, ohne konkret zu werden.

Alle befanden sich schon im Aufbruch, als Müller Lichthaus an der Tür abfing. Wie immer hüstelte sein Chef, bevor er sprach. »Egbert Kaiser hat mich vorhin angerufen und sich nach dem Fall Görgen erkundigt.«

»Wer ist dieser Kaiser?«

»Abteilungsleiter im Umweltministerium. Sitzt gleich unter dem Staatssekretär. Er hat mich gebeten ...«

»Woher weiß der überhaupt, was vorgefallen ist?« Lichthaus widerstand dem Impuls, einen Streit vom Zaun zu brechen, und senkte die Stimme. »Ich wüsste zu gerne, wieso Informationen zu einer brandneuen Ermittlung bereits die Runde machen.«

Dem verkniffenen Ausdruck in Müllers Gesicht mit der fahlen Hautfarbe war deutlich anzusehen, dass der Chef sich über ihn ärgerte. »Er wurde vom Sohn des Ermordeten in Kenntnis gesetzt. Kaiser organisiert ein Treffen anlässlich der Auszeichnung des Biohofs und will wissen, ob die aktuellen Ereignisse Auswirkungen auf den Termin haben.«

»Ach, der ist das. Also, ich werde keine Infos weitergeben. Ich frage mich allerdings, ob es überhaupt Sinn macht, jetzt noch den Besuch durchzuziehen?«

Müller schluckte, wobei sein Adamsapfel auf und ab sprang. »Das soll nicht Ihr Problem sein.«

»Da haben Sie Recht. Mein Problem ist es, den Täter zu fassen.« Er ging grußlos.

*

Als Lichthaus in sein Büro kam, war es bereits kurz vor sechs. Er rief zu Hause an, aber Claudia schien noch nicht zurück zu sein. Sie hatte einen Termin, doch er hatte vergessen aus welchem Anlass.

Also probierte er es bei Alexander Görgen in Koblenz, dessen Telefonnummer er nach längerem Suchen aus dem Internet gefischt hatte. Es klingelte mehrfach, und er war schon fast versucht aufzulegen, als abgehoben wurde.

»Ja?« Die Stimme Sabine Görgens hatte einen vollen und warmen Klang, war ihm augenblicklich sympathisch.

Lichthaus fasste den Grund seines Anrufs zusammen und fragte nach ihrem Ehemann.

»Er ist nicht hier.« Die Wärme wich einer Kühle, deren Misstrauen mit den Händen zu greifen war.

»Wann kommt er denn zurück?«

»Sie haben mich falsch verstanden. Wir sind seit einem dreiviertel Jahr getrennt.«

»Darf ich fragen warum?«

»Nein, dürfen Sie nicht. Es konnte so nicht weitergehen.«

»Inwiefern?«

»Das soll Alexander Ihnen erzählen.«

»Sie wissen nicht, wo er gestern Abend war?«

»Wohl kaum, wenn er nicht mehr hier wohnt. Er hat ein Appartement drüben in Ehrenbreitstein. Friedrich-Wilhelm-Straße.«

»Hat er eine neue Beziehung?«

Sie lachte trocken. »Nein, oder anders gesagt, ich hoffe nicht«, sie seufzte und lauschte ihren Gedanken nach, während aus dem Hörer ihre Sehnsucht nach besseren Tagen quoll. »Nach neun Jahren geht unser Leben in die Brüche und das nur, weil er so starrsinnig wie ein Ochse ist.«

»Wollen Sie mir das erklären?«

»Wenden Sie sich an Alex. Ich möchte nicht noch mehr Misstrauen zwischen uns bringen.«

»Wie kann ich ihn erreichen?«

»Über das Handy. Haben Sie etwas zum Schreiben?« Er bejahte, und sie nannte ihm die Zahlen aus dem Gedächtnis. »Lassen Sie ihn in Ruhe, er hat nichts damit zu tun.« Lichthaus setzte zu einer weiteren Frage an, doch ehe er sie aussprechen konnte, legte Sabine Görgen grußlos auf. Sofort wählte er Alexander Görgens Nummer, erreichte aber nur die Sprachbox, auf der er eine Nachricht hinterließ und um Rückruf bat.

Der Hörer war noch warm, als das Telefon klingelte. Er hob ab und eine energische Stimme dröhnte in sein Ohr: »Mein Name ist Doktor Egbert Kaiser. Ich bin Abteilungsleiter im Umweltministerium und wollte mich erkundigen, wie es mit den Ermittlungen im Fall Horst Görgen steht.«

Lichthaus gefiel die Arroganz des Mannes nicht, doch er blieb ruhig und ließ ihn auflaufen: »Von mir erhalten Sie keine Auskunft. Es ist Ihnen sicherlich bekannt, dass ich dazu nicht befugt bin. Wieso wollen Sie das überhaupt wissen?«

»Nun, ich bin auch Kreisvorsitzender meiner Partei in Wittlich und habe den Besuch des Ministerpräsidenten und des Bundeslandwirtschaftsministers«, Letzteres betonte er deutlich, um die Dringlichkeit seines Anrufs zu unterstreichen, »anlässlich der Preisverleihung auf dem Alleenhof organisiert. Das pressiert, da der Termin bereits für kommende Woche festgesetzt wurde.«

»Wir stehen erst am Anfang der Ermittlungen«, wich Lichthaus aus.

»Ach, kommen Sie, Görgen hat tot im Stall gehangen, das pfeifen in Wittlich schon die Spatzen von ...«

»Dann sollten Sie die Spatzen fragen. Von mir erhalten Sie keinerlei Auskunft. Wir haben eine Presseerklärung abgefasst, die steht morgen in der Zeitung.«

Kaiser wurde unfreundlich: »Nun, wenn Sie nicht wollen. So muss ich wohl den Polizeipräsidenten kontaktieren.«

»Tun Sie das. Auf Wiederhören.« Lichthaus legte auf und wandte sich den Unterlagen zu, die Steinrausch dagelassen hatte. »Idiot. Stiehl mir nicht die Zeit!«

Fünf Minuten später war Müller da und baute sich vor ihm auf: »Wie konnten Sie Doktor Kaiser so abfertigen?«, blaffte er.

»Ich halte mich an die Vorschriften«, Lichthaus lehnte sich in seinem Sessel zurück und schaute seinen Chef provozierend an. »Wenn Sie meinen, dass der Kerl exklusiv informiert werden sollte, dann tun Sie das gefälligst selbst. Ich überschreite für so einen nicht meine Befugnisse. Der verfolgt nur seine politischen Ziele. Dem dürfen wir doch nicht allen Ernstes Ergebnisse der Ermittlungen weitergeben.«

»Ich weiß. Nur da ist dieser Termin.«

»Der interessiert mich nicht.«

»Der Präsident hat mich gerade angerufen, er will ein Statement.«

Lichthaus grinste innerlich. Müller lief wieder mal voll im Arschkriechermodus. »Ich würde die Sache abblasen.«

Sein Chef wollte noch etwas loswerden, überlegte es sich aber anders und rauschte ab.

*

Der Obduktionssaal war provisorisch im Brüderkrankenhaus eingerichtet worden. Trier hatte keine eigene Rechtsmedizin und wurde vom Institut der Universitätsklinik in Homburg mitversorgt. Der Einfachheit halber mietete die Staatsanwaltschaft diesen Raum an. Brauckmann hatte die richterliche Anordnung in Schallgeschwindigkeit erhalten, und auch das Obduktionsteam war in Rekordzeit zusammengerufen. Manche sind eben gleicher als andere, dachte Lichthaus und erinnerte sich an Kaisers Anruf.

Der Raum war bis an die Decke mit grauen Kacheln gefliest. Er war alt, und hier und da sah er abgesplitterte Ecken und Risse. Sie waren im Keller des Krankenhauses oder besser gesagt im hintersten Winkel. Um hierher zu gelangen, stieg man aus der septisch gelackten Klinikwelt durch endlos anmutende Gänge in diese Katakomben hinunter. In der Mitte war eine Spüleinheit fest installiert, an die man den Obduktionstisch anschließen konnte, um ihn nach getaner Arbeit zu reinigen. Die Apparatur schimmerte matt im grellen Neonlicht. Gleich daneben auf einem langen Stahltisch hatte der Obduktionsassistent die Instrumente vorbereitet.

Lichthaus hatte schon mehrmals an Obduktionen teilgenommen und sich an den Anblick von Rippenscheren und Knochensägen gewöhnt. Trotzdem hasste er es. Brauckmann schien es ähnlich zu gehen. Er war mit Betreten des Raums verstummt und blickte während der Datenaufnahme unbehaglich drein. Lichthaus klärte die Rechtsmedizinerin über die bisherigen Erkenntnisse auf und unterschrieb alle Formulare, als er bemerkte, wie verkrampft der Staatsanwalt es vermied, den Toten anzusehen. Auf seinem Hals zeigten sich hektische Flecken, und er schwitzte, obwohl es kühl hier unten war.

Görgen lag nackt und schutzlos auf dem Obduktionstisch im erbarmungslos grellen Licht einer OP-Lampe. Spleeth und seine Leute hatten die Leiche bereits am Tatort vollständig entkleidet, um Spuren sichern zu können, und dann hergebracht. Zwei verhornte Altmännerfüße schauten ihnen nun entgegen. Die von blauen Venen durchzogenen Beine, das graumelierte Brust- und Schamhaar, die Narbe einer früheren Operation und die im Tod eingefallenen Wangen waren scharf ausgeleuchtet. Insbesondere die Zeichen der Misshandlungen stachen jedoch hervor. Der Brustkorb war ein einziges Hämatom, der Kopf verletzt, das Skrotum unnatürlich angeschwollen. Am entstellendsten war das Fehlen der Augäpfel. Was Lichthaus auffiel, war die vergleichsweise geringe Zahl von Totenflecken und eine ausgeprägte Blässe des Leichnams.

Elke Bucher, die Güttler vertrat, trug das schwarze Haar kurz geschnitten, und Lichthaus erkannte den Hauch einer Restbräune, die wohl von einem sonnigen Winterurlaub stammte. Sie hatte sich, nachdem sie die Eile zu Görgens Obduktion mit einer zynischen Bemerkung kommentiert hatte, eine OP-Haube aufgesetzt und den Mundschutz umgelegt. So ausgestattet trat sie nun an den Tisch, während ein zweiter Arzt ihr assistierte. Die Rechtsmedizinerin verströmte die Aura der unaufgeregten Professionalität. Sie widersprach allen Klischees, die Krimis und Fernsehen über ihren Berufsstand verbreiteten. Lichthaus hatte sich auf einem Lehrgang lange mit der feingliedrigen Mittfünfzigerin unterhalten, wobei damals der Beruf nur Randthema war. Sie war verheiratet und Mutter von drei Jungen. Elke Bucher und ihr Mann, ein Apotheker, liebten das Theater, Kochen und Reisen. Außerdem engagierten beide sich intensiv in sozialen Projekten. Erst im vergangenen Jahr konnten sie große Mengen Medikamente nach Afrika vermitteln. Sie lachte gerne und versprühte eine quirlige Energie. An ihr war weder etwas Griesgrämiges noch Pietätloses. Niemals wäre es dieser kultivierten Frau in den Sinn gekommen, im Obduktionssaal zu essen oder zu scherzen. Hier ähnelte sie ihrem Kollegen Güttler.

Kurz schaute sie ihn über ihren Mundschutz hinweg freundlich an und begann dann konzentriert die Untersuchung, indem sie detailliert eine Bestandsaufnahme machte. Sie stellte die äußerliche Vollständigkeit der Gliedmaßen fest und wies auf die fehlenden Augen hin.

»Die Livores …«, sie sah auf Brauckmann, der sie verständnislos aus einem blassen Gesicht anschaute. »Ihre erste Obduktion?« Der Staatsanwalt nickte leicht. »Gut, dann werde ich übersetzen. Die Livores, so nennt man die Totenflecken, sind sichtbar, aber auch sehr hell, was auf einen enormen Blutverlust hinweist.« Sie deutete auf die Tatortfotos, die auf dem Besecktisch lagen. »Sie lassen sich nicht mehr wegdrücken. Grob geschätzt ist der Mann länger als achtzehn Stunden tot. Genaueres später.« Sie schabte über Görgens Oberarm. »Der Rigor mortis, also die Totenstarre ist voll ausgeprägt.« Sie bog den Unterarm nach oben und ließ ihn wieder los, woraufhin er in seine Ausgangsstellung zurückkehrte. Anschließend widmete sie sich schweigend den Verletzungen, die sie intensiv betrachtete.

»Große Hämatome, die stark eingeblutet haben, vermutlich die Folge von Schlägen mit einem länglichen Gegenstand, die wuchtig ausgeführt wurden, bedecken fast die gesamte Brust und den Bauch. Sie lassen auf den ersten Blick kein systematisches Vorgehen erkennen. Insbesondere die letzten Hiebe waren von extremer Härte. Eine Klimax kann ich nicht eindeutig nachweisen, aber ich denke, der emotionale Stress hat während der Tat zugenommen. Sehen Sie hier.« Sie deutete auf einen Striemen, der oberhalb der Brustwarzen quer zur Schulter verlief. »Dieser wurde spät angebracht. Das sieht man daran, dass er die anderen überlagert und aufgrund des zeitnah erfolgenden Todes nicht so umfangreich eingeblutet hat wie die älteren Verwundungen. Zuerst wurde gezielt verletzt. Immer da, wo es besonders schmerzt. Dieser dort oben war sicher vergleichsweise wenig schmerzhaft, obwohl mit noch größerer Wucht geschlagen wurde als bei den anderen. Ein Kontrollverlust des Täters scheint mir sehr wahrscheinlich.« Elke Bucher begann die langwierige Vermessung der einzelnen Schlagmale. Anschließend nahm der Obduktionsassistent Genspuren, indem er Klebeband auf die Haut drückte und wieder abzog, während die beiden Ärzte mit beleuchteten Lupen den Körper Zentimeter für Zentimeter absuchten.

Lichthaus zog den Kragen seines Anoraks hoch und wurde durch das eintönige Gemurmel der Rechtsmediziner und die leise summenden Neonröhren zunehmend schläfrig. Seine Uhr zeigte ihm, dass es bereits auf zehn Uhr zuging und er sehnte sich nach Hause. Um nicht weiter wegzusacken, probierte er, eine SMS an Claudia zu schicken, um entnervt festzustellen, dass er hier im Keller keinen Empfang hatte. Als er aufblickte, grinste Brauckmann ihn matt an und murmelte: »Hab ich auch schon versucht.« Sie begannen ein lahmes Gespräch über Sinn und Unsinn technischer Features in Smartphones, bis Elke Bucher erneut ihre Aufmerksamkeit forderte.

»Es gibt nirgendwo Einstichstellen«, sie wanderte herum und begutachtete die Kopfverletzung und inspizierte die Augenhöhlen. »Die Platzwunde ist Folge eines wuchtigen Schlags. Der Lage nach muss dieser zur Bewusstlosigkeit geführt haben. Die Oculi hat man post mortem zerstört, dadurch sind beide Augenkammern zusammengefallen. Wie sie zerstört wurden, ist nicht erkennbar. Ich vermute mit einem sehr spitzen Gegenstand. Die Reste der Augäpfel befinden sich noch in den Höhlen. Sie haben eben das Bibelzitat erwähnt – das Entfernen könnte eine gezielte rituelle Handlung gewesen sein. Im Gegensatz zu den anderen Gewaltspuren, da waren unkontrollierte Emotionen die treibende Kraft. Der Elektroschocker hingegen ist äußerst präzise am Hals platziert worden.«

Sie ließ sich von ihrem Assistenten eine Lupe reichen und begutachtete die Wunde in der Leiste. »Auch hier ist der Täter systematisch zu Werk gegangen und hat nur einen Längsschnitt gesetzt, der aber ausgereicht hat, um die Leistenvene weit genug zu öffnen. Er hat eine gute Klinge benutzt, ein Skalpell oder ein extrem geschärftes Messer. Die Haut ist anämisch weiß. Die Todesursache ist Verbluten. Die auf den Bildern zu sehende Blutmenge zeigt, dass das Herz zu diesem Zeitpunkt noch gepumpt hat.« Sie blickte auf den Staatsanwalt, der wieder die Farbe wechselte. »Die Schultergelenke schauen wir uns noch genauer an, dann werden wir ihn aufmachen. Wenn Sie wollen, können Sie nebenan warten, das wird jetzt etwas gewöhnungsbedürftig.«

Oliver Brauckmann nickte und ging mit Lichthaus auf den Flur. Hier stand ein Stapel abgewetzter Stühle, auf denen sie sich niederließen, während drinnen eine Elektrosäge zu sirren begann.

*

Um kurz vor Mitternacht kam er endlich nach Eitelsbach zurück. Elke Bucher hatte sie lange warten lassen, um mitzuteilen, dass nichts von Bedeutung gefunden worden war. Brauckmann hatte sich am Ende dann doch fast übergeben, als der Obduktionsassistent die Organe eingetütet und den Blick auf den entleerten Schädel freigegeben hatte. Das Gesicht des Staatsanwalts war mit einer dünnen Schweißschicht überzogen gewesen, als er fluchtartig hinausgelaufen war.

Auf der Straße herrschte bereits Stille, als Lichthaus ausstieg. Es war wie immer schön, nach einem hektischen Tag anzukommen und die friedliche Ruhe hier vorzufinden. Der Ort bestand aus nur wenigen Häusern, die sich an die Weinberge der Ruwer drückten. Ihr Heim war ein altes Winzerhaus, das direkt gegenüber der kleinen Kirche stand. An diesem Abend hielt er sich jedoch nicht lange mit irgendwelchen Betrachtungen auf, denn kalter Wind wehte vom Hochwald herunter und pfiff unangenehm durch die Straßen. Vorsichtig öffnete er die Haustür und schlich leise in die Küche, um seinen knurrenden Magen zu füllen. Die Renovierung des Baus war extrem aufwendig gewesen, doch es hatte sich gelohnt. Die schmale Küche war um das ehemalige Wohnzimmer erweitert worden und heute sehr geräumig. Er zog die Schuhe aus und ging auf Strümpfen zum Kühlschrank hinüber. Auf dem Tisch lag ein gefaltetes Blatt, und da sie die Gewohnheit hatten, unerledigte oder dringende Sachen hierherzulegen, um sie anderntags nicht zu vergessen, griff er es sich im Vorbeigehen und schlug die Seite auf. Sein Hunger war auf der Stelle vergessen, er machte auf dem Absatz kehrt und lief nach oben.

Claudia lag im Bett, war aber noch wach und lächelte ihn breit an. Ihr rotes Haar war so zerzaust, wie er es liebte.

Lichthaus nahm sie in den Arm und gab ihr einen Kuss. »Das ist ja super!«

»Du hast es also gefunden?«, das Grün ihrer Augen funkelte schelmisch.

»Trägerin des Kunstpreises Rheinland-Pfalz!« Er schüttelte sie sanft und drückte sie an sich. »Komm, wir gehen nach unten. Darauf müssen wir anstoßen.« In der Küche öffnete er eine Flasche Sekt und goss ein.

»Das hätte ich nicht erwartet.« Sie küsste ihn auf die Wange. »Unverhofft kommt oft. Mit dem Geld kann ich mir vielleicht einen Ofen anschaffen, dann brauche ich die Figuren nicht nach Speicher zu schaffen und kann hier zu Hause gießen.«

Lichthaus schaute seine Frau lächelnd an. Claudia war schon einen Schritt weiter und plante. Wie oft in solchen Momenten fragte er sich, was sie an ihm, dem langweiligen Polizisten, hatte finden können. In seinen Augen war er die menschgewordene Mittelmäßigkeit, fühlte sich außerhalb des Berufs oft farblos bis zur Unsichtbarkeit. Sie hingegen war körperlich zwar sehr zierlich, noch nicht einmal eins siebzig und dazu äußerst dünn, doch in ihr steckte eine Energie, die ihr eine ungemeine Ausstrahlung gab. Es war ihm häufig aufgefallen, wie sie in Gesellschaften unversehens in den Mittelpunkt rückte. Das lag nicht nur an ihrer Attraktivität oder ihrem unkonventionellen Kleidungsstil. Nein, die Menschen unterhielten sich einfach gerne mit ihr, ließen sich von ihrem Enthusiasmus anstecken. Jetzt saß er am Tisch, aß etwas und hörte zu, was sie bereits alles geplant hatte, wo der Ofen stehen sollte, welche Marke es sein musste und so weiter. Ihre Augen glänzten genauso, wie sie es vor einer neuen künstlerischen Herausforderung taten. Lichthaus schaute sie an und wusste, dass er sich niemals an ihr sattsehen würde.

Die Zeiger rückten schon auf ein Uhr zu, als er ins Bett ging, seine Frau in den Arm nahm und augenblicklich in einen traumlosen Schlaf fiel.

Donnerstag

Um fünf nach neun klingelte er auf dem Alleenhof. Er hatte länger geschlafen und sich die Zeit genommen, ausgiebig mit Claudia und Henriette zu frühstücken. Der Besuch bei Görgens Freundin würde eben bis zum Nachmittag warten müssen. Bei seiner kurzen Stippvisite im Präsidium war Steinrausch bereits auf dem Weg zu Bauer Bösen gewesen, während sich Siran durch die Unterlagen fraß und nach Entlastung schrie.

Die Nacht hatte den Winter zurückgebracht. Es war trübe und kalt, Schnee hing in der Luft, und er fröstelte nach der Wärme des Autos, während sein Atem in dicken Wolken vor seinem Mund stand und an dem Glas in der Haustür kondensierte.

Elzbieta Kowalski öffnete ihm, und ihr Blick war sofort voller Misstrauen. »Guten Tag, Herr Kommissar. Ich weiß nicht, ob Frau ...«

Die Schutzmauer, die sie um Renate Görgen errichtete, ging ihm allmählich auf die Nerven, und so unterbrach er sie unhöflich, fast schon grob: »Sie wird jetzt mit mir sprechen, sonst lasse ich sie abholen und werde die Befragung im Präsidium vornehmen.«

Erschrocken über die Härte seiner Worte zuckte sie leicht zurück und schaute fragend nach rechts. Unvermittelt wurde die Tür weiter aufgeschoben und ein Mann, der offensichtlich im Hintergrund zugehört hatte, kam verkrampft lächelnd zum Vorschein. »Sie müssen der Hauptkommissar sein.« Er streckte Lichthaus eine Hand entgegen, die dieser ignorierte. Nach einer peinlichen Sekunde ließ er sie sinken und wischte sich das Lächeln aus dem Gesicht. »Ich bin Alexander Görgen. Sie haben ja gestern schon versucht, mich zu erreichen. Leider bin ich da bereits hierher unterwegs gewesen und habe später vergessen, Ihren Anruf zu beantworten. Aber die Situation hier hat mich zu sehr in Anspruch genommen. Kommen Sie herein.« Ein schneller Blick zur Polin, den Lichthaus mehr erahnte, als dass er ihn gesehen hätte. »Entschuldigen Sie bitte Elzbieta, doch sie tut alles, um Unannehmlichkeiten von meiner Mutter fernzuhalten.«

Noch ein Lügner. Er folgte ihnen schweigend ins Haus. Es roch entgegen seinen Erwartungenen frisch gelüftet und sauber. Im Flur lagen beige Steinplatten, und die Wände hatte man weiß gestrichen, sodass das wenige Licht, das durch die Haustür fiel, möglichst viel Helligkeit brachte. Görgen führte ihn geradeaus ins Wohnzimmer und bat ihn, auf einer übertrieben wuchtigen Ledercouch Platz zu nehmen, die ihn an die monströsen Wohnlandschaften aus dem belgischen St. Vith erinnerten. Zögernd setzte er sich und beobachtete den nervös zappelnden Mann, der die Kowalski um Kaffee bat. Alexander hatte nicht die Größe seines Bruders und war auch schmaler gebaut als dieser. Er schlug anscheinend nach seiner Mutter, deren jüngeres Ich Lichthaus vom Foto her kannte. Lediglich die Augenpartie war zwischen den Söhnen austauschbar. Voll wellten sich dunkle Haare um seinen Kopf, und man hätte das gut geschnittene Gesicht mit der geraden Nase als hübsch bezeichnen können, wäre da nicht ein unschöner, verbissener Zug um seine Mundwinkel gewesen. Auch aus seinen Augen sprach eine Bitterkeit, die mit Händen zu greifen war. Die beiden verschwanden in der Küche.

Das Leder war unangenehm kalt, und Lichthaus rutschte hin und her, als er sich jetzt in dem Zimmer umschaute, das jeder Wärme entbehrte. Neutrale Kaufhauseinrichtung, eine Schrankwand, ein lustloses Bild über dem Sofa, das Claudia entsetzen würde, und nirgendwo eine einzige Pflanze. Nur die Fotos der Enkelkinder auf einer faden Anrichte zeigten, dass hier Leben war.

Görgen kam zurück, zupfte an der ungebügelten Hose und nahm schweigend Platz, während sie geschäftiges Hantieren aus der Küche hörten.

»Meine Mutter wird sofort kommen.«

»Das hat keine Eile. Ich wollte auch einige Dinge mit Ihnen klären.«

»Mit mir?«

»Der Mord an Ihrem Vater war unseren Erkenntnissen nach eine extrem emotionalisierte Tat, da ist das Umfeld per se verdächtig.«

»Eine gottlose Tat, zu der ich nie und nimmer fähig wäre.«

»Trotzdem, Sie als Familienmitglied zählen logischerweise dazu. Meine Fragen sind noch reine Routine, andererseits haben massive Konflikte zwischen Ihnen und Ihrem Vater bestanden.«

Görgen lief rot an und stieß gepresst hervor: »Hat mein Arschlochbruder dumm rumgeredet? Der will mich genauso aus dem Weg räumen, wie er den Alten kaltgestellt hat. Schauen Sie dem besser mal auf die Finger. Da können Sie was finden, beim prämierten Ökobauern. Wo kommt denn das Geld her für die ganzen Fürze, die er sich leistet, frage ich Sie? Der nimmt uns hier alle aus. Steckt sich hintenrum die Kohle in die Taschen. Anne ist der gleichen Meinung. Der ist kriminell, der ist ...«

Lichthaus stoppte die Hasstirade: »Ihr Bruder wird auch befragt. Jetzt sind wir aber bei Ihrer Person. Zunächst die Standardfrage: Wo waren Sie vorgestern Abend?«

»Zu Hause.«

»Gibt es dafür Zeugen?«

Erneut fuhr Görgen hoch. »Sie wissen doch schon von Sabine, dass ich von ihr getrennt und allein lebe. Also wozu dieser

Schwachsinn? Ich möchte meine Familie zurück, und mache nicht mit anderen Frauen rum. Somit habe ich natürlich keine Zeugen!«

»In der Schule sind Sie beurlaubt. Warum?«

Görgen verschränkte abwehrend die Arme vor der Brust. »Ich bin nicht gesund, und wenn Sie über meine Erkrankung ganz genau im Bilde sein wollen, müssen Sie mir eine richterliche Verfügung vorlegen. Nach den Osterferien fange ich wieder an zu arbeiten, so Gott will.«

»Worum geht es bei den Streitigkeiten mit Ihrem Vater? Sie haben ihn ja sogar angezeigt.«

Elzbieta kam herein und stellte ein Tablett mit drei Tassen und einer Kanne Kaffee auf den Tisch. Ihre Miene war verschlossen, der Blick aber, den sie Lichthaus zuwarf, troff vor Ablehnung. Sie schenkte ein und verschwand. Görgen sank in den Sessel zurück und machte eine abweisende, wütende Handbewegung.

»Das ist eine uralte Geschichte. Wir sind schon ewig verkracht und haben praktisch seit meinem Wehrdienst nicht mehr miteinander gesprochen. Vor einem Jahr ist der Alte nach der ganzen Zeit plötzlich bei uns aufgetaucht und hat was von Versöhnung geschwafelt. Ich war nicht da, und Sabine hat ihn reingelassen und sogar Kaffee gekocht. Ich kann es immer noch nicht fassen. Sie hatte doch von unserem Streit gewusst. Als ich zurückgekommen bin, ist er mit ihr im Wohnzimmer gewesen und hat sie angegrapscht. Arm um sie rum und so, der geile Bock. Reicht es nicht, dass er Mutter betrügt und hier durch die Gegend bumst? Ich habe ihn wortlos gepackt und vor die Tür gesetzt. Das war das Letzte, was ich von ihm gehört und gesehen habe. Versöhnung, nach allem, was er uns angetan hat? Mit mir nicht!«

»Was ist damals vorgefallen?«

Görgens Augen blitzten von kaum beherrschbarer Wut. Er höhnte: »Was glauben Sie, warum sie säuft? Er hat sie vernachlässigt und betrogen. Große Politik und Bio-Hero. Immer nur er und seine hehren Ziele. Doch sie hat zu Hause gesessen und ist verkümmert. Sie stammt aus einer intellektuellen Familie, die Kultur gefördert hat. Mein Großvater war ein angesehener Rechtsanwalt in Frankfurt. Theater, Museen und so weiter waren an der Tagesordnung, und dann kommt der Alte, macht ihr ein Kind und stellt sie hier am Arsch der Welt ab. Sie ist ewig mit uns allein gewesen. Er hat es in den ganzen Jahren, an die ich mich erinnern kann, nicht einmal geschafft, mit ihr ins Kino oder ins Stadttheater nach Trier zu fahren. Sie hat ihn gebeten, später angefleht, mit ihr auszugehen, aber er hat immer nur geantwortet, für so etwas bleibe ihm keine Zeit. Irgendwann hat sie mit dem Alkohol angefangen. Flaschengeklimper im Schrank, Pfefferminzbonbons und all der Scheiß.«

»Worüber genau haben Sie sich mit Ihrem Vater gestritten?«

»Eines Abends habe ich es nicht mehr ausgehalten. Das ist jetzt über zehn Jahre her. Beim Empfang zu seinem Fünfzigsten. Bis dahin hatte sie sich eigentlich noch im Griff. Wenigstens in der Öffentlichkeit. Die Gesamtheit der Honoratioren war da, und meine Mutter schon um neun blau wie ein Veilchen, das habe ich ihr angesehen. Doch sie hat sich zusammengerissen. Während seiner Rede ist sie dann zum Schnaps übergegangen und hat mit einem Mal schallend in die Runde gelacht, und dann unverständliches Zeug gelallt. Alle haben betreten weggesehen. Der Alte ist vor Wut rot angelaufen, und ich habe mich beeilt, Mutter wegzuschaffen. Roland hat nur zur Seite geschaut, als wir vorbei sind, diese feige Sau. Ihr Schlafzimmer ist oben«, mit einer Kopfbewegung deutete Görgen zur Decke, »und als wir auf dem ersten Treppenabsatz waren, habe ich mich kurz umgedreht und gesehen, wie Vater angewidert zu uns hinaufgeschaut hat. Ich bin wieder runter und habe ihm Vorwürfe gemacht, da ist er ausgerastet. Ich solle die Schnapsdrossel wegpacken, wir würden nicht erkennen, welche Leistungen er vollbringe, ich sei genauso wie sie, undankbar, ein Weichei, Mamas verwöhntes Bubilein und so weiter. Ich habe ihn gewarnt, aber er hat angefangen zu lachen.«

Görgen brach ab und rieb sich über Augen, die Lichthaus resigniert aus einem verhärmten Gesicht anstarrten. Dann senkte er den Blick auf seine Hände und schaute durch sie hindurch in sein schwarzes Loch.

»Ich hab ihm so fest es ging in die Schnauze gehauen, doch glauben Sie nicht, dass er umgekippt wäre. Er ist auf mich los. Ich höre noch heute die Musik aus dem Zelt, das er im Hof hatte aufbauen lassen, sehe die tanzenden Schatten der Menschen, die sich vergnügt und betrunken haben, wie es hier auf dem Dorf so üblich ist, als er zischend auf mich zugekommen ist und mir eine in den Bauch verpasst hat. Ich bin auf die Knie gesunken und er hat mir in die Seite getreten. Er würde es mir geben wie in Frankfurt den Faschisten, hat er geschrien und wieder zugetreten. Irgendwie habe ich sein Bein zu fassen bekommen und ihn aus dem Gleichgewicht bringen können. Er ist gegen die Haustür geknallt, die daraufhin zugefallen ist. Den Moment habe ich genutzt und mich aufgerappelt, wollte nur weg, die Treppe rauf, um ihm zu entkommen, doch er ist direkt hinter mir gewesen. Ich habe ihn mit dem Absatz getroffen, hab ausgekeilt wie ein Esel. Für die Feier hatte ich neue Schuhe gekauft. Hart wie ein Brett. Es hat richtig geknirscht, als ihm die Schneidezähne in den Rachen sind. Nur ein Grunzen«, Görgen machte ein entsprechendes Geräusch, »und er ist rückwärts mindestens zehn Stufen runtergesegelt. Ich bin ausgetickt, bin außer mir vor Wut hinterher und hab in ihn hineingetreten. Wie oft weiß ich nicht. Ich kann nicht sagen, wie lange ich gebraucht habe, bis der Frust von Jahren raus war. Dann ist er still gewesen. Noch in derselben Nacht bin ich weg. Habe mir mein Studium selbst bezahlt. Mutter konnte mir nichts geben, er hat jeden Pfennig kontrolliert. Und plötzlich taucht er nach einer Ewigkeit auf und befingert meine Frau.«

Görgen verstummte und sah mit leerem Blick aus den blitzblanken Fenstern in einen wenig gepflegten Garten. Eine unbenutzt wirkende Rutsche aus Plastik in leuchtendem Rot, Blau und Gelb stand mitten auf der Wiese, die von verwilderten Obstbäumen umgeben war. Das Laub vom letzten Herbst bedeckte unansehnlich die Rabatten. Dahinter sah man die winterkahlen Felder mit gepflügter Krume. Trostlos.

»Sie haben Ihre Frau verlassen.«

Alexander fuhr aus seinen Gedanken auf: »Sie hat mich rausgeworfen. Ich hätte mich verändert, würde nur noch dasitzen und Trübsal blasen. Es hat einen riesigen Streit gegeben, dann bin ich gegangen, der Kleinen wegen. Ich wollte keinen Rosenkrieg, bei dem Lea die Zeche zahlt!« Er brüllte jetzt: »Und alles nur weil der Alte und sein ...«

»Sei bitte ruhig, Alex.« Renate Görgen kam langsam, fast schon vorsichtig herein. Sie trug einen verschlissenen Morgenmantel und zitterte heftig. Voll auf Entzug, und sie sah einigen harten Tagen der Entgiftung entgegen. Sie nickte ihm nur zu, ihr Sohn half ihr, auf einem Sessel Lichthaus gegenüber Platz zu nehmen. Von der gut aussehenden Frau, die er auf dem Foto drüben im Büro gesehen hatte, war nur noch eine Ruine übrig geblieben. Ungepflegte, fettige Haare umrandeten ein graues aufgedunsenes Gesicht mit sich verformender Nase und großporiger Haut. »Säufervisage, was?« Ihre Stimme war brüchig wie altes Pergament, doch die Pupillen starrten stahlhart aus einer von roten Adern umgebenen Iris. Sein Handy verschonte ihn davor, eine Antwort geben zu müssen. Erst beim zweiten Läuten erkannte er seinen neuen Klingelton und beeilte sich dranzugehen, denn in einem Rückfall in längst vergangene Tage hatte er gestern »Overkill« von Motörhead ausgewählt. Der Hardrock hackte völlig unpassend in die Situation.

Es war Siran: »Chef?«

»Ja.«

»Ich habe zwei Drohbriefe bei den Unterlagen aus Görgens Schreibtisch gefunden.«

Lichthaus schielte zu seinen Gegenübern. Die beiden lauschten auf jedes Wort. »Schick mir sofort Kopien. Ich kann jetzt nicht sprechen.« Er beendete das Gespräch und wandte sich Renate Görgen zu: »Es tut mir sehr leid, was mit Ihrem Mann geschehen ist.« Ihre Augen begannen zu schwimmen, und eine einzelne Träne kullerte über ihre Wange. »Trotzdem muss ich einige Fragen mit Ihnen klären.« Sie nickte leicht. »Wann hat er am Abend seines Todes das Haus verlassen?«

»Ich weiß gar nichts. Ich habe mich besoffen. Hart und schnell, so wie immer.«

»Hat es dafür einen besonderen Grund gegeben?«

»Einen Grund brauche ich schon lange nicht mehr. Eiern Sie nicht so rum, die Alkoholikerin sieht man mir auf hundert Meter an. Nur war es zuletzt noch schlimmer. Mein ...«

»Mama, ich glaube nicht, dass ...« Alexander unterbrach seine Mutter in eindringlichem Ton, doch sie hob eine zitternde Hand und fuhr fort: »Horst hat mich vor zehn Tagen das erste Mal in über vierzig Jahren Ehe geschlagen.« Ihr Blick irrte herum und heftete sich dann auf die Schrankwand. Das Zittern nahm zu und Lichthaus vermutete hier ihren Alkoholvorrat.

»Warum?«

Unbewusst griffen ihre Finger die Tischdecke und begannen diese mechanisch zu falten und wieder auseinanderzuklappen. Ihre Hände waren übersät mit Pigmentflecken, wie sie normalerweise nur sehr alte Menschen haben. »Ich, nun ich ...«, sie schlang die Arme eng um den Oberkörper, wippte leicht vor und zurück und schluchzte.

»Hören Sie auf. Ich befehle Ihnen aufzuhören! Sie versündigen sich mit Ihren Unterstellungen.« Alexander sprang auf.

»Ich breche sofort ab, wenn Ihre Mutter mich darum bittet.«

»Nein, Sie verschwinden auf der Stelle. Sie hat nichts mit dem Mord zu tun.« Er fuchtelte wild mit seinem Zeigefinger hin und her.

»Das habe ich auch nicht gesagt. Würden Sie uns bitte allein lassen. Ich verspreche, sobald ...«

»Schluss jetzt. Raus!« Er brüllte und griff nach Lichthaus' Arm, doch der entzog sich und stand ebenfalls auf. »Reißen Sie sich zusammen, sonst nehme ich Sie fest!« Lichthaus spannte die Muskeln.

»Das wagen Sie nicht.«

»Alexander, geh!« Renate Görgens Stimme vibrierte, klang aber entschlossen, obwohl sie einem Zusammenbruch nahe schien. Nach langen Sekunden verließ Görgen wutschnaubend das Zimmer. Die Tür knallte, und es herrschte Ruhe.

»Für ihn ist es in letzter Zeit auch nicht rosig. Setzen Sie sich bitte, Herr Kommissar.« Sie schloss die Augen und das Zittern wurde zum Schüttelfrost. »Tut mir leid, ich habe Ihren Namen vergessen. Können wir es kurz machen, ich bin am Entgiften, mir geht es nicht so gut.«

»In Ordnung. Sie waren also am Tatabend stark alkoholisiert und besitzen keine Erinnerungen an den Ablauf?«

Sie nickte. »Elzbieta ist dann morgens in mein Zimmer gekommen – mein Mann und ich, wir schlafen getrennt – und hat mir erzählt, dass man Horst tot aufgefunden hat.« Ihre Nase lief, doch sie schien den Rotz auf ihrer Oberlippe nicht zu bemerken. »Eigentlich bin ich erst mittags zu mir gekommen.«

Lichthaus' Handy piepste. »Entschuldigung.«

Er öffnete die Datei und sah das Schreiben en miniature vor sich, während Renate Görgen auf dem Sofa wegdämmerte.

Er las die wenigen Zeilen: »Denn hast dein gottloses und falsches Maul gegen mich aufgetan und redest wider mich mit falscher Zunge. Wenn du gerichtet wirst, musst du verdammt ausgehen. Deine Kinder müssen Waisen werden und dein Weib eine Witwe.«

Um weitere Störungen zu vermeiden, schaltete er das Gerät stumm. »Ist Ihr Mann bedroht worden?«

Sie zuckte zusammen. »Wie bitte?« Lichthaus wiederholte seine Frage. »Nein, davon weiß ich nichts, aber er hat mir ja schon lange nichts mehr über den Hof oder auch nur irgendetwas Persönliches erzählt. Es war ihm klar, dass ich das Hiersein hasste.«

Er zeigte ihr den Drohbrief, der sie endgültig zum Weinen brachte. Es dauerte, bis sie sich fing. »Wieso? Wer hat ihm das angetan?«

»Das versuchen wir herauszufinden. Warum hat Ihr Mann Sie geschlagen?«

»Ich bin angetrunken gewesen und habe ihm Vorwürfe gemacht. Er hätte mein Leben verpfuscht«, sie schüttelte den Kopf und schwieg einige Sekunden. Wieder rollten Tränen. »Wissen Sie, so eine Entgiftung ist wie ein frischer Wind, der durch eine muffige Bude weht. Sie sehen die Dinge neu, losgelöst von festgefahrenen Standpunkten. Zu einer kaputten Beziehung tragen immer beide bei. Ich bin damals mit ihm hierher und wie er voller Enthusiasmus gewesen, doch eigentlich ist mir schon nach wenigen Wochen klargewesen, dass das Leben auf dem Land für mich nicht taugt. Die Kinder, ein paar Urlaube, guter Sex und die Anfeindungen, die wir gemeinsam durchgestanden haben, konnten das phasenweise übertünchen. Aber dann wurden die Kinder groß, und alles andere fiel auch nach und nach weg, da bin ich ins Leere gestürzt. Bloß, anstatt mit Horst zu reden und mich durchzusetzen, habe ich zur Flasche gegriffen.« Wieder sah sie sehnsüchtig zur Schrankwand.

»An dem Tag, an dem Alexander gegangen ist, sind wir endgültig auseinandergebrochen. Horst hat sich aus der Politik und allen Ämtern zurückgezogen, so sehr hat er sich wegen des Vorfalls geschämt. Und er hat sich weitgehend von mir abgewendet, ist in ein eigenes Schlafzimmer gezogen, konnte mir nicht verzeihen, wie sehr ich ihn bloßgestellt hatte. Für ihn war ich auch der Grund, dass Alexander weg ist. Jahrelang kaum ein nettes Wort, laufend ist er unterwegs gewesen. Und ich habe langsam aber sicher immer mehr gesoffen. Schließlich habe ich mein Auto zu Schrott gefahren und den Führerschein abgegeben, doch Horst hat immer nur geschwiegen. Im vergangenen Jahr hat es dann plötzlich eine Veränderung gegeben. Horst ist nach Koblenz gefahren, um mit Alex seinen Frieden zu finden, und mich hat er im September unvermittelt gefragt, ob ich mit ihm Urlaub machen wolle. Unter einer Bedingung: kein Alkohol. Das ist wie ein warmer Sonnenstrahl nach langem Winter gewesen, und ich habe entgiftet und mich zusammengerissen. Wir sind in der Toskana gewesen.« Ein Lächeln erhellte kurz ihre verhärmten Züge.

»Kultur, Sonne und die Distanz zu allem, was uns hier auseinanderhält, hat uns wieder angenähert. An einem Abend in San Gimignano haben wir toll gegessen und zurück auf unserem Zimmer hat er mich geküsst, und wir haben miteinander geschlafen. Stellen Sie sich das vor. Wie junge Leute. Es war der schönste Abend seit einer Ewigkeit. Ich habe neuen Glauben an uns gewonnen«, sie hing ihren Erinnerungen nach, bis das Zittern zurückkehrte, und erneut zogen ihre Hände den Bademantel enger um die Schultern.

»Was ist dann passiert?«

»Hier zu Hause hat das Glücksgefühl wochenlang angehalten. Ist fast annähernd wieder normal gewesen. Aber so um Allerheiligen herum bin ich mutig geworden und habe ihn gebeten, mit mir in die Stadt zu ziehen. Der Hof ist bei Roland gut aufgehoben, und wir hätten uns davonmachen können. Oder?« Tränenverhangen blickten ihre müden Augen ihn fragend an. Lichthaus nickte.

»Es war dumm von mir, denn er war damals schon wieder verändert. Abwesend und zurückgezogen, hat irgendwie bedrückt gewirkt. Ich habe an eine Chance geglaubt, doch das war ein Fehler. Ich sei übergeschnappt, hat er gebrüllt. Völlig ausgerastet ist er. Hier sei sein Platz. Noch am selben Abend habe ich wieder mit dem Alkohol angefangen, bin schwach und feige gewesen, habe den Kampf widerstandslos aufgegeben. Seitdem ist es schlimmer als je zuvor. Nach sechs können Sie mich vergessen, Herr Kommissar. Vor zehn Tagen dann ist es zum Streit gekommen. Er hat herumgeschrien, warum ich ihn im Stich lassen würde.«

»Was hat er damit gemeint?«

»Das kann ich Ihnen nicht sagen. Eventuell die Bedrohungen«, sie wies mit zitternden Fingern auf Lichthaus' Smartphone, das dieser auf den Tisch gelegt hatte. »Da ich fast hinüber gewesen bin, bin ich ausnahmsweise laut geworden und habe zurückgekeift, ich könne auf seine Sorgen pfeifen, und er habe mich genauso im Stich gelassen, und dass ich mich totsaufen wolle. Er sei mir egal. Die zwei Ohrfeigen, die er mir gegeben hat, waren reine Verzweiflung, das sehe ich jetzt ganz klar. Ich hab es versaut, weil ich nicht um ihn – um uns – gekämpft habe.«

»Ihre Söhne, wie haben die auf den Vorfall reagiert?«

»Die beiden leben und denken in anderen Welten. Alex ist labil und sucht sein Glück in Harmonie und Eintracht, die er aufgrund seiner Entwurzelung nie gefunden hat. Sabine ist eine tolle Frau, doch sie hat seine Bitterkeit nicht mehr ausgehalten und sich von ihm getrennt. Er wollte mich hier herausholen, aber auch das hat er nicht stemmen können. Sein Bruder ist schon immer der starke Ritter Roland gewesen. Konsequent geht er seinen Weg. Sogar sein Vater war nicht imstande, ihn aufzuhalten.«

»Wobei?«

»Der Junge gestaltet den Hof, wie er will. Mich übersieht er, seitdem ich wieder trinke. Regelrecht angeekelt ist er von mir.« Sie schlug die Augen nieder. »Als Horst mich geohrfeigt hat, hat er vor dem Küchenfenster gestanden und zugesehen. Doch anstatt einzugreifen, ist er davongegangen.«

Lichthaus wollte noch weiterfragen, aber sie schüttelte mühsam den Kopf. »Entschuldigen Sie mich, ich kann nicht mehr.« Er nickte.

»Elka!« Einen Moment später erschien Elzbieta Kowalski und hievte Renate Görgens zitternden Körper vom Sofa hoch. Die umsichtige Hilfe schien eine Vorahnung gehabt zu haben, denn als die Alkoholikerin ins Straucheln kam, fing die wesentlich größere Frau sie geschickt ab und brachte sie ins Gleichgewicht zurück. Nur ihre beschleunigte Atmung zeigte, wie sehr sie sich anstrengen musste. Grußlos verließen die beiden den Raum. Die Polin, die ihn ignorierte, und die Alte mit den verweinten, in sich gekehrten Augen stolperten nach oben. Der Kaffee war schon kalt, als Lichthaus seine Tasse leerte und durch den verwaisten Flur zur Haustür ging, froh, der drückenden Stille entkommen zu können.

*

Es hatte zu schneien begonnen. Ziellos taumelten dicke Flocken von einem grauen Himmel und schmolzen, sobald sie den Boden berührten. Lichthaus verdrehte die Augen. Ein langer Winter lag hinter ihnen. Anfangs dunkel, nass und zu warm, dann wochenlang klirrend kalt und nun, da der Frühling gerade anfing, sanfte Hoffnung auf angenehmere Tage zu machen, wieder Schnee. Leise vor sich hin maulend eilte er zum Hofladen, um Roland zu befragen, als er hinter dem Stall laute Stimmen hörte. Zwei Männer stritten heftig. Er überquerte schnell den Hof und näherte sich vorsichtig dem Gebäude, während er sich umschaute. Die ganze Szenerie war wie ausgestorben. Hier und da funzelten Sparlampen in die Gegend, doch nirgendwo war eine Bewegung auszumachen. Selbst die Hühner, Ziegen und Schafe des Streichelzoos hatten sich in die Wärme ihrer Verschläge zurückgezogen.

»Du mieses Schwein glaubst, du kannst mich genauso verarschen wie den Alten, aber da hast du dich getäuscht. Ich habe schon mit Anne telefoniert. Sie kommt rüber und wird mir helfen, dir das Handwerk zu legen.« Alexander Görgen giftete mit Aggressivität in der Stimme. Die Brüder stritten neben der Halle, dort, wo keiner sie beobachten konnte.

»Alex, du bist nicht ganz dicht«, Roland wollte belustigt klingen, doch zu viel Wut schwang mit. »Vater ist freiwillig ausgestiegen, und ich ...«

»Dir trau ich nicht über den Weg. Wenn einer sich hier die Taschen füllt, dann du, und ich will wissen wie. Dein Weib schmeißt die Kohle mit der Schaufel raus und ...« Er brach ab, sein Körper krachte gegen die Stallwand.

»So spricht niemand von meiner Frau!« Die Worte klangen gepresst. Schnell trat Lichthaus hinter der Stallecke hervor, gerade rechtzeitig, um zu sehen, wie Roland seinem Bruder hart aufs Jochbein schlug. Alex stürzte, sprang aber sogleich wieder auf und warf sich auf Roland, der im Schneematsch zu rutschen begann und auf die Knie fiel. Den rechten Faustschlag steckte er annähernd unbewegt weg und drosch dem anderen mit aller Gewalt in den Magen, woraufhin Alexander zusammenklappte wie ein Taschenmesser.

Lichthaus lief los. »Stopp, verdammt, stopp! Hören Sie auf!«

Doch noch ehe er die beiden erreichte, traf Roland Alexander erneut im Gesicht, der daraufhin gurgelnd zusammensackte, und stellte sich mit geballten Fäusten über seinen im Dreck liegenden Bruder. »Wie viele willst du?«, brüllte er. »Wie viele?« Mit Blut vermischte Spucke flog davon.

»Hören Sie auf!« Lichthaus trat neben Roland und griff ihm in den Arm, als im selben Augenblick Alexander ein Messer aus der Tasche zog und zustach. Es war eine hinterhältige Attacke, mit der er aus der Drehung heraus fließend in einer Bewegung das große Schnappmesser führte. Hätten sie in ihrer Ausbildung nicht mit Messerattacken umzugehen gelernt, wäre die breite Klinge Roland zweifelsohne tief in den Leib gefahren. Doch Lichthaus reagierte schnell und traf mit seinem Tritt die Hand, die das Messer führte. Die Waffe flog davon, und Alexander brüllte vor Überraschung und Schmerz auf, als Lichthaus ihm auch schon den Arm auf den Rücken bog und seinen Kopf nach vorne in den weichen Boden drückte. Schlamm und Feuchtigkeit zogen in die braunen Haare und verschmierten die linke Gesichtshälfte.

»Ganz ruhig, sonst wird das hier schlimm enden.«

Alexander bebte vor Zorn und wand sich in dem harten Griff. »Lass mich los, du Sau!« Sein Gesicht war rot angelaufen und blanke Wut blitzte in den Augen. Es dauerte, bis er den Widerstand aufgab. »Ist ja schon gut, lassen Sie mich los.«

Einen Augenblick hielt Lichthaus ihn noch fest, dann zog er ihn auf die Füße. Er stieß ihn derart heftig weg, dass der Mann erst nach einigen Schritten sein Gleichgewicht fand und ihn hasserfüllt anfunkelte. »Anstatt auf mich loszugehen, würdet ihr Bullen besser meinem Bruder mal auf die Finger schauen.«

Die Anspannung entlud sich: »Halten Sie jetzt den Mund!« Lichthaus' Stimme hallte über den Hof. »Ein weiteres Wort und Sie landen in der Zelle. Das hier könnte ohne Weiteres als versuchter Totschlag durchgehen.«

Alexander zögerte einen Moment, warf den Kopf in den Nacken und lachte gekünstelt auf, dann marschierte er zurück in Richtung Haus, aber er drehte sich noch einmal um. »Wenn es einen Herrgott gibt, wird er euch strafen. Alle beide«, belferte er.

Die Tür krachte ins Schloss, und Ruhe kehrte ein. Lichthaus hob das Messer auf und steckte es ein.

Roland Görgen hockte zusammengesunken im Matsch der schmelzenden Schneeflocken, die der Wind angehäuft hatte. »Diese Drecksau, diese verdammte Drecksau. Will mich doch glatt abstechen. Mit dem bin ich noch nicht fertig.« Gedankenverloren rieb er sich mit der rechten Hand die rot anlaufende Gesichtshälfte und bemerkte Lichthaus erst, als dieser unmittelbar vor ihm auftauchte. Mühsam rappelte er sich hoch. »Wahre Bruderliebe, was? Und da verdächtigen Sie mich.«

»Worum ging es?«

»Er behauptet, ich würde alle Substanz aus dem Hof ziehen, um mein angeblich aufwendiges Leben zu finanzieren. So ein Blödsinn!«

»Nun, Ihr Haus, das Auto und die Armbanduhr legen solche Vermutungen nahe.«

Verblüffung strich über Görgens Gesicht und verschwand wieder, bevor er lospolterte: »Was soll das heißen? Passen Sie bloß mit Ihren Behauptungen auf. Das Haus haben wir bei der Bank finanziert, da zeige ich Ihnen gerne die Verträge. Außerdem hat Iris geerbt. Mit dem, was ich hier kriege, kommen wir schon klar. Sie können von mir aus die Bücher prüfen.«

Lichthaus sah sich um. »Das werden wir tun. Womit verdienen Sie hier eigentlich genau Ihre Brötchen.«

Zweifelnd schaute Görgen ihn an, während er sich bückte und ein wenig Schnee aufraffte, um die anschwellende Backe zu kühlen. »Das ist nicht Ihr Ernst, oder?« Lichthaus nickte, doch Görgen blickte weiter misstrauisch drein. »Was interessiert sich denn auf einmal ein Bulle für einen Biohof?«

»Wir suchen im Umfeld Ihres Vaters nach Motiven. Die Tat hatte schließlich etwas Persönliches. Nun, hierzu gehört der Hof und die Philosophie, die dahintersteht.«

»Philosophie, so ein Scheiß. Provozieren und hetzen Sie meinen Bruder auf mich, um eventuelle Motive aufzudecken oder warum kommt der plötzlich auf diese Ideen?«

»Darauf ist er ganz von allein gekommen. Ich wüsste gerne, wie so ein Biohof tickt und wo sich hier Konfliktpotential ergibt, das zu einem Mord geführt haben könnte.«

Görgen warf den Rest des Schnees ziellos in die Gegend. »Das ist doch hirnrissige Kacke. Ich kann Ihnen den Hof zeigen und erklären, wie wir wirtschaften, aber wieso jemand deswegen meinen Vater ermorden sollte, ist mir schleierhaft. Los kommen Sie, dann wissen Sie auch, dass ich nichts verberge, und lassen mich in Ruhe.«

Sie betraten den Stall, der nun wieder weitgehend den Kühen gehörte. Die Abdeckplanen waren verschwunden und Stroh war großzügig eingestreut worden. Es roch frisch und war warm nach der Kälte draußen. Die Tierleiber hatten den Raum leicht aufgewärmt. Hinten im Schweinekoben erkannte Lichthaus den schwachen Schein eines einzelnen Strahlers. Die Technik räumte auf, hatte ihre Arbeit also abgeschlossen.

»Ihre Leute haben ordentlich Müll zurückgelassen«, knurrte Görgen, doch schließlich begann er die Führung. »Als Vater den

Hof übernommen hat, ist das hier ein reiner Milchbetrieb gewesen. Das Vieh hat in einem Anbindestall mit Spaltenboden und Kuhtrainer gestanden.«

»Was ist das?«

»Ein Kuhtrainer ist ein Metallbügel, der einer Kuh einen elektrischen Schlag verpasst, wenn sie sich entleert, sodass sie zurückweicht und der Mist durch den Spaltenboden ablaufen und einfach entsorgt werden kann. Die Milch ist damals nach Thalfang gegangen. Mittlerweile liefern wir nach Pronsfeld. Die füllen da oben Biomilch ab. Da das zu wenig bringt, vermarkten wir einen immer größer werdenden Teil selbst über den Hofladen und einen Verkaufswagen, der die Wochenmärkte in der Gegend abklappert.«

»Wieso bringt das immer weniger?«

»Vater ist seinerzeit so ziemlich der Erste in der Region gewesen, der ökologisch gewirtschaftet hat. Das war clever, denn in der Nische hat er sehr gutes Geld verdient. In der Zwischenzeit ist aus *bio* ein riesiger Markt mit Wachstumspotenzial geworden, und viele drängen hinein, wodurch die Preise verfallen. Das Einkommen von uns Biobauern geht laufend zurück, weil eine Bevölkerung, die mehr als zwei Milliarden ausgibt, um Hunde und Katzen zu füttern, bei den Preisen, die wir für unsere Produktionsform brauchen, zusammenzuckt und dann häufig lieber im Discounter kauft. Ein paar Kollegen stellen schon wieder auf konventionelle Landwirtschaft um.«

»Und Sie, denken Sie auch ans Umstellen?«

»Noch nicht. Ich will aber nichts ausschließen. Dieser Stall ist unser zweiter, den haben wir vor etwa drei Jahren gebaut. Im Sommer stehen die Rinder ganz draußen auf Umtriebweiden. Nur zum Melken kommen sie rein. Der Neubau ist auf lange Sicht viel wirtschaftlicher zu betreiben. Vater ist dagegen gewesen, aber ich habe bekommen, was ich wollte. Im Augenblick haben wir rund einhundert Milchkühe hier rechts.« Er zeigte auf die Boxen, in denen die Kühe frei herumliefen, wobei momentan die meisten Tiere den Kopf durch die Gitter streckten und fraßen. »Hinten an der Wand ist der Futtertisch. Ich möchte gerne einen Futterroboter anschaffen, doch das ist aktuell zu teuer.«

»Aktuell?«

»Ja. Wenn ich jetzt allein entscheiden kann, verlassen wir den Bioland-Verband und erfüllen nur noch die EU-Norm. Dann könnte sich das Ding rechnen.« Er wies auf den Hinterlauf einer vorbeitrottenden Kuh, an dem ein roter Plastikkasten befestigt war. »Die Kühe tragen einen Sender für den Melkroboter, den haben wir immerhin schon. Ziemlich hightech, aber Biohof hin oder her, wir müssen ökonomisch wirtschaften, um Geld zu verdienen. Mit dem Melkroboter sparen wir zwei Mitarbeiter und werden flexibler. Das entspricht meinen Zielen. Ich will mit meiner Arbeit ein gutes Auskommen haben. Dazu muss ich alles optimieren. Aus dem Ausland wird der Biomarkt mit billigen Angeboten überschwemmt. Nur wenn wir effizient sind, können wir bestehen.«

»Ist Bioware aus dem Ausland wirklich immer bio?«

»Ja, ich denke schon. Es gibt seit Jahren Tests, auch für die Discounter. Die belegen durchweg eine hohe Qualität. Vater und einige der Kollegen glauben an die heile Welt der Biohöfe mit freilaufenden Hühnern und glücklichen Kühen und so einen Mist. Da ist meistens noch ein Schuss Esoterik drin. Das sollten wir uns meiner Meinung nach abschminken. In ein paar Jahren sind wir Bioproduzenten kaum von anderen zu unterscheiden. Industrialisierung heißt das Zauberwort für die Biobranche. Der Hühnerpferch und der Streichelzoo dienen den Kindern und dem Image, das war es dann aber schon. Ich werde hier alles durchorganisieren. Wissen Sie, für mich ist bio kein Lebensgefühl, sondern ein Job. Die Tiere halten wir entsprechend der Verordnungen und füttern sie auch so, und das Gleiche gilt für die Feldfrucht. Ob die Viecher dabei glücklich sind oder nicht, ist mir schnuppe. Das Gerede von Demeter-Philosophie interessiert nicht. Kommen Sie, ich zeige Ihnen den Roboter.«

Vorbei an den Rindern gingen sie nach hinten in ein kleines Büro, dessen Rückwand an den Schweinestall stieß. Görgen vermied es tunlichst, hinüberzuschauen. Er setzte sich an einen Computer, schaltete ein Programm ein, während er auf ein Fenster zeigte. »Sehen Sie, das ist die Kuh Marta. Ich wollte allen Nummern geben, doch Vater hat sie mit Namen versehen. Mir soll's egal sein. Eine Schwarzbunte Holsteiner. Ihre Milchleistung kann bis zu 7600 Kilo im Jahr betragen. Wir dürfen den Kühen übrigens nicht die Hörner entfernen.« Durch das Fenster sah Lichthaus, wie vor einer Kuh das Gatter aufschwang und sie in den Laufgang stapfte. Eine Bürste schrubbte ihr wie in der Autowaschstraße den Euter ab, bevor vollautomatisch die Melkbecher angebracht wurden und der Melkprozess begann.

»Schauen wir mal ...« Görgen tippte auf der Tastatur, bis der Bildschirm Martas Daten zeigte. »Sie war heute Morgen um sechs Uhr schon einmal im Melker. Sie gibt rund sechzehn Liter pro Tag. Das ist eigentlich noch zu wenig. Wir bräuchten idealerweise knapp achtzehn täglich, erreichen das aber im Schnitt selten, da wir nur beschränkt Kraftfuttermengen zugeben dürfen. Auf einem Biohof liegt die Quote je Kuh immer unter der Maximalmenge. Tiere, die dauerhaft eine bestimmte Tagesleistung unterschreiten, sortieren wir zur Schlachtung aus. Wir züchten mit denjenigen, die trotz des geringeren Kraftfutters konstant viel Milch geben. Marta gehört wohl nicht dazu.« Er schaltete den Bildschirm ab, und sie gingen wieder hinaus. »Die Kühe gehen selbständig in den Roboter. Ich muss daher nicht früh morgens herumlaufen und melken. Hier links liegen die Mastbuchten und weiter hinten sind die Kälber.«

»Was ist mit dem Gemüse und so?«

»Sie meinen die Feldfrucht. Wir bewirtschaften rund einhundertachtzig Hektar Nutzfläche. Wir Biolandbauern sind verpflichtet, das Futter überwiegend selbst herzustellen. Unsere etwa achtzig Äcker liegen teilweise direkt neben dem Hof, sind aber auch über die Nachbargemeinden verstreut. Seit wir den Hofladen betreiben, kommen zu den Futterpflanzen zunehmend Feldgemüse und Salat dazu. Alles natürlich streng ökologisch angebaut.«

»Ich habe gesehen, dass Sie auch Fertiggerichte herstellen.«

»Convenience-Produkte nehmen insbesondere in der Metzgerei zu, wo wir Biofleisch mit Gemüse kombinieren. Wir haben einige Gerichte im Angebot und bauen das aus. Viele Leute sind faul, wollen sich jedoch gesund ernähren. Schon öko, aber schnell und einfach zubereitet. Nun, sie zahlen auch. Der Hofladen ist hierfür optimal. Wir gehen direkt zum Endkunden, da gibt es keine Margen mehr.« Görgen grinste breit, während seine Augen vor Stolz brannten. An ein Gatter gelehnt kraulte er einer Kuh den Hals. »Sehen Sie, das Tier hier ist für mich nur eine Möglichkeit, Profit zu machen.«

Lichthaus begann, den großen Mann und seine Ökonomisierung der Biobranche zu verabscheuen. »Die Hühner und Schweine halten Sie woanders?«

Görgen nickte. Mittlerweile verfärbte sich seine linke Gesichtshälfte, dort wo ihn Alexanders Schlag getroffen hatte, bläulich. »Die Hühner haben einen Mobilstall. Da hat jedes Vieh fünf Quadratmeter Auslauf auf einer Wiese. Wir nutzen ein System für siebenhundert Legehennen. Was nervt ist das Einsammeln der Eier von Hand. Hierzu beschäftigen wir einen Rentner auf Mini-Job-Basis. Die Sauen bringen wir zur Zucht in diesen Stall, zur Ferkelaufzucht gibt es einen Außenklimastall mit Einstreu für siebzig Tiere. Der steht drüben am Waldrand, damit der Mief nicht die Häuser da unten zustinkt. Vor allem nicht mein eigenes.«

Lichthaus' Handy piepte, und er schielte auf das Gerät. Zwei verpasste Anrufe stand vorwurfsvoll auf dem Display, und er erinnerte sich daran, während seines Gesprächs mit Renate Görgen den Klingelton ausgeschaltet zu haben. Er beendete die Stummschaltung und konzentrierte sich auf Görgen.

»Hat Ihr Vater bei alledem mitgemacht?«

»Nein, nie. Er war dagegen, die Rinderrasse umzustellen, da unsere alte Rasse aus der Region stammte, und er war auch nicht einverstanden, aus dem Biolandverband auszutreten, wodurch wir mehr Auflagen ausgesetzt sind, als notwendig wäre, um bio zu produzieren. Er war mittlerweile vom Revolutionär zum Bewahrer verkommen. Alles sollte so bleiben, wie es war. Was für ein Selbstbetrug. Schauen Sie nur auf seine Ehe.«

»Wieso macht Ihr Bruder Ihnen Vorwürfe?«

»Seiner Meinung nach ist Vater von mir rausgedrängt worden. Alexander glaubt, dass ich die Kontrolle will, um ihm das Erbe abspenstig zu machen. Das ist Unsinn. Der Alte ist hier auf dem Hof rumgelaufen und hat abends kontrolliert. Eigentlich war er raus, es ging ja auch körperlich nicht mehr, doch in die Buchhaltung war er noch fest eingebunden, da kannte er sich aus und hatte alles im Blick. Die Beschuldigungen sind Quatsch. Ich reagiere nur auf Notwendigkeiten. Er ist nicht mit der Zeit gegangen und hat mir im Weg gestanden, also habe ich ihn behutsam beiseitegeschoben.« Als er bemerkte, was er gerade gesagt hatte, schlug er betroffen die Augen nieder und fügte hinzu: »Ich hätte nie gewagt, ihm das so unverblümt zu sagen, dafür hatte ich zu viel Respekt.«

Wer es glaubt, dachte Lichthaus, als sein Handy »Overkill« brüllte, und er sich mit dem Abschalten beeilte. Roland lachte zum ersten Mal in seiner Gegenwart und formte seine Hand zur Frittengabel der Heavy Metal Fans. Die Finger waren dick und schwielig, die Nagelbetten schwarz verdreckt.

»Hallo Johannes, Holger hier. Bist du auf dem Alleenhof?«

Lichthaus entfernte sich einige Schritte von Görgen und dämpfte die Stimme: »Ja, wieso?«

»Siran hat mich gerade angerufen, weil er dich nicht erreichen konnte.« Lichthaus sparte sich eine Entschuldigung und wartete, bis Steinrausch fortfuhr. »Beim Abgleich aller Aussagen der Anlieger ist herausgekommen, dass die zwei älteren Paare das Auto nicht zur gleichen Zeit gesehen haben.«

»Verdammt, das hätte er gestern schon bemerken können.«

»Ja. Er ist halt frisch. Wie auch immer. Beide Paare sprechen von einer Person in einem Kombi, nur, dass die einen den Pkw um Viertel nach zehn in Richtung Alleenhof haben fahren sehen, während die anderen rund eine Stunde später beobachtet haben, wie er wieder zurückgekommen ist. Das passt so eben in unser Zeitfenster. Ich bin jetzt fertig mit Bösen, da kann ich die Zeugen, die gegen elf Uhr ihre Beobachtung gemacht haben, noch einmal befragen. Bösen hat übel vom Leder gezogen. Übrigens, Brauckmann will heute Mittag eine Besprechung machen, konnte dich aber nicht erreichen.«

Wieder der leise Vorwurf. Lichthaus zog eine Grimasse und schaute auf die Uhr. Es war kurz nach elf. »Das Handy war aus, da ich mein Gespräch mit Frau Görgen nicht gestört haben wollte. Sag dem Staatsanwalt, ich werde um vierzehn Uhr da sein. Vorher besuche ich Görgens Freundin. Bis dann.«

Er drückte das Telefonat weg und wandte sich Roland zu, der ihn beobachtete. Ihre Blicke kreuzten sich für einen winzigen Augenblick, und Lichthaus sah den lauernden Ausdruck in den Augen des Landwirts, der schnell die Lider senkte und zurück auf nett schaltete.

»Cooler Klingelton. Sie müssen weg, oder?« Lichthaus nickte. »Schade, ich hätte Ihnen noch gerne etwas über Güllemanagement, die notwendige Fruchtfolge und unsere Kalkulation erzählt.« Er lächelte, doch echt war es nicht.

Lichthaus gab seinem Gesicht einen undurchsichtigen Anschein. »Ein anderes Mal vielleicht. Was ist mit Ihrem Nachbarn, Bösen?«

»Ein lieber Kerl, aber als Bauer eine Null.«

»Inwiefern?«

»Er hat im Kampf gegen meinen Alten den Kürzeren gezogen und wird froh sein, wenn wir ihm eines Tages seinen Grund abkaufen. Er hat so ziemlich jeden Zug verpasst. Einst hatten sie den größten Hof hier in der Gegend, doch sie haben sich weder spezialisiert noch Land dazu gekauft. Das rächt sich jetzt. Die arbeiten völlig unwirtschaftlich.«

»Könnte sein Groll auf Ihren Vater so groß gewesen sein, dass er ihn ermordet hat?«

»Er hat sich seit dem verlorenen Prozess verändert. Ich weiß es ehrlich gesagt nicht.«

»Was für ein Prozess?«

»Bösen hat seine Felder gegen Schädlinge gespritzt, wobei der Wind einen Teil des Gifts in unsere Felder geweht hat. Die Kontrollen haben das herausgebracht, und wir konnten die Frucht nur noch als konventionelles Gemüse verkaufen. Den Schaden hat der Alte erfolgreich eingeklagt.«

»Okay, schönen Dank auch für die Führung.«

Görgen schaute ironisch lächelnd. »Gerne. Und, haben Sie Anhaltspunkte gefunden? Bin ich nun verdächtig?« Den letzten Satz sprach er betont langsam aus, um seine Frage ins Lächerliche zu ziehen.

Der fröhliche Gesichtsausdruck entgleiste, als Lichthaus nüchtern antwortete: »Von Minute zu Minute mehr. Bis sehr bald, denke ich.« Er nickte und ließ den überrumpelt dreinschauenden Bauern stehen, der ihm noch nachblickte, als er bereits vom Hof fuhr. Im Rückspiegel sah er Alexander Görgen in einem der Fenster im Obergeschoss, der mit der Hand eine imaginäre Waffe hob, hinter ihm her zielte und abdrückte.

*

»Silkes Bistro« lag günstig in Wittlichs Zentrum am Alten Markt. Wer diesen überquerte, musste gezwungenermaßen an den beiden hell erleuchteten Schaufenstern vorbei. Silke Fischbach war laut Gewerberegister Alleininhaberin. Er wartete einen Augenblick und trat unmittelbar nach einem Kunden ein. So gewann er Zeit und konnte sich umsehen. Die sauberen Kühlauslagen waren reichhaltig mit belegten Brötchen, Baguettes und Bagels gefüllt, von denen gerade ein Exemplar mit Salat und Käse wegging. Hinter der Theke zog sich ein auf alt getrimmtes Regal bis an die Decke. Im unteren Bereich befanden sich ein moderner Kaffeeautomat und schlichtes Designgeschirr in verschiedenen Pastelltönen. Darüber standen Geschenkartikel.

Silke Fischbach war den Angaben des Melderegisters zufolge achtundvierzig Jahre alt, doch hätte Lichthaus die gepflegte Frau jünger eingeschätzt. Sie trug eine bordeauxrote Schürze mit Firmenaufdruck und Namenszug über einer weißen Bluse und Jeans. Ob sie ihr Alter dezent runterschminkte, konnte er nicht wirklich beurteilen, ging aber nicht davon aus. Die nussbraunen Haare waren lang und zu einem festen Zopf geflochten. Der Kunde vor ihm zahlte und zog grüßend ab.

»Guten Tag, was kann ich für Sie tun?« Um die braunen Augen, die ihn trotz der freundlichen Ansprache traurig ansahen, nisteten sich kleine Fältchen wie Spinnenwebe ein. Im Augenweiß sah er selbst auf die Distanz rote Äderchen. Sie hatte geweint. Er zog den Ausweis hervor und hielt ihn so, dass sie ihn zu lesen vermochte.

»Ich heiße Johannes Lichthaus. Ich bin von der Kripo in Trier. Können wir uns irgendwo allein unterhalten?«

Sie blinzelte unsicher und schrak zusammen, als eine Gruppe von drei jungen Mädchen lärmend hereinstürmte und sich vor der Auslage aufbaute. Sie nickte ihm zu und rief durch eine offene Schiebetür gleich neben der Theke halblaut einen Namen, den er nicht verstand.

»Einen Augenblick, bitte.« Sie bediente die Schülerinnen, die sich ewig nicht entscheiden konnten. Lichthaus schätzte sie auf dreizehn oder vierzehn und lächelte in sich hinein, als sie herumalberten und kokettierten. Ein Zupfen an einer Strähne, ein Glattstreichen des Anoraks, gefolgt vom prüfenden Blick im Spiegel hinter den Tassen. Eine von ihnen war groß gewachsen und würde zu einer schönen Frau heranreifen.

Silke Fischbach arbeitete zügig, blieb dabei ausgesucht freundlich. Nur einmal sah sie ihn verunsichert an, wandte sich aber sofort wieder ab, als sie bemerkte, wie er sie beobachtete. Die Mädchen zahlten mit einem Berg Kleingeld und verschwanden Richtung Schule.

Eine ältere Frau der Marke Graue Maus kam durch die Schiebetür und übernahm nach kurzer Anweisung das Bedienen der Kunden, während Lichthaus ihrer Chefin in den hinteren Teil des Bistros folgte. Von den vielleicht zehn Tischen waren drei besetzt. An einem las ein Mann in dunklem Anzug und hässlicher Krawatte die Frankfurter Allgemeine und lungerte mit weit ausgestreckten Füßen auf dem Rand des Stuhls. Ganz in der Ecke saß eine alte Frau vor leeren Tellern und einer Tasse mit eintrocknendem Kaffeerest. Sie trug billige Kleidung. Die Strümpfe waren ihr nach unten auf die schweren Schuhe gerutscht, wodurch sich ein Streifen der weißen krampfadrigen Beine zeigte. Sie schaute wartend auf ihre Uhr. Daneben knutschte ein junges Paar. Trotz der Kälte reichte ihm ein T-Shirt, wohl um seine Tätowierungen zur Schau zu stellen. Silke Fischbach wählte einen Tisch außerhalb der Hörweite ihrer übrigen Kunden und fragte, ob sie ihm etwas bringen könnte. Lichthaus nahm entgegen seiner Gewohnheiten dankend an und bat um einen Milchkaffee. Sie kehrte zur Theke zurück, und er bemerkte flüchtig ihr leichtes Hinken.

Die Atmosphäre war gemütlich. Durch die milchigen Dachfenster fiel diffuses Licht und erhellte den Raum so weit, dass man tagsüber auch ohne Lampen lesen konnte. Zwischen den Tischen war ausreichend Abstand, um eine Unterhaltung frei von ungewollten Zuhörern möglich zu machen, was von dem weichen Bodenbelag und den gezielt platzierten Pflanzenkübeln unterstützt wurde, die alle Geräusche dämpften.

Der Kaffeeautomat krächzte und wenig später kam Silke Fischbach, stellte eine große grüne Tasse auf die Tischplatte. Sie selbst hatte ein Glas Sprudel gewählt. »Sie sind schneller auf mich zugekommen, als ich erwartet habe.« Sie sah ihn nicht an, sondern schaute zu, wie er den Zucker im Kaffee verrührte.

»Ein Nachbar hat uns von der Beziehung zwischen Ihnen und Horst Görgen erzählt. So etwas bleibt nicht lange verborgen.«

Ein verächtliches Schnauben entwich ihr. »Mir war das ohnehin egal. Ich bin nicht verheiratet, doch Horst war so sehr auf seinen guten Leumund bedacht.«

»Seit wann hatten Sie das Verhältnis?«

Sie strich sich eine Strähne aus dem Gesicht. »Im Dezember, kurz vor Weihnachten, wären es genau zwei Jahre gewesen.«

»Gewesen?«

»Er hat Ende September Schluss gemacht.«

»Aha. Aber fangen wir von vorne an. Also Weihnachten.«

»Ich habe das Bistro im November des gleichen Jahres eröffnet. Eines Nachmittags hat er hier hinten gesessen«, sie deutete auf den Tisch, an dem nach wie vor die Frau wartete und jede Minute auf die Uhr schaute. »Stundenlang hat er vor sich hingebrütet und langsam einen Kaffee nach dem anderen getrunken. Ich habe ihn beobachtet und war mir sicher, dass er von dem ganzen Treiben hier nichts wahrgenommen hat. Horst ist kein Typ, den man übersieht. Ein schöner Mann eben, obwohl er bereits älter gewesen ist«, sie nahm einen Schluck von ihrem Sprudel und trieb in ihren Erinnerungen dahin.

»Gegen sieben bin ich dann hin und habe ihm gesagt, es sei Feierabend. Er hat mich nur verwirrt angesehen und gefragt, ob ich verheiratet sei. Früher, als ich noch bedient habe, wurden die Gäste bei so einer plumpen Anmache rausgeschmissen, aber ich habe erkannt, dass die Frage ernst gemeint war. Ich habe den Kopf geschüttelt, und er ist aufgestanden, um zu bezahlen, doch auf mein Warum hat er sofort von seiner Familie zu erzählen begonnen. Ich habe hinter Greta, das ist meine Aushilfe, die damals nur den Kopf geschüttelt hat, abgeschlossen und zugehört. Ich denke, Sie wissen, wie so etwas ist. Nach innen die Hölle, nach außen die Heile-Welt-Fassade. Glückliche Kühe, Hühner und Schweine, zumindest bis zum Schlachttag, ökologisches Futter und Gemüse, der ganze Zauber halt. Seine Welt war doch in Ordnung. Horst hat daran geglaubt. Jahrelang hat er alles ausgeklammert, was dieses Trugbild zerstört hätte, aber mit einem Mal konnte es nicht so weitergehen.«

Lichthaus stellte seine Kaffeetasse ab. »Inwiefern?«

»Er hatte am Abend zuvor, als seine Frau bereits im Bett war, die alten Fotoalben gefunden und einmal vergessen, die Augen zu schließen, wenn Sie verstehen, was ich meine.« Lichthaus nickte. »Ihm ist bewusst geworden, wie schlimm es um sein Leben steht, und wollte nicht mehr wegschauen. Sich aufzuraffen, ist ihm jedoch sehr schwer gefallen. Er ist, er war so ein Scheuklappentyp, und die Einsicht, wie viele Baustellen seine Familie zermürben, hat ihn mit voller Wucht getroffen.«

»Das hat er Ihnen alles noch am selben Abend erzählt?«

»Das Allermeiste schon. Wissen Sie, das ist der Moment gewesen, in dem der Druck aus ihm entwichen ist, wie aus einem Luftballon der knatternd durch das Zimmer fliegt. Er hat erst aufgehört, als alle Luft raus war. Und genau wie der Ballon ist er letztendlich auch zu Boden gefallen. Er hat nicht geweint oder so, sondern ist nur noch apathisch gewesen. Ich habe ihn in meine Wohnung hier über dem Laden geschafft und dann irgendwie rauf aufs Sofa gewuchtet. Am Morgen war er verschwunden.«

»Hatten Sie keine Angst?«

Sie zögerte und errötete fast unmerkbar. »Doch. Ich habe die Schlafzimmertür abgesperrt und einen Stuhl unter die Klinke gestellt.«

»Sie ...«, begann Lichthaus, aber Silke Fischbach unterbrach ihn: »Kurz nach diesem Tag hat er angerufen und wollte sich mit mir treffen, in Trier zum Essen. Von dem verletzten Zauderer ist kaum mehr etwas zu sehen gewesen. Er hat wieder die Maske getragen, die alle gekannt haben. Zielstrebig bis zum Verbohrtsein, charmant und – ja – für mich sehr anziehend. Wir sind noch in derselben Nacht miteinander ins Bett. Der fehlende Unterschenkel hat ihn nicht gestört.«

Er schaute auf und sah sie forschend an. »Das ist mir entgangen.«

»Mein verstorbener Mann und ich hatten ein Restaurant in Nordhorn. Eines Abends ist er am Steuer eingeschlafen und frontal auf einen entgegenkommenden Traktor geprallt. Er war sofort tot, und mir mussten sie das Bein amputieren.«

»Das tut mir leid.«

Sie zuckte die Schultern und nahm den Faden wieder auf: »Das ist Vergangenheit. Horst und ich sind ein Paar geworden, wenn auch nicht in der Öffentlichkeit. Auf mein Drängen hin ist er seine Probleme angegangen. Mit Roland hat er sich irgendwie geeinigt. Er ist so glücklich gewesen. Zu Alexander ist er anschließend nach Koblenz gefahren, doch der ist regelrecht ausgeflippt, als er Horst bei sich zu Hause vorgefunden hat. Eine Woche später ist dann zu der Enttäuschung eine Anzeige wegen Hausfriedensbruch und angeblicher sexueller Belästigung von Alexanders Frau hinzugekommen. Die hat ihren Mann offensichtlich unter Druck gesetzt, denn kurz darauf wurde diese zurückgezogen. Ich glaube, diese Ehe kriselt ordentlich.«

»Sie leben getrennt. Was denken Sie von Alexander?«

»Nichts. Ich bin ihm nie begegnet und interessiere mich nicht wirklich für ihn. Er ist halt der nie anwesende Sohn meines Freundes. Einmal hat er mich angerufen und herumgepöbelt, ich solle seiner Mutter nicht den Mann ausspannen, aber das war's dann auch schon.«

»Hat er Sie bedroht?«

»Nein. Horst hat mich ja dann verlassen. Er wollte es nochmal mit Renate versuchen. Ich war so blöd und habe ihn angetrieben, seine Probleme zu lösen, um dabei selbst unter die Räder zu kommen.« Der Frust quoll in rauen Tönen aus ihr hervor. »Seitdem ist der Krüppel wieder allein.« Sie lächelte schmerzvoll, doch als er den Mund öffnete, stieß sie rasch hervor. »Sagen Sie bitte nichts, das macht es nur schlimmer.«

Lichthaus nickte. »Und seither?«

»Vor ein paar Wochen ist er auf einmal wieder dagewesen, hat einfach vor der Theke gestanden. Er war um Jahre gealtert, gebeugter und dünner als vorher und hat heftig gekeucht. Die Ärzte hatten ein Lungenemphysem festgestellt. Aber er war nicht wegen mir gekommen. Wir ...«

»Silke?« Greta wirkte gehetzt, als sie jetzt neben dem Tisch auftauchte. »Ich muss in die Küche, der Mittagstisch ist praktisch weg, und es stehen einige Leute da.«

Sie nickte. »Ich komme gleich.« Als die Angestellte wieder verschwunden war, strich Silke Fischbach sich erneut die eine Strähne aus dem Gesicht, die nicht im Zopf hatte bleiben wollen. Es war eine fließende Bewegung, die sie völlig automatisiert hatte. »Hier, genau hier haben wir gesessen, doch anders als an dem Abend zwei Jahre zuvor ist er mir wie ein gejagtes Tier erschienen. Seine Ehe war endgültig kaputt, das ist aber genauso wenig der Grund seines Besuchs gewesen wie ich. Er hat angefangen zu sprechen, doch alles habe ich nicht mitbekommen, da er so schlecht zu verstehen gewesen ist und zwischen den schweren Atemzügen extrem genuschelt hat. Er hat nach fast schon unhöflich kurzer Zeit gefragt, ob mir jemand einfiele, der ihn bedrohen würde. Ich habe zuerst geglaubt, mich zu verhören, doch beim Nachhaken hat er nur unwillig seine Frage wiederholt. Mir ist niemand eingefallen. Kaum fünf Minuten später ist er weg gewesen. Kein persönliches Wort, kein Interesse daran, wie es mir geht, einfach auf und davon. Zu Anfang habe ich noch nach Gründen für sein merkwürdiges Verhalten gesucht, es jedoch schnell gelassen. Was sollte das alles noch, ich war sehr enttäuscht.«

Lichthaus überlegte. »Hat er sich nochmal gemeldet?«

»Nein. Vor meinem geistigen Auge sehe ich ihn wie einen geprügelten Hund davonschleichen. Ein Mann mit Visionen, der am Ende der große Verlierer ist.«

»Ist Ihnen in der Zwischenzeit jemand eingefallen, der ihn bedroht haben könnte?«

»Absolut nicht.«

»Wer hat Sie über die Ermordung informiert?«

»Die Kowalski.«

»Die Polin? Kennen Sie sie persönlich?«

»Nein, nur aus Horsts Erzählungen. Sie hat mich mitten in der Nacht angerufen und mir die Geschichte vor den Kopf geknallt. Sie ist seit Jahren bei den Görgens. Erst um seine Mutter zu pflegen, nach deren Tod für den Haushalt und dann immer mehr für Renate. Die beiden sind mittlerweile eng befreundet. Horst hat mal gesagt, sie wäre wie eine Gouvernante, die überall Regie führt. Ihr entgeht nichts. Ruft hier einfach an, als sei es ihr eine persönliche Genugtuung, mir diese schlechte Nachricht zu überbringen.«

»Und Sie arbeiten trotzdem den ganzen Tag?«

»Gestern war es schlimmer.«

»Wieso gestern?«

»Na, weil sie mich vorgestern Nacht angerufen hat.«

*

Die Streife traf Elzbieta Kowalski nicht mehr auf dem Alleenhof an und auch die Görgens vermochten nicht zu sagen, wo sie war. Da auch ihre Sachen samt und sonders verschwunden waren, ließ Brauckmann nach ihr fahnden. Lichthaus war über seine eigene Nachlässigkeit fluchend nach Trier gefahren. Ihm war das merkwürdige Verhalten der Frau von Anbeginn aufgefallen, und er hätte sie mit mehr Nachdruck zur Rede stellen sollen. Nun war es zu spät, und er hoffte, dass sie noch nicht nach Polen durchgekommen war.

»Wenn sie schon in der Nacht, unmittelbar nach dem Mord, Bescheid gewusst hat, könnte sie den Täter gesehen haben«, merkte Brauckmann an. Sie saßen im Besprechungsraum der Kriminaldirektion zusammen und erörterten auf Betreiben des Staatsanwalts den Fall. Selbst Müller war gekommen. Lichthaus hätte einen anderen Besprechungstermin bevorzugt, da er zunächst die Informationen des Vormittags verdauen und in das bisherige Bild einpassen wollte, doch stattdessen hockten sie jetzt hier herum.

»Oder sie hat Renate Görgen dabei geholfen, ihren Mann zu töten. Zu zweit wäre das zu schaffen gewesen. Aber wir sollten nicht spekulieren, sondern abwarten, ob wir sie finden und befragen können«, gab Lichthaus zu bedenken. »Siri, was ist mit dem Drohbrief?«

»Ich konnte zu den Zeilen bisher noch nichts finden.«

»Was ist mit Killer-Games?«

Siran zuckte mit den Schultern. »Ein Fass ohne Boden. Es gibt ja keinerlei Anhaltspunkte. Ich habe den Spruch des Klebebandes und die Inhalte der Briefe einmal durchlaufen lassen und bin mit Fragmenten auch in der Szene fündig geworden, leider lässt sich beim besten Willen kein Zusammenhang herleiten. Die Spieler von diesen Ego-Shootern oder Rollenspielen wie World of Warcraft sind in Gilden organisiert, die sich Namen geben. Hier könnte es einen Ansatz geben, aber mir scheint das ein bisschen weit hergeholt. Außerdem tauchen bisher nirgendwo Bilder auf.«

»Was soll das Ganze?«, fragte Müller verständnislos.

»Es hat sich in den letzten Jahren gezeigt, dass spätere Täter häufig diese Games spielen. Hierbei werden labile Typen, die im normalen Leben eher auf der Verliererseite segeln, zu Helden. Da sie das irgendwann einmal richtig fühlen wollen, begehen sie brutale Morde. Sehen Sie Breivik in Norwegen, der hat ja auch monatelang World of Warcraft gespielt«, erinnerte Lichthaus.

»Was hat das mit dem Fall zu tun?« Müller äugte kritisch.

»Der Mord ist extrem plakativ ausgeführt worden. Sollten Fotos an die Öffentlichkeit gelangen, würden sie innerhalb von Minuten weltweit in der Szene umhergeistern. Ein Spieler auf Profilierungstrip wäre ein Star. Sollte unser Mann mit seinen Taten bekannt werden wollen, würden wir ihn über diese Schiene vielleicht finden können. Siran kennt sich in der Szene aus. Außerdem könnten die Drohbriefe Teil eines perfiden Spiels sein.«

Müller verzog das Gesicht. »Daran kann ich nicht so wirklich glauben.«

»Solange keine Bilder im Netz oder andere Hinweise auftauchen, bin ich Ihrer Meinung«, pflichtete Lichthaus ihm ausnahmsweise einmal bei, »doch wir sollten die Sache weiterhin im Auge behalten. Ansonsten sehe ich den Täterkreis eher im familiären oder erweiterten Umfeld, nur hier stellt sich die Frage, wer einen Grund hatte, so bestialisch gegen Görgen vorzugehen. Und was soll der Spruch? Hat der Mörder eine Botschaft an uns beziehungsweise an die Öffentlichkeit?«

»Das sind also alles noch Spekulationen. Gibt es auch konkrete Anhaltspunkte?« Müller schaute unübersehbar auf seine Uhr.

»Kaum etwas, das uns weiterbringt. Sie erhalten einen Bericht. Hier nur die Kurzfassung: Die Familie ist völlig zerstritten. Die Söhne haben sich geprügelt und reden eigentlich nicht mehr miteinander. Die Mutter entgiftet gerade vom Alkohol und käme als Täterin nur dann in Frage, wenn ihr jemand geholfen hätte. Sie wäre ansonsten körperlich nicht in der Lage, einen Mord zu begehen. Roland, das ist der Älteste, hat ein wässriges Alibi von seiner Frau. Keines hat hingegen der andere Sohn, der behauptet, in Koblenz gewesen zu sein. Motive hätten beide, wieso jedoch einer von ihnen seinen Vater regelrecht abschlachten sollte, kann ich nicht erkennen.«

»Alexander ist in psychologischer Behandlung gewesen«, warf Steinrausch ein und grinste. »Die Schulsekretärin ist regelrecht in Plauderlaune verfallen. Er leidet angeblich unter Depressionen, sei aber soweit stabil und werde bald im Schuldienst zurückerwartet.«

Brauckmann schüttelte den Kopf. »Solche Probleme haben wir in jeder zweiten Familie. Deswegen bringt man so schnell niemanden um. Und schon gar nicht so«, setzte er hinzu.

Lichthaus hob bestätigend die Hände. »Das sehe ich ähnlich, doch wir kennen ja sicherlich noch nicht die ganze Wahrheit. Wie sieht es mit den anderen Fakten aus, Holger? Was ist mit Bösen und den Zeugen?«

»Das hat kaum etwas gebracht. Eine Person ist in einem dunklen Kombi aus Richtung Dreis gekommen und später denselben Weg zurückgefahren. Ein VW, so viel scheint klar zu sein, das Modell kennen wir nicht. Nicht einmal ob Männlein oder Weiblein am Steuer gesessen hat, können die Zeugen mit Bestimmtheit sagen.«

»Also, was hilft uns das?«, wollte Siran wissen.

»Bis jetzt wenig«, kommentierte Lichthaus. »Ich habe mir die Umgebung des Tatorts mal angesehen. Da gibt es mehrere Wege, über die der Täter unbemerkt zum Alleenhof gelangt sein könnte, da wäre er doch blöd, mitten durch das Kaff zu fahren. Es musste ihm doch klar sein, dass er dort auffällt. Es sei denn, die Tat wurde spontan ausgeführt.«

»Glaub ich nicht. Denkt nur an den Flaschenzug.«

»Ich auch nicht«, gab Steinrausch Siran Recht. »Andererseits liegt hinter den Häusern nur der Alleenhof. Wo sollte der Fahrer also hingefahren sein? Nach Schleidweiler führen bessere Straßen, es sei denn, ein Betrunkener nutzt den Feldweg als Promilleweg. Und wozu hätte er wieder zurückkommen sollen?« Er stand auf und ergänzte das Tafelbild um ein stilisiertes Auto mit Fragezeichen. »Nun zu Bösen.«

»Als ich auf seinem Hof angekommen bin, übrigens ist der Laden ziemlich runtergekommen, hat er sich zunächst geweigert, mit mir zu reden.« Steinrausch setzte sich wieder. »Wie abgesprochen habe ich daher gedroht, ihn vorführen zu lassen, woraufhin er eingelenkt hat. Der Mann ist wirtschaftlich fertig und schiebt die Schuld auf Görgen. Er hat wie ein Irrer herumgebrüllt und behauptet, die Pestizide seien von Görgen selbst gekommen. Außerdem verdächtigt er Roland Görgen des Betrugs, da er sich nicht vorstellen kann, wo das Geld für dessen Lebensstil herkommen soll. Ein Stück weit gebe ich ihm da Recht, denn die Verdienste der Landwirte sind deutlich gesunken. Ihr kennt ja alle die Diskussion um die Milchpreise.«

»Beweise?«

»Natürlich nicht, wahrscheinlich sucht er einen Sündenbock für sein eigenes Versagen. Laut Akten ist er gegen Görgen handgreiflich geworden und hat ihn vor dem Gericht fast vor einen Bus gestoßen. Ich habe ihn darauf angesprochen, und er hat behauptet, er sei provoziert worden. Görgen hätte ihn als Verlierer verhöhnt.«

»Wie sieht es mit einem Alibi aus?«

»Er hat keins. Seine Frau ist am Mordabend im Kino gewesen, er war allein zu Hause.«

»Welchen Eindruck hast du?«

»Der Mann steht mit dem Rücken zur Wand und ist hochaggressiv. Er wohnt in der Nähe, kennt sich also aus und hat ausreichend Kraft und Gelegenheit, um die Aktion durchzuziehen. Über das Motiv müssen wir auch nicht spekulieren.«

Lichthaus wandte sich an Brauckmann: »Was denken Sie?«

»Durchsucht den Hof nach Indizien. Ich stelle euch den Schein aus.«

*

Es dauerte lange, dann knackte es in der Leitung und die Verbindung wurde hergestellt.

»Hello?«

»Guten Tag, Frau Underwood.« Lichthaus hatte die sechs Stunden Differenz zur Eastern Standard Time abgerechnet. In Charlotte, North Carolina, war heller Tag, während in Trier die Dämmerung anbrach. Die Weinberge am Petrisberg verschwanden langsam in der beginnenden Dunkelheit und wurden vom beleuchteten Fernsehturm, der in den Himmel aufragte, abgelöst.

»Lassen Sie mich raten«, sie wechselte ins Deutsche, »Sie sind von der Polizei.«

»Gut erkannt.«

»Alex hat mich vorgewarnt. Was kann ich für Sie tun?« Ihre Stimme klang befremdend neutral. Keine Nuance, nicht zu hoch nicht zu tief, einfach nichts, was sie von der Telefonansage in einem beliebigen Callcenter unterschieden hätte.

»Nun, wir erfassen im Augenblick die Familienverhältnisse und das Umfeld, um erste Ansatzpunkte zur Aufklärung des Verbrechens an Ihrem Vater zu sondieren.«

»Und da rufen Sie mich hier in den Staaten an? Ich war seit vier Jahren nicht mehr drüben.«

»So lange schon?«

Sie stutzte. »Ja.«

Eine Pause entstand, die Lichthaus geduldig abwartete. Er hatte einen wunden Punkt bei Anne Underwood berührt.

»Wie war denn das Verhältnis zwischen Ihnen und Ihrem Vater?«

»Da war keins. Als kleines Mädchen habe ich ihn bewundert, später ist er mir nur auf die Nerven gegangen. Ich bin schließlich freiwillig ins Internat, raus aus dem ganzen Dreck. Wissen Sie, der ganze Knatsch und Mutters Sauferei sind mir zuwider, und ich halte deshalb Distanz. Ab und zu telefoniere ich mit Alex, und zu Weihnachten eine Karte an alle, das war's.«

»Was ist mit Alexander und Roland?«

Sie atmete hörbar aus. »Sie wurden geboren, um zu streiten. Ewig geht das schon und Alex verliert immer. Flüchtet sich in Glauben und Familie, doch ich denke ohne Erfolg.«

»Glauben?«

»Ja, er hat sich Gott zugewendet. Als er letztes Jahr hier zu Besuch gewesen ist, ist er dauernd in die Gottesdienste einer Freikirche gelaufen und anschließend immer sehr entrückt gewesen.«

»Inwiefern war ihm das wichtig?«

»Weiß ich nicht. Fragen Sie ihn selbst.«

»Viele Konflikte in Ihrer Familie.«

»Kann sein, ist mir mittlerweile aber egal. Ich bin glücklicherweise weit weg. Ich muss los, haben Sie noch ein Anliegen?«

Lichthaus wunderte sich, wie emotionslos und neutral Anne Underwood die grauenhaften Geschehnisse an sich vorbeilaufen ließ, erkannte aber auch den Schutzschirm dahinter. Sie wollte nicht zerbrechen wie ihr Bruder und wählte anstelle seines Engagements die Ignoranz.

»Nein.«

»Wann geben Sie die Leiche frei? Ich will den Flug buchen.«

»Die Staatsanwaltschaft hat hierüber noch nicht entschieden.«

Ein Okay und die Leitung war tot.

Kaum hatte er aufgelegt, da kam Steinrausch eilig herein. »Die Kowalski wurde von den Kollegen in Frankfurt aus dem Zug geholt. Sie bringen sie hierher. Doktor Kaiser ist bei Müller. Du möchtest bitte hinkommen.«

Unwillig stand Lichthaus so abrupt auf, dass der Stuhl gegen die Wand knallte. »Diese verdammten Politiker. Was glaubt der denn, was ich sagen werde?«

Steinrausch lächelte entwaffnend. »Viele Worte und wenig Inhalt.«

»Wann wird die Kowalski hier sein?«

»Ich denke nicht vor zehn.«

»Dann verhören wir sie morgen. Geh zu Brauckmann, der soll einen Haftbefehl erwirken. Wir logieren sie für die Nacht im Knast ein.«

*

Müller musterte ihn wie immer, ohne sich die Mühe zu machen, seine Abneigung zu verbergen. Lichthaus tat es ihm gleich und nickte nur kurz, wobei er schon die dritte Person im Raum begutachtete. Kaiser mochte vielleicht Mitte fünfzig sein, doch das glatte Gesicht war noch scharf geschnitten und attraktiv. Der Mann war – Lichthaus' Großmutter hätte es so gesagt – wie aus dem Ei gepellt. Das grau melierte Haar war perfekt frisiert und bei aller Aversion musste Lichthaus zugeben, dass der Anzug toll war. Hochwertiges Tuch, maßgeschneidert, dazu ein weißes Hemd mit passender Krawatte. An der Hand lediglich ein Ehering und eine schlichte Uhr. Goldene Manschettenknöpfe lugten unter den Ärmeln hervor. Die Wählerinnen lagen ihm zu Füßen, da war sich Lichthaus sicher.

Ein fester Händedruck und Blick, dann legte der Politiker sogleich los: »Herr Kommissar, es freut mich, Sie auch einmal persönlich kennenzulernen, und ich möchte mich an dieser Stelle für unser Telefonat entschuldigen. Es liegt mir natürlich fern, Informationen zu verlangen, die nicht für die Öffentlichkeit bestimmt sind.«

Und was willst du jetzt hier, ging es Lichthaus durch den Kopf, aber er machte eine neutrale Miene, während Kaisers sonore Stimme in politprofessioneller Weise weiter den Raum füllte: »Verstehen Sie mich nicht falsch, doch wie Sie wissen, steht ein Besuch des Ministerpräsidenten und des Bundeslandwirtschaftsministers auf dem Alleenhof an. Eine solche Gelegenheit ergibt sich nicht alle Tage, und bevor ich das Event absage, muss ich mir gewiss sein, den richtigen Schritt zu tun.«

»Der da wäre?«

»Nun, wenn der Täter nicht aus der Familie Görgen stammt, würde der Termin gut ankommen: Auszeichnung und Beileid. Herr Müller hat eben anklingen lassen, Sie seien bereits sicher ...«

»Ich weiß nicht, was er erzählt hat«, wütend funkelte Lichthaus seinen Chef an, der nur stur an ihm vorbeisah und dabei eine Neutralität an den Tag legte, die einer Schaufensterpuppe zur Ehre gereicht hätte. »Ich für mein Teil bin mir noch über nichts im Klaren. Wir haben nicht einmal ein Verdachtsmoment, das über ein dürres Anfangsstadium hinwegreicht.«

Kaiser blinzelte irritiert und spülte seinen Ärger mit einem Schluck Kaffee hinunter. »Ääh ..., da muss ich wohl etwas falsch verstanden haben. Wie dem auch sei, inwieweit sehen Sie eine Chance, kurzfristig Klarheit in die Angelegenheit zu bringen? Ich möchte nicht mit den Herren zusammen eine Urkunde überreichen, während Sie auftauchen und ein Familienmitglied festnehmen.«

»Wie lange es dauern wird, den Täter zu fassen, ist beim besten Willen nicht vorherzusehen, und ob wir ein Mitglied der Familie verdächtigen, werde ich gegenüber Externen nicht kommentieren.« Er grinste. »Solange der Ministerpräsident da ist, halten wir uns zurück und nehmen natürlich keine Verhaftung vor. Diese Zusage gebe ich Ihnen.«

»Beruhigend. Und am nächsten Tag sieht man in den Boulevardblättern die beiden Politiker lächelnd neben einer des Mordes verdächtigen Person. Tolle PR.«

»Das ist durchaus möglich. Nochmals, wir stehen am Anfang. Selbst wenn ich, wie so mancher hier, es bei Bedarf mit den Vorschriften nicht so genau nähme«, Müller wurde stocksteif, schwieg aber, »wäre jede Aussage reine Spekulation.«

»Ist die Frage erlaubt: Verfügen Sie über noch keine konkrete Spur?«

»Wie gesagt, nein. Wir ermitteln zurzeit in alle Richtungen. Familiär und hinsichtlich der wirtschaftlichen Situation des Hofs.«

Erstaunen zeigte sich auf Kaisers Gesicht. »Wieso die wirtschaftliche Situation? Wie mir Herr ..., also soweit ich das verfolgen konnte, war die Tat doch persönlich motiviert.«

»Auch emotionalisierte Taten haben oft einen banalen ökonomischen Hintergrund. Denken Sie nur an Erbstreitigkeiten oder den Prozess, den Görgen gegen seinen Nachbarn geführt hat.«

Kaisers Stimme hatte jetzt eine befehlende Note: »Das halte ich erst einmal für unklug. Aus meiner Erfahrung heraus gibt es bei den Biohöfen in Rheinland-Pfalz keine Unregelmäßigkeiten, dafür ist das Kontrollnetz zu engmaschig. Beschädigen Sie nicht den guten Ruf der Biobauern hierzulande. Ich bin übrigens für diese verantwortlich.«

»Das ist nicht meine Absicht, aber vorrangig ist für mich die Aufklärung eines brutalen Mordes.«

»Das Land hat seit Jahren Millionen in den Ökobereich investiert«, sein Ton gewann an Schärfe, als er mehr zu Müller, denn zu Lichthaus sprach: »Hier muss mit Bedacht vorgegangen werden!«

»Das berücksichtigen wir auch«, beeilte der sich zu versichern. »Ich habe ein Auge drauf, doch sollten die Ermittlungen zwingend in diese Richtung weisen, kann man da kaum etwas machen.«

Kaiser schwieg und musterte Lichthaus einige Sekunden auffordernd, der aber enthielt sich jedes weiteren Kommentars. »Nun, ich danke Ihnen für das offene Wort, selbst wenn das Ergebnis nicht meinen Wünschen entspricht. Nochmals meine Bitte: Finger weg von der Ökobranche, sofern es zu vertreten ist.« Er erhob sich und reichte den Beamten die Hand. Sein Lächeln war so falsch wie dritte Zähne. »Vom Besuch der großen Politik auf dem Alleenhof muss ich mich dann augenscheinlich verabschieden. Leider. Nun gut, es bleiben ja ein paar Tage. Vielleicht lässt sich ja noch etwas anderes arrangieren. Schließlich haben wir genügend ausgezeichnete Ökobauern und Winzer im Kreis.«

Lichthaus nutzte die Gunst des Augenblicks, als sein Chef sich in devoter Manier von Kaiser verabschiedete, und verdrückte sich, doch er blieb nicht lange allein. Die Tür ging auf, und Müller erschien mit säuerlicher Miene. »Die Kollegen für die Soko sind im Besprechungszimmer zusammengekommen.«

Die Gruppe bestand aus acht Beamten, die aus den unterschiedlichsten Dezernaten kamen. Die jungen Männer und Frauen wirkten durchweg hochkonzentriert und waren schnell mit den wichtigsten Details vertraut gemacht und den anstehenden Aufgaben zugeteilt.

*

Gegen acht wollte er sich endlich auf den Nachhauseweg machen. Brauckmann hatte nach längerer Debatte der Durchsuchung vom Bösen-Hof zugestimmt, und Steinrausch war mit den Technikern raus. Aber Lichthaus kam nicht weit. Siran fing ihn auf der Treppe ab und schleppte ihn in sein Büro. Der junge Kollege hatte den Nachmittag genutzt um eventuelle RAF-Verbindungen Horst Görgens zu prüfen. Er sah müde aus. Sein Gesicht zeigte dunkle Schatten, wo die Stoppeln seines starken Bartwuchses bereits wieder durchkamen.

»Tut mir leid, dass ich dich aufhalte, nur da sind zwei Punkte, die ich dringend mit dir durchsprechen will.« Er streckte sich, um einen schmalen Ordner zu greifen. Sein Schreibtisch war überfüllt mit Unterlagen, doch schien Siran ein System in dem Chaos einzuhalten, denn er fand sofort, was er wollte, und blätterte darin herum. Das Büro war mit den Tischen und einer Wand von Einbauschränken, dem Board und einigen Stühlen vollgestopft, zeigte aber kaum eine persönliche Note. In einer Ecke türmten sich noch immer Umzugskartons, die seit Monaten vergeblich darauf warteten, ausgeräumt zu werden. Die Luft roch abgestanden und staubig. Lichthaus unterdrückte ein Gähnen, und als er jetzt sein Spiegelbild in der nachtschwarzen Scheibe des Fensters inmitten des Gerümpels betrachtete, überkam ihn ein Gefühl der Trostlosigkeit.

Siran bemerkte Lichthaus' Blick. »Görgens gesammelte Werke. Tausende Seiten. Er scheint so ziemlich alles aufgehoben zu haben.« Er suchte weiter. »Hier hab ich's. Der bezahlte Geschichtsunterricht ist zwar sehr interessant gewesen, doch gibt es keine Hinweise, die auch nur im Entferntesten einen Zusammenhang zu seiner Ermordung herleiten lassen. Enge Verbindung hatte Görgen eigentlich nur zur gemäßigten Garde der linken Szene in Frankfurt, nachdem er bei einer Demo gegen irgendwas von der Polizei verdroschen wurde und dann in einer Gruppe namens *Revolutionärer Kampf* landete, bei der so illustre Herrschaften wie unser ehemaliger Außenminister Fischer und der Europaabgeordnete Cohn-Bendit mitgemacht haben. Es existiert ein Foto, auf dem er zusammen mit den beiden und dem Terroristen Hans-Joachim Klein, der beim Überfall auf die OPEC in Wien mitgemacht hat, auf Polizisten eindrischt. Wie einige andere aus dem Dunstkreis ist er irgendwann ausgestiegen und später bei den Grünen gelandet.«

»Was ist mit Klein? Gibt es aus der Richtung einen Ansatz?«

»Nein. Der ist zu den Revolutionären Zellen gegangen, die dann mit der RAF kooperiert haben, doch ich konnte nichts über unser Opfer finden.«

»Also alles umsonst?«

Siran nickte. »Ja, die Spur ist so kalt wie der Südpol.«

»Gut, machen wir einen Haken dahinter. Gib mir eine kurze Notiz rein.«

»Bekommst du. Weil es gerade so schön war, habe ich gleich die politische Karriere Görgens durchleuchtet, wenn man von einer solchen überhaupt sprechen kann.« Er goss sich ein Glas Wasser ein und bot auch Lichthaus etwas an, der jedoch ablehnte. »Ich habe einen ehemaligen Mitstreiter namens Hartmut Fuchs gefunden, der mit wenigen Pausen immer mit Görgen gemeinsam im Kreistag und sonstigen Gremien hier auf der Kommunalebene gesessen hat. Der hat laut gelacht, als ich ihn auf eventuelle Motive für den Mord im Zusammenhang mit Görgens politischer Tätigkeit angesprochen habe. Sie seien völlig transparent in ihrer Partei und würden uns gerne die Sitzungsprotokolle offenlegen, hat aber davon abgeraten, da es reine Zeitverschwendung sei. Es sei denn, wir wollten uns stundenlang mit ideologischem Pipifax abmühen.« Siran fuhr sich durch die dichten Haare. »Also auf Parteiebene scheint es kaum etwas zu geben. Da wir die Kollegen für die Soko jetzt haben, will ich sie trotzdem die parteiinternen Unterlagen und natürlich die Zeitungsarchive nach kritischen Ereignissen während seiner Amtszeit durchsuchen lassen.«

»Mach das. Was ist mit dem Spruch auf dem Klebeband?«

»Das war letztendlich doch ziemlich einfach. Es handelt sich um einen sogenannten Rache- oder Fluchpsalm aus dem Alten Testament. Psalm 108 beziehungsweise 109, das hängt angeblich davon ab, ob man hebräisch oder griechisch zählt. Frag mich nicht, ich weiß das auch nicht genauer. In einer überarbeiteten Lutherübersetzung steht: Wenn er gerichtet wird, soll er schuldig gesprochen werden und sein Gebet werde zur Sünde. Der Beter des Psalms fordert Gott also auf zu richten und zu verdammen. Selbst Gebete des Beschuldigten soll Gott nicht beachten. Wenn wir dann noch den Drohbrief hinzunehmen, der auch ein Rachepsalm ist und klar zur Tötung aufruft, begründet ein religiöser Spinner seine Tat aus der Bibel heraus.«

Lichthaus lächelte. »Für einen Muslim gar nicht mal schlecht.«

»Ich bin Aramäer.«

»Ja, und?«

»Wir sind syrisch-orthodoxe Christen.«

»Verstehe. Entschuldige, das wusste ich nicht.«

»Kein Problem, Chef. In der Bibel gibt es im Alten Testament das Buch der Psalmen. Hierin gibt es etwa siebenunddreißig Psalmen, in denen unterschiedlich lange Abschnitte von Rache handeln. Im Neuen Testament ...«

Lichthaus konnte nicht folgen und wollte nach Hause, denn langsam zogen Kopfschmerzen aus seinem verspannten Nacken nach oben. Er unterbrach Siran: »Was hat das mit unserem Täter zu tun?«

»Unmittelbar wohl wenig. Nun haben wir in Deutschland eine breite Szene von christlichen Splittergruppen, die recht fundamental orientiert sind. Die bekanntesten sind im katholischen Lager Opus Dei und die Piusbruderschaft, bei den Protestanten die sogenannten Freikirchen. Das ist ein Sammelbecken für unterschiedlichste Gemeinden, die jedoch nicht durchweg radikale Meinungen vertreten. Hierzu gehören Pfingstgemeinden, Siebenten-Tags-Adventisten und noch viele mehr. Für uns interessant scheinen mir die evangelikalen Christen zu sein. Ein Kennzeichen dieser Gruppen, die oft aus Amerika stammen, ist eine konsequente Ausrichtung allen Tuns an der Bibel.«

»Woher aus Amerika?«

»Warte mal«, er fummelte einen Computerausdruck heraus. »Wikipedia sei Dank. Es gibt da einen Teil im Südosten, den man den *Bible Belt* nennt. Der reicht von Texas bis Florida und im Norden bis so etwa Virginia. Warum interessiert dich das?«

»Alexander Görgen ist laut seiner Schwester sehr gläubig. Sie lebt in North Carolina, also mitten drin, und er war dort zu Besuch.«

»Aha. Die Evangelikalen richten sich wie gesagt an der Bibel aus. Diese Gruppen glauben an eine persönliche Beziehung zu Gott und machen diese zur Grundlage ihres Christentums. Zentral ist eine individuelle Erweckungs- und Bekehrungserfahrung. Stellen wir uns den Täter als jemanden vor, der nach seiner Erweckung nun für seine schlimmen Erfahrungen Rache nimmt und glaubt, dabei im Auftrag Gottes zu handeln, dann fügen sich einige unserer Fakten zusammen. Görgen würde passen. Einschneidende Erlebnisse und anhaltende Probleme. Psychisch labil, religiös und, wie du heute erlebt hast, auch gewalttätig.«

»Ja, er ist verdächtig, doch das geht mir zu schnell. Nur weil er in North Carolina im Gottesdienst war, können wir nicht so absolute Schlussfolgerungen ziehen. Wir müssen das prüfen. Nehmen wir losgelöst von Görgen einmal an, es gibt einen Zusammenhang zu solchen fundamentalistischen Gruppen, dann stellt sich aber doch die Frage, warum einer ihrer Mitglieder sich als Rächer Gottes aufführen sollte. Ich nehme nicht an, dass diese Gemeinden einer Untersuchung positiv gegenüberstehen.« Er warf die Unterlagen auf den Tisch. »Verdammt, das ist reine Spekulation. Bevor wir hier ein Fass aufmachen, gehen wir mal zu unseren Psychologen und lassen uns ein Profil erstellen. Ob Alexander einer solchen Gruppe angehört, frage ich morgen seine Frau. Dann sehen wir weiter. Holger und ich knöpfen uns aber zuerst die Kowalski vor.«

*

Die Uhr ging schon auf zehn zu, als er endlich in Eitelsbach ankam. Elzbieta Kowalski befand sich bereits in einer Zelle. Um ein nochmaliges Abtauchen der Verdächtigen zu verhindern, hatte Brauckmann den Haftbefehl erwirkt. Eigentlich hätte Lichthaus die Polin gerne noch am gleichen Abend befragt, doch war es auch nicht falsch, sie ein wenig schmoren zu lassen. Die erste Nacht im Gefängnis hatte so mancher Zunge Flügel verliehen.

Ihre kunstvoll gearbeitete Haustür war mehr als einhundert Jahre alt, und Claudia hatte sich geweigert, das alte handgeschmiedete Schloss durch ein modernes Sicherheitsschloss zu ersetzen. Eine Sicherheitskette war das Äußerste gewesen, zu dem sie sich hatte bewegen lassen. Folge war, dass er nun einen über zehn Zentimeter langen Hausschlüssel herumschleppte. Es knackte laut, als die Tür aufsprang und ihm wohlige Wärme entgegenströmte. Henriette war schon im Bett, und so kam ihm niemand auf kurzen Beinen entgegengeschossen. Wie immer fühlte er sich nach dem Betreten des Hauses fast augenblicklich entspannt und streifte erleichtert die Schuhe ab, hängte die Jacke an die Garderobe und ging auf Strümpfen in die Küche, aus der Stimmen zu ihm drangen, die aber nun verstummten.

Ihr alter Freund Otto und Claudia saßen bei einem Wein, der Ausdruck in den Gesichtern beider drückte jedoch kaum Feierlaune aus. Lichthaus stieg vorsichtig über ein Sammelsurium von Henriettes Spielzeug hinweg und nahm Platz. Normalerweise hätte er sich gefreut, den Alten zu sehen, da andererseits aber das Gefühl, es läge etwas in der Luft, partout nicht weichen wollte, kroch Misstrauen seinen Nacken hinauf wie eine schleimige

Schnecke. Claudias Blick blieb ernst, und auch Ottos sonst braune Gesichtsfarbe wirkte fahl. Was Lichthaus aber am stärksten irritierte, war sein stumpfer, in sich gekehrter Gesichtsausdruck. Ottos blaue Augen blitzten meistens schelmisch, wovon sich jedoch im Augenblick keine Spur zeigte. Lichthaus küsste seine Frau flüchtig und reichte dem Freund die Hand. »Was ist los?«

Claudia schwieg und schaute Otto an, der sich ein Lächeln abrang, das schief geriet. »Gut aufgepasst, Johannes.« Er verstummte, suchte nach Worten. »Ich war heute beim Urologen, der hat letzte Woche einen Ultraschall gemacht und eine Gewebeprobe entnommen. Prostatakrebs.«

»Scheiße!« Lichthaus verzog schmerzhaft das Gesicht und schenkte sich ein Glas Wein ein. »Und weiter?«

»Termine über Termine.« Otto setzte seine Brille auf und las blinzelnd von einem großen Blatt ab: »Die wollen jetzt prüfen, ob ich schon Metastasen habe. Ultraschall der Nieren, Röntgen der Harnwege und der Lunge, Kernspinuntersuchung und Skelettszint... äh, ich weiß nicht, wie man das spricht. Eine Knochenuntersuchung.« Er schaute auf die Tischplatte. »Na ja, an irgendetwas muss man ja sterben.«

»Komm, warte mal ab, was dabei rauskommt. Wenn du keine Metastasen hast, soll das ganz gut therapierbar sein.« Lichthaus hasste diese leeren Phrasen, die von den Betroffenen kaum verarbeitet werden konnten.

Der Alte hörte ihm erst gar nicht zu. »Zu lange gewartet. Seit Monaten schon pinkle ich nur unter Schmerzen. Steh so ewig lange am Pissoir, dass ich dort Staub ansetze. Hab's idiotischerweise ignoriert. Jetzt kriege ich die Quittung.«

»Mensch, Otto, das wird nicht einfach«, Claudia legte ihre Hand auf seine furchige Pranke, »doch du darfst die Hoffnung nicht verlieren.«

Eine neue Phrase, schoss es Lichthaus durch den Kopf. »Was sagt deine Familie?«

»Der Junge war schockiert, redet aber den gleichen Kram wie ihr. Ich soll Geduld haben und so ein Zeugs«, murmelte er und starrte wieder vor sich hin.

Lichthaus stand auf und drückte ihm wortlos die Schulter, eine Geste, die Mut machen sollte und Mitgefühl ausdrückte. Otto sah dankbar zu ihm auf und nickte. Er blieb lange an diesem Abend und ließ sich gerne mit anderen Themen ablenken.

Den schmalen Weinberg, der Teil vom Besitz der Lichthaus' war und den der alte Winzer für sie bewirtschaftete, würde von nun an dessen Sohn bestellen. Es tat weh zu sehen, wie Otto langsam begriff, dass viele Dinge nun zu Ende gingen, dass seine Krankheit ihn zukünftig, egal was herauskäme, einschränken würde.

Als er gegangen war, hing eine Wolke trauriger Stimmung über ihnen, und sie bemerkten überdeutlich, wie sehr sie den Alten mit der Zeit ins Herz geschlossen hatten. Was blieb, war die Hoffnung auf einen trotz allem glücklichen Ausgang der Erkrankung.

Lichthaus erzählte nur spärlich von seinem Tag, da er den Fall, wenn auch nur für kurz, abstreifen wollte. In seiner Aktentasche wartete der Bericht der Technik, den er bis zum nächsten Morgen zumindest noch überfliegen musste, und ihm graute bereits davor.

Claudias Tag war schon ohne Ottos Hiobsbotschaft mies gewesen. Henriette hatte ununterbrochen gequengelt und geweint. Die Vorboten eines Infekts oder einer der Kinderkrankheiten, gegen die sie noch nicht geimpft war, mutmaßte Claudia, der die Augen zufielen. Das aufziehende Frühjahr machte sie extrem müde, das kannte er seit Jahren, doch konnte sie sich tagsüber nur dann ausruhen, wenn die Kleine schlief. Seine Frau gähnte wieder herzhaft und kurz darauf verschwand sie sich entschuldigend im Schlafzimmer.

Die eintretende Ruhe tat gut, und er griff zum Trierischen Volksfreund, der den Mord an Görgen als großen Aufmacher brachte. Ein Foto vom Alleenhof mit Absperrbändern und den Technikern in ihren Overalls dominierte die Titelseite. Der Text hingegen war wenig informativ und hielt sich weitgehend an die Presseerklärung. Dazu viel über Görgens Leben, aber nichts, das auf eine Quelle schließen ließ, die der Polizei unbekannt war. Den nicht schlecht recherchierten und aufbereiteten Artikel hatte eine Julia Bergner verfasst. Sie war neu in der Lokalredaktion, und er war ihr noch nie begegnet. Unordentlich schob er die Seiten zusammen und legte die Zeitung beiseite, um dem Bericht der Spurensicherung Platz zu machen, als das Telefon klingelte und Steinrausch sich meldete: »Null Ergebnisse. Bösen ist glaube ich sauber.«

»Inwiefern?«

»Wir haben das ganze Haus und die Wirtschaftsgebäude durchsucht. Keine Stiefel mit passendem Profil, einfach nichts, was einen Zusammenhang erklären würde. Seine Frau ist übrigens jetzt da gewesen. Sie arbeitet halbtags in Wittlich, damit die Familie über die Runden kommt. Der Hof ist eigentlich ziemlich runter, doch das, was die noch an Maschinen besitzen, ist tipptopp gepflegt.«

»Was sagt die Frau?«

»Die gleicht ihm. Resigniert, was den Hof angeht, aber irgendwie ehrlich.«

»Du glaubst nicht an Bösen als Täter?«

»Nein, und du auch nicht«, es war eine Feststellung, keine Frage. »Die Bösen ist ziemlich klein und rund wie eine Kugel, ihren Mann hat sie jedoch verteidigt wie eine Löwin. Ich habe sie auf diese Verdächtigungen gegenüber den Görgens angesprochen, und die Erklärung war nicht unbedingt unlogisch. Der Alleenhof ist mit seiner Fläche zwar einer der größten Biobetriebe in der Region, die haben viele Hektar zugepachtet und -gekauft, nur kann sie sich nicht vorstellen, wo das Geld für den Lebensstil herkommt. Die Erträge in der Landwirtschaft sind massiv eingebrochen. Der Milchpreis verwässert, und schlechte Ernten setzen den Bauern ordentlich zu. Da fragt sie sich eben, wie Görgen so gegen den Wind segeln kann.«

»Ich traue diesem Roland auch nicht über den Weg. Lass uns mal sehen, wie wir ihm auf die Pelle rücken. Nur, den Mörder finden wir bei ihm nicht. Er hat alles gehabt und hätte nur noch warten müssen, bis der Alte tot war. Das wäre nur noch eine Frage der Zeit gewesen.« Er dachte einen Augenblick nach. »Also gut, lasst Bösen laufen, wir haben nichts in der Hand.« Steinrausch schien zufrieden und verabschiedete sich.

Der Bericht der Spurensicherung war ungewöhnlich dick, und Lichthaus stöhnte schon bei dem Gedanken, sich hier durchquälen zu müssen, doch er kam zügig voran, ohne anfangs allerdings auf wirklich neue Fakten zu stoßen. Die Kollegen hatten mit ihren Tupfern und Klebefolien Hunderte von Spurenträgern angesammelt, die in den folgenden Tagen zur Auswertung anstanden. Eine Herkulesaufgabe, da der Stall neben den Tieren auch regelmäßig von etlichen Besuchern frequentiert wurde, die alle Haare, Hautschuppen, Rotz und dergleichen zurückließen. Das Ergebnis der unmittelbar auf Görgens Leichnam gesicherten DNA-Spuren lag bereits vor und gab Rätsel auf. Zwar waren sich die Techniker sicher, dass sie kurz nach oder während der Folterung an den Körper gekommen waren. Aber die DNA eines Spucketropfens vom Hals unterschied sich von der eines Haars, das man auf der Brust gefunden hatte, und beide stammten nicht vom alten Görgen. Um Klarheit zu schaffen, mussten sich alle, die direkt mit dem unbekleideten Körper Kontakt gehabt hatten, einem DNA-Vergleich unterziehen. Bis dahin schien es immerhin möglich, dass entgegen ihrer bisherigen These doch zwei Täter zu Werke gegangen waren.

Er machte sich eine Notiz und blätterte dann weiter. Spleeth und seine Leute hatten kein Fremdblut finden können, allerdings war es ihnen gelungen, den Teilabdruck des Schuhs in Görgens Blut zuzuordnen. Schuhgröße 44, die Marke höchstwahrscheinlich ein Massenprodukt, das deutschlandweit für wenig Geld über die Theke wanderte.

Merkwürdigerweise hatten der oder die Täter den Stall nicht auf gleichem Weg verlassen, da nirgends eine frische Fußspur wieder durch den Schlupf der Rinder hinausführte.

Er lehnte sich zurück, trank seinen Wein aus und resümierte. Sie bewegten sich bei ihren Ermittlungen orientierungslos im Nebel und das machte ihm Sorgen. Konkrete Hinweise gab es an keiner Stelle. Ihr Verdacht gegen Alexander Görgen glich eher einer Verzweiflungstat, auch wenn Sirans Schlüsse absolut logisch klangen, nur fehlte jeder eindeutige Beweis. Noch dazu die verwirrende Spurenlage. Zunächst deutete alles auf einen Einzeltäter hin, jetzt legten die Ergebnisse sogar mehrere Beteiligte nahe. Görgen jedoch hätte sicherlich allein gehandelt.

Er wischte sich über die Augen und gönnte sich ein weiteres Glas. Der feinherbe Riesling aus Ottos Keller spülte den bitteren Geschmack seiner Gedanken spielend hinunter, aber der Augenblick des Genusses strich vorbei, und er fand zu seinen Überlegungen zurück, während er aufräumte.

Der Schlüssel konnte Elzbieta Kowalski sein. Sie musste Entscheidendes wissen, hatte sie doch schon in der Nacht des Mordes Görgens Tod hinausposaunt. Er würde aus ihr herausbringen, welche Rolle sie spielte. Sie konnte alles sein, Zeugin, Mittäterin oder gar alleinige Täterin. Die stämmige Frau war kräftig genug und kannte von ihrer Tätigkeit als Pflegerin gewiss die notwendige Technik, um einen so schweren Mann zu transportieren. Nur Lichthaus glaubte auch daran nicht so recht. Da war kein richtiges Motiv, sie war schließlich kein Familienmitglied, sondern nur mit Renate Görgen befreundet.

Er gähnte und ging hinauf ins Bad. Im Schlafzimmer schlief Claudia tief und fest und rührte sich auch nicht, als er ihr einen Kuss auf die Backe drückte.

Freitag

Es war das sirenengleiche Schreien von Henriette, das ihn aus dem Schlaf riss und seine Nacht um halb fünf beendete. Wie gewöhnlich war Lichthaus als Erster aus dem Bett und stolperte schlaftrunken Richtung Kinderzimmer. Seine Aufmerksamkeit schärfte sich in dem Moment, in dem er mit dem Fuß hart gegen den Türrahmen stieß. Impulsiv begann er zu fluchen, doch das klägliche Wimmern aus der Dunkelheit brachte ihn zum Schweigen. Er schob die Tür auf, wobei schon der Geruch, der nach draußen drang, ihn nichts Gutes ahnen ließ. Wie immer brannte das Nachtlicht und verbreitete sein sanftes Dämmerlicht, beleuchtete jetzt aber eine Szene, auf die er gut hätte verzichten können. Unübersehbar bedeckte Erbrochenes Henriettes Schlafsack mit Bärenmuster. Ihr Gesicht war totenblass, während die Augen glasig zu ihm hinaufstarrten. Er würde es später nie zugeben, in diesem Augenblick jedoch kostete es ihn einige Überwindung, den Reißverschluss zu öffnen und die Kleine herauszuziehen. Sofort presste sie sich weinend an ihn, und er wiegte den zitternden Körper tröstend hin und her, als Claudia in der Tür erschien, die Miene leidvoll verzogen.

»Bleib ruhig draußen. Ich bring sie dir gleich zum Waschen.« Lichthaus wusste, dass Claudias schwacher Magen zu kämpfen hätte, und wollte sich nicht um zwei Patienten kümmern.

Sie verschwand dankbar lächelnd und zog die Tür hinter sich zu, während er Henriette auf dem Wickeltisch auszog. Seine Tochter stank erbärmlich, und er war froh, dass sie noch Windeln trug, denn der Infekt hatte sich auch seinen Weg unten heraus gesucht. Plötzlich übergab sie sich wieder, und es gelang ihm gerade noch, den Inhalt einer kleinen Schüssel, in der sie Cremes aufbewahrten, achtlos auf den Boden zu kippen und ihr vor den Mund zu halten. Einen Augenblick später schrie sie erneut auf und machte knallend auf die Unterlage. Dann kam es auch oben wieder raus.

Nachdem er Claudia das Baby gebracht hatte, riss er das Fenster auf und zog die Matratze ab, die Gott sei Dank durch eine wasserdichte Unterlage geschützt war. Alles wanderte in die Waschmaschine und er ins Bett, in dem die beiden lagen, doch an Schlaf war nicht zu denken. Henriette hatte noch zwei Durchläufe, bis sie um sechs endlich einschlief.

*

Als er Claudia mit dem total apathischen Kind zurückließ, zeigte die Uhr bereits Viertel nach acht. Er war für nur eine schmale Stunde nochmals eingeschlafen und bedauerte das, als er schließlich völlig zerschlagen zu sich gekommen und auch nach der Morgentoilette noch benebelt in die Küche gestolpert war. Während seines Frühstücks hatte Henriette an ihm geklebt und war schließlich nur unter Geweine bereit gewesen, den Arm zu wechseln. Es tat weh, nicht bleiben zu können, und ein fader Geschmack lag noch immer auf seiner Zunge. Claudia würde später mit der Kleinen zum Kinderarzt fahren. Mit mehr als neunzig Überstunden wäre er normalerweise zu Hause geblieben. Scheißmord!

Im Präsidium fingen die erwarteten Kopfschmerzen an und dröhnten so stark hinter seinen Schläfen, dass er Marie Guillaume um eine Tablette bat. Ihre Sekretärin war stets gut ausgestattet, und auch diesmal enttäuschte ihn ihre Hausapotheke nicht.

In seinem Büro roch es nach Staub und trockener, toter Heizungsluft, die er verscheuchte, indem er das Fenster weit öffnete. Dem Wetter nach hätte es April sein können. Im Sprint rasten Wolken über den Himmel, die der Wind auseinanderriss und wieder zusammenführte. Die Sonne kämpfte sich vereinzelt durch, und ihre Strahlen flatterten diffus im Dunst. Es war nach wie vor zu kalt für die Jahreszeit, und er warf wenige Augenblicke später den Flügel zu, um sich die klammen Hände zu reiben, bevor er zum Hörer griff.

Sabine Görgen war schon beim zweiten Klingeln am Apparat. Ihre Reaktion auf seinen Anruf kam erwartungsgemäß: »Ich habe keine Zeit, rufen Sie mich ...«

»Sie können jetzt mit mir sprechen, oder ich veranlasse den Staatsanwalt dazu, Sie vorführen zu lassen.« Eine glatte Lüge, da kein Staatsanwalt das so ohne Weiteres genehmigt hätte, aber er war genervt und kam damit durch.

»Was denn noch?« Der angenehme Ton des Vortags war gegen ein unfreundliches, metallisches Knarzen eingetauscht worden, und er wollte sich nicht vorstellen, wie schwer eine hitzige Diskussion mit dieser Stimme zu führen wäre. Sein Rücken knackte vernehmlich, als er sich in seinem Bürostuhl zurücklehnte und die Nasenwurzel massierte.

»Es sind Unklarheiten aufgetreten, die ich mit Ihnen besprechen möchte. Ist Ihr Mann religiös?«

»Wieso wollen Sie das wissen? Fragen Sie ihn doch selbst. Er ist ja bei seiner Mutter.« Wieder diese Schärfe. Sie zog leicht die Nase hoch.

Wie er solche Gespräche hasste. Fahrig griff er nach seinen Glaskugeln und ließ sie in seiner Hand hin und her laufen. »Wenn ich mit ihm darüber sprechen wollte, würde ich es tun. Ich weiß nicht, ob wir so weiterkommen, Frau Görgen. Sofern Sie die Aussage verweigern, ist das Ihr gutes Recht. Dann muss ich mir die Daten woanders beschaffen. Das ist lästig, aber sei's drum. Nur diese ewigen Diskussionen bringen niemandem etwas. Ich habe einen Mörder zu finden und ...«

Ihre Stimme hatte sich aufgewärmt, klang jedoch zutiefst traurig, als sie ihn unterbrach: »Sie verdächtigen Alex doch, warum sagen Sie es nicht geradeheraus?« Wieder das leise Schniefen.

»Natürlich, er hat ein Motiv. Roland auch oder sonst wer. Ich suche Antworten, um Gut und Böse unterscheiden zu können. Das ist wie ein Puzzle, wir sammeln Teile, die zu den Fakten passen. Eines dieser Teile ist die Frage, ob Ihr Mann religiös ist.«

»Wieso?«

Lichthaus legte die Glaskugeln zurück in ihre Schachtel und zögerte einen Moment. Wenn er Daten preisgab, könnten sie bei Alexander oder anderen Personen landen, und so dem Täter helfen, seine Identität zu verschleiern. Andererseits würde Sabine Görgen gerade in ihrer momentanen Verfassung wohl die Wahrheit sagen. Er entschied sich für einen Zwischenweg. »Es gibt Anhaltspunkte, dass der Mörder religiös motiviert gehandelt hat.«

»Alex ist nicht der Mörder!«

»Sie möchten mir also nicht antworten?«

»Nun«, sie zögerte, rang sich dann zu einer Aussage durch, »er war zeitweilig in einer Freikirche aktiv, eine Pfingstgemeinde oder so etwas, ich weiß auch nicht genau.« Sie dachte einen Augenblick nach. »Wir sind eigentlich katholisch, er ist jedoch vor etlichen Jahren ausgetreten, und hat später in dieser Gemeinde Hilfe für seine Probleme gesucht. Wie sich die Gruppe genau nennt, hat mich nie interessiert, da das nach unserer Trennung, aber noch vor seiner Therapie war. Für mich war er verloren.« Sie weinte jetzt. »Leider. Geholfen hat's nicht, wenn Sie es genau wissen wollen. Ihm geht es erst besser, seitdem er von einem Psychologen eng betreut wird. Bei seinem letzten Besuch war er wieder wie früher, vorgestern am Telefon schien er aber von der Rolle zu sein, doch wen wundert's? Der Mord an seinem Vater und dann die erneute Konfrontation mit all den Konflikten, die er hinter sich glaubte.«

»Wie heißt der Psychologe?«

»Das kann ich Ihnen nicht sagen.«

»Ist die Gemeinde in Koblenz?«

»Wie bitte?« Sabine Görgen schrak aus ihren Gedanken auf. »Nein, den Rhein abwärts unterhalten die glaube ich ihr Gemeindezentrum. Er hat mal etwas erzählt, als er die Kleine besucht hat. Machen Sie ihn nicht kaputt, Lea braucht ihren Vater. Und ich auch.«

»Wenn möglich, bekommen Sie ihn unbeschadet wieder.«

Gedankenverloren betrachtete er ein Bild Claudias, das bisher in jedem seiner Büros gehangen hatte, seitdem sie es ihm vor Jahren gemalt hatte. Sie fand, bei seiner Arbeit in der Kaserne, wie sie das Präsidium konsequent nannte, könne und solle er darin Orientierung finden. Eine abstrakt gezeichnete Person stand gebeugt vor grau-diffusem Hintergrund und schien zu weinen. Der Gesichtsausdruck war von Trauer verhärmt. Vergiss nie die Opfer, hatte Claudia kommentiert. Alexander geriet zunehmend in den Fokus. Religiös, psychisch labil und voller Hass auf den Vater. Dazu die Neigung zur Gewalt. Nach der Befragung von Elzbieta Kowalski würde er einen Vergleich von Görgens genetischem Fingerabdruck mit den Spuren, die an der Leiche gefunden worden waren, veranlassen. Dann hätten sie Gewissheit.

Er rieb sich die Augen. Sein Kopf drohte zu platzen.

*

Um halb zehn betrat er schlecht gelaunt mit Steinrausch im Schlepptau den Verhörraum. Die eingeworfene Tablette half immer noch nicht, und er wünschte sich ins Bett. Der einzige Lichtblick war Sirans Çay gewesen, den er sich eben schnell gegönnt hatte. Dazu hatte der Kollege wie so oft etwas Süßes gereicht. Heute waren es Hanim Göbegi gewesen, ein klebriges kleines

Gebäck mit Pistazien, das übersetzt Frauennabel bedeutete. Zusammen mit dem Tee köstlich.

Er setzte sich grußlos und musterte Elzbieta Kowalski, die bereits saß, während Steinrausch begann, die Daten aufzunehmen.

Die Polin wirkte müde, doch zeigte der kurze Blick, den sie ihm zuwarf, keine Angst oder Schuld, allenfalls eine tiefe Unruhe. Sie hatte Falten um die Augen und, wie er jetzt bemerkte, einen bitteren Zug um den Mund. Die blondierten Haare waren ordentlich gekämmt, aber ungewaschen.

»Wieso sind Sie einfach verschwunden?« Er verzichtete auf Floskeln.

Ihr Akzent war stark ausgeprägt, als sie in fast fehlerfreiem Deutsch, aber schroff antwortete. »Ich musste schnell nach Hause.«

»So schnell, dass Sie nicht einmal den Görgens Bescheid geben konnten?«

»Ja und?«

»Das müssen Sie mir erklären.«

»Warum?«

»Nun ganz einfach: Sie haben Silke Fischbach angerufen – wer das ist, muss ich ja wohl nicht sagen – und ihr von Horst Görgens Tod erzählt, noch bevor er morgens gefunden wurde. Waren Sie an dem Mord beteiligt?«

Sie lachte aus vollem Hals, ungekünstelt und so irritierend, dass Steinrausch kopfschüttelnd zur Scheibe sah, hinter der Siran und Brauckmann die Befragung verfolgten.

Ihr Gelächter verstummte. »Das ist niedorzecznosc – wie sagt man? – Unsinn. Welchen Grund sollte ich haben, den Mann umzubringen?«

»Sie haben Ihrer Freundin Renate Görgen geholfen.«

Ihre Hand wischte ungeduldig über den Tisch. »Wieder Unsinn. Sie war an dem Abend so besoffen, sie hat sogar ins Bett gepisst. Ich habe mit dem Ganzen rein gar nichts zu schaffen.«

Lichthaus wurde grob: »Verkaufen Sie uns nicht für dumm, das geht daneben und Sie wandern zurück ins Gefängnis. Also, Sie wussten als Erste von der Leiche und sind anschließend heimlich verschwunden. Dafür müssen Sie uns eine Erklärung liefern.«

»Warum? Gibt es Beweise gegen mich, Herr Kommissar? Nein, oder? Was wissen Sie schon von mir, der Haushälterin aus dem Osten? Macht für ein bisschen Geld die Drecksarbeit«, ihre Stimme schwoll an. »Sind wir in Ihren Augen Idioten, die unseren Arbeitgebern bei einem Mord helfen, wie die Knechte ihrem Herrn? Sie haben doch keine Ahnung«, ihr Blick wanderte zum Spiegel.

»Dann erklären Sie es mir.«

Sie seufzte vernehmlich. »Ich bin 2008 zu den Görgens gekommen und habe die Mutter gepflegt. Es ist alles so fremd gewesen. Kein Wort konnte ich verstehen, und meine Familie hat daheim gesessen. Ich bin vor Heimweh fast umgekommen. Jeden Abend habe ich mich in den Schlaf geweint. Renate war zwar freundlich, hat aber immer nach Alkohol gestunken. Nach drei Monaten bin ich zurück nach Hause. Die Kinder haben mich kaum noch losgelassen, sich fest an mich geklammert, damals am Bahnhof, bei meiner Rückkehr. Nie mehr, habe ich mir geschworen, nie mehr gehe ich fort. Aber Görgen hat angerufen, wollte, dass ich seine Mutter weiter betreue. Hat mich mit euren Euros gelockt, mit dem Scheißgeld. Ich konnte in Deutschland dreimal so viel verdienen wie mein Mann Marek als *hydraulik* in Polen. Meine Tochter Kamila hat geschrien, ich sei eine Lügnerin, und sie hatte Recht.« Sie schlug mit der Hand auf den Tisch. »Dann war die Alte endlich tot, und ich habe mich frei gefühlt. Doch Horst wollte mich zum Bleiben bewegen, für den Haushalt und Renate. Als ich Nein gesagt habe, hat er gedroht, mich anzuzeigen. Meine Familie konnte in Polen gut von dem Geld leben, und ich habe nachgegeben, *glupia krowa*. Anfangs ist ja auch alles gut gewesen, doch dann bin ich immer seltener nach Hause, weil Renate mich gebraucht hat. Ich liebe meine Kinder, wissen Sie«, ihre Augen fluteten, »doch die lange Zeit, die ich weg war, hat uns entfremdet. Marek hat seinen Job verloren und in Kneipen rumgehangen. Kamila und Pawel, damals sind sie erst dreizehn und vierzehn gewesen, mussten ganz allein zurechtkommen. Mein Sohn ist nicht mehr in die Schule, hat Drogen genommen und ist weggelaufen. Da bin ich dann zurück, habe ihn heimholen können und versucht zu retten, was schon verloren war. Die Kinder hatten bereits sich von mir abgewendet.«

»Wie ist es weitergegangen?« Lichthaus saß der Frau gegenüber und beobachtete, wie ihr fahler Gesichtsausdruck zunahm und die Verbitterung die Mundwinkel nach unten zog. Wieder zögerte sie und begann langsam weiterzusprechen, den Blick gesenkt, während ihre Finger ziellos auf der Tischplatte malten. »Vor zwei Jahren hat Marek sich aufgerappelt und ist nach Irland, um dort zu arbeiten. Abgehauen ist er, während ich hier gewesen bin. Hat uns einfach fallen lassen. Vor ein paar Monaten habe ich nur einen Brief bekommen, in dem er um die Scheidung bittet. Er hat nun in Irland auch eine Familie. Stellen Sie sich das vor, dreht sich um und beginnt ein neues Leben, gleich so, als hätte es uns nie gegeben. Wie kann ein Mensch das?« Sie schluchzte sekundenlang. »Kamila und Pawel sind seitdem, wir sagen, Eurowaisen. Sie fünfzehn, er sechzehn.«

»Eurowaisen?« Steinrausch hob die Augenbrauen in die Höhe. Er schien bedrückt zu sein.

»So sagt man bei uns. Wenn die Eltern weggehen, um irgendwo in Europa Geld zu verdienen, und die Kinder allein in Polen bleiben. Es gibt über einhunderttausend, die meisten jünger als meine beiden. Ihr habt uns mit eurem Scheißgeld gekauft.« Sie zeigte auf die Polizisten, als ob sie persönlich daran Schuld hätten.

»Und nachdem Marek weg war, brauchten wir die Euros der Görgens umso mehr. Ich bin eine Wanderarbeiterin geworden, die nur ab und zu auf Besuch nach Hause kommt. Irgendwann ist Pawel dann endgültig verschwunden, ohne Schulabschluss ist er weg. Seit einem Jahr gibt es keine Nachricht. Kamila geht jetzt in Warschau zur höheren Schule«, stolz zitterte ihre Stimme, so als ob sie sich einreden wollte, dass doch nicht alles umsonst gewesen wäre. »Mein Geld nimmt sie, spricht aber nicht mit mir. Unser Zuhause ist so leer wie mein Leben. Renate ist zu meiner Freundin geworden, als es ihr im vergangenen Jahr wieder etwas besser gegangen ist. Eigentlich habe ich nur noch sie. Was für ein Witz!« Ihre Blicke durchbohrten Lichthaus, und er schaute weg, konnte der Anklage darin nicht standhalten.

»Wieso sind Sie gestern weggelaufen?«

Elzbieta Kowalski schluckte trocken und schwieg lange. Jetzt kommt es, dachte Lichthaus, als sie endlich tonlos, wie versteinert fortfuhr. »Sie haben Pawel in Gdansk gefunden. Er hatte ein Messer im Rücken und wird wahrscheinlich sterben. Der Polizist hat gesagt, er sei wohl in schlechte Gesellschaft geraten. Sehen Sie, Herr Kommissar, das ist meine Strafe und ich muss dahin, heute noch, verstehen Sie? Ich muss meinem Kind doch beistehen, ihm helfen.«

Die Frau tat ihm leid und auch Steinrauschs Blick sprach Bände. Trotzdem war er frustriert. Er nickte und schaute zum Spiegel. »Siran, prüf das bitte so schnell wie möglich«, dann wandte er sich wieder der Polin zu. »Was war in der Nacht zum Dienstag?«

»Ich habe gehört, wie das Tor des Stalls aufgerollt wurde. In der Wohnung rauche ich nie, deswegen stelle ich mich unten neben das Haus.«

»Haben Sie jemanden gesehen?«

Ein kurzes Zögern. »Nein.«

»Sicher?«

»Ja.«

»Wenn Sie einen Mörder decken, gibt es üble Strafen.«

Der gerade noch so trübe Blick war nun einem wachsamen Leuchten gewichen. »Nein, da war keiner.«

»Und dann?«

»Ich habe einen Lichtschimmer im Stall gesehen und gewartet, was passiert. Als niemand rausgekommen ist, bin ich vorsichtig rüber und habe nachgeschaut, aber nichts hat sich gerührt. Ich wollte gerade das Tor schließen, als die Schweine angefangen haben zu lärmen. Also bin ich reingegangen und hab Horst tot dort hängen sehen. Da bin ich schnell in meine Wohnung zurück um zu warten, bis er gefunden wird.«

»Nein, Sie haben Silke Fischbach angerufen.«

»Ja, ich war so dumm, das zu tun.« Sie schüttelte den Kopf. »Aber sie hat es verdient, ich musste es ihr sagen, wollte ihr wehtun.«

»Woran war sie schuld?«

»Als Horst mit ihr rumgemacht hat, ist es Renate noch schlechter gegangen als vorher, und ich konnte gar nicht mehr nach Hause zu den Kindern.«

»Frau Fischbach hat Herrn Görgen dazu gebracht, einen neuen Versuch zu starten.«

»Ja klar. Aber nur weil sie wusste, es würde danebengehen. Er hat sich erst danach völlig von Renate abgewendet. Jetzt konnte die Fischbach ihn ganz haben. Dieses Weib hat sie ausgetrickst.«

»Erlauben Sie mir ein offenes Wort: Haben Sie schon einmal überlegt, dass für das Scheitern einer Ehe immer zwei verantwortlich sind?«

Elzbieta Kowalski starrte ihn fassungslos an. »Nicht immer.«

»Als wir mit Renate Görgen gesprochen haben, hat sie selbst so etwas gesagt wie: Ich hab es versaut.«

»Aber ...«, sie brach ab. »Alles nur Lüge.« Anschließend schwieg sie so lange, bis Lichthaus aufgab, die Vernehmung abbrach und in den Flur trat, wo Brauckmann auf ihn wartete.

Noch bevor Lichthaus etwas sagen konnte, stürzte Siran heran. »Alexander Görgen hat am Tatabend den Wagen seiner Frau gefahren: einen älteren weinroten Passat.«

»Das gibt es nicht!«

»Doch! Er ist nicht mit seinem eigenen Auto unterwegs gewesen. Seiner Frau hat er erzählt, er müsse etwas Sperriges transportieren, und sie haben getauscht.«

Alle drei drängten sich jetzt in den Vernehmungsraum, wo Elzbieta Kowalski auf ihrem Stuhl saß wie vor der Unterbrechung, beim Anblick des Staatsanwalts aber doch nervös zu werden schien.

»Alexander war im Stall, oder?« Lichthaus hatte sich nicht einmal gesetzt und frontal angegriffen. Die Polin wirkte einen Augenblick geschockt, und er hakte nach, wurde laut: »Lügen Sie mich jetzt bloß nicht an, sonst sorge ich dafür, dass Sie Ihren Sohn so schnell nicht zu Gesicht bekommen.«

Ihre Augen spiegelten ihren inneren Kampf wider, doch er wollte ihr keine Zeit zum Überlegen lassen. Sie sollte spontan reagieren und nicht wieder taktieren. »Na los, geben Sie mir eine Antwort. Ich warte nicht länger.«

»Also ich ...«, sie brach ab wie ein stotternder Motor.

Er schrie: »Ja oder nein?«

»Jaaa!« Sie kreischte und dehnte das Wort, bis es in einem klagenden Laut verebbte, dann krachte sie ihren Kopf auf den Tisch, noch bevor die beiden Männer eingreifen konnten. Haltloses Weinen schüttelte ihren Körper durch. »Er ist rausgekommen und weggerannt. Voller Panik. Sein Auto ist woanders gewesen. Ich habe nichts gehört. Ich ...«

»Das hätten Sie uns gleich erzählen müssen!« Sie hob den Kopf und schaute ihn ängstlich an. Ihre Haut hatte eine gelblich-fahle Farbe angenommen. »Geben Sie Ihre Aussage dem Kollegen, der gleich kommt, zu Protokoll.« Mitleid stieg in ihm auf. »Ich denke, Herr Brauckmann wird Ihre Mitarbeit positiv bewerten. Mal sehen, ob Sie trotzdem nach Danzig fahren können.«

Er sah zum Staatsanwalt hinüber, der nur leicht nickte.

»Danke, Herr Kommissar.«

Lichthaus winkte ab und verließ wortlos den Raum.

*

Zurück in seinem Büro schob Lichthaus die Vorbereitung zur Festnahme von Alexander Görgen an. Sie würden losfahren, sobald Brauckmann den Haftbefehl hatte. In der Zwischenzeit erreichte er Claudia auf dem Handy. Henriette hatte sich beruhigt und schlief tief und fest. Der Arzt war entspannt geblieben und hatte lakonisch auf eine Brechdurchfallwelle verwiesen, die die Runde machte. Mit dem Wunsch, dass sie sich nicht angesteckt haben mochten, hatte er die beiden verabschiedet.

Kurz darauf kam Frank Tiefenbach durch die Tür. Der blonde Hüne leitete die Sokotruppe. Er war schon seit Jahren im Innendienst der Kripo und brachte viel Erfahrung mit ins Team. »Görgen, der Alte, also unser Opfer, hatte ein Schließfach.«

»Wie habt ihr das denn rausgefunden?«

»Er hat es bei seiner Hausbank unterhalten«, der Kollege grinste, »die es uns natürlich angezeigt hat.« Seine Zähne blitzten beneidenswert weiß in einem perfekt rasierten Gesicht.

Lichthaus' Neugier wuchs: »Manchmal hat man Glück. Was war drin?«

»Kein Geld, nur Papiere. Zurzeit gehen wir eine Akte mit Verträgen und Unterlagen durch. Görgen hat darin alles ungeordnet abgeheftet. Das macht uns Hoffnung. Es sieht so aus, als wäre das sein Privatarchiv. Es wird allerdings ein oder zwei Tage dauern, bis wir da durch sind.«

»Was ist denn nun so interessant, dass du zu mir reinkommst?«

»Einige weitere Drohbriefe, die er mit Daten versehen hat. Vor etwa vier Monaten ist der erste gekommen. Der Inhalt ähnelt dem der anderen Schreiben. Religiöse Pamphlete mit Drohungen und wirrem Gefasel. Wir haben am Vormittag jedes Wort mehrfach gelesen und analysiert, werden jedoch nicht schlau draus.«

Lichthaus griff sich mal wieder die Glaskugeln und ließ sie zwischen seinen Händen hin und her fliegen. »Wenn er sie in einem Schließfach aufgehoben hat, wird er sie ernst genommen haben, ansonsten hätte er sie achtlos weggeworfen. Dann stellt sich natürlich die Frage, warum er nicht zur Polizei gegangen ist?«

*

Sie trafen sich eine halbe Stunde später im Besprechungsraum. Lichthaus, Siran und Steinrausch, dazu zwei Streifenpolizisten, wie sie nicht hätten gegensätzlicher sein können. Er baumlang und dürr wie eine Bohnenstange, sie wesentlich kleiner und stämmig, ohne dick zu sein. Spannenlanger Hansel, nudeldicke Dirn klang das alte Kinderlied durch Lichthaus' Kopf. Er grinste und wollte den beiden gerade den Einsatz erklären, als Siran die Kollegin überschwänglich begrüßte und umarmte.

»Ihr kennt euch?«

Siran strahlte. »Wir waren gemeinsam auf einem Lehrgang.«

Tanja Jünflich befreite sich aus der Umarmung und überspielte leicht errötend mit einer Frage die Situation: »Gibt es Punkte, auf die wir heute achten müssen?«

Lichthaus erwiderte den offenen Blick der jungen Frau. Sie war hübsch mit ihren braunen Haaren und einem weichen Gesicht, in dem er kindliche Züge noch erahnen konnte, doch ehe er auch nur ein Wort herausbrachte, begann Siran. Seine Augen funkelten, und es war kaum zu übersehen, wie sehr ihm das Mädchen gefiel. Lichthaus ließ ihn gewähren, denn er machte seine Sache gut. Der Einsatz war nicht ohne Risiko. Sie gingen zwar nicht davon aus, dass Görgen bewaffnet war, fürchteten aber dessen spontane Gewaltbereitschaft und warnten die Uniformierten. Kurz darauf waren sie auf dem Weg.

Später im Auto stichelte Lichthaus. »Nett!«

»Wer?«

Steinrausch feixte auf dem Rücksitz. »Mensch Siri, spiel nicht die Unschuld vom Lande, die heilige Edith Stein wohl nicht. Die blauäugige Tanja Jünflich natürlich.«

Der junge Kollege wand sich auf seinem Sitz, und Lichthaus glaubte, die Andeutung von Röte unter seiner olivfarbenen Haut zu erkennen. »Ja. Ich bin ein paarmal mit ihr ausgegangen«, dann wechselte er schnell das Thema und maulte einem Autofahrer hinterher, der im Grunde nichts falsch gemacht hatte.

Draußen herrschte nach wie vor ein böiger Wind, der die Wolken auseinandertrieb und große Lücken aufriss, durch die die Sonne zeitweise hervorlugte. Schöne Momente. In der klaren Luft wirkte die Landschaft wie frisch geputzt, aber Lichthaus nahm es nicht wahr, denn er grübelte. Der Faktenlage nach war Alexander Görgen ihr Mann. Er hatte das stärkste Motiv, die irrationale Gewaltbereitschaft eines psychisch Kranken, und er war in der Mordnacht am Tatort gesehen worden. Doch irgendetwas störte Lichthaus, auch wenn er nicht genau sagen konnte, was es war. In solchen Fällen stellte er sich wie in einem Film den Verdächtigen während der Tat vor. Gelang ihm das spielend, tendierte er dazu, diesen auch für den Täter zu halten. War es ihm hingegen kaum oder überhaupt nicht möglich, meldeten sich Zweifel. Er wusste, diese Vorgehensweise war völlig unlogisch, jedoch hatte sich im Laufe der Jahre gezeigt, dass ihn sein Bauchgefühl selten trog. Und diesmal sagte es, dass Alexander Görgen nicht passte, auch wenn Lichthaus dabei war, als er seinen Bruder angegriffen hatte. Er seufzte laut, und Siran sah ihn fragend an. Lichthaus ignorierte ihn.

*

Der Alleenhof lag verlassen da, als sie vorfuhren. Einige Hühner gackerten im Pferch, während der Wind ihnen das Gefieder zerzauste, sonst bewegte sich nichts. Der Hofladen war zur Tischzeit geschlossen. Sie stiegen aus und gingen zum Wohnhaus. Alle waren angespannt, immerhin handelte es sich um die Festnahme eines mutmaßlichen Mörders. Im Vorbeigehen sahen sie Alexanders Ford auf dem Kundenparkplatz stehen. Es war ein älterer Focus mit hässlichem Fließheck in allerweltssilber. Lichthaus zögerte. Görgen war offensichtlich zu Hause, und er wollte nicht das Risiko eingehen, dass dieser durch die Hintertür hinaus und ins Auto sprang und entkam. Kurz entschlossen stellte er den hochgewachsenen Felix Wessler zur Bewachung neben das Fahrzeug, Tanja Jünflich nahmen sie mit. Vor der Tür lösten alle auf sein Geheiß hin den Sicherungsschieber ihrer Pistolenholster und legten die Hand auf den Kolben der Waffe.

Der dumpfe Ton der Türglocke war schon ewig im Haus verhallt, bevor ihnen jemand zögerlich die Tür öffnete. Renate Görgen schien die Entgiftung langsam hinter sich zu bringen, auch wenn ihr der Säuferhabitus noch lange anzumerken sein würde. Sie trug an ihrem klapprigen Körper unförmig hängende Leggins, ein einfaches T-Shirt und darüber eine blaue Weste, die über und über mit verfilzten Knötchen bedeckt war. Ein Schwall warmer Luft quoll aus dem überheizten Gang, doch sie schlang die Arme eng um die schmalen Schultern. Stumm starrte sie auf die Beamten, fixierte zuerst Lichthaus, der den Haftbefehl unschlüssig in der Hand hielt, ihn aber nicht vorzeigte, und ließ schließlich den Blick zu den anderen wandern. Lichthaus sah ihre Augen flackern und wusste, dass sie begriffen hatte.

»Ist Ihr Sohn zu Hause?« Er wollte schnell machen, um dem Reflex der ihre Brut schützenden Mutter zuvorzukommen. »Sein Wagen steht da, also, wo können wir ihn finden?«

Sie öffnete den Mund, und ihm fiel auf, wie stumpf ihre Haare waren, sah das unnatürliche Gelb ihrer Iris, als eine Stimme ihn ablenkte und jede Antwort erübrigte: »Ich bin hier.«

Widerwillig trat sie beiseite und ließ die Polizisten ein. In der Küche stand Alexander Görgen an die Spüle gelehnt und schaute ihnen teilnahmslos entgegen. Er trug eine Jeans, dazu ein Kapuzensweatshirt und wirkte in seiner lässigen Haltung entspannt, als er sie mit betont ruhigem Ton empfing. »Was wollen Sie?«

Lichthaus hielt den Haftbefehl in die Höhe. »Ich nehme Sie fest. Sie stehen unter Verdacht, Ihren Vater ermordet zu haben. Sie können einen Anwalt ...«

»Sie spinnen ja.« Görgen unterbrach ihn völlig unaufgeregt und trank aus einer Tasse. »Wie kommen Sie denn auf diese Schnapsidee?«

Er stellte sein Getränk auf das Ablaufbrett, und Lichthaus sah seine Finger leicht zittern. Er schauspielert nicht schlecht, ging es ihm durch den Kopf, doch der Kerl steht total unter Stress.

Görgen streckte die Hand aus. »Geben Sie mir das Ding bitte mal.«

Vorsichtig reichte Lichthaus ihm das Formular und wartete, während der andere las. Die Küche war unaufgeräumt. In der Spüle stand schmutziges Geschirr, auf dem Tisch lagen noch die Krümel des Frühstücks zwischen den Seiten einer Zeitung, die mit Kaffee besprenkelt waren. Auf der aufgeschlagenen Seite ging es um den Mord, der die Lokalpresse dominierte, aber auch in den überregionalen Blättern Erwähnung gefunden hatte. Auf dem Linoleumboden segelten Wollmäuse wie Schiffchen übers Meer. Irgendwoher kam Zugluft und konzentrierte den Dreck in einer Ecke. Elzbieta Kowalski fehlte jetzt schon.

Görgens unvermittelt aggressiver Tonfall riss ihn jäh aus seiner Betrachtung. »Das ist Blödsinn, ich habe Ihnen bereits gesagt, dass ich in Koblenz war.« Er strich sich mit einer unwilligen Geste die vollen Haare zurück. Das Gesicht war vor Wut rot angelaufen. »Ich habe den Alten nicht umgebracht. Ende der Durchsage, und jetzt hauen Sie ab!« Er warf den Haftbefehl achtlos auf den Boden.

Lichthaus ließ ihn liegen, behielt den Mann im Auge, während sich Steinrausch instinktiv bückte und nach dem Blatt fasste. »Sie sind gesehen worden, als Sie zur Tatzeit den Stall verlassen haben.«

In rasender Geschwindigkeit änderte sich Görgens Gesichtsausdruck, erst grenzenlose Verblüffung, dann die Erkenntnis, schwer in der Klemme zu stecken, letztlich der Entschluss zu handeln. Lichthaus spannte die Muskeln, aber es war zu spät. Görgen sprang ansatzlos nach vorne und drosch, noch bevor jemand reagieren konnte, Steinrausch die Faust mit unglaublicher Wucht auf den Rücken. Dieser taumelte orientierungslos gegen Lichthaus und stürzte zu Boden, seine Pistole rutschte über den Boden. Alle brüllten durcheinander. Renate Görgen schrie und schlug sich entsetzt die Hand vor den Mund. Siran und Tanja Jünflich zogen instinktiv die Dienstwaffen, doch ein anderer war schneller: Görgen hatte sich Steinrauschs Glock geschnappt und riss sie nach oben. Sein Gesicht war eine entstellte Fratze, die eine unkontrollierbare, bedrohliche Rage erkennen ließ. Lichthaus stieß Siran zur Seite, als der Schuss auch schon durch die Küche peitschte und in den Ohren dröhnte. Beißender Pulverdampf stieg auf.

Das einzige, was Lichthaus' Gehör aus dem Tumult filterte, war Tanja Jünflich. Sie sog unnatürlich gepresst, fast pfeifend die Luft ein, und noch bevor er herumwirbelte, wusste er instinktiv, dass sie getroffen war. Sie war rückwärts gegen die Zwischenwand zum Wohnzimmer geschwankt und blickte nun richtungslos und leer zum Fenster. Ein Rinnsal Blut quoll aus einem Einschussloch, das mitten auf ihrer Stirn prangte, wie ein indisches Bindi, suchte sich seinen Weg, floss links an der Nasenwurzel vorbei und sammelte sich kurz im Augenwinkel, von wo es schließlich die Wange hinablief. Einen kleinen Moment lang waren alle erstarrt, auch Görgen. Ein winziges Vakuum in der Zeit nur, dann fiel die junge Frau voran aufs Gesicht. Am Hinterkopf, wo die Kugel ausgetreten war, klaffte eine riesige Wunde in den braunen, jetzt nass verklebten Haaren. Sie war tot. Die Wand hinter ihr war rot besprenkelt.

Görgen schrie mit einer Stimme voller Hysterie, nahe dem Wahnsinn: »Ich habe den Alten nicht umgebracht, auch wenn mich diese verfluchte polnische Schlampe gesehen hat! Als ich in den Stall gekommen bin, hat er schon da gehangen!« Spucketröpfchen flogen durch den Raum.

Als das zweite Geschoss nur Zentimeter an seinem rechten Ohr vorbeipfiff, warf Lichthaus sich mit Siran, der jetzt in ihn hineinstolperte und verzweifelt seine Pistole in Anschlag bringen wollte, zur Seite. Die Kugel bohrte sich ins Holz des Oberschranks. Ein Splitter traf ihn im Gesicht und ritzte sein Kinn. Sie knallten beide auf den Boden und knäulten sich mit Steinrausch zusammen, als Görgen achtlos auf sie tretend hinausrannte.

»Vorsicht, der Mann ist bewaffnet«, Lichthaus schrie aus Leibeskräften, doch die Warnung ging in der dritten Detonation unter. Sein Kopf dröhnte vom Knall der Schüsse auf engstem Raum.

Siran war als Erster wieder auf den Füßen. Leichenblass starrte er auf Tanja Jünflichs Körper, Tränen und Wut in den Augen. »Diese Drecksau kauf ich mir jetzt«, seine Worte überschlugen sich, und er rannte die Dienstwaffe umklammernd aus dem Haus. Lichthaus folgte ihm stolpernd, während sich Steinrausch neben die Tote kniete, um deren Kopf die Blutlache stetig größer wurde, und das Handy hervorriss.

»Ruf den Krankenwagen«, gab Lichthaus seine überflüssige Anweisung wie unter Zwang, um die Starre abzuschütteln. »Dann die Kollegen.« Seine Stimme war vor Schock belegt und grell. Im Hinauslaufen sah er Renate Görgen, die unbeweglich wie eine Statue auf die blutige Wand starrte, an der Knochensplitter und Hirnmasse langsam in roten Schlieren über die geblümte Tapete nach unten rutschten.

Auf der Schwelle der Haustür angekommen hörte er den zweiten Streifenbeamten. Felix Wessler krümmte sich am Boden und brüllte vor Schmerzen, während er sich die Hand auf die linke Seite, knapp unterhalb der Schutzweste, drückte. Ein dunkler Fleck verfärbte sein hellblaues Uniformhemd. Er schien gerade in Richtung Haus unterwegs gewesen zu sein, als Görgen ihn offensichtlich aus dem Dunkel des Hauseingangs heraus angeschossen hatte. Der Pulverdampf hing noch stinkend in der Diele.

Der Focus raste in dem Augenblick vom Parkplatz, als Lichthaus die Tür erreichte. Kiesel und Dreck spritzten in hohen Fontänen davon. Glücklicherweise war der Laden geschlossen und keine Kunden in der Nähe. Weitere Schüsse hallten über den Hof.

Siran, beide Hände krampfhaft an der Walther, schoss dem davonrasenden Fahrzeug hinterher, bis die Waffe qualmend aufsprang. Er schrie unkontrolliert, schrie den Schock hinaus.

Lichthaus sah die Einschläge in der Karosserie des sich entfernenden Autos, doch konnten sie ihn nicht aufhalten. Hektisch sprang er, dicht gefolgt von dem telefonierenden Steinrausch, die Stufen hinunter, rutschte und krachte auf die schmutzigen Waschbetonplatten, kam wieder auf die Beine und war etwa zeitgleich mit Siran am BMW.

»Holger, leiste Erste Hilfe, wir schnappen uns den Kerl!«, brüllte Lichthaus Steinrausch zu, und noch ehe er die Tür schließen konnte, fuhr Siran mit halsbrecherischer Geschwindigkeit los. Über Funk erreichte er die Zentrale, die bereits von Steinrauschs Anruf alarmiert war und eine Verfolgungsaktion in Gang gesetzt hatte.

Nachdem die Bäume entlang der Allee an ihnen vorbeigeflogen waren, folgten sie den Bremsspuren, rechts hinauf Richtung Wald. Siran beschleunigte auf rund hundert Stundenkilometer, während er in einer klangvollen Sprache vor sich hin fluchte. Wut und Schmerz zeichneten sein Gesicht, und Lichthaus wusste, er bot den gleichen Anblick. Doch es war wichtig, die Kontrolle wiederzuerlangen, besonnen zu handeln. »Bleib ruhig, ein Unfall macht es noch schlimmer.«

Siran nickte, verlangsamte jedoch in keiner Weise die Fahrt. Er war ein überaus versierter Fahrer, und Lichthaus erinnerte sich, dass der Kollege als Jugendlicher Kart-Rennen gefahren war.

Der Weg verlief in Serpentinen durch einen dichten Tannenwald, und in fast allen Kurven brach der BMW mit dem Heck aus, aber Siran fing das bockende Fahrzeug mit traumwandlerischer Sicherheit jedes Mal ab. Oben auf dem Höhenrücken erreichten sie dann freies Feld. Das Glück war auf ihrer Seite, endlich. In einiger Entfernung rechts lag Bergweiler. Görgens Focus raste bedrohlich schlingernd den Feldweg entlang auf das Dorf zu, um gerade in diesem Moment zwischen den ersten Häusern aus ihrem Sichtfeld zu verschwinden. Sie waren an ihm dran. Siran ballte die Faust und drückte das Gaspedal einmal mehr nach unten. Lichthaus gab die Information an die Leitstelle weiter.

Sein Kopf schwirrte, und immer wieder zog die entsetzliche Szene aus Görgens Küche an seinem geistigen Auge vorbei. Sie hatten sich wie die Stümper überrumpeln lassen. Zu viert von einem unbewaffneten Mann. Tanja Jünflichs Leiche inmitten ihres Bluts flimmerte auf seiner Netzhaut, dann der Augenblick, in dem sie fiel, der dumpfe Knall, als ihre Stirn ungebremst auf die Fliesen schlug. Sein Gesicht verzerrte sich, und verdrängte Erinnerungen kamen in ihm auf. Alte Leiden, an denen seine Seele noch heute litt. Wie in einer Halluzination, einer Fata Morgana sah er den kalten Körper seines Kollegen vor sich, der an Händen und Füßen gehalten aus dem Gebüsch getragen wurde, das Haupt baumelnd, die Zunge obszön heraushängend. Er schüttelte den Kopf, vertrieb das Bild, doch es würde wiederkommen, sein Gleichgewicht kam ins Wanken.

»Scheiße! Was für eine Scheiße!«

Siran sah nur einmal kurz zu ihm hinüber. Sie fuhren mit Blaulicht und Martinshorn aberwitzig schnell durch Bergweiler, und er konzentrierte sich auf die Straße. Plötzlich mündete diese in eine breitere, die den Ort in beide Richtungen zerschnitt. Mit quietschenden Reifen bremsten sie ab und schauten sich um, als ein alter Mann in Fleecejacke und Pantoffeln, den Hund neben sich herziehend, am Straßenrand wild gestikulierend nach links zeigte. Sie brausten los. Nach einer langen Geraden rasten sie in einen Kreisverkehr, den sie nicht mehr ausfahren konnten. Der BMW schoss auf die bewachsene Insel, streifte einige Äste, kam jedoch an dem zentral stehenden Baum vorbei und holperte zurück auf den Asphalt. Wieder ein Rentner, der auf die zweite Ausfahrt deutete. Kurz darauf lag Bergweiler hinter ihnen.

Siran klang rau: »Da vorne ist er, gleich haben wir ihn.« Er zögerte. »Du hast mir das Leben gerettet.«

»Lass gut sein und konzentrier dich. Jetzt schnappen wir uns das Schwein.« Lichthaus gab seiner Stimme einen festen Ton, überspielte seine Ängste. Sie schwiegen einen Augenblick, dann nahm Lichthaus das Funkgerät: »Er fährt nach Hupperath.«

Die Straße zog hinter Bergweiler in einem Bogen vorbei an einem großen Hof in einen Tannenwald, den sie in zwei gestreckten

Kurven durchschnitt, bevor sie unter der Autobahn hindurch schnurgerade in Richtung des benachbarten Hupperath führte. Aus der Unterführung hinaus beschleunigte Görgen auf über einhundertvierzig Kilometer pro Stunde, doch Siran ließ sich nicht abhängen. Schweißperlen bedeckten seine Stirn.

»Der ist verrückt. Die kleinste Unebenheit und die Karre jagt in die Rabatten. Ich kann ihm fast nicht mehr folgen, obwohl wir das bessere Auto haben.«

Die Bäume zu beiden Seiten flogen so rasant an ihnen vorbei, dass die Augen eine einzige grüne Wand an das Gehirn meldeten. Lichthaus bekam es langsam mit der Angst zu tun und wollte eben den Kollegen anweisen, die Verfolgung abzubrechen, als das Unvermeidliche geschah. Der Ford wippte über eine Bodenwelle und kam ins Schlingern. Sie sahen, wie Görgen hektisch gegenlenkte und der Wagen in Schlangenlinien die schmale Straße entlangtaumelte wie eine schwerfällige Hummel und sich aufschaukelte. Nur Sekunden später verlor er die Kontrolle.

Siran bremste heftig ab und brachte den BMW am Straßenrand zum Stehen. Dann starrten sie den Atem anhaltend aus der Frontscheibe. »Nicht sterben!«, gellte es Lichthaus durch den Kopf, als der Focus nach links ausbrach, »das wäre zu billig.« Görgen hatte anfangs noch Glück im Unglück, denn der Wald war zu dieser Seite brachliegenden Feldern gewichen. Als das Fahrzeug annähernd ungebremst über den Graben schoss, hob es ab wie ein Jet. Es war grotesk mit anzusehen, wie die Sonnenstrahlen vom Chrom der Zierleisten reflektiert wurden, während die Räder rasend in der widerstandsfreien Leere drehten und der Motor brüllte. Die Radkappen flogen wie Untertassen davon. Lichthaus kniff in Erwartung des Aufschlags die Augen schmerzhaft zusammen und hielt die Luft in die Lungen gepresst. Der Crash kam nach etwa zwanzig Metern jenseits des Straßengrabens. Das Auto traf auf dem Dach auf, und der dumpfe Knall der sich verformenden Karosserie und das Geräusch splitternder Scheiben und Scheinwerfer hallten zu ihnen hinüber. Das Feld war unbestellt, jedoch zur Aussaat vorbereitet und dicke Erdbrocken spritzten in die Höhe.

»Geschieht dir recht, *pic*!«, schrie Siran.

Doch das Wrack blieb nicht liegen, schoss wegen der enormen Fliehkräfte nochmals hoch und krachte auf die Fahrerseite, um nach zwei Überschlägen wieder auf den Rädern, oder dem, was davon übrig war, endgültig zum Stehen zu kommen. Ein paar Raben stoben krächzend in die Luft, dann herrschte Ruhe.

»Verdammt«, Sirans Stimme war leise und bebte. Lichthaus wusste warum. Der Sturz auf das Dach war verkraftbar, da hier die versteifte Karosserie noch Schutz hatte bieten können, doch das seitliche Aufkrachen hatte den sicherlich schon ohnmächtigen Görgen wie einen Gummiball gegen die B-Säule katapultiert, da half auch kein Gurt.

Lichthaus sprang aus dem BMW und rannte die wenigen Meter über das Feld zur Unfallstelle, während Siran die Rettungsmaßnahmen einleitete. Schwere, nasse Erde klebte in dicken Brocken praktisch sofort unter seinen Sohlen und erschwerte ihm das Laufen. Der Motor des Focus' war erstorben und nur das schwache Geräusch des abkühlenden Blocks tickerte in der Stille. Von dem vollkommen zerbeulten Wagen war die Heckklappe abgerissen worden, und eine Hintertür hing schief an einer Angel. Alle Scheiben waren durch den Druck des einknickenden Dachs zersplittert, der Airbag blähte sich über der Kühlerhaube im böigen Wind. Er beugte sich vor, um in den schmalen Spalt zu schauen, der von der Fensteröffnung übrig war.

Görgens eingeklemmter Körper blutete stark aus vielen Wunden. Ohne fremde Hilfe würde Lichthaus ihn niemals bergen können, das sah er sofort. Görgen war noch nicht völlig weggetreten. Er stöhnte laut und murmelte Unverständliches, fiel dann aber doch in Ohnmacht. Wider besseres Wissen zerrte Lichthaus am Stumpf des Türgriffs – die verklemmte Tür rührte sich nicht einen Millimeter. Über die Schulter schrie er, auch die Feuerwehr anzufordern, dann begutachtete er weiter die Situation. Görgen war schwer verletzt und es wäre ein glücklicher Zufall, wenn er überlebte. Lichthaus schnüffelte. Hier am Wrack konnte er nur den erdigen Geruch des Ackers riechen, es schien demnach kein Benzin auszulaufen, also war die Brandgefahr gering. Unschlüssig schaute er sich um. Schließlich gab er auf.

»Selbst schuld«, murmelte er, doch Zweifel nagte an ihm. »Ich habe den Alten nicht umgebracht!«, hatte Görgen geschrien. Er hoffte, dass das gelogen und damit Tanja Jünflichs Tod nicht völlig sinnlos war.

Auf dem Weg zurück zum BMW trat er wütend gegen die herumliegende Heckklappe. Der ganze Einsatz war in eine Katastrophe gemündet. Eine Kollegin tot, ein anderer schwer verletzt und der Verdächtige nicht geständig. Wie sollte er damit umgehen? Er sah bereits die Presse überschäumen, und sie saßen mittendrin im Sturm.

Am Wagen streifte er die Lehmbrocken von seinen Schuhen ab und informierte Müller und Brauckmann, die mittlerweile unterwegs waren. Steinrausch erreichte er auf dem Alleenhof. Felix Wessler wurde gerade im Notarztwagen grundversorgt. Er schien keine lebensgefährlichen Verletzungen zu haben, doch die Ärzte befürchteten, seine Wirbelsäule könnte getroffen sein. Ansonsten achtete Steinrausch darauf, dass niemand am Tatort herumtrampelte, bevor die Spurensicherung übernahm. Der alte Kollege wirkte angeschlagen, und Lichthaus hoffte, er würde durchhalten. Roland Görgen war durch den Tumult aufmerksam geworden und kümmerte sich um seine Mutter, die unter Schock stehend andauernd nach einem Wodka fragte. Lichthaus erzählte kurz vom Unfall und kündigte eine Besprechung an.

Dann wartete er mit Siran schweigend die wenigen Minuten bis die Rettungskräfte eintrafen. Kein Auto passierte die Unfallstelle an diesem Mittag und zerschnitt die Stille. Siran war ausgestiegen und schaute starr über die weite Landschaft, die im Wechsel dunkle Wolken in düsteres Licht tauchten, bevor die Sonne sie golden überstrahlte. Welch ein Gegensatz. Der Wind zerzauste ihm das schwarze Haar und zerriss sein Gemurmel in unverständliche Fetzen. Lichthaus nahm von alledem kaum etwas wahr, stieg er doch in der Vergangenheit tief hinunter zu einem anderen Einsatz, der auch danebengegangen war. Der schlimmste Fall seines Lebens quoll in ihm auf wie das Böse aus Pandoras Büchse. Seine Hände begannen zu zittern, und er lag wieder in dem kalten Wasser, das fast den Tod bedeutet hatte.

Endlich schnitten Sirenen die Erinnerung ab, und er verstaute sie in einer Ecke seines Kopfes, von wo sie früher oder später wiederkommen würden. Der Notarzt, diesmal war ein Mann gekommen, forderte sofort den Hubschrauber an, der genau in dem Moment heranflog, als es der Feuerwehr gelungen war, den Focus weit genug aufzuschneiden, um Görgen herausziehen zu können. Der Verletzte hing bleich, wie tot auf der Trage, überall war Blut, doch Lichthaus empfand kein Mitleid.

Die rotierenden Blätter scheuchten wieder die Raben auf, die aus sicherer Entfernung dem Treiben zusahen, als der Pilot mitten auf der Straße aufsetzte. Einige Verpackungen der medizinischen Erstversorgung flogen hoch in die Luft wie Herbstlaub und die wenigen Schaulustigen hielten sich die Ohren zu, bevor die Trage in den Hubschrauber hineingeschoben wurde und er Richtung Mutterhaus in Trier davonflog.

Weiter blieb nichts zu tun, das war Arbeit der Verkehrspolizei, die das Wrack sichern und auf die KTU warten sollte. Sie kehrten niedergeschlagen zum Auto zurück.

Siran warf Lichthaus die Schlüssel zu. »Fahr du bitte.« Er stieg ein und schaute aus dem Fenster, während sie drehten. »Letzte Woche bin ich mit Tanja im Kino gewesen. Sie hatte ein Lachen wie Musik und sie hat oft gelacht. Warum musste sie ausgerechnet sterben, wenn ich dabei bin? Du hättest mich besser nicht zu Boden werfen sollen.«

»Red keinen Unsinn. Das Geschoss wäre durch dich durch und dann in sie hinein.«

Siran schüttelte den Kopf. »Verdammt noch mal! Wie konnte das bloß passieren?« Dann schwieg er und starrte in die Landschaft.

*

Auf dem Alleenhof hatte angespannte Routine Einkehr gehalten. Die weißen Gestalten der Spurensicherung beherrschten ein weiteres Mal die Szene, doch die Mienen waren düster. Spleeth zog Lichthaus zur Seite, als der mit Siran auf dem Hof eintraf. Sein

Adamsapfel hüpfte unangenehm auf und ab, als er nun sprach: »Wir können Steinrauschs Waffe nicht finden. Was soll ich tun?«

Lichthaus war erstaunt, dass der Techniker am Dienstweg vorbei Dinge klären wollte, die zu Problemen führen konnten, aber dann erinnerte er sich daran, dass Spleeth und Steinrausch gemeinsam auf der Polizeischule gewesen waren, und verstand die Loyalität. Er nickte matt. »Richtung Hupperath liegt der Pkw des Täters. Die Karre ist schrottreif, er selbst schwerstverletzt. Holgers Dienstwaffe müsste im Wrack sein. Die Verkehrspolizei wartet ohnehin auf ein Team von euch.«

Spleeth atmete auf und rief, schon während Lichthaus zum Hofladen weiterging, nach zwei Mitarbeitern, die er losschickte.

Im Büro gleich neben dem Verkaufsraum saßen Müller und Brauckmann mit Steinrausch zusammen und befragten ihn zu den Vorfällen. Das Gespräch zog sich in die Länge. Als die Tür endlich aufging, erschien der Schatten des Kollegen gebeugt im Rahmen, aber noch ehe er den Raum verlassen konnte, hielt Müllers kalte Technokratenstimme ihn auf: »Das war Dilettantismus pur. Auch wenn der Staatsanwalt Ihnen diese Wahrheit erspart hat, werden Sie sich verantworten müssen.«

Steinrausch nickte schwach und zog die Tür zu. In Lichthaus keimte die Wut. Er wollte aufspringen und hinübergehen, doch der altgediente Beamte winkte nur ab und trottete mit hängendem Kopf hinaus. Lichthaus kannte solche Schuldgefühle ebenso gut wie Müllers perfide Art und er wäre hinterhergelaufen, wenn Brauckmann ihn nicht hereingebeten hätte.

Im Büro hatte sich kaum etwas geändert. Die beiden saßen über Eck an dem Schreibtisch mit dem Familienfoto. Für ihn stand ein Stuhl gleich gegenüber, der auf ihn wirkte wie eine Anklagebank. Er begrüßte den Staatsanwalt, der sich in zerknittertem Hemd, mit aufgezogener Krawatte wieder setzte, und fasste ungefragt das Geschehene zusammen, um anschließend viele Detailfragen Brauckmanns zu beantworteten. Der war in der Küche gewesen und machte einen zutiefst geschockten Eindruck, während Müller wie immer jedes Gefühl hinter seiner aufgesetzten Neutralmiene verbarg oder, wie Lichthaus vermutete, nicht zu solchen Emotionen fähig war. Eine Untersuchung der Vorgänge war unausweichlich, und man riet ihm durch die Blume, seine Aussagen mit denen der anderen abzustimmen. Sie sprachen noch kurz über die lauernden Reporter, die wie bisher ausschließlich von der Staatsanwaltschaft und der Pressestelle des Präsidiums informiert werden sollten. Er blieb wortkarg und verabschiedete sich schnell mit dem Hinweis auf eine Besprechung der Fahndungsgruppe am Abend. Vorher wollte er jedoch ins Krankenhaus, um nach Wessler und Görgen zu sehen. Lichthaus griff bereits nach dem Türgriff, als Müller anmerkte: »Schon der zweite tote Kollege bei einem Ihrer Einsätze.«

Lichthaus wirbelte herum und wurde ansatzlos grob: »Was soll das? Was wollen Sie damit sagen?«

Brauckmann zuckte heftig zusammen, und selbst Müller wurde etwas blasser, als er es ohnehin war. Er schob die Brille auf seiner schmalen Nase nach oben und schaute Lichthaus in Oberlehrermanier an, die Stimme glasklar und hart: »Sie wissen doch genau, wovon ich spreche.«

»Noch mal, Müller, was soll das? Alte Geschichten aufwärmen? Die Vorfälle heute sind in keiner Weise mit dem Mord an unserem Kollegen zu vergleichen«, er zischte jetzt, rang um Beherrschung, um seinen Chef nicht zu ohrfeigen, »an dem Sie ja außerdem nicht ganz unschuldig waren.«

Der sprang auf. »Ich verbitte mir ...«

Die schlimmen Erinnerungen, die zu unterdrücken er bei Hupperath noch in der Lage gewesen war, brachen auf wie stinkende Geschwüre. Lichthaus brüllte los: »Es ist mir scheißegal, was Sie sich verbitten! Wenn Sie wieder versuchen, mich hinzuhängen, bohre ich die alte Geschichte auf, darauf können Sie sich verlassen, und ein weiteres Mal werde ich nicht stillhalten!« Brauckmann schaute geschockt von einem zum anderen. Er verstand kein Wort. »Hätte Sophie Sie nicht unter Druck gesetzt, wäre ich tot und ein Serienkiller würde immer noch sein Unwesen treiben. Also halten Sie ganz einfach den Mund, bevor ich die Beherrschung verliere.«

Müller legte alle Contenance ab und schrie nun auch: »Wollen Sie mir drohen, Lichthaus?«

Brauckmann griff ein: »Meine Herren, ich muss doch sehr bitten!« Aber niemand achtete auf ihn.

»Lassen Sie Steinrausch in Ruhe. Er ist schon reif für den Psychiater, und ich werde nicht zulassen, dass Sie mit ihm die gleiche Nummer abziehen wie mit mir damals, denn im Gegensatz zu Ihnen stehe ich zu meinen Leuten.«

Müller war rot angelaufen. Seine Stimme wurde schrill und krächzend wie die eines belfernden Weibs: »Sie versauen die Einsätze und ...«

»Sie trauen sich doch nur hinter Ihrem Schreibtisch hervor, um es in der Kantine mit einem Schnitzel aufzunehmen!« Lichthaus kotzte jetzt den Frust eines grausigen Tages hinaus. »Wie Ihr Praxiseinsatz ausgegangen ist, wissen wir ja alle. Lassen Sie mich bloß in Ruhe! Sie können sich denken, was passiert, wenn Sie nicht aufpassen.« Und noch ehe jemand etwas erwidern konnte, krachte er die Tür ins Schloss, dass der Rahmen knirschte. Das Letzte was er sah, war Oliver Brauckmanns fassungsloses Gesicht.

Er eilte wortlos an dem ihn anstarrenden Siran vorbei, stieß die Ausgangstür heftig gegen die Wand, und pumpte die klare Luft in seine Lungen. Dann ging er hinaus auf die Felder, einfach fort von diesem Ort des Grauens. Er fror wie einst, als er in den Klauen des Mörders fast gestorben war. Spürte die Kälte in sich aufsteigen, die bis tief ins Mark reichte, und musste die Zähne zusammenbeißen, um nicht zu schreien. Das Wasser rauschte wieder, doch er wehrte sich gegen den Strudel, der ihn erneut beherrschen wollte, kämpfte verbissen mit den Dämonen der Vergangenheit. Und gewann.

Als er einen Feldweg erreichte, hatte er sich fast beruhigt. Sein Herz schlug gleichmäßig und auch der panikgetriebene Schweißausbruch ebbte ab. Er atmete ein wenig auf, spürte aber unter der Oberfläche die nagende Angst vor einem Rückfall. Der Einsatz vor knapp zwei Jahren hatte ihn lange verfolgt, und nur der Liebe Claudias und der Hilfe von Frederik Busse, dem Polizeipsychologen, war es zu verdanken, dass er jetzt seinen Dienst erfüllen konnte, dass er nicht unter dem Druck der Erinnerung zusammengebrochen war. Die ersten Monate waren schlimm gewesen, und heute hatte er zu spüren bekommen, wie fragil die Konstruktion war, die ihn aufrechthielt.

*

Claudia strich sanft mit dem Feinspatel über den Ton, um die feinen Unebenheiten auszugleichen. Ein kleiner Krümel blieb zurück, und sie rieb ihn vorsichtig weg. Ein Lächeln spielte um ihre Lippen, denn der Ton war warm, hatte fast etwas Organisches, Lebendiges.

Johannes hatte nicht verstehen können, warum sie auf einmal von der Staffelei weg und nun dreidimensional gestalten wollte. Er erkannte nicht ihre Flucht aus der Malerei. Sie hatte im Laufe der Zeit mehrere Themen und Techniken ausprobiert, hatte Radierungen und Holzdrucke erstellt, hatte sehr abstrakt, dann wieder gegenständlich gearbeitet, hatte hart gekämpft, sich neben Kind und Mann Raum freigeschaufelt um zu malen, bis der Durchbruch gekommen war. Im vergangenen Jahr hatte sie das Fachpublikum über eine Ausstellung in Luxemburg auf sich aufmerksam machen können. Sie hatte schon früher einige Bilder verkauft, aber nun kamen Besprechungen ihrer Arbeiten in Fachzeitschriften, und die Käufer fanden den Weg in ihr Atelier. Die Verkaufspreise gingen deutlich nach oben, und sie leistete sich eine Putzhilfe, nur um noch verbissener zu Werke zu gehen. Die Auszeichnung mit dem Kunstpreis war eine weitere Bestätigung. Leider machte ihr der Erfolg Angst, denn sie verspürte den Druck, das Gewünschte schnell liefern zu müssen und dabei nicht die Stücke zu erstellen, die ihrer Inspiration folgten. Die Plastiken bedeuteten mehr oder weniger eine Möglichkeit, sich zu befreien. Für interessierte Kunden hatte sie ausreichend Bilder auf Lager und sie würde irgendwann wieder den Pinsel nehmen, doch aktuell wollten ihre Hände modellieren.

Im vergangenen Sommer waren sie in Duisburg im Lehmbruck-Museum gewesen, und gerade der »Sitzende Jüngling« animierte sie, sich der klassischen Moderne zuzuwenden. Über Monate hatte sie sich der Technik angenähert und einfache Formen erstellt, die nur einer ästhetischen Proportion folgten, aber im Moore'schen Sinne die volle Verwirklichung der plastischen Idee in drei Dimensionen verkörperten. Anschließend hatte sie leichte Objekte entwickelt, und näherte sich nun wieder schwierigeren Arbeiten an.

Seit heute Morgen modellierte sie, unterbrochen von einem grauenhaften Besuch in einer überfüllten Kinderarztpraxis, mit Ton eine Figur zum Thema Alter. Ottos Krankheit hatte den Anstoß gegeben. Der Augenblick, als er gebeugt und mutterseelenallein hinüber zu seiner tristen Wohnung geschlurft war, hatte Tränen in ihr aufsteigen lassen, aber auch die Idee geboren. Die entstehende Plastik tat es Otto gleich, beziehungsweise sollte es einmal tun, und Alter und Leere im Gesicht tragen. Später, wenn die Bronze aus der Form und das lange Polieren und Reinigen geschafft wäre, wollte sie die nur relativ kleine Statue mit Abstand zum Betrachter vor einer weißen Wand präsentieren. Praktisch als Sinnbild des Verlorenseins. Heute war ihr die Arbeit aus den Händen geflossen. Einige wenige Korrekturen noch und sie konnte zum Guss vorbereitet werden. Vielleicht sogar zur Ausstellung in Mainz fertig sein.

Das Telefon schrillte, und sie beeilte sich, den Hörer von der Station zu reißen, damit Henriettes Mittagsschlaf nicht unterbrochen wurde. Es war Johannes. Schon seine Begrüßung ließ ihre Warnglocken schrillen. Sie fragte, und ansatzlos sprudelte es nur so aus ihm heraus. Fast plastisch sah sie sein Gesicht, wie er kämpfte neben einem Hühnerstall in der Kälte. Er redete sich den Frust und die Angst vor einem Rückfall in die Depression von der Seele. Nachdem er geendet hatte, baute sie ihn auf, auch wenn sie spürte, dass er bereits über den kritischen Moment hinweg war, doch machte ihr die Situation Sorgen. Sie wollte ihn sehen und sich mit ihm treffen, bevor er ins Krankenhaus ging, um ihm eine Pause freizuschieben, körperlich und geistig. Er willigte sofort ein.

Traurig legte sie auf und stand verloren in ihrer neuen Werkstatt, während sie sich die Tonreste von den Händen rieb. Die

Motivation zerschellte an ihrer Frustration wie ein Schiff in sturmgepeitschter Nacht an scharfkantigen Klippen.

Die Ereignisse vor fast zwei Jahren waren anfangs an ihr vorbeigelaufen, da sie damals, soeben Mutter geworden, die Ferien mit ihren Eltern in Holland verbracht hatte. Johannes hatte am Telefon wenig erzählt, war ihnen später nachgereist, jedoch bei seiner Ankunft in Domburg völlig verändert gewesen. Kaum noch als der zu erkennen, den sie in Trier gelassen hatte, lief er in sich gekehrt und oft abwesend stundenlang am Strand entlang, bevor er zu erzählen begann, sie darüber aufklärte, wie nahe er dem Tod gewesen war. Er sprach über den dumpfen Nachhall dieses Grauens, sprach von seiner Verzweiflung und von dem kalten Wasser, immer wieder vom Rauschen und der Kälte des Wassers.

Es war ihr in der hellen Sonne eines Sommertages nicht möglich gewesen, seine Ängste nachzuvollziehen, bis er in der Nacht schreiend hochgefahren war. Schweißnass und zitternd hielt sie ihn fest in den Armen, bis er schließlich einschlief. Aber nur eine Stunde später fand sie ihn dann, wie er reglos an Henriettes Bett saß und den schlafenden Säugling beobachtete. Tränen liefen ihm übers Gesicht und tropften unbeachtet auf den Boden. Kurz darauf hatte die Depression ihn völlig eingehüllt.

Zurück in Trier war er sofort in Behandlung gegangen, um nach vielen Wochen endlich seine Mitte zurückzufinden. Er arbeitete sich erneut in seine Routine ein, aber es war nicht vorbei, das spürte sie mit jedem Tag. Es würde nie ganz vorbei sein. Der Friede, den er mit dem Erlebten gemacht hatte, war brüchig wie dünnes Eis, und sie hoffte, dass er die Kraft hatte, dem neuerlich aufziehenden Unwetter zu trotzen. Sie wollte ihm die Geborgenheit geben, die er brauchte. Die Energie zum Handeln hatte er, da war sie sich sicher.

Sie seufzte, ging ins Haus und fluchte auf den Job ihres Mannes. Es waren keine netten Worte, doch hier konnte sie ja niemand hören.

*

Lichthaus steckte das Handy ein und sah den Hühnern zu, wie sie arglos gackerten und endlos im Gras pickten. Einer der Hähne, die zwischen den Hennen stolzierten, krähte laut. Ihr Stall war ein unförmiges Gefährt mit Deichsel, das eigentlich nur aus einer leichten Aluminiumunterkonstruktion bestand, die mit Platten aus Kunststoff verkleidet war. Am hinteren Ende standen zwei große Klappen offen, durch die es laufend hinein- und hinausging. Vom Dach aus spannte sich ein weißes Netz weit aus, was seiner Vermutung nach die Tiere vor Angriffen von Greifvögeln schützen sollte.

Lichthaus ließ sich gerne ablenken. Er hatte nach Claudia noch mit Busse telefoniert. Der Psychologe wusste um seine Traumata und war ruhig geblieben, hatte ihm erklärt, dass er exakt so reagiert hatte, wie jeder andere in dieser Situation auch, hielt ihn also für völlig normal. Es war erstaunlich, aber er spürte, wie der Druck rasch nachließ und das Chaos in seinem Kopf unter Kontrolle kam. Das Eis trug und seine Ängste schrumpften auf einen kümmerlichen Rest zusammen. Wieder einmal hasste er Müller ein kleines Stück mehr.

Von der Straße her ertönte Motorengeräusch und nach wenigen Sekunden bog ein uralter goldfarbener Honda Civic auf den Feldweg ab, neben dem der Hühnerstall stand. Ein noch älterer Kauz mit dichtem weißen Bart und Filzhut quälte sich keuchend hinter dem Lenkrad hervor und zog sich Gummistiefel über die verbeulten Cordhosen. Während er große Eimer mit Körnern aus dem Kofferraum wuchtete, begutachtete er Lichthaus von Kopf bis Fuß.

»Wie ein Hühnerdieb sehen Sie nicht aus«, grummelte er mit sonorer Stimme. »Doch zum Wandern taugen Ihre Schuhe kaum etwas«, ein Grinsen brachte den Bart in Bewegung, »auch wenn Sie es versucht haben.«

Lichthaus schaute an sich hinab und sah seine ehemals schwarzen Sneaker, auf denen der alte Dreck vom Acker bei Hupperath von einer neuen Schicht überlagert wurde.

Ein schmales Lächeln erreichte seinen Mund. »Zweimal richtig.«

»Reporter?«

»Sehe ich so aus?«

»Keine Ahnung. Drüben auf dem Hof scheint ja einiges passiert zu sein.«

»Was reden die Leute denn so?«

»Doch Reporter?«

»Nein«, Lichthaus zog seinen Dienstausweis hervor, »Polizei.«

»Na also, ein Schnüffler. Nun, in der Metzgerei wird getuschelt, der junge Görgen aus Koblenz soll seinen Alten und jetzt auch noch einen Polizisten erschossen haben?« Er schaute fragend.

Lichthaus schüttelte den Kopf, die Buschtrommeln waren schnell. »Dazu darf ich nichts sagen, bis der Vorgang restlos aufgeklärt ist. Was machen Sie hier draußen?«

»Vierhundert-Euro-Job. Ich schaue morgens und abends nach den Hühnern, füttere sie und jage die Bagage rein. Heute bin ich früh dran.«

»Neugier?«

»Ja, das wird es wohl sein. Aber die rund achthundert Viecher halten einen auf Trab.«

Während der Alte den Stall und dessen Vorzüge pries, erlahmte Lichthaus' Interesse, und er hörte nur mit halbem Ohr zu. Allein aus Höflichkeit stellte er seine Fragen. »Lohnt sich das?«

»Klar, an guten Tagen haben wir fast sechshundert Eier.«

»Das ist nicht wenig. Hat Görgen sonst noch Hühner?«

»Nein. Wenn die Wiese von den Tieren ordentlich zertrampelt worden ist, ziehen wir das Ding mit dem Traktor ein paar Meter weiter. Der alte Standort kann sich regenerieren und wird nicht allzu stark mit dem Hühnerkot belastet. Er bleibt dann im Gleichgewicht.«

»Kennen Sie sich da aus?«

»Ich bin fast siebenunddreißig Jahre lang Förster gewesen«, der Mann richtete sich stolz auf.

»So viele Jahre im Berufsleben werde ich wohl nicht schaffen.« Er grinste. »Ist Roland ein guter Boss?«

Diesmal zögerte sein Gegenüber mit der Antwort und griff nach dem Eimer mit den Körnern. »Ja, eigentlich schon.«

»Und uneigentlich?«

»Auch. Er redet mir nicht rein und zahlt pünktlich. Mit den anderen Mitarbeitern soll das nicht so spannungsfrei ablaufen. Ich hatte hauptsächlich mit Horst zu tun.«

»Haben Sie den alten Görgen gut gekannt?«

»Es geht so. Vom Kindergarten bis zum Abitur waren wir zusammen in einer Klasse, ohne wirklich befreundet zu sein.«

»Wieso?«

»Horst wollte immer herausstechen. Ein Prahler. Hat mit seinen Freundinnen angegeben, seinem tollen Moped und so weiter. Das ist nicht mein Ding. Ich habe Abstand gehalten.« Er schaute ernst aus einem Gesicht, in das ein Leben an der frischen Luft tiefe Falten gegraben hatte, die aber auch zeigten, dass er gerne lachte. »Als Student ist er in Frankfurt der große Zampano gewesen, hat Reden geschwungen und Ihre Kollegen verdroschen. Anfangs habe ich nicht verstanden, warum er mit seiner hübschen Stadtfrau ausgerechnet hierher zurück ist, doch dann ist mir klar geworden, dass er nichts auf die Reihe gebracht hatte. Studium abgebrochen ohne die Cleverness in der Politik eine richtige Nummer zu werden. Wissen Sie, so ein Absturz, wie der eine Apofritze, der da in Berlin den Fahrradkurier macht.«

»Hatte er sich verändert?«

»Nein, eigentlich nicht, nur sein Thema war ein neues. Ein einfacher Hof, das ging nicht, da musste was Besonderes her, also ist er auf der grünen Welle geschwommen.«

Lichthaus schaute verstohlen auf die Uhr und erschrak. Es wurde Zeit. Zudem schien der Fall geklärt zu sein. Er brauchte die Informationen nicht mehr. »Haben Sie sich später nahegestanden?«

»Nicht anders als vorher. Ab und an ein kurzer Plausch, das war alles.«

Lichthaus dankte und verabschiedete sich mit dem Hinweis auf Termine, dann verschwand er mit dem Gefühl, den Belastungen der kommenden Stunden gewachsen zu sein.

*

Steinrausch stieg nicht aus, saß nur stumm neben ihm und schaute auf den Bahnhofsvorplatz hinüber, wo das Leben wie gewohnt hin und her schwappte. Busse fuhren vor und spien Leute aus, die zu Fuß davongingen oder im Bahnhof verschwanden, andere kamen von dort und wurden von den Leibern der Busse wieder verschluckt. Normalität.

Lichthaus sah den Kollegen an, der sich mühsam räusperte. Er hatte ihn auf dem Hof angetroffen, während bis auf die Techniker schon alle nach Trier zurückgekehrt waren, um Berichte zu schreiben und eine Pressekonferenz vorzubereiten. Doch Steinrausch hatte einsam und beharrlich an der Treppe gewartet, bis der Sarg mit dem Leichnam von Tanja Jünflich gerade in dem Augenblick an ihm vorbeigetragen wurde, als er zu ihm getreten war.

»Komm Holger, wir müssen los.«

Steinrausch hatte die Zähne zusammengebissen, das Gesicht grau, Tränen in den Augen, und war ihm zögernd zum Wagen gefolgt.

Sie waren die Fahrt über stumm geblieben, und auch jetzt brachte Steinrausch nur mühsam mit rauer Stimme eine Frage heraus: »Wie hast du das damals verarbeitet?« Er starrte weiter auf die vorbeihastenden Passanten, die im kalten Wind die hoffnungsvoll hervorgeholten Frühlingsjacken enger um die Schultern zogen.

Lichthaus dachte an seinen Ausbruch und die Stunde auf dem Feld neben dem Hühnerwagen und wusste nicht so richtig, wie er antworten sollte. Sag die Wahrheit, ermahnte er sich.

»Gar nicht. Zumindest ist es nie mehr so geworden, wie es vorher war. Du lernst mit dem Bewusstsein zu leben, einen tödlichen Fehler begangen zu haben. Ich kann dir nur raten, zu unserem Psychologen zu gehen. Mir hat er heute jedenfalls geholfen.«

Endlich schaute Steinrausch zu ihm hinüber. Sein Teint hatte das Grau eines bedeckten Novembertages. »Ich bin also schuld?«

»Nein, das denke ich nicht. Außerdem glaube ich auch nicht, dass dich jemand beschuldigen wird. Außer du selbst. Busse ist da. Geh sofort zu ihm hin, ich habe dich bereits angekündigt.«

»Du ...?«

»Geh hin, er wird dir helfen. Warte nicht bis morgen.«

»Ich weiß nicht, ob ich mich über dich ärgern soll, oder ich mich dafür bedanken muss.« Er schaute unschlüssig.

Lichthaus zuckte die Schultern. »Das ist mir egal, nur geh einfach hin, heute.«

Steinrausch stieg aus, doch bevor er die Tür zuschlug, beugte er sich noch einmal ins Fahrzeug hinein. Seine Augen lagen tief und hatten dunkle Ränder. Er nickte fast unmerklich. »Danke.«

*

Das Mutterhaus war eine der beiden großen Kliniken Triers. Ein riesiger Bau, seit Kurzem mit Neubau und Hubschrauberlandeplatz versehen, stand es zwischen Krahnenufer und Feldstraße, nur fünf Minuten von der Innenstadt entfernt. Henriette war hier geboren, und daher verband Lichthaus angenehme Erinnerungen mit dem Krankenhaus. Er klingelte an der Schranke und wurde hineingelassen. Schon als er den BMW abstellte, sah er seine Tochter, in einen dicken Anorak verpackt, auf ihn zustürmen, und der Rest seiner Frustration verwehte wie Blätter im Sturm. Eilig stieg er aus und nahm sie auf den Arm.

»Rette mit.« Sie sprach nur wenig und bezeichnete sich selbst als Rette, doch das Wort »mit« kam deutlich und entschlossen, um ihm klar zu zeigen, wer von nun an an seiner Seite zu sein gedachte. Dann war Claudia da und umarmte ihn. Sie schaute ihm in die Augen und küsste leicht seine Lippen. So verharrten sie zu dritt eine kleine Weile.

»Besser?«

Er lächelte. »Ja. Danke, dass ihr gekommen seid.«

»Wirklich?«

»Ja doch. Kommt, wir gönnen uns schnell einen Kaffee.«

Sie gingen die Johannisstraße hinauf und bogen in die Fleischstraße ab. Die Straßen der Innenstadt wimmelten von Menschen, die nach getaner Arbeit nach Hause wollten. Routine und Alltäglichkeit überall – welch ein Kontrast zu seinem Tag. Er schüttelte den Kopf. Die Zeit heilt die Wunden heißt es, und während er neben Claudia herging und den Kinderwagen schob, spürte er, dass die Distanz zu seiner damaligen Krise zwar nicht ausreichte, um ihn auch in Grenzsituationen völlig normal reagieren zu lassen, er aber schon nahe daran war.

Am Hauptmarkt betraten sie das Café »Zur Steipe«, dem ehemaligen Ratsherrenhaus. Jetzt, am späten Nachmittag, waren viele Tische frei, und sie fanden direkt am Fenster Platz. Lichthaus hatte Trier lieb gewonnen. Er stammte aus einer fast grotesk langweiligen Kleinstadt im Westerwald und trauerte dem Kaff, aber noch weniger seinen Erinnerungen an eine mäßige Kindheit keine Sekunde hinterher. Seine Mutter war ihm gegenüber zeitlebens distanziert geblieben. Die ungewollte Schwangerschaft hatte sie zum Studienabbruch gezwungen, was sie nie hatte verwinden können und auf ihn projiziert hatte. Rainer, ihren zweiten Sohn, der heute als Arzt in ihrem Heimatort praktizierte, trug sie dagegen auf Händen, was das Verhältnis der Brüder nicht eben einfach gestaltete. Claudias Eltern hatten ihn wie ein eigenes Kind aufgenommen. Er hatte lange gebraucht, um sich daran zu gewöhnen insbesondere von seiner Schwiegermutter verwöhnt zu werden.

Vor dem Fenster sah er das Marktkreuz und die schmucken Fassaden, die Händler mit ihren Blumen- und Gemüseständen. Hier hatte er sein Zuhause gefunden. Fahrten in den Westerwald, die er tunlichst vermied und auf unumgängliche Termine beschränkte, hinterließen graue Eindrücke und einen faden Geschmack. Er lächelte vor sich hin und schaute auf. Claudia hatte ihn beobachtet und schien zufrieden zu sein. Sie erwiderte sein Lächeln, als die Kellnerin an ihren Tisch trat und die Bestellung aufnahm.

Henriette war in der Zwischenzeit von einem Gast zum anderen getrabt, um diese groß zu beäugen. Wie es bei kleinen Kindern üblich war, reagierten fast alle mit einem freundlichen Gesicht, doch sobald jemand sie ansprach, raste sie zu ihnen zurück. Wie so oft wunderte er sich, wie schnell sie einen Infekt wegsteckte und anschließend sofort die Welt weiter erkundete. Der Kuchen kam und er aß mit einem Heißhunger, der ihn überraschte, ein

Stück Sachertorte und genoss den frischen Kaffee, während Claudia ihn ablenkte und auf Normalität umstellte, indem sie von ihrer Arbeit erzählte.

Sie war mit einigen Modellen und ihrer neuen Figur zum Thema Alter fast fertig und wollte diese am folgenden Tag für den Guss vorbereiten. In der nächsten Woche hatte sie hierzu einen Termin in einer Gießerei in der vorderen Eifel und fieberte darauf hin. In solchen Augenblicken ließ Lichthaus sie spüren, dass er beruhigend an ihrer Seite stand, da er wusste, wie sehr Claudia im Innern ständig von Zweifeln geplagt wurde. Morgen würde sie noch viel zu tun haben, die Tonplastiken mussten mit Silikon überzogen und eingegipst werden. Da der Fall trotz seines leisen Zweifels gelöst zu sein schien, plante er einen freien Samstag ein.

Henriette kam, kletterte umständlich auf seine Knie und schnappte sich den Keks, der zum Kaffee gereicht worden war. Sie sah zu ihm auf und lächelte so strahlend wie die aufgehende Sonne. Es wärmte ihn.

*

Eine halbe Stunde später betrat er auf der zweiten Etage die Schleuse zur Intensivstation und streifte einen der Schutzkittel über, die verpflichtend anzuziehen waren. Claudia war zurück nach Eitelsbach gefahren und hatte die laut schreiende Henriette mitgenommen, die ihren Papa nicht zurücklassen wollte.

Er klingelte an der Pforte, und eine Pflegerin öffnete ihm. Die Atmosphäre war geschäftig, strahlte aber eine professionelle Ruhe aus, als er hinter der jungen Frau in blauer OP-Kleidung den Flur zum vierten Raum entlangging. In den Patientenzimmern konnte er neben der Lawine an medizintechnischen Apparaturen gelegentlich auch einen Menschen erblicken.

»Hier liegt Herr Wessler. Ich schicke Ihnen den Stationsarzt.«

Der Kollege lag unter einer dünnen Decke im Bett. Die dürre Gestalt wirkte verloren zwischen den Laken. Offensichtlich hatte er ein starkes Beruhigungsmittel erhalten, denn er rührte sich nicht.

»Von Ihnen haben wir heute eine Menge Arbeit ins Haus bekommen. Ich bin Doktor Lucien Mbaye.«

Lichthaus drehte sich um und schaute einem Hünen von gut zwei Metern ins Gesicht. Ein Schwarzer mit französischem Akzent, dessen Wampe über den Hosenbund quoll wie ein Hefeteig. Der Arzt reichte ihm eine unangenehm schlaffe, feuchte Hand, und er musste den Impuls unterdrücken, seine Finger an der Hose abzuwischen. Der Mann wandte sich zum Fenster und dozierte: »Der Patient hat Glück gehabt. Die Kugel hat keine wichtigen Organe oder Knochen erwischt. Auch die Befürchtung, die Wirbelsäule könnte betroffen sein, hat sich nicht bestätigt. Dies liegt wohl an dem schrägen Eintrittswinkel der Kugel. Der Schütze scheint erhöht gestanden zu haben. Ich denke, in ein paar Tagen kann er auf die Normalstation und dann zügig entlassen werden.« Er schaute zu Lichthaus. »Anders ist die Lage bei dem Unfallopfer.«

Sie gingen zwei Krankenzimmer weiter. Der Raum war der identische Klon des Zimmers von Wessler, doch Görgen wurde beatmet und an den Armen hingen Infusionen. Eine Wand aus Monitoren überwachte jede Körperfunktion. Beide Beine steckten in Schienen.

»Die gute Nachricht: Es besteht die Chance, dass er überlebt, wenngleich ich sie nicht sonderlich hoch einschätze.«

»Wenn er es schafft, wann kann ich ihn frühestens befragen?«

Mbaye lachte auf. Es war ein trockenes humorloses Lachen. Unangenehm. Das Weiß seiner Augen durchzog ein Netz aus winzigen roten Äderchen, wie das eines Junkies. »Kaum ein Knochen ist unversehrt geblieben, Quetschungen der Organe. Die inneren Blutungen konnten die Kollegen stoppen, doch das größte Problem sind die Schäden im Hirn. Er hat hier wohl mehrere Traumata. Dazu können wir bisher nichts sagen. Gesetzt den Fall er überlebt, könnte er geistig behindert bleiben. Seine Erinnerungen an heute werden mit hoher Wahrscheinlichkeit weg sein.«

»Und die von vor einigen Tagen?«

Der Riese zuckte mit den fleischigen Schultern. »Das muss man abwarten. Vernehmungsfähig ist er bestenfalls in ein paar Wochen. Haben Sie sonst noch Fragen?«

Lichthaus verneinte und verabschiedete sich von dem unbeteiligt dreinschauenden Mann. Er verfluchte Görgen, der durch seine reflexartige Aktion diese Katastrophe angerichtet hatte. Nun mussten sie ewig ohne seine Aussage klarkommen, während die Presse sich damit beschäftigen würde, jeden Stein umzudrehen und die Polizeiarbeit unter Beschuss zu nehmen. Er konnte schon die Schlagzeile sehen: Missglückte Polizeiaktion endet in Desaster. Sollte Görgen sich dann als zu Unrecht verdächtigt erweisen, wäre der Skandal perfekt.

Eine Stimme riss ihn aus seinen Gedanken. Unterdrückte Wut und Verzweiflung quollen hervor: »Sind Sie Hauptkommissar Lichthaus?«

Er drehte sich herum und sah Sabine Görgen, erkannte sie sofort von den Fotos im Wohnzimmer auf dem Alleenhof wieder. Die hellbraunen Haare trug sie länger als früher und hatte sie jetzt zu einem Pferdeschwanz gebunden, auch zeigten sich kleine Fältchen um die Augen. Sie war eine große, hübsche Frau, wenngleich Angst und Schmerz tiefe Schatten auf sie warfen. »Ja, der bin ich.«

»Was haben Sie mit ihm gemacht? Sie wollten ihn doch unbeschadet lassen?« Ihre Stimme schwoll an und troff von Vorwürfen. Sie blickte unter Tränen durch die Scheibe, hinter der das Beatmungsgerät rhythmisch pumpte und zischte, wobei sich Görgens Oberkörper wie ferngesteuert in gleichem Takt bewegte. »Schauen Sie ruhig hin, Herr Kommissar.«

»Es tut mir leid, nur ich kann aktuell wenig Mitgefühl für die Situation Ihres Mannes empfinden«, er fasste die besorgte Frau härter an, als es notwendig gewesen wäre, »denn es ist noch keine fünf Stunden her, da musste ich zusehen, wie eben Ihr Gatte einer jungen Kollegin den halben Kopf weggeschossen und einen anderen Kollegen schwer verletzt hat. Er liegt nur zwei Zimmer den Gang runter.«

Sabine Görgen taumelte von dem Fenster zurück und war zutiefst bestürzt. »Das wusste ich nicht. Aber ...«, sie verstummte kurz und setzte wieder an: »Wie konnte er das tun? Warum? Am Telefon hat er doch gesagt, er hätte nichts mit dem Mord an seinem Vater zu tun. Wieso diese Gewalt?« Drei Schritte weiter fand sie an der Wand Halt und bewegte sich stolpernd zu einem Stuhl hinüber, auf dem sie zusammensank.

Lichthaus trat an ihre Seite. »Wann hat er Ihnen das gesagt?«

»Heute Morgen. Ich habe ihn unmittelbar nach unserem Telefonat angerufen und Antworten verlangt. Er war völlig durchgedreht, so wie in seinen schlimmsten Zeiten.«

»Das hätten Sie besser gelassen. Er hat also schon auf uns gewartet.«

Wieder ein erstaunter Blick aus den blauen, geröteten Augen. Die Wahrheit hielt Einzug. »Sie glauben, ich ...«

»Nein, Sie haben normal reagiert. Nur konnte leider niemand mit seiner Reaktion rechnen. Was genau hat er gesagt?«

Tränen liefen ihr wie kleine Kristallkugeln über die Wangen und tropften auf den Schutzkittel, den auch sie trug. »Alex wollte mit Horst reden, reinen Tisch machen und dann Renate mitnehmen. Er hat den Wagen an der Straße stehen lassen und ist zu Fuß zum Haus.«

»Warum ausgerechnet an dem Abend?«

»Das kann ich Ihnen nicht sagen. Angeblich hat Horst ihn herbestellt.«

»Wie bitte? Wir haben die Telefonverbindungen Ihres Schwiegervaters und all seine Mail-Accounts geprüft, da war kein Kontakt zwischen den beiden.«

»Ich gebe nur wieder, was Alex gesagt hat. Als er auf den Hof gekommen ist, ist eine Person aus dem Stall getreten und über die Felder weggelaufen.«

Lichthaus zog zweifelnd die Augenbrauen zusammen. »Aha. Nur wieso hat er bei uns keine Aussage gemacht? Es hätte ihn doch entlastet.«

»Angst. Er hatte panische Angst davor, eingesperrt zu werden, wenn Sie wüssten, dass er auf dem Hof gewesen ist. Ich denke, Alex ist davon ausgegangen, niemand würde ihm glauben und er käme in Untersuchungshaft.«

»Oder Ihr Mann hat Sie angelogen.«

»Oder das, ja.« Ihr Blick schweifte zur Zimmertür und verharrte dort. »Ich will nicht glauben, dass er zu so etwas fähig wäre.«

»Können Sie mir noch weitere Angaben zu den Vorkommnissen der Mordnacht machen?«

»Nein, er hat das Gespräch abgebrochen, ins Telefon geschrien, ich müsse ihm vertrauen, und aufgelegt«, ihre Augen wanderten zu Lichthaus und liefen wieder über. »Was denken Sie?«

»Die Beweise sprechen gegen Ihren Mann, und der heutige Tag hat die Kollegen und mich weitestgehend von seiner Täterschaft überzeugt. Die Angst vor einer Untersuchungshaft bringt einen normalen Menschen nicht dazu, auf andere zu schießen.«

»Nein, eigentlich nicht«, sie stand auf und wischte sich die Tränen vom Gesicht, »doch er war nicht normal, und ich glaube ihm trotz allem.«

*

Das Fallen einer Nadel wäre zu hören gewesen, als Lichthaus die Ereignisse des Tages zusammenfasste. Die Beteiligten im Besprechungszimmer blieben stumm und sahen auch weiter vor sich auf die Unterlagen, als anschließend Spleeth seine Erkenntnisse erläuterte. Er wirkte noch zappeliger, als er es schon unter normalen Bedingungen war, wenn er vortrug. Links neben Lichthaus saß Siran, auf der anderen Seite Brauckmann.

Lichthaus hatte Müller demonstrativ den Rücken zugekehrt, als dieser den Raum betreten und das entgegengesetzte Ende des Tischs angesteuert hatte. Ihre Blicke hatten sich bislang nicht einmal gekreuzt, doch die Luft knisterte, und alle wussten Bescheid, denn das Gerücht von der heftigen Auseinandersetzung des Nachmittags hatte sich wie ein Lauffeuer seinen Weg durch die Flure gebahnt.

Zwischen ihnen verteilten sich die Mitglieder der Soko. Der Staatsanwalt sah angeschlagen aus, während er sich mit einem angenagten Kugelschreiber Notizen machte. Die Krawatte war verschwunden, und ein großer brauner Fleck zierte sein zerknittertes Hemd. Siran tippte nervös auf seinem Tablet-PC herum und schien gedanklich woanders zu sein. Äußerlich war er wie immer tadellos, in seinem Inneren aber herrschte offensichtlich ein Chaos, das er nur mit Mühe unter Kontrolle halten konnte. Ab und an zuckte es in seinem bleichen, maskenhaften Gesicht. Steinrausch hatte sich krankgemeldet. Tiefenbach und die anderen Kollegen der Soko hörten konzentriert zu, wobei ihren Mienen anzusehen war, wie sehr sie die Ereignisse des Tages aufwühlten.

Die Zeit drängte. Brauckmann hatte in Abstimmung mit dem leitenden Oberstaatsanwalt und dem Polizeipräsidenten eine Pressekonferenz für zweiundzwanzig Uhr angekündigt und wollte den Text der Erklärung noch mit der Pressestelle besprechen.

Lichthaus' kurzer Bericht über die Aussage von Sabine Görgen sorgte für Verwirrung, aber auch Unmut unter den Anwesenden. Die Mehrheit tat diese als Schutzbehauptungen eines Täters ab, der von sich abzulenken versuchte, und er schloss sich schließlich dieser Meinung an, wenngleich der Hauch eines Zweifels zurückblieb.

Spleeth hüstelte. »Der Spurenlage nach weist alles auf Alexander hin. Eine der beiden DNA-Spuren, die wir am Körper des alten Görgens gefunden haben, war eindeutig ihm zuzuordnen. Außerdem passt der blutige Schuhabdruck zu einem Paar, das wir in Koblenz während der Durchsuchung seiner Wohnung sicherstellen konnten. Kurzum: Er war zur Tatzeit nachweislich dort. Zudem wurden die Telefonlisten von Vater und Sohn durchforstet. Kein Kontakt seit Wochen. Das Gleiche bei den Mails.«

Brauckmann nickte. »Denken Sie an die Aussage von Elzbieta Kowalski. Er war's, oder wie soll man verstehen, warum er nicht auf den Hof gefahren, sondern zu Fuß angeschlichen ist. Von seiner Reaktion heute Mittag ganz zu schweigen. Die Spuren widerlegen zwar nicht die Angaben von Frau Görgen, insgesamt gilt er für mich jedoch bis auf Weiteres als anhand von Indizien überführter Täter«, zustimmendes Gemurmel, »und dementsprechend treten wir vor die Presse.«

Lichthaus meldete sich zu Wort: »Wir lösen die Soko aber noch nicht auf?«

Müller sah ihn nicht an, als er antwortete, fixierte stattdessen einen Punkt oberhalb der Tür: »Nein. Die Ermittlungen werden fortgeführt bis absolute Klarheit herrscht.«

Kurz darauf saßen Siran, Oliver Brauckmann und Lichthaus allein in dem nun zu großen Raum und tranken schon wieder Kaffee.

Der Staatsanwalt blickte ernst. »Sind Ihre Aussagen zu heute Mittag fertig?« Die Polizisten nickten. »Und es gibt keine Widersprüche?«

Lichthaus fing an, den Mann zu mögen. Er lächelte. »Wir haben das Gleiche erlebt und somit auch das Gleiche ausgesagt. Vertrauen Sie uns. Was ist mit Renate Görgen?«

»Liegt in Wittlich im Krankenhaus. Sie ist am Nachmittag zusammengebrochen, doch ihre Angaben decken sich mit dem, was Sie eben im Vortrag erörtert haben.« Er zögerte und schaute zu Siran hinüber, dann zu Lichthaus. »Also der Streit ...«, wieder ein Zögern.

Lichthaus half: »Herr Özdemir kennt die Geschichte und hat vorhin alles mit angehört. Wir können offen reden.«

»Okay. Ich konnte Müller davon abbringen, eine Beschwerde einzureichen. Ich habe so etwas noch nie unter Kollegen erlebt.«

»Nun, Sie hatten bisher den richtigen Vorgesetzten.« Er lächelte nicht.

»Wie dem auch sei. Frau Otten hat mir von den damaligen Vorkommnissen erzählt, und ich verstehe Ihren Ausbruch. Ich schließe mich Ihnen an, erwarte jedoch, bei zukünftigen Ermittlungen, an denen wir gemeinsam arbeiten, keine derartige Szene mehr erleben zu müssen. Das hemmt das Verfahren, und hier hört meine Toleranz auf.«

Der Rüffel saß, und Siran schaute interessiert zu seinem Chef. Der grinste bitter. »Das ist deutlich, und ich gebe Ihnen Recht, meine Reaktion war zu heftig. So wird das nicht wieder vorkommen. Glauben Sie aber nur nicht, Müller und ich könnten Freunde werden. Außerdem, wenn er mich oder die Kollegen angreift, werde ich ihm auch weiterhin Grenzen setzen und zu einer Auseinandersetzung bereit sein. Ich denke da insbesondere an Steinrausch. Machen Sie ihn nicht fertig.« Brauckmann nickte und Lichthaus fuhr fort: »Wann beginnt die interne Ermittlung?«

»Voraussichtlich am Montag. Die Waffe ist schon zur Analyse im Labor, und alle Aussagen sind zusammengetragen. Mit der

Pressekonferenz stellen wir die Öffentlichkeit ein wenig ruhig und nehmen uns die nötige Zeit für die Untersuchung. Der Polizeipräsident hat erste Schritte veranlasst.«

»Was ist Ihre Meinung?«

»Offiziell habe ich keine. Inoffiziell gesprochen hat Steinrausch sich unprofessionell verhalten, als er sich einem vermeintlich gefährlichen Verbrecher so unbedarft genähert hat. Das passiert aber nun einmal, wenn auch nicht immer mit solchen Folgen. Zum Glück. Ich denke, das Verfahren wird geräuschlos eingestellt, doch das ist meine private Einschätzung. Warten wir es ab.«

»Danke. Müssen wir mit zur Pressekonferenz?«

»Ja, der Präsident hätte gerne uns beide, den leitenden Staatsanwalt und Müller dabei.«

Lichthaus verdrehte die Augen.

*

Der Pressesaal war bis auf den letzten Platz gefüllt und neben den Zeitungsleuten hatten sich mehrere Fernsehsender eingefunden. Als Lichthaus durch die Hintertür eintrat, summte es wie in einem Bienenstock. Polizeipräsident Claus Pieper war erst vier Monate im Amt, und Lichthaus' Abteilung hatte bislang nicht allzu viel mit ihm zu tun gehabt. Er mochte den Mann, sofern das bei politischen Beamten überhaupt möglich war, weil er pragmatisch arbeitete und nicht wie sein Vorgänger zuerst darauf achtete, seine Person aus der Schusslinie zu bringen, wenn sich Probleme ankündigten.

Der leitende Staatsanwalt war ein kleiner Kerl mit Glatze und großer Hornbrille, die wie ein Fremdkörper auf dem kahlen Kopf saß. Nederlof war seit einer Ewigkeit bei der Trierer Staatsanwaltschaft und sprach nun in ruhigem Ton mit dem ihn wenigstens um einen Kopf überragenden Pieper, während die Kameras surrten. Die Kollegen nannten ihn nur den Schweißhund, da er Fälle noch nach Jahren erbarmungslos vorantrieb und mit neuen Fahndungsmethoden analysierte, wodurch so mancher Täter zur Strecke gebracht wurde, der sich schon in Sicherheit gewähnt hatte.

Neben den beiden zappelte Brauckmann nervös herum. Er hatte die Jacke geschlossen, wohl um den Fleck zu verbergen, und trug nun wieder seine Krawatte. Die dunklen Ränder unter seinen Augen leuchteten auffallend in dem im Scheinwerferlicht bleich glänzenden Gesicht. Gleichzeitig mit Lichthaus trat die Pressesprecherin ein. Ulrike Ahlers war mit Ende vierzig seit Langem in dieser Funktion tätig und ließ unangenehme Fragen der Pressevertreter an sich abperlen, wie eine Fensterscheibe anstürmende Regentropfen. Sie trug einen dunkelgrauen Hosenanzug und dezentes Make-up, nickte Lichthaus kurz zu und steuerte schließlich die Mitte des Tischs an, um sich auf eine Aufforderung des Polizeipräsidenten hin Gehör zu verschaffen. »Meine Damen und Herren, wir wollen beginnen.«

Das Summen erstarb und machte dem Klappern und Scharren zurechtgerückter Stühle Platz. Die Meute lauerte. Lichthaus setzte sich an den Rand unmittelbar neben Pieper, da von Müller nichts zu sehen war. Auf der anderen Seite der Pressesprecherin gruppierten sich die Staatsanwälte in gleicher hierarchischer Reihenfolge: Die am wenigsten zu sagen, aber die meiste Arbeit hatten, saßen außen.

Pieper beugte sich zu ihm herüber: »Wo ist Müller?«

Er zuckte nur die Schultern, da Ulrike Ahlers begann. Sie fasste die Presseerklärung routiniert zusammen, sprach eloquent, ohne Informationen preiszugeben, die die Presse nicht schon hatte. Ihr Bedauern über den Tod der Kollegin und den Unfall des Verdächtigen, dessen Namen sie ausließ, klangen echt. Als sie geendet hatte, bat sie um Fragen und sah einige erhobene Hände.

Zunächst wurden die Indizien durchleuchtet, was Lichthaus und Brauckmann oberflächlich bewerkstelligten, während ihre Vorgesetzten die Wissenden mimten. Als ungefähr fünfte kam Julia Bergner vom Trierischen Volksfreund an die Reihe. Lichthaus kannte die junge Frau nicht, da sie erst zu Beginn des Jahres Daniel Baum als Lokalreporterin abgelöst hatte. Sie stand auf und genoss für einen Moment die Aufmerksamkeit des Saals, die nicht allein beruflicher Natur war. Sie sah toll aus, fast schon wie ein Model, groß gewachsen mit langen Gliedern und ebenso langen blonden

Haaren, die sie offen trug und im Scheinwerferlicht kokett nach hinten warf. Bildhübsches Gesicht. Dann fixierte sie Lichthaus mit grünen Augen, denen er ansah, dass sie noch weit kommen wollte, aber da war auch ein Ausdruck in diesem Blick, der die Alarmglocken in seinem Hirn in Bewegung brachte. Irgendetwas war im Gange, und er hatte nicht die geringste Ahnung, was es sein könnte. Er bereitete sich auf den Angriff vor, der frontal kam und ihn einen Augenblick erstarren ließ.

»Mir hat heute Abend eine Quelle mitgeteilt, Alexander Görgen, also Ihr namenloser Verdächtiger, sei nicht der Mörder. Meine Quelle ist sich da ganz sicher, da sie den wahren Täter kennt.« Ein Raunen ging durch den Saal, Kameras klickten und das Surren der Aufnahmegeräte war zu hören. Julia Bergner genoss ihren Triumph.

Lichthaus schluckte und wollte gerade sprechen, als der Oberstaatsanwalt ansetzte und die Zähne zeigte: »Sie sind noch nicht so lange im Geschäft, Frau Bergner. Sitzen Sie nicht Spinnern und Trittbrettfahrern auf. Die Indizienlage ist eindeutig ...«

»Görgen ist erst im Stall gewesen, als sein Vater bereits tot am Balken gebaumelt hat«, unterbrach ihn die Reporterin.

Die Beamten zuckten zusammen. Das war internes Wissen. Woher hatte sie es? Gab es in ihren Reihen ein Leck? Einen kurzen Augenblick flackerte Alexanders verzerrtes Gesicht vor Lichthaus' innerem Auge auf und seine Stimme dröhnte erneut durch seinen Kopf: »Ich habe den Alten nicht umgebracht, auch wenn mich diese verfluchte polnische Schlampe gesehen hat! Als ich in den Stall gekommen bin, hat er schon da gehangen!« Lichthaus ergriff das Wort: »So etwas kann sich mittlerweile wohl jeder zusammenreimen«, die Aufmerksamkeit richtete sich auf ihn, er aber blieb seelenruhig. »Der Tote ist von einem Mitarbeiter gefunden worden, der natürlich mit anderen geredet hat. Außerdem wurde bereits eine Stunde nach der Schießerei heute Mittag in der Dorfmetzgerei Alexander Görgens Name gehandelt. Ich will Ihre Aussagen nicht kleinreden, Frau Bergner, doch ohne Beweise sind das nur Behauptungen, denen wir unsere Fakten gegenüberstellen. Nennen Sie uns Ihren Informanten und ...«

»Das kann ich nicht, und das wissen Sie!« Die grünen Augen funkelten dunkel vor Wut, als sie dazwischenfuhr.

»Nun«, Ulrike Ahlers sah ihre Chance, »das sollte geklärt werden, nur nicht hier und jetzt. Gibt es noch weitere Fragen?«

Die Brisanz der Situation verebbte, und die Dreiviertelstunde bis zum Ende der Pressekonferenz plätscherte vor sich hin. Im allgemeinen Aufbruch, der unter enormem Getöse in dem kahlen Raum ablief, nutzte Lichthaus die Gelegenheit, um die Reporterin am Ausgang abzufangen. »Frau Bergner, auf ein Wort bitte.«

Sie drehte sich ihm zu, und er sah wieder Wut in ihr aufsteigen. »Wieso? Sie haben mir gerade eben zu verstehen gegeben, meine Quelle sei ein Trittbrettfahrer, der sich wichtigmachen will.«

»Kann sein, wahrscheinlich wird es auch so sein, ich werde jedoch der Sache nachgehen.«

»Hör ich da einen Zweifel?« Zynismus troff aus ihrer Stimme, aber in den Augen flackerte ein Leuchten auf. Lichthaus mahnte sich zur Vorsicht. Die Reporterin war jung und hungrig. Sie würde auf nichts und niemanden Rücksicht nehmen, wenn eine gute Story winkte.

»Nein, doch mir fehlt noch das Geständnis, und so lange besteht eine Restmöglichkeit, dass wir uns täuschen. Fragen Sie Ihren Vorgänger Baum, der kennt mich gut genug und weiß, welch penibler Ermittler ich bin.«

Sie dachte nur eine Sekunde nach. »Habe ich schon. Spendieren Sie einen Kaffee?«

»Gerne, sofern Sie das Risiko unserer Maschinenbrühe eingehen wollen.«

Sie gingen in sein Büro, und er stellte die unterwegs gezogenen Becher auf den Tisch, während sie seine Bilder musterte. »Die Gemälde sind wundervoll. Von Ihrer Frau?«

»Sie haben sich gut informiert.« Er registrierte ihr leises Lächeln. Sie würde in ihrem Job eines Tages sehr gut werden.

»Ich möchte wissen, wer auf der anderen Seite sitzt. Baum hat nur Gutes berichtet, deswegen hat mich Ihr Auftritt eben sehr irritiert.« Als er schwieg, fuhr sie fort: »Ihre Frau ist in der Region als Malerin bekannt, und wenn ich diese Arbeiten anschaue, kann ich auch verstehen warum. Vielleicht komme ich mal nach Eitelsbach ins Atelier.«

Lichthaus lachte auf. Sie hatte ihm deutlich zu verstehen gegeben, wie gut sie über ihn im Bilde war. »Es ist klar, dass Ihr Informantenschutz Angaben zur Quelle verbietet, aber ...«

»Es gibt keine konkrete Quelle.« Julia Bergner trank einen Schluck der braunen Brühe ohne das Gesicht zu verziehen. »Etwa eine Stunde bevor ich hierhergekommen bin, hat mein Telefon in der Redaktion geklingelt und eine elektronisch verfremdete Stimme losgeleiert.«

»Haben Sie das Gespräch aufgezeichnet?«

»Leider nein, wenn ich mit so etwas rechne, schalte ich ein Aufnahmegerät zu, doch die Mitteilung hat ohnehin nur aus drei Sätzen bestanden: Alexander Görgen ist nicht der Mörder, denn den kenne ich. Als er den Stall betreten hat, hat der Alte schon tot am Balken gehangen. Sagen Sie das den Bullen. Dann hat er aufgelegt.«

»Wie haben Sie reagiert?«

»Den Anruf zurückverfolgt, was auch extrem einfach war, da keine Rufnummernunterdrückung geschaltet war. Er ist aus einer Telefonzelle in der Halle des Hauptbahnhofs gekommen.«

Lichthaus machte sich eine Notiz. »Uhrzeit?«

»Die weiß ich nicht mehr genau, aber es war nach neun und vor halb zehn.«

»Danke, das hilft mir schon weiter. Bitte geben Sie uns am Montag die exakte Zeit durch.«

Sie nickte. »Und jetzt?«

»Sie bringen nur dann Informationen in die Öffentlichkeit, wenn diese geprüft sind – können wir uns darauf einigen?«

Sie lachte auf. »Daran glauben Sie doch selbst nicht.«

»Im Gegenzug erhalten Sie von uns die gesicherten Erkenntnisse exklusiv.«

»Vor den anderen?«

»Vor Ihren Kollegen.«

Sie grinste, während ihre Augen in Flammen standen. »Haben Sie auch so mit Baum zusammengearbeitet?«

»Kein Kommentar. Unsere eventuelle Absprache existiert nicht. Ich werde dieses Gespräch immer leugnen.«

Julia Bergner erhob sich. »Ich denke drüber nach.« Sie ging zur Tür. »Danke für den Kaffee. Die genaue Uhrzeit gebe ich durch. Schönes Wochenende.« Sie war bereits halb draußen, als sie sich noch einmal umdrehte. »Ich neige dazu, den Anruf für wahr zu halten.«

Lichthaus bedeutete ihr, die Tür nochmals zu schließen. »Das ist reine Spekulation. Was ich Ihnen jetzt sage, sind die Fakten, an die ich mich halte. Eigentlich gehören sie unter Verschluss, das heißt, ich werde nie etwas darüber geschrieben sehen!« Er wartete, bis sie nickte. »Alexander Görgens DNA wurde an der Leiche gefunden, und zwar dort, wo sie nur der Täter hat hinterlassen können.«

»Sie kann auch dorthin gekommen sein, als der Vater schon tot war.« Julia Bergner schaltete schnell.

»Das ist richtig, aber warum erschießt er heute Mittag einen Menschen und haut ab, wenn er vollkommen unschuldig ist? Seine Schuhabdrücke waren im Blut am Tatort, außerdem ist er zur Tatzeit am Stall gesehen worden. Motive hatte er aus ewigen Streitereien mit seinem Vater mehr als genug, zumal er geglaubt hat, dieser wäre im vergangenen Jahr seiner Frau gegenüber zudringlich geworden und hat zu allem Überfluss nun auch noch die geliebte Mutter geschlagen.«

Die Journalistin rang mit ihrer Antwort, doch ihre Augen zeigten, dass Lichthaus sie hatte beeinflussen können: »Das klingt schon sehr überzeugend. Sie haben also kaum Zweifel«, stellte sie lakonisch fest. »Warum wollen Sie den Anrufer finden?«

»Ich will Gewissheit, keinen Glauben. Solange Görgen nicht gestanden hat, gilt der Fall für mich nicht als abschließend geklärt. Wir werden unsere Ermittlungen auch fortsetzen, um die Beweise zu erhärten. Natürlich können wir nicht ausschließen, dass es einen anderen Täter gibt, nur sehe ich aufgrund der momentanen Beweislage nirgendwo einen neuen Ansatzpunkt. Vermutlich wird er es gewesen sein.«

Julia Bergner nickte und ging. Lichthaus warf den Computer an und wartete, bis die lahme Kiste hochgefahren war, wobei er sich darüber ärgerte, sein Tablet im Auto vergessen zu haben. Dann tippte er eine E-Mail an Spleeth, damit dieser die Aufzeichnungen der Kameras vom Bahnhof schnellstmöglich besorgte. Der hagere Kollege würde ihm die Knochen verfluchen, und er wünschte sich den konzilianten Winkelmann zurück, der aber mittlerweile in Koblenz die Technik leitete.

Endlich schaltete er das Licht aus und schaute noch kurz zum Fernsehturm hinauf. Der lange Tag und die Wucht der Ereignisse steckten ihm wie Blei in den Gliedern. Psychisch hatte er sich gefangen, die Schießerei war das Ergebnis einer Kette von Zufällen gewesen, die niemand vorhersehen konnte, immerhin waren sie zu viert mit entsicherten Waffen in die Küche getreten. Doch nun nagte jenseits aller Rationalität der Zweifel an ihm. Alexander hatte nicht nur kein Geständnis abgelegt, sondern die Tat sogar explizit abgestritten, was er der Reporterin genauso verschwiegen hatte, wie die Tatsache, dass eine weitere bislang unbekannte DNA an der Leiche gesichert worden war. Er war ratlos. Ihnen blieb die Aufarbeitung der Unterlagen und verbleibender Hinweise bis hin zu den Überwachungsbildern. Ansonsten konnten sie nur warten, bis Görgen vernehmungsfähig wäre, wenn er überhaupt durchkäme. Gott sei Dank schien die Presse ein wenig ruhiggestellt zu sein.

Er griff zum Hörer und rief Steinrausch an, erreichte aber nur dessen Frau. Sie klang noch erschöpfter, als er sich fühlte. Ihr Mann war mittags zu Busse gegangen, der seinen Absturz hatte auffangen können. Zunächst hatte der Psychologe ihn krankschreiben wollen, doch das Herumsitzen lehnte Steinrausch ab. Auf der anderen Seite hatte er einer Fortführung der Sitzungen zugestimmt, was Lichthaus beruhigte. Nun lag er nach zwei Flaschen Bier, was für ihn anscheinend sehr viel war, und einer Beruhigungspille im Bett und schlief. Lichthaus lächelte und legte auf.

Samstag

Der Ofen in Claudias neuer Werkstatt heizte jede Ahnung von Winter so weg, wie die Sonne den Morgenreif auf den Wiesen. Am Vormittag hatte es immer wieder gegraupelt, ein Wetter, das für das gesamte Wochenende vorhergesagt war, doch in der kommenden Woche sollte eine Schönwetterperiode den Frühling bringen.

Claudia hatte einen alten Tisch in die Mitte des Raums gestellt und hierauf die große Tonfigur ihrer letzten Arbeit montiert. Seit dem Morgen erstellte sie mit Lichthaus' Hilfe Silikonnegativformen ihrer Plastiken, um sie für den Bronzeguss vorzubereiten. Das Verfahren war denkbar simpel, erforderte aber einiges an Erfahrung und handwerkliches Geschick. In ihrem Studium hatte sie einen Kurs besucht und eine ganze Reihe einfacher Skulpturen in Taschenformat gefertigt, die sie anschließend auf Straßenmärkten verkauft hatte, doch lag das jetzt Jahre zurück. Damals hatte sie ihre kleinen Fehler übersehen, die für die Käufer ebenfalls kein Problem dargestellt hatten. Mittlerweile jedoch hatte sie die Ansprüche an sich selbst um ein Vielfaches hinaufgeschraubt und wäre von Pannen während der Umsetzung sehr enttäuscht. Sie wollte das sogenannte Wachsausschmelzverfahren probieren.

Sie begann, mit dem Pinsel die erste Schicht Silikon aufzutragen und konzentrierte sich. Jede noch so kleine Luftblase, die sie mit einschloss, führte zu einem Fehler, der nach dem Guss nur mit viel Mühe oder oftmals auch gar nicht mehr zu beheben war. Die Silikonmasse wurde aus unterschiedlichen Komponenten angerührt. Diese Arbeit überließ sie gern Johannes, denn der hielt penibel das Mischungsverhältnis ein und rührte die Masse exakt so lange, wie es vorgeschrieben war. Er wirkte heute ruhig und aufgeräumt, die vergangene Woche schien jedoch in ihm nachzuhallen, was sie etwas traurig machte, da sie einen kinderfreien Tag hatten. Henriette war bis zum nächsten Tag bei ihren Eltern einquartiert. Ein Verwöhnwochenende für beide Seiten. Würden sie es genießen können?

Sie hatte sich für den Pinsel mit den feinsten Borsten entschieden und strich mehrfach über jedes Detail. Das Zeug stank ein wenig, doch es war auszuhalten.

Johannes gehörte nicht zu den Polizisten, die ihre Fälle mit nach Hause nahmen und dann grübelten, worüber sie froh war. Es war so, als ob er seinen Beruf wie einen Mantel an die Garderobe hängte und dort ließ, bis er zurück ins Präsidium fuhr. Selten einmal wühlten ihn die Ereignisse so auf, dass er diesen Übergang zwischen Arbeit und Privatem nicht schaffte. Diesmal war es nicht so, das sah sie seinem nach innen gewendeten Blick an. Gott sei Dank schien der Fall gelöst zu sein, und er bekam die Chance, Abstand zu den Geschehnissen zu gewinnen, auch wenn sie selbst von Alexander erschrocken war.

»Alles in Ordnung?«

Er schrak hoch. »Bitte?«

»Du rührst dich gerade ins Koma.«

»Ich war ...«

»... auf der Arbeit«, beendete sie seinen Satz.

»Ja.«

»Ich dachte, der Fall sei geklärt?« Sie drehte die Skulptur und machte auf der Rückseite weiter.

»Mir geht immer wieder der Anruf bei dieser Bergner durch den Kopf. Der Informant hat sich mit dem Geschehen ausgekannt und Alexander entlastet. Und der hat in der Küche den Mord ja auch geleugnet. Beides zusammen macht mich stutzig. Stell dir vor, wir haben uns getäuscht.«

Claudia antwortete nicht gleich. Sie strich das Silikon über den Rücken der bulligen Figur und achtete darauf, nicht zu dick aufzutragen. »Wo willst du denn noch ansetzen?«

Lichthaus zuckte mit den Schultern. »Keine Ahnung. Wir haben alles durchleuchtet und wirklich jedes Indiz weist auf Görgen hin. Klar kann er gelogen haben, und der Anruf beim Volksfreund stammt von irgendeinem Wichtigtuer. Aber ...«

Claudia beugte sich vor und küsste ihn leicht auf die Wange. »Dann warte einfach ab, bis Görgen vernehmungsfähig ist. Bis dahin kannst du nichts weiter tun. Und jetzt her mit dem Silikon!«

*

Egbert Kaiser sprang aus dem Mercedes, froh in der gut gefüllten Tiefgarage einen Parkplatz nahe der Treppe gefunden zu haben. Er wäre lieber zu Hause geblieben, die Probleme wuchsen ihm über den Kopf, und er brauchte Zeit zum Nachdenken, wollte Lösungen suchen, die einen Ausweg aus seinem Dilemma boten. Doch er musste sich heute sehen lassen, an der Sitzung des Kreisverbandes teilnehmen, denn hier trafen sich die Garanten seines politischen Erfolgs. Er verstand allerdings nicht, warum das Treffen immer mitten in der Fußgängerzone stattfand. Da üblicherweise für sechs Uhr am Abend eingeladen wurde, waren die Parkmöglichkeiten meistens noch rar, und anschließend hatte man ewig zu laufen, um wieder zum Auto zu kommen.

Sein Handy spielte »We are the Champions«, einen Klingelton, den seine Tochter Janina ihm aufgespielt hatte. Eigentlich Schwachsinn, aber ihr konnte er kaum etwas abschlagen. Unwillig nahm er das Gespräch an und verdrehte die Augen, als seine Frau ihm motzig mitteilte, dass sie nun zu der Einladung ginge, die er der Sitzung wegen abgesagt hatte. Er ließ sie ausnörgeln und würgte sie dann ab. Sie hatte keine Ahnung, was in ihm vorging, und regte sich über Dinge auf, die ihn nicht die Bohne interessierten. Auch mit ihr würde er reden müssen, später. Verdammt, was für ein verfluchter Mist! Er grummelte noch vor sich hin, als wie aus dem Nichts ein Mann auftauchte. Der Typ, ein Ausländer, trug eine schwarze Jogginghose, dazu eine Lederjacke. Die Haare hatte er kurz geschnitten, im Nacken fielen jedoch die Strähnen bis auf die Schulter. »Widerlich!«, schoss es ihm durch den Kopf und er beeilte sich weiterzukommen, doch gerade, als sie einander passierten, sprang der Kerl ihn an, packte seinen Hals und drängte ihn gegen eine der Säulen der Tiefgarage. Er legte Kaiser den Finger auf den Mund, noch bevor der erschrocken aufschreien konnte, und zischte ihn leise an: »Schsch!«

Kaiser erstarrte, denn die eng zusammenstehenden dunklen Augen fixierten ihn mit der Emotionslosigkeit einer Ratte. Der Mann würde ihn so unaufgeregt töten, wie er sich einen Kaffee kaufte. Er schluckte den Schrei hinunter, als eine grobe Hand seinen Kiefer griff, den Hinterkopf gegen den rauen Beton des Stützpfeilers drückte und die Lippen auseinanderzwang. Der Schmerz trieb ihm Tränen in die Augen, und er versuchte, den Kopf wegzudrehen, doch je mehr er sich wand, desto weiter erhöhte sich der Druck. Er roch den Gestank von Nikotin, der sich in der Haut des Angreifers eingenistet hatte, spürte dessen Gewaltbereitschaft und hielt schließlich still. Ein Blatt wurde ihm zwischen die Zähne gestopft, und er schmeckte die Finger so, wie er sie gerade eben gerochen hatte. Ein Würgen entrang sich seiner Kehle.

»Du anrufen!« Plötzlich lockerte sich der eiserne Griff, und das Schwein war verschwunden.

Kaiser stützte sich auf der Motorhaube eines parkenden Wagens ab und spuckte das Papier und den ekelerregenden Geschmack neben die Scheibenwischer. Er brauchte einige Sekunden, um sich zu beruhigen, dann faltete er den Zettel auseinander, las die Nummer darauf und tippte sie mit zittrigen Händen in sein Handy.

»Kaiser?« Der grobe Ton ließ ihn zusammenfahren. Nur einmal hatte er bisher mit diesem Mann gesprochen, und das war auch für alle Zeiten genug gewesen. Eine herbe, bedrohlich wirkende Stimme, die nur den leichten Ansatz eines Akzents zeigte.

»Ja.« Er schluckte hart.

»Was ist los bei euch?«

»Ich weiß nicht, was Sie meinen.« Er klang unterwürfig, fast schon ängstlich und ekelte sich vor sich selbst. Ja, er war in seinem selbstgemauerten Gefängnis gefangen.

»Na, der Mord an Görgen. Was glauben Sie denn, warum ich hier durch die Weltgeschichte telefoniere? Ganz gewiss nicht, um mit einem lackierten Arsch wie Ihnen Small Talk zu machen.«

Kaiser lief rot an. Angst hin oder her, niemand durfte so mit ihm sprechen. »Also bitte, jetzt reicht es aber ...«

»Halten Sie's Maul und hören Sie zu!« Der Unterton in der Stimme ließ ihn verstummen. »Sorgen Sie für Ruhe in der Sache, sonst müssen wir reagieren, und das wird Ihnen nicht gefallen. Ist das klar? Sie haben unseren Boten ja gerade kennengelernt.«

»Ja, verdammt. Ist das wirklich nötig gewesen?«

»Jetzt verstehen wir uns doch sicher?«

»Ja. Die Polizei hat heute einen Verdächtigen festgenommen. Es war wahrscheinlich der Sohn. Alexander, nicht Roland. Der Fall scheint geklärt zu sein.«

»Ich hoffe es für Sie.« Dann war die Leitung tot.

»Arschloch!« Er brüllte, dass es in der kahlen Garage von den Wänden widerhallte. Warum nur hatte er sich mit diesen Typen eingelassen? Seine verfluchte Gier und Eitelkeit. Nun saß er bis zum Hals im Dreck.

Er kam ins Treppenhaus und trat mit voller Wucht gegen einen Mülleimer, der schuldlos an der Wand hing. Der Plastikkorpus knackte wie ein brechender Knochen, und Abfall fiel durch einen Spalt zu Boden. Sein rechter Schuh war ruiniert. Ausgerechnet die teuren Rahmenschuhe, dachte er schuldbewusst und stahl sich davon.

*

Lichthaus stand unter der Dusche und genoss einmal mehr den kleinen Luxus ihrer Duschschnecke, die aus einer großen Regenbrause träge warmes Wasser auf ihn herabrauschen ließ. Sie hatten fast den ganzen Tag in der Werkstatt verbracht und nach jeder Trocknungsphase neue Schichten aufgetragen. Eine Sisyphusarbeit ohnegleichen, aber ihm war die banale Normalität wie Balsam vorgekommen. Der Fall Görgen trat in den Hintergrund.

Unvermittelt kam Claudia zu ihm. Sie schlang ihre Arme um seinen Hals und küsste ihn langanhaltend, während sich ihr Körper an ihn drängte. Seine Lust explodierte und riss alle Gedanken an Tod und Täter mit sich. Gierig versuchte er in sie einzudringen, doch sie bremste ihn zärtlich ab. »He, nicht so eilig.«

Wenige Sekunden später lagen sie kaum mehr als nur oberflächlich abgetrocknet im Bett. Ihr Sex hatte sich im Laufe der Zeit verändert. Nicht der schnelle Galopp zum Höhepunkt stand im Vordergrund, sondern ein langsames Daraufzustreben. Er genoss die tiefe Vertrautheit, in der beide intuitiv spürten, was der andere wollte. Nie nahm er seine vorbehaltlose Liebe zu Claudia intensiver wahr, als in den Momenten, in denen er mit ihr schlief. Er wusste, dass sie heute die selten gewordene Zweisamkeit ausnutzte, aber auch versuchte, ihn von seinen Gedanken abzulenken, wofür er sie einmal mehr liebte. Sie erreichten gemeinsam das Ziel und verharrten noch lange ineinander verschlungen.

»Hunger.« Claudias Kopf lag auf seiner Schulter. »Pizzahunger.«

Lichthaus räkelte sich. »Caprese oder Salami?«

»Gehst du welche holen?«

»Dein Wille ist mir Befehl.«

Sie kicherte. »Seit wann denn das?«

»Immer. Mal mehr mal weniger. Außerdem habe ich keine Lust auf eine vom Heimservice.« Eigentlich wäre er gerne liegen geblieben, doch die Uhr zeigte bereits neun, und wenn er noch bedient werden wollte, würde er sich langsam aufraffen müssen.

Claudia küsste seinen Hals. »Caprese und dazu eine Flasche Nero d'Avola.«

»Okay!« Genüsslich ließ er seine Hände über ihren Körper wandern und gab ihr einen Kuss, dann rappelte er sich auf. »Ich mach eine auf, bevor ich losfahre.«

»Stopp, nicht so eilig.« Sie zog ihn wieder zu sich herunter.

*

Egbert Kaiser stieß die Tür des Restaurants auf und trat ins Freie. Der Graupelregen hatte aufgehört, doch ein kalter Wind blies durch die Straßen und schien die meisten Passanten weggeweht zu haben, denn der Stockplatz war praktisch menschenleer. Nur hier und dort huschte eine vermummte Gestalt mit eingezogenem Kopf vorbei. Müde schlug er den Kragen seines Mantels nach oben und spannte den Schirm auf. Die Sitzung hatte sich gezogen. Über dreißig Anträge waren durchgesprochen worden, von denen der größte Teil überflüssig war. Diskussionen um Posten und Pöstchen, die neue Kampagne der Partei für die Ortsbürgermeisterwahl in irgendeinem Kaff, dessen Namen er bisher nicht ein einziges Mal gehört hatte und an den er sich bereits jetzt nicht mehr erinnerte, und so weiter.

Er gähnte und bog in die Wilhelm-Rautenstrauch-Straße ab, um schnellstmöglich zum Auto und nach Hause zu kommen. Am Morgen war er schon um sechs Uhr nach Mainz gefahren und seitdem auf Achse. Dazu diese beklemmende Angst. Irgendetwas stimmte nicht. Vor zwei Wochen hatte Görgen ihn wegen eines Drohbriefs angesprochen, und jetzt war er tot. Zu allem Überfluss wurde er selbst nun auch bedroht, zur Polizei gehen konnte er aber nicht. Er wünschte sich nur noch bequeme Klamotten, ein Glas seines Lieblingsburgunders aus Nuits-Saint-Georges, den er für besondere Gelegenheiten gekauft hatte und nun peu à peu selbst wegtrank, und dann ab ins Bett. Hoffentlich fand er Ruhe, nachdem er sich in den letzten Nächten hin und her gewälzt hatte, weil ihm die Sorgen den Schlaf raubten.

Der kleine Park lag verwaist jenseits der Begrenzungsmauer. Er mochte den Flecken nicht, da es hier häufig zu Drogendelikten und Überfällen kam. Irgendwie zwielichtig und dunkel. Flotten Schritts, den Schirm gegen den Westwind gestellt, überquerte er die Dietrichstraße vorbei am mittelalterlichen Frankenturm und eilte schutzsuchend in die kurze Passage, die hinüber zur Böhmerstraße führte. Er fluchte und schimpfte über das Wetter, wusste aber, dass er nur Dampf abließ. Der Druck wuchs, und er kannte kein Gegenmittel, spürte nur die nagende Ungewissheit.

»Entschuldigung, haben Sie mal Feuer?« Er zuckte zusammen. Der Mann war lautlos von hinten an ihn herangetreten. Nicht sonderlich groß, von Kopf bis Fuß schwarz gekleidet, die Mütze tief ins Gesicht gezogen.

Kaisers sonst so freundliche Hülle zerbarst. »Verpiss dich. Ich ...«, er stutzte, sah verwirrt eine kleine Bewegung, aber keine Zigarette, dann peitschte ein Stromstoß durch seinen Körper, der ihn aufschreien ließ. Der Angreifer hatte ihm die Waffe an den Unterleib gedrückt. Er knickte wie von einer riesigen Faust getroffen ein und sah überdeutlich, fast schon grotesk, wie sein brauner Kaschmirmantel sich in einer öligen Pfütze mit Dreckwasser vollsog. Merkte ansonsten jedoch kaum, wie er kraftlos in sich zusammensackte, und nur nicht zu Boden rutschte, weil zwei kräftige Hände ihn hielten. Wut kochte in ihm hoch. Er hatte diesem Idioten doch gesagt, dass alles in Ordnung sei, wieso also diese Attacke?

Mühsam durchbrach er die Apathie: »Hey, du … Arsch …« Ein zweiter Stromstoß traf ihn mit ungeheurer Wucht, und er bäumte sich mit aus dem Kopf quellenden Augen so auf, als hätte er an eine Hochspannungsleitung gegriffen. Speichel lief aus seinem verzerrten Mund, dann ein weiterer Schock, dessen Schmerzen er nicht mehr aushielt. Er brach bewusstlos zusammen.

*

In Ruwer erlebte Lichthaus eine Enttäuschung. Ihre Lieblingspizzeria hatte den Außerhausverkauf eingestellt. Die immer freundliche Chefin stieg sogar in den Keller hinunter, um einen Pizzakarton hervorzukramen, da sie eine Ausnahme machen wollte, kam jedoch mit leeren Händen wieder. Angesäuert machte er sich auf den Weg nach Trier. Diese Odyssee auf der Suche nach einer blöden Pizza würde den Abend, der so wunderbar begonnen hatte, jäh zerstören. Er trat aufs Gas, und der Berlingo jagte schneller als erlaubt die Ruwerer Straße entlang. Missmutig rief er zu Hause an und fragte Claudia, ob es auch woanders bei der Caprese blieb, die aber nur ein Ist-mir-egal murmelte. Sie schien eingeschlafen zu sein, und Lichthaus wünschte sich in ihr Bett zurück.

Mittlerweile war er fast in der Innenstadt angekommen, wo er mehrere gute Pizzerien noch aus der Zeit kannte, als sie hier im Zentrum gewohnt hatten. Während er an einer roten Ampel wartete, ging sein Handy. Er grinste. Das sah Claudia ähnlich. Sie musste erst wach werden, um sich zu sortieren, und nun kam die Nachbestellung.

»Prego!«

Der Schmerzensschrei ließ ihm das Blut in den Adern gefrieren. Lang gezogen, heulend und klagend jagte er in sein Ohr. Er zuckte zusammen und hätte beinahe die Kupplung sausen lassen. Seine Laune zerfiel wie ein Soufflé und machte der Gewissheit Platz, jetzt einem Grauen gegenübertreten zu müssen.

»Wer …?«

»Lichthaus?« Die Stimme verzerrte sich, und ein unterdrücktes Stöhnen quoll hervor, das nicht weniger schlimm war, als der Schrei kurz zuvor. Ein Mann.

»Ja, am Apparat. Wer sind Sie?«

»Kaiser. Er bringt mich um, wenn Sie nicht herkommen. Bitte kommen Sie allein … bitte schnell … ich halte das nicht mehr aus.« Die letzten Worte steigerten sich zu einem Crescendo und mündeten fließend in den nächsten Schmerzensschrei, der nicht enden wollte.

»Wohin?« Er schrie nun, die Hand um das Handy verkrampft. Im selben Augenblick sprang die Ampel auf Grün, und hinter ihm erhob sich ein wütendes Hupkonzert. »Ja doch!« Er brüllte den Stress heraus, Wut übermannte ihn, und er gab Gas, preschte über die Kreuzung hinweg bis zu einer Einbuchtung vor der Staatsanwaltschaft.

»Wo sind Sie?«

Jetzt offensichtlich schmerzfrei, aber voller Angst und Hoffnungslosigkeit flüsterte es nur noch leise in sein Ohr: »Im Amphitheater, kommen Sie schnell. Allein. Bitte!«

»Wer quält Sie so?«

Die Stimme, die antwortete, war hart wie glänzender Stahl, emotionsgeladen schon, doch erbarmungslos: »Komm Lichthaus, und sieh, was eine gerechte Strafe ist!« Dann war die Leitung tot.

Der Notruf an die Zentrale dauerte nur eine Minute. Eine Streife ohne Blaulicht und Martinshorn zum Amphitheater, die Beamten sollten sich unauffällig zu Fuß nähern, er wollte dort warten. Allein hatte Kaiser zwar gefordert, aber er war nicht verrückt. Seine Waffe lag zu Hause, und er würde den Teufel tun, unbewaffnet in eine unüberschaubare Situation zu gehen. Das hatte er schon hinter sich und war dabei fast draufgegangen.

Als er aus dem Kreisel an der Spitzmühle herausschoss, rief er Claudia an. Natürlich war sie voller Angst, doch er beruhigte sie, indem er versprach, nicht auf eigene Faust loszuziehen. Dann legte er auf.

Bevor Lichthaus die römische Arena erreichte, passierte er zur Linken eine lange Mauer. Auf der gegenüberliegenden Seite standen zumeist Einfamilienhäuser aus der Zeit vor dem Krieg. Hohe Laternen beschienen die tagsüber viel befahrene Straße, jetzt aber lief der Verkehr nur spärlich, in den meisten Autos saßen junge Leute, die um diese Stunde etwas erleben wollten und in die Stadt mit all ihren Kneipen, Clubs und Kinos zogen. Er parkte am Ende der Häuserzeile auf dem Seitenstreifen, paradoxerweise genau dort, wo vor eineinhalb Jahren ein Serienkiller verunglückt war, um in seinem Fahrzeug zu verbrennen. Ironie des Schicksals. Geduckt, in der Gewissheit, ein aufmerksamer Beobachter könnte ihn bereits im Visier haben, rannte er auf die andere Straßenseite.

Der Eingang zum Amphitheater lag verlassen da, und auch der Parkplatz davor war bis auf einen kleinen weißen Peugeot und den Kastenwagen irgendeines Klempners wie leergefegt. Er atmete tief ein, griff die Taschenlampe fester und schlich sich vorsichtig umschauend zu dem Durchgang für Besucher, der bei Nacht mit einem schmiedeeisernen Gittertor verschlossen wurde. Ein schneller Blick um die Ecke zeigte ihm, dass es nun allerdings ein Stück weit aufstand. Dahinter herrschte völlige Dunkelheit. Er wartete unentschlossen neben dem Eingang und schaute auf die Uhr. Schon fast fünf Minuten, seit er die Zentrale angerufen hatte, die Kollegen sollten langsam auflaufen.

Er erschrak, als leise Schritte seine Aufmerksamkeit erregten. Mit angehaltenem Atem lauschte er in die Schwärze der Nacht. Jemand kam vom Inneren her schleichend auf das Tor zu. Dann Stille. Wer auch immer dort drinnen herumgeisterte, war stehen geblieben und schien genauso angespannt zu lauschen, wie er selbst. Niemand rührte sich. Gerade als auf der Straße ein Auto vorbeirauschte und heftige Bässe herüberdröhnten, trat unvermittelt eine hochgewachsene Person lautlos ins Licht der Laternen, kaum einen halben Meter von Lichthaus entfernt. Er reagierte sofort, denn der Fremde musste nur den Kopf drehen, um ihn zu sehen, jetzt jedoch lag das Überraschungsmoment auf seiner Seite. Er sprang vor, krallte in Höhe der Oberarme in eine Daunenjacke und riss die dunkle Gestalt nach hinten, während er ihr mit dem rechten Fuß gegen den Unterschenkel trat. Ein kurzer Aufschrei der Überraschung nur, doch keine Gegenwehr. Noch ehe der andere die Orientierung wiedererlangt hatte, kniete er mit einem Bein auf dessen Rücken, bog einen Arm zurück und drückte mit dem zweiten Bein den Nacken auf die Erde. Ein Schmerzensschrei.

»Polizei. Sie sind festgenommen!«

»Lichthaus?«, die Stimme klang ängstlich und sehr weiblich.

»Wer sind Sie?« Er atmete heftig.

»Julia Bergner. Könnten Sie mich vielleicht loslassen? Was soll das überhaupt?«

Er erkannte die Reporterin, die sich stöhnend umdrehte, als er sie losließ. Sein Adrenalinspiegel stand knapp unter dem Maximum. »Was machen Sie hier? Sind Sie noch bei Verstand?«

»Meinen Job. Und verrückt bin ich ganz gewiss nicht!« Trotz und Wut färbten ihre Worte, doch schien sie auch erleichtert zu sein. Sie rieb sich den Nacken. »Vor fünfzehn Minuten hat mich wieder der Mann angerufen und gesagt, wenn ich eine gute Story haben wolle, solle ich hierherkommen. Nun, ich bin sofort hergefahren und durch das Tor rein, dann hat mich aber die Angst gepackt. Ich bin also wieder raus und Ihnen direkt in die Arme gelaufen.«

»War es dieselbe Stimme?« Er half ihr auf und zog sie mit sich ins Licht der Straßenlaternen. Julia Bergner trug Jeans, einen Daunenanorak und dazu dicke Schuhe, wirkte im Augenblick jedoch etwas durch den Wind. In der Hand hielt sie eine Taschenlampe, die langen Haare hatte sie unter einer Mütze versteckt.

»Ja, ich denke schon.«

»Warum haben Sie uns nicht angerufen?«

»Ach, hören Sie doch auf. Soll ich bei jeder Story erst um Geleitschutz bitten?«

Sie hatte Recht. Es hatte keinen Anlass gegeben, die Polizei zu rufen. Er beruhigte sich. »Tut mir leid. Ich wollte Ihnen nicht wehtun. Vielleicht nehmen Sie in Zukunft einen Kollegen mit.«

Zwei Beamte kamen vorsichtig auf den kleinen Parkplatz, sie schauten sich etwas unbehaglich um. Lichthaus vergewisserte sich, dass sie wirklich ihre Dienstwaffen und auch, wie mittlerweile üblich, Schutzwesten trugen. Er war froh, dass er den beiden bekannt war, denn in seiner Jeans mit Sweatshirt und Wolljacke hätte er sich schwer als der ausweisen können, der er war. Der Dienstausweis und seine Marke lagen neben der Pistole in der Schublade zu Hause.

Er nahm sie zur Seite und erläuterte ihnen kurz die Sachlage, zögerte aber hineinzugehen. Die Anlage kannte er kaum, auch wenn er schon zweimal hier war, doch das genügte nicht, um den Einsatz zu planen. Sein Tablet war im Büro und er fluchte in sich hinein, schließlich ging er zu Julia Bergner, die gespannt verfolgte, was geschah, sicher hoffte sie auf eine spannende Story: »Haben Sie ein Smartphone mit Internetzugang?«

»Ja, klar!« Sie zog es ohne Zögern aus der Tasche und reichte es ihm.

Ein paar Klicks und ein Plan des Amphitheaters füllte den kleinen Bildschirm. Er hielt ihn so, dass die beiden Kollegen draufschauen konnten.

»Sie«, er zeigte auf einen der beiden, »gehen rechts die Treppen nach oben und folgen dann am Turm vorbei dem oberen Rand des Berings und Sie«, er schaute auf den anderen, »machen das Gleiche auf der linken Seite. Ich selbst betrete direkt die Arena. Einsatz mit Pistole im Anschlag.« Die beiden nickten und zogen die Waffen.

Er ging zu Julia Bergner und gab ihr das Handy zurück. »Ich habe keine Handhabe, Sie wegzuschicken. Sollte ich Sie aber da drin sehen, können Sie mit einer Anzeige wegen Behinderung der ...«, er brach ab. Scheinwerfer flammten hinter dem Eingangsbereich auf und tauchten die Anlage in gleißendes Licht. Sie duckten sich und gingen im Schutze der Mauer des Eingangsgebäudes in Deckung.

Lichthaus schaute hinüber und sondierte die Lage. Im Amphitheater fanden Bauarbeiten statt, und man hatte einen Kran mitten auf den Zugangsweg zur Arena gestellt. Offensichtlich wurde einer der antiken Eingangstürme saniert, und um auch nach Einbruch der Dunkelheit arbeiten zu können, waren starke Strahler installiert worden, die nun brannten.

Dann ein Schrei, animalisch und grausam, markerschütternd. Nie hätte er geglaubt, ein menschliches Wesen könne derartig schreien. Lichthaus richtete sich auf. »Verdammt, er foltert die Geisel. Wir müssen schleunigst da rein. Alles wie besprochen. Los!«

Vorsichtig durchschritten sie den Eingang und trennten sich. Julia Bergner ließen sie zurück. Sobald die ehrgeizige Reporterin allein wäre, würde sie mit einer leistungsstarken Kamera Fotos machen, daran zweifelte Lichthaus keinen Augenblick. Geduckt huschte er über den nass schmatzenden Boden auf den Kran zu, der ihm die Sicht auf den hell überstrahlten Innenbereich versperrte. Es war der einzige Teil der antiken Anlage, der noch völlig intakt war.

Lichthaus schlich zwischen den einstigen Eingangstürmen hindurch und versuchte, am Kran vorbei auf die ellipsenförmige, von hohen Schutzmauern umgebene Freifläche zu sehen, wo früher die Kämpfe stattgefunden haben mochten. Zuerst erkannte er zwei Treppenabgänge, die in den Keller führten, dann Türen ringsum in der Mauer, durch die man auf die Zuschauerränge gelangen konnte. Erst als sich seine Augen an die Helligkeit gewöhnt hatten, sah er die Gestalt mitten in der Arena auf dem Boden liegen. Kaiser schien zu leben, doch waren seine Bewegungen nur noch schwach, wirkten ziellos und apathisch. Blut tränkte das aufgerissene Hemd. Nervös trat Lichthaus neben die Betonplatten, die den Kran am Umkippen hinderten, und sondierte die Lage. Einer der Kollegen kniete am oberen Rand und tat es ihm gleich, der andere war nicht zu sehen. Er vermutete ihn jedoch oben auf dem Turm. Der Wind trug ein Wimmern zu ihm hinüber. Sie mussten etwas unternehmen, aber es war riskant, auf die freie Fläche hinauszutreten.

Er zögerte kurz, dann rief er so laut, dass es von den Wänden widerhallte: »Gebt mir Deckung.«

Impulsiv sprintete er los und erreichte nach nur wenigen Sekunden den Verletzten. Er erschrak. Von dem Mann, dessen gestyltes Outfit er tags zuvor noch bewundert hatte, war nur ein blutverklebtes Bündel übrig geblieben. Der nackte Oberkörper, der Kopf, die Arme, praktisch jeder sichtbare Hautbereich wies blutende Risse und Hämatome auf. Aus dem Augenwinkel sah er fehlende Fingernägel. Der verzerrte Mund zwängte wieder ein Wimmern heraus, die Augen waren aufgerissen, glasig vor Stress und Panik, rollten unablässig hin und her. Kaiser zuckte zurück als Lichthaus' Schatten über ihn fiel, offensichtlich in der Angst, weitere Schmerzen erdulden zu müssen.

Dann der nächste Schock: An beiden Handgelenken waren tiefe Schnitte, aus denen dunkles Blut pulsierte. Ein Klebeband hielt die Hände so zusammen, dass Kaiser die Blutung nicht selbst abdrücken konnte, gesetzt den Fall, die verbliebenen Kräfte hätten hierzu überhaupt ausgereicht. Lichthaus ließ sich auf die Knie nieder und drückte mit den Daumen die Wunden ab, woraufhin der Blutstrom versiegte. Er atmete auf. Ihnen blieb eine Chance, Kaiser zu retten, von dem sie alles über den Täter erfahren könnten, doch es musste schnell gehen.

»Notarzt! Ruft einen Notarzt und Verstärkung. Beeilt euch.« Schweiß rann ihm trotz der Kälte in die Augen. Er fluchte und rieb sich das Gesicht am Ärmel seines Anoraks ab.

Sein Rufen hatte einen der Streifenbeamten in Bewegung gesetzt, der jetzt in sein Funkgerät schrie, und seine Hoffnung stieg, als unvermittelt der Elektromotor des Krans zum Leben erwachte. Leise zwar, aber in der Stille nicht zu überhören.

Er schrak auf und sah sich hektisch um, aber niemand war zu sehen. Lauernd wartete er auf das, was nun kommen würde, die Hände so fest auf Kaisers Handgelenke gedrückt, dass seine Knöchel weiß hervortraten, und wurde dennoch überrascht. Die Winde lief an und wickelte ein Stahlseil auf, das auf dem Boden ein Nest bildete. Es dauerte einige Sekunden, bis er erkannte, was gerade passierte. Das Seil war um Kaisers Füße geschlungen, und ehe Lichthaus die Chance hatte zu reagieren, bewegte sich die stählerne Kobra rasend auf sie zu und begann den schweren Mann in die Höhe zu ziehen. Lichthaus verstärkte noch den Griff, doch konnte er nicht gegen den Motor ankämpfen, der emotionslos weiterlief. Ihre Blicke trafen sich in dem Moment, als Kaiser an ihm vorbei nach oben glitt. Der Ausdruck seiner braunen Augen brannte sich in sein Gehirn, er würde ihn nie vergessen können. Resignation und erlöschende Hoffnung lag darin wie ein tiefer Schatten, dazu Schmerz und Verzweiflung. Eine offene Seele. Lichthaus klammerte sich heftig an Kaisers Arme und wurde mit hochgezogen. »Nein, nein!« Aber sein Brüllen verhallte wirkungslos.

Er verlor die Bodenhaftung, rutschte an den glitschigen Handgelenken ab und stürzte zu Boden, während Kaiser pendelnd weiter gen Himmel fuhr und das Blut aus den nun wieder ungeschützten Wunden spritzte, warm und sanft in Lichthaus' nach oben starrendes Gesicht regnete. Er wischte sich instinktiv über die Augen und sah die rote Schmiere in seinen Händen. Panik überfiel ihn, doch er drängte sie weg. »Findet ihn, er muss da sein und eine Fernbedienung haben. Schnell!«

Die Uniformierten rannten los, und auch er stürmte mit verzerrter, blutnasser Miene und klebrigen Fingern zum Kran. Der Schaltkasten war auf Augenhöhe befestigt, und er zerrte hektisch am Griff, doch das Ding war abgeschlossen. Fieberhaft suchte er nach einem Werkzeug und wurde nach wenigen Schritten fündig. Eine Eisenstange glänzte feucht im Licht der Taschenlampe. Er hetzte zurück. Ein kurzer Blick über die Schulter. Kaisers Körper hing viele Meter hoch am Ende des Auslegers. Unablässig rann Blut zu Boden, die Bewegungen jedoch waren erstorben.

Mit aller Gewalt rammte er das Eisen zwischen Tür und Kasten und hebelte dagegen. Nichts geschah. Noch einmal stemmte er drauflos, setzte sein ganzes Gewicht ein, ohne Erfolg. Verzweifelt brüllte er die Anstrengung hinaus, und als er davon überzeugt war, dass auch dieser Versuch scheitern würde, bewegte sich die Stange ein wenig, um schließlich begleitet von einem lauten metallischen Kreischen aus seinen Händen zu fliegen. Die Schaltung hinter der verbogenen Tür war denkbar einfach. Banale Symbole zeigten Auf und Ab sowie unterschiedliche Drehungen. Er hämmerte auf den nach unten zeigenden Pfeil, und das Stahlseil wickelte sich wieder ab. Triumphierend schrie er auf, als ein Rufen das Brummen des Motors übertönte.

»Da ist er, dort drüben.«

Der Ruf kam von links, und noch während Lichthaus Kaiser herunterließ, sah er eine dunkel gekleidete Gestalt geduckt hinter der antiken Balustrade zur Arena sprinten und in einem der Gänge verschwinden.

»Lauft auf der anderen Seite herunter. Schnell, er kommt durch den Tunnel. Los hinterher, alle beide.«

Ein Durchgang führte aus dem Amphitheater hinaus. Völlig irrational erinnerte er sich ausgerechnet jetzt an den Namen – Vomitorium, was Ausspeien bedeutete und sinnbildlich für die Besuchermassen stand, die regelrecht in die Arena gespuckt wurden, wenn die Spiele begannen. Der ehemalige Westausgang. Einer der Uniformierten machte auf dem Absatz kehrt und verließ Lichthaus' Sichtfeld, während sein Kollege schon quer über den Platz schoss, um in einer Tür zu verschwinden.

Kaiser war mittlerweile auf dem feuchten Sand angelangt, und Lichthaus beeilte sich, zu ihm zu kommen. Der Körper lag fast flach auf dem Boden, wobei Brustkorb und Kopf zur Seite gedreht waren. Er kniete nieder, packte sanft die Schultern, legte den Verletzten vorsichtig auf den Rücken und suchte an der Halsschlagader nach dem Puls. Nichts. Zu spät, alles war zu spät. Die Augen blickten ziellos unter halb geöffneten Lidern in den Himmel, die Wangen waren vom Blutverlust wachsbleich. Der Mann, das hohe Tier aus Mainz, war dort oben gestorben. Ausgeblutet wie die Rinder auf Görgens Hof. Eine Katastrophe.

Lichthaus trat einige Schritte zurück. Er atmete tief durch und starrte hilflos nach oben. Es fiel ihm schwer zu realisieren, was soeben geschehen war, er war wie betäubt. Wenige Sekunden nur, dann gab er sich einen Ruck und organisierte die Fahndung nach der dunklen Gestalt. Routine tat manchmal so gut.

Das Vomitorium spie nun die Kollegen aus, die mit hängenden Schultern an die Balustrade traten. »Weg. Er ist wie vom Erdboden verschwunden. Muss über den Zaun sein.«

»Verdammt. Seht zu, dass ihr mit dem Wagen den benachbarten Stadtteil absucht. Ich habe schon Verstärkung geordert. Setzt euch mit den Teams in Verbindung.«

Die beiden trabten davon, und Lichthaus ließ sich auf eine der nassen Bänke fallen, um das Eintreffen der ganzen Maschinerie abzuwarten.

Julia Bergner hatte vom Eingang aus alles beobachtet und kam nun vorsichtig herbei, eine Kompaktkamera fest im Griff. »Ich konnte ihn fotografieren.«

»Was?«

»Mit dem Zoom, als er dort lang gelaufen ist, aber das Foto ist total mies.«

»Bitte. Wir benötigen schnellstens das Bild. Hängen Sie es einfach an eine Nachricht an und senden es auf mein Handy.«

Sie nickte, hörte jedoch kaum noch zu. Neugierig und zugleich voller Abscheu trat sie an Kaisers Leiche heran, um sich gleich darauf in den Graben zu übergeben. Mit bleichem Gesicht wankte sie dann zu ihm zurück, während sich Sirenen näherten. »Darüber werde ich nicht schreiben, das bringe ich nicht.«

Er schaute ihr kalt in die grünen Augen. »Doch, genau das werden Sie tun! Er will Publicity und soll sie auch haben. Vielleicht ist das ja alles, was er will, und er hört dann auf.«

»Oder macht weiter.« Ihr Blick haftete an dem Ermordeten.

»Einen Versuch ist es wert. Machen Sie noch ein paar Fotos, bevor der Tross hier aufgaloppiert. Ist vielleicht auch für Ihre Karriere nicht schlecht.«

Sie blies die Luft durch die Nase und deutete ein schmerzhaftes Auflachen an. »Auf die kann ich im Augenblick pfeifen, Sie Zyniker.«

»Was Sie veröffentlichen, legen Sie mir auf jeden Fall vor. Der Tote wird nicht aus der Nähe fotografiert, sonst komme ich in Teufels Küche.« Er stellte sich vor den Leichnam, während Julia Bergner einige Aufnahmen aus der Totalen schoss. Sie wirkte unmotiviert, geschockt, vermasselte sich dadurch eventuell die Chance ihres Lebens, doch das machte sie ihm erstmals sympathisch.

Während er so dastand, fing es an zu regnen, und leichter Graupel mischte sich unter die kalten Tropfen. Neben dem Treppenabgang hatte sich eine tiefe Pfütze gebildet, er bückte sich und wusch angewidert Kaisers Blut von seinen Händen. Das Wasser war eiskalt, aber er spürte es kaum.

*

Bernd Oberbillig hielt entspannt die Leine, während Jesco ins Gebüsch kackte. Abends wählte er oft die Strecke hier an der Hermesstraße entlang, da gleich neben der Grundschule ein ungepflegter Streifen mit Gras und Büschen lag, in dem sich der Hund mit Vorliebe erleichterte. Ihm war es recht, da er es sich so ersparen konnte, den lauwarmen Haufen mit einer Plastiktüte vom Pflaster zu kratzen und in irgendeiner Mülltonne zu entsorgen.

Jesco war ihr fünf Jahre alter Mischling, den er nie hatte haben wollen, aber nun umso mehr liebte. Tim hatte ihn ewig bearbeitet, bis er endlich nachgab und aus einem ungewollten Wurf einen Welpen herauskaufte. Labradormischling hieß es, die Mutter sei sehr zierlich, sodass die Tiere auch nicht allzu groß werden würden. Die laxe Auskunft ließ ihn zunächst zögern, vermutlich wussten die Eigentümer selbst nicht, wie der Vater genau aussah, doch Tim hatte sich in einen der Kleinen verliebt, und da er seinem Sohn kaum etwas abschlagen konnte, war der kleine Kerl schnell gekauft. Wie sich inzwischen herausgestellt hatte, war ein Dobermann am Drücker gewesen, und Jesco war zu einem stattlichen Rüden herangewachsen. Tims Interesse an seinem Haustier jedoch war zugunsten der ersten Freundin deutlich erlahmt, und so waren die täglichen Spaziergänge an ihm hängen geblieben. Nun, er genoss es. Nach einem Tag mit ignoranten und teilweise überforderten Schülern, er unterrichtete Mathematik an der berufsbildenden Schule für Wirtschaft unten am Irminenfreihof, entspannte ihn die allabendliche Bewegung ungemein.

Endlich war das Geschäft erledigt, und der Hund schnupperte noch ein wenig umher. Oberbillig zog an der Leine. »Komm, es fängt gleich wieder an zu regnen. Ich will heim.«

Mit einem Mal stand Jesco unbeweglich und lauschte in die Dunkelheit. Nach ein paar Augenblicken konnte auch Oberbillig die schnellen Schritte hören, doch noch ehe er richtig begriff, was passierte, sprang ein Mann aus dem Dickicht durch die Zweige und hetzte mit zwei kaum kontrollierten Sprüngen heran. Anscheinend hatte er ihn bisher übersehen, auf alle Fälle jedoch den Hund, da er wie vom Blitz getroffen zusammenfuhr, als er Oberbillig höchstens einen halben Meter entfernt Auge in Auge gegenüberstand. Komplett schwarz gekleidet, das Gesicht von einer Mütze fast vollständig verdeckt, schien er für eine Sekunde zu erstarren, schlug ihm dann aber plötzlich mit voller Wucht die Faust ins Gesicht, traf ihn hart auf Nase und Mund. Ein Schneidezahn brach ab und rutschte unter die Zunge.

Oberbillig ging zu Boden und verlor die Orientierung, wahrscheinlich auch für einen kurzen Moment das Bewusstsein. Als er aus dem Nebel zurückfand, klarer denken konnte, sah er Jesco, der nicht bellte, nur leise knurrte und sich in die Wade des Mannes verbiss. Er hatte den Kopf eines Labradors mit den sympathischen Schlappohren und dem kräftigen Kiefer, allerdings schien nun die Aggressivität seines Dobermannvaters durchzubrechen. Er hatte bisher nie gebissen, Kinder konnten auf ihm herumturnen, und er blieb absolut friedlich, jetzt aber zeigte er sein zweites Wesen. Der Angreifer schrie gellend auf, als der treue Hund erneut zuschnappte, diesmal etwas weiter oben und gezielter. Oberbillig stolperte los, krallte sich in den Anorak des Kerls, als ihn ein Schlag in die Magengrube völlig außer Gefecht setzte und er mit dem Gesicht nach vorne auf die Straße kippte. Warum kam denn ausgerechnet in diesem Moment kein anderer Passant? Ein blitzendes Geräusch, und Jesco jaulte schmerzverzerrt auf.

Wieder rappelte Oberbillig sich auf, doch sah er nur noch eine eilig davonhinkende Gestalt. Jesco lag auf der Seite und rührte sich nicht. Er kroch auf ihn zu. Sirenengeheul kam näher, und er fragte sich, wieso die Rettungskräfte schon da waren, aber sie brausten vorbei. Jesco winselte leise, schien schwer verletzt zu sein und leckte ihm mit trockener Zunge die Hände. Tränen stiegen in ihm auf. Sein treuer Freund. Hatte nur versucht, ihn zu verteidigen, und jetzt lag er mehr tot als lebendig da. Er musste zu einem Tierarzt. Mühsam kam er auf die Knie und zog das Handy heraus, als Scheinwerfer die Straße erhellten.

»Was ist hier los?«

Die Stimme war befehlend, doch schwang auch Angst in ihr mit. Oberbillig drehte sich in ihre Richtung, während er das Telefon umklammerte.

»Polizei! Keine Bewegung!« Eine Waffe wurde durchgeladen. »Hände hinter den Kopf, los, ein bisschen zackig!«

Er begriff zwar nichts, schließlich war er es, der angegriffen worden war, tat aber wie ihm geheißen. Vorsichtige Schritte näherten sich und griffen nach seinen Handgelenken.

»Entwarnung, war nur ein Handy.« Dann wurde er angesprochen: »Was ist passiert?«

»Mein Hund ...«

»Beantworten Sie bitte meine Frage. Wir werden uns um das Tier kümmern.«

Bernd Oberbillig erklärte kurz, was vorgefallen war, während immer mehr Streifenwagen an ihnen vorbeifuhren und viele Beamte zu Fuß in Hauseingänge und Zufahrten leuchteten. Aus Richtung Amphitheater zuckte Blaulicht durch den Himmel. Er begriff nicht, warum ein solcher Aufwand betrieben wurde, nur um einen Typen zu ergreifen, der ihn zusammengeschlagen hatte, doch auf seine Nachfragen bekam er keine Antworten.

Seine Personalien wurden aufgenommen, wobei er auf der Straße hockend Jesco streichelte, der bewusstlos im Rinnstein lag. Endlich traf ein Wagen ein, dem ein Tierarzt des Notdienstes entstieg und den Mischling mit der Bemerkung zu untersuchen begann, Oberbillig solle auch einen Arzt aufsuchen.

Seine Lippen waren so angeschwollen, dass er nur nuscheln konnte. Die Augen tränten, und sein Kopf dröhnte, als ob jemand von innen mit dem Hammer gegen die Schädeldecke schlug, aber er wartete, bis er wusste, was dem Hund fehlte.

Der Arzt schaute ihn ernst an. »Elektroschock, denke ich. Morgen ist er fitter als Sie. Gehen Sie in die Notaufnahme, Mann.«

Eine Stunde später lag er im Krankenhaus mit Infusionen und Kühlpacks auf dem Gesicht und verstand immer noch nicht, was geschehen war.

Sonntag

Sie hatten sich im Eingangsbereich des Amphitheaters untergestellt. Brauckmann, Oberstaatsanwalt Nederlof und Pieper, der Polizeipräsident. Alle wirkten angefressen, als Lichthaus seinen Bericht beendet hatte. Ihm war warm in dem Parka des Einsatzteams, den er trug, seitdem er seine Jacke angewidert von dem trocknenden Blut ausgezogen hatte und sich die Hände und das Gesicht intensiv in der kleinen Toilette des Kassierers hatte waschen können. Sie steckte mittlerweile in einer der Tüten der Techniker, und sollte er die Jacke jemals zurückbekommen, würde sie in den Müll wandern. Ein Uhr war schon lange durch, und die Müdigkeit nagte an ihm, was seine Sehnsucht nach Claudia und ihrem Bett unaufhörlich verstärkte. Er hatte sie kurz informiert und geschockt zurückgelassen in ihrer Welt der Kunst und des Schöngeistes, wo Mord und Todschlag so deplatziert wirkten. Merkwürdigerweise zeigte seine Psyche keine Risse, so wie nur zwei Tage zuvor. »Krieg ist Abstumpfung«, hatte er kürzlich in einem Kommentar zum Ersten Weltkrieg im Radio gehört, und das schien nun auch bei ihm zu greifen. Der dritte Tote innerhalb einer Woche zerrte zwar an seinen Nerven, zumal er dessen Sterben erlebt hatte, doch warf es ihn nicht um.

»Was für eine riesengroße Scheiße!« Pieper war noch ein Stück weit von diesem Zustand entfernt. Der Präsident vergaß die Etikette. »Erst Görgen, dann eine erschossene Kollegin und der Verletzte bei Ihrem Einsatz. Schließlich begeben wir uns vor die Presseidioten, um offensichtlich den falschen Täter zu präsentieren, und jetzt schlachtet der Richtige einen stellvertretenden Staatssekretär ab wie eine Sau beim Metzger. Was für eine riesengroße Scheiße!«, wiederholte er sich. »Morgen kommen die Reporter wie Schmeißfliegen angeschwirrt und machen uns fertig.«

Die anderen schwiegen und hefteten erwartungsvoll ihre Augen auf Lichthaus, der mit den Schultern zuckte. »Alles wieder fast auf null. Unser Ermittlungsansatz war stark auf die Familie ausgerichtet. Wir untersuchen zwar das sonstige Umfeld, aber das dauert. Außerdem müssen wir nun auch noch Kaiser und seine Strippen zu Görgen checken. Im Augenblick gibt es keine neuen Ergebnisse. Spleeth und sein Team sind bei der Arbeit, doch der Regen ist natürlich nicht gerade dienlich für genaue Untersuchungen. Die Fotos, die Frau Bergner vom Täter gemacht hat, wurden gesichert. Ich konnte eben einen Blick darauf werfen, verspreche mir aber nicht allzu viel davon, da das Bild körnig und verwackelt ist. Eventuell kann die Technik Wunder bewirken.«

Pieper fiel ihm ins Wort: »Was hatte eigentlich diese zugegebenermaßen knackige Bergner hier zu suchen?«

Lichthaus sah ihn überrascht an und erkannte, was los war. Pieper kam seinem feinen Anzug zufolge sicherlich von einer Feier und hatte anscheinend schon ein Glas zu viel, als ihn der Anruf von Kaisers Ermordung erreicht hatte. Auch Nederlof entging der Zustand des Präsidenten nicht. Er schmunzelte leicht.

»Sie ist genauso wie ich vom Täter telefonisch hierher beordert worden. Der ist übrigens über das Gelände der Grundschule gleich nebenan geflohen, er hatte das bereits vorbereitet. Leider haben die Kollegen ihn verloren. Auf seiner Flucht hat er einen Passanten zusammengeschlagen, wohl in einer Überreaktion, wurde aber von dessen Hund heftig gebissen. Hier sehe ich einen Ansatz, sofern er in ärztliche Behandlung muss. Die Krankenhäuser sind informiert. Hoffentlich bekommt er eine Blutvergiftung.« Alle grinsten. »Die Tat war sehr genau geplant und als große Show inszeniert. Er will der Welt eine Message zukommen lassen, die mit den Ermordeten zu tun hat.«

»Wieso bei beiden Morden?« Nederlof war nicht im Bild.

»Frau Bergner sagt aus, heute Abend habe derselbe Mann angerufen, der sie bereits gestern kontaktiert und behauptet hatte, Alexander Görgen sei nicht der Täter.«

Brauckmann meldete sich zu Wort: »Wo ist Kaiser hergekommen?«

»Wir wissen es noch nicht. Ich fahre gleich morgen früh zu seiner Frau nach Schweich, da erhalten wir eventuell mehr Informationen.«

»Ist sie bereits informiert?«

»Ja, wir haben eine Streife hingeschickt. Ich habe das für notwendig gehalten, nicht dass die Presse schneller ist. Außerdem wird ein Seelsorger über Nacht bleiben.«

Nederlof wandte sich an den Präsidenten: »Sehr gut. Weiß die Ahlers Bescheid? Wir müssen sofort eine Pressemitteilung rausjagen und die Regierung informieren, immerhin war Kaiser in Mainz eine mittelgroße Nummer.«

Pieper nickte. »Sie sitzt schon dran. Wie lange braucht die Technik noch?«

»Das kann ich Ihnen nicht sagen, einige Stunden denke ich, da auch der Fluchtweg unter die Lupe genommen wird. Außerdem stellt sich die Frage, wie Kaiser hierhergekommen ist. Wir suchen aktuell nach seinem Fahrzeug. Ich hoffe, morgen früh sind wir weiter.«

Der Präsident schaute auf seine Uhr und rieb sich die Augen. Sein Gesicht zerknitterte langsam, die Wirkung des Alkohols schien nachzulassen. »Um elf Uhr möchte ich spätestens einen vorläufigen Bericht auf meinem Schreibtisch. Der Fall hat allerhöchste Priorität, das muss ich ja wohl nicht erwähnen.« Alle nickten, dann löste sich die Versammlung auf.

Lichthaus ging auf den vorgezeichneten Laufwegen in die Arena und traf dort auf Siran, der ihn fragend anschaute.

»Was für eine Scheiße«, kam es ihm über die Lippen, als Lichthaus schwieg.

»Soweit war der Präsident eben auch schon. Wie sieht es aus?«

»Spleeth sagt, die Leiche kann gleich abtransportiert werden. Sie haben draußen einen kleinen Lieferwagen gefunden und vermuten, dass Kaiser darin hergebracht wurde. Sie werden wohl noch eine ganze Weile brauchen. Die von der Technik muss man nicht beneiden.«

Lichthaus sah Sirans große Augen, die vor Erschöpfung glänzten. »Warten wir mal ab, was da alles auf uns zukommt. Wir sollten nach Hause gehen. Hier sind wir überflüssig. Schlafen wir ein wenig, das wird kein Spaziergang.«

*

Der Sonntag quälte sich mit Wolken und leichtem Regen durch die Zeit, als Lichthaus den Besprechungsraum betrat und sein Team vollständig versammelt vorfand.

In den Nachrichten liefen bereits die Sondersendungen, die alle vor dem Amphitheater aufgezeichnet wurden, und er fragte sich kurz, wie die ganze Ausrüstung dort Platz fand.

Der Morgen begann mit einer Hiobsbotschaft. In Schweich hatte Kaisers Tochter Janina, die noch in der Nacht aus Aachen herbeigeeilt war, Siran und einen der Techniker mit verweinten Augen im Empfang genommen. Eva Kaiser war nicht ansprechbar gewesen, hatte unter starken Beruhigungsmitteln gestanden und geschlafen. Einzig, dass Kaiser auf einer Parteisitzung in Trier gewesen war, hatten sie aus ihr herausbringen können. Eine Katastrophe allerdings war, dass Unbekannte Kaisers Arbeitszimmer durchwühlt und den Computer mitgenommen hatten. Ordner lagen aus den Regalen gerissen verstreut im ganzen Raum. Laut Auskunft der Tochter war ihre Mutter spät von einer privaten Feier zurückgekehrt und hatte den Einbruch nicht bemerkt. Erst am Morgen hatte sie sich über die offene Tür gewundert und hineingeschaut.

Die KTU hatte sofort die Spuren gesichert, die sich für eine Fahndung jedoch als nicht ausreichend erwiesen.

Er war hundemüde. Sein Schlaf war unruhig gewesen, da aufwühlende Bilder durch seine Träume gegeistert waren wie Untote. Immer wieder stand er in der Küche Görgens, doch traf die Kugel nicht die Kollegin, sondern ihn, worauf sich das Blut aus der Kopfwunde schwallartig in seine Hände ergoss. Er sah zu, wie sich um ihm herum ein roter See ausbreitete, in dem Steinrausch, der tote Thomas Scherer mit wächsernem Gesicht, der malträtierte Kaiser und Tanja Jünflich mit zerschossenem Kopf herumtaumelten, hinschlugen und dann weg ins Nirgendwo trieben. Alle riefen ihm etwas zu, aber wie so oft in Träumen verstand er kein Wort. An dieser Stelle war er hochgefahren und hatte Sekunden gebraucht, um sich im dunklen Schlafzimmer zurechtzufinden, seinen rasenden Herzschlag und die rasselnde Atmung zu beruhigen. Hinterher hatte er ewig wachgelegen und sich, wie in solchen Momenten immer, auf die Suche nach seinem Fehler gemacht. Rein justiziabel betrachtet war er sauber, doch darum ging es ihm nicht. Seit Beginn der Ermittlungen hatten zwei Menschen den Tod gefunden. Zwei weitere lagen schwer verletzt im Krankenhaus, und er und sein Team waren dem Täter kein Stück näher gekommen. Ganz im Gegenteil beschlich ihn das Gefühl, dass dieser mit ihnen spielte und auch die Regeln festlegte. Diese Erkenntnis und der feste Wille, selbst das Spiel zu übernehmen, hatten seinen wegdämmernden Geist erfüllt, als er endlich wieder eingeschlafen war.

Der erste Lichtblick des Tages war Sophie Erdmann, die eigentlich bis zum kommenden Mittwoch in Urlaub sein sollte. Braungebrannt von der Sonne der Kanaren saß sie wie ein Fremdkörper zwischen dem blassen Siran und Steinrausch, denen er die Strapazen der Ermittlung von den Gesichtern ablesen konnte.

Er lächelte sie dünn an. »Was machst du denn hier?«

»Nach den Schlagzeilen vom Morgen wollte ich euch doch nicht hängen lassen.«

»Schön, dass du da bist.«

Sie war mittlerweile gut eineinhalb Jahre in Trier, hatte sich anfangs als hierher strafversetzt gefühlt, doch nun lebte sie in fester Beziehung mit ihrem Rechtsmediziner Stefan Güttler und machte nicht den Anschein, jemals wieder nach Mainz zurück zu wollen. Groß und gut aussehend wurde sie von männlichen Kollegen, aber auch manchem Kriminellen falsch eingeschätzt. Schnell hatte sie sich als großartige Kollegin und messerscharf denkende Polizistin erwiesen und war für Lichthaus inzwischen zur engsten Mitarbeiterin geworden. Da Claudia und er seit langem mit Güttler befreundet waren, verband sie über den Beruf hinaus eine enge Freundschaft.

»Wieweit bist du informiert?«

»Überhaupt nicht. Holger hat mich nur mit hierhergeschleppt.«

»Okay«, er sah in die Runde, »ich fasse die Ereignisse kurz zusammen.«

So schnell ging das dann nicht, und es dauerte noch mal lange, um die vielen Fragen der anderen zu beantworten. Dann trat er an das Whiteboard und wischte Alexander und Renate Görgen weg. »Die beiden sind eine Sackgasse.« Er schaute auf Siran und Steinrausch. »So leid es mir auch tut: Tanja Jünflich ist sinnlos gestorben, das wissen wir jetzt, ebenso sinnlos wurde der Kollege Wessler angeschossen und nicht weniger sinnlos ist Alexander Görgen verunglückt.«

»Sinnlos?« Siran schüttelte den Kopf.

»Ich habe eben eine Mail des Teams erhalten, das Kaisers Arbeitszimmer untersucht. Auch bei ihm ist ein Drohbrief aufgetaucht, den er laut Aussage seiner Frau erst vergangene Woche bekommen, aber nicht ernst genommen hat.« Er sah auf den Tablet-Computer. »Hier: *Auch du wirst bezahlen, Kaiser. Ich werde der Welt zeigen, was sich hinter deiner schönen Fassade befindet.*«

Brauckmann meldete sich zu Wort: »Hat die Technik einen Hinweis auf einen religiösen Hintergrund gefunden?«

»Spleeth will später noch zu uns stoßen, nur soweit er mich informiert hat, haben sie nichts dergleichen entdeckt. Ich habe gestern Nacht auch keinen Drohvers oder so etwas bemerkt.«

Sophie Erdmann schaute zweifelnd: »Können wir denn wirklich von demselben Täter ausgehen, auch wenn wir keinen religiösen Bezug finden? Ich meine, es ist doch eher ungewöhnlich, dass ein Mörder plötzlich seine Antriebsfeder aus den Augen verliert.«

»Ich weiß es auch nicht. Warten wir auf die Technik, vielleicht sehen wir dann klarer.« Er drehte sich zum Board und schrieb Kaisers Namen neben den von Horst Görgen und verband sie mit einer Linie, die er mit einem Fragezeichen garnierte. »Was bleibt: Wir suchen einen emotional aufgeladenen Mörder, der sich den Drohbriefen zufolge auf einem Rachefeldzug befindet. Neudeutsch gesprochen hat er eine Message, die wir jedoch bislang noch nicht verstanden haben. Der Ansatzpunkt kann, sofern sich unsere Ein-Täter-Theorie erhärtet, ab sofort nur die Frage sein, wodurch die beiden Männer Zielscheibe des Hasses wurden. Wo liegt der Zusammenhang?«

Alle nickten.

Steinrausch sprach zum ersten Mal an diesem Morgen: »Du hast gesagt, diese Bergner soll einen Artikel schreiben, damit der Mörder den liest. Heizt sie so nicht die Aggressivität dieses Verrückten noch mehr an?«

»Die Gefahr besteht sicherlich, und bevor sie grünes Licht bekommt, werden Herr Brauckmann und ich nachher mit einem unserer Kriminalpsychologen aus Mainz darüber diskutieren. Davon einmal abgesehen haben wir zwei weitere Felder zu beackern: die Privatsphäre und das Berufsleben von Kaiser und seine Berührungspunkte mit Görgen. Ich schlage ...« Spleeth kam herein und fiel auf einen der Stühle, »... vor, Sie fassen für uns die Ergebnisse zusammen und gehen dann ins Bett, Spleeth.«

Der Leiter der Kriminaltechnik grinste noch schiefer als sonst. »Wer's glaubt, wird selig. Eins vorweg: Der Mörder von Horst Görgen ist mit an Sicherheit grenzender Wahrscheinlichkeit auch der Mörder von unserem neuen Opfer.« Er machte eine Pause und wartete, bis sich das Gemurmel gelegt hatte. »Das Band, mit dem Görgen der Mund verklebt wurde, passt exakt zu dem an Kaisers Händen. Die beiden Stücke stammen nicht nur von der derselben Rolle, sie wurden sogar nacheinander abgeschnitten, die Schnittränder passen aneinander. Außerdem haben wir diverse biologische Spuren gefunden, die wir mit denen an der ersten Leiche vergleichen wollen. Einen Nachtrag zu Görgen: Der verwendete Elektroschocker konnte identifiziert werden. Das Produkt kommt aus den USA und ist in Deutschland nicht frei erhältlich. Er hat sechshundert Kilovolt und eignet sich dazu einen Ochsen von den Hufen zu hauen. Ein solcher Stromstoß, und du kippst um, es sei denn, dicke Kleidung hält einiges ab. Manche stecken den Schock auch besser weg – ich habe keine Ahnung, warum – und brauchen eine höhere Dosis, bevor sie umfallen. Andere wiederum sind sofort tot. Ein Wunder, dass der Hund von diesem Oberbillig eine solche Ladung überlebt hat. Nach dem jetzigen Stand der Dinge ist sie jedenfalls aus demselben Gerät gekommen wie die bei Kaiser.«

»Gehen wir also von einem Täter in beiden Fällen aus«, warf Sophie Erdmann ein, und alle nickten abermals zustimmend.

Spleeth nahm den Faden wieder auf: »Kaiser ist mit einem kleinen Lieferwagen transportiert worden, der in Biewer auf einem Betriebshof gestohlen worden ist. Leider gibt es da nirgends Kameras, wir sind eben nicht in England. Anscheinend ist das gestern erst passiert, denn als die Kollegen heute den Besitzer erreicht haben, war es noch nicht einmal aufgefallen. Fingerabdrücke haufenweise, aber keine, die wir schon gespeichert hätten. Auf der Transportfläche haben wir ein Ticket vom City Parkhaus gefunden. Dort hatte Kaiser seinen Mercedes geparkt.«

»Gibt es hier Filmaufnahmen der Überwachungskameras?«

»Haben wir gezogen, doch außer Kaiser selbst, der mit seinem Auto hineinfährt, ist niemand zu sehen. Die Parkdecks werden nicht überwacht. Angerufen hat der Täter übrigens mit dem Handy seines Opfers. Die anderen Verbindungen checken wir zurzeit durch. Auch die des zweiten Apparats.«

»Er hatte zwei Handys dabei?«

»Ja. Vielleicht hat er privat und beruflich getrennt.«

»Stimmt, das ist möglich. Was ist mit dem Kran?«

»Er hat die Fernbedienung benutzt. Wo er sie herhatte, kann ich nicht sagen, denn der Schaltkasten wurde ja erst von Lichthaus aufgebrochen. Wenn man sich auskennt, ist der Kran einfach zu handhaben. Eine Fernbedienung am Mann und praktisch jeder kann das Ungetüm aus bis zu einhundert Metern Entfernung steuern. Dazu braucht man noch nicht einmal Detailkenntnis, da nur ein Schalter bedient werden muss, um das Ding anzumachen und dann die Winde in Gang zu setzen. Das lernt man im Internet. Aber der Täter hatte sich gut vorbereitet, dazu kommen wir später noch. Außerdem hat er die Beleuchtung kurzgeschlossen. Das macht man nicht eben mal so.«

»Okay. Wie wurde Kaiser am Stahlseil befestigt?«

»Unspezifisch. Ein Standardseil, wie man es überall verwendet. Tragkraft bis einhundertfünfzig Kilo. Normaler Knoten.«

»Mist.«

»Auch das Stiefelprofil ist Standard. Ich denke, es ist eine Marke von der Stange.«

»Wie sieht es mit dem Foto aus?«, warf Siran ein.

»Da liegt bislang kein Ergebnis vor. Wir brauchen noch etwas Zeit, ihr habt uns ja ganz schön unter Beschuss. Was wir mittlerweile haben, sind die Filmaufnahmen vom Bahnhof, die der Kollege angefordert hat.« Er schloss ein mitgebrachtes Notebook an den Beamer an, während alle Augen zu Lichthaus wanderten.

»Julia Bergner wurde anonym von der Wartehalle aus angerufen. Das war am Freitag, als wir davon ausgegangen sind, Görgen ist unser Täter. Nur der Vollständigkeit halber wollte ich das noch abklären. Ich bin von einem Wichtigtuer ausgegangen.«

Nach wenigen Sekunden flimmerte ein granularer Filmausschnitt über das Whiteboard, doch die edelstählernen Säulen der Telefone in der Bahnhofshalle gleich rechts neben der Eingangstür waren gut zu erkennen. Es herrschte kaum Publikumsverkehr, als ein Mann in Jeans, Rollkragenpullover und einer Schirmmütze, die er tief ins Gesicht gedrückt hatte, an den ersten Apparat trat und kurz sprach. Anschließend drückte er sich aus dem Beobachtungswinkel der Kamera heraus.

Lichthaus war enttäuscht. »Und weiter?«

»In besagter Zeit ist er der einzige männliche Anrufer gewesen. Ansonsten hat nur eine alte Frau telefoniert. Auf den Einzelverbindungsnachweis warten wir noch. Der Typ ist glänzend über die Kameras informiert gewesen, denn auf keiner Aufnahme im Bahnhof ist auch nur ein Zipfel sichtbar. Er scheint allenfalls einsachtzig zu sein, wir haben das berechnet.«

»Ist der Drohbrief aus Kaisers Haus schon hier?«

»Nein.«

»Konntet ihr einen Hinweis auf einen religiösen Hintergrund finden?«

»Wieder nein. Aber wir sind auch noch nicht durch. Kaiser hatte eine Bankverbindung in Luxemburg, wir haben Unterlagen gefunden. Weder die Frau noch die Tochter hatten davon Kenntnis.«

»Komisch«, Steinrausch schüttelte den Kopf, »wenn ich ein Konto drüben hätte, wüsste meine Frau Bescheid.«

»Meine auch, aber vielleicht lügen sie uns an.« Lichthaus machte sich eine Notiz und wandte sich an den Staatsanwalt: »Wir brauchen eine Verfügung, um Zugriff auf die Konten zu bekommen, und zwar für hier und für Luxemburg, sonst machen die Herrschaften dicht.«

»Okay.«

Kurz darauf verließ Spleeth die Sitzung. Auch Oliver Brauckmann schaute gequält auf die Uhr. Es war fast elf, doch Präsident und Oberstaatsanwalt warteten schon. Die Zeit drängte, denn der Pressesturm hatte bereits Windstärke neun und würde nach dem Wochenende einem Orkan gleichen. Lichthaus graute davor.

»Gut, kommen wir zum Ende. Folgende Aufteilung schlage ich vor: Sophie und Holger durchleuchten Kaisers Privatleben. Sorgt bitte dafür, dass die Technik den Drohbrief so schnell wie möglich untersucht, und hängt euch an die Banken wegen des Schließfachs. Tiefenbach und seine Leute bleiben an den Unterlagen vom Alleenhof und nun auch von unserem zweiten Opfer dran. Steigt in die politische Szene hier vor Ort ein. Sucht nach Berührungspunkten zwischen den Toten und listet sie auf. Tragt ausnahmslos jede Gelegenheit zusammen, wo sich die beiden begegnet sein müssten, selbst wenn sie nur ein gemeinsames Bier getrunken haben. Wir beurteilen die Zusammenhänge später. Siran und ich werden uns in der Zwischenzeit um die Mainzer Tätigkeitsfelder von Kaiser kümmern.«

Im Hinausgehen traf er auf Sophie Erdmann. »Was sagt denn Stefan dazu, dass du heute sofort hierher bist?«

»Der steht mit einem Staatsanwalt im Keller des Brüderkrankenhauses und schneidet Kaiser auf.«

»Was?«

»So schnell kann's gehen. Sein Chef war um halb sieben an der Strippe und hat ihn aus den Federn gejagt. Ich weiß nur eins: Wir haben ein extrem heißes Eisen in der Hand.«

*

Die Schaltung stand, und Lichthaus konnte so direkt von seinem Büro aus mit Arnd Donnweiler in seinem Haus bei Heidesheim sprechen, als befänden sie sich in einem Raum. Der schlanke Typ mit wasserblauen Augen, die ihn intensiv durch die Kamera musterten, war Kriminalpsychologe beim LKA und hatte sich in den Fall eingearbeitet. Sein Haar war vorzeitig ergraut, besser gesagt schlohweiß, doch er trug es halblang bis auf die Schultern. Hinter seinem freundlich lächelnden Gesicht sahen er und Brauckmann, der neben ihm saß, Regale vollgestopft mit Büchern.

»Ich sehe schon, Sie sind noch auf der Arbeit.« Das Lächeln des Psychologen wurde breiter. »Die zwei Ps machen Ihnen wohl Dampf.«

»Zwei Ps?« Brauckmann verstand nicht.

»Presse und Politik, eine Mischung des Grauens: Keine Ahnung von der Materie aber darüber schwadronieren, was das Zeug hält. Nun, das gehört dazu. Lassen Sie uns beginnen. Zuerst brauche ich die aktuellen Informationen, und ich sage gleich, meine Analyse wird nur oberflächlich sein können, ich muss die Einzelheiten länger prüfen und mit unserem Analystenteam diskutieren.«

Lichthaus hatte mit einem solchen Einwand gerechnet. Die Kriminalpsychologen sammelten die Fakten einschließlich der Tatortfotos und aller Spuren, die gefunden wurden und leiteten hieraus meist im Team ihre Vermutungen ab. Das dauerte und man ließ sich nicht gerne zu Schnellanalysen drängen, die falsch sein und Schaden anrichteten konnten. Donnweiler machte hier keine Ausnahme und Lichthaus verstand diese Haltung, aber er brauchte Antworten.

»Es geht nicht um eine abschließende Analyse, die können Sie in Ruhe durchführen, doch es gibt einzelne Punkte, die uns irritieren und über die wir dringend diskutieren müssen. Das duldet keinen Aufschub.«

»Nun, dann legen Sie mal los.«

Lichthaus erzählte alles von Anfang an und ließ nicht das kleinste Detail aus. Wieder einmal kam er zu dem Schluss, dass sein Tablet eine sinnvolle Investition gewesen war, auch wenn er das Ding privat angeschafft hatte. Mit wenigen Klicks fand er die Informationen, die er brauchte, und sendete sogar einige Fotos auf Donnweilers PC. Der Psychologe schwieg während der Zusammenfassung und notierte viele Seiten. Es dauerte, bis Lichthaus zum Ende kam.

Der Analytiker blies die Backen auf. »Da hängt Ihnen ja ganz schön was am Bein. Aber nun zu Ihren Fragen.«

»Wie müssen wir uns den Täter und seine Gemütslage vorstellen? Dass er emotional angespannt ist, kann wohl jeder sehen.«

»Das kommt drauf an. Es könnte sich um eine Form des Rächens handelt, die wiederum auf stark empfundene Idiosynkrasie - also Hass - zurückzuführen ist. Ich will hier nicht dozieren, doch um zu verstehen, was ich in einer Ad-hoc-Analyse zu erklären versuche, sollten Sie diese Zusammenhänge begriffen haben.« Er wartete, als jedoch keine Nachfrage gestellt wurde, fuhr er fort. Lichthaus musste innerlich lächeln, als er zusah, wie Donnweiler in seinem Stuhl zurücksank und mit geschlossenen Augen sprach. »Hass ist immer Folge einer Demütigung. Es wird nicht nur Frust oder Kränkung, sondern echtes Gequältsein verspürt. Ihr Täter wurde gegebenenfalls einer massiven Qual ausgesetzt, die natürlich nicht körperlich erfolgt sein muss und ebenso gut mentaler Art gewesen sein kann. Dieses objektiv wahrgenommene Unglück bewirkt Hass und ist somit nicht ein einziger Reflex, sondern eher ein andauernd existenter Gefühlskomplex.«

»Das bedeutet, der Mann hasst schon seit Langem und nun geht er auf Rachefeldzug?«, versuchte Brauckmann zu verstehen.

»Ja. Vielleicht hat er auf die richtige Gelegenheit gewartet. Hassgefühle schlummern manchmal schier unendlich. Sehen Sie, wie bei Krimhild im Nibelungenlied. Nachdem Hagen von Tronje ihren Ehemann Siegfried umgebracht hat, wartet sie dreizehn Jahre, bis sie mit Etzels Brautwerbung die ersehnte Möglichkeit bekommt. Aber ich greife etwas vor. In diesem Gefühlskomplex strebt der Hassende nach Wiedergutmachung für seine Demütigung, nach seiner Gerechtigkeit, wie krude diese auch sein mag. Er will eine Situation der Macht über die Quelle seiner Qual. Wissenschaftler sprechen hier von der heißen Phase in einer Unterlegenheits-Überlegenheits-Spirale. Der Ausgleich erfolgt durch die Rache. Da der Gedemütigte glaubt, ein Recht auf sie zu haben, empfindet er bei seinen Taten keinerlei Reue oder Skrupel, sondern nur Genugtuung und Gerechtigkeit. Die einzige Angst, die er möglicherweise hat, ist die vor den eventuellen strafrechtlichen

Folgen, da diese wiederum als ungerecht empfunden würden.« Donnerweiler beugte sich über seine Notizen. »Sie haben eben ausgeführt, dass der Mörder im Rahmen der zweiten Tat keinen religiösen Hintergrund mehr hervorhebt. Ich interpretiere die Hinweise auf Freikirchen als ein gezieltes Ablenkungsmanöver und vielleicht auch als Teil seines Plans. Als Versuch Görgen zum Sündenbock zu stilisieren. Stellen Sie sich nur den Erfolg vor, den Mann gleich zweimal zu bestrafen: erstens ihn zu töten und zweitens seinen Sohn ins Gefängnis zu bringen und dabei persönlich ungeschoren davon zu kommen.«

Lichthaus merkte auf: »Dem Muster sind wir dann ja schön gefolgt. Nur, warum gibt er die Maskerade auf?«

»Ja, das ist problematisch, und jetzt wird es sehr spekulativ, da uns Indizien fehlen. Eine mögliche Interpretation ist die, dass der Täter das bisher erreichte noch nicht als ausreichend, also als die Qual ausgleichend, ansieht. Er ist gezwungen seinen Rachefeldzug fortsetzen, selbst für den Preis, seine Tarnung aufzugeben. Wann die Tat als gesühnt angesehen wird, ist personenspezifisch und somit hier nicht zu beurteilen. Die Frage, die Sie nun klären müssen, ist, wo hat die Demütigung gelegen? Geht es um die Wiederherstellung des Selbstwertes, von Sicherheit oder der Gerechtigkeit? Da sollten Sie drauf achten. Im ersten Fall haben Sie es mit einer narzisstischen Störung zu tun gehabt, der eine Traumatisierung vorweggegangen ist, die allerdings subjektiv als solche wahrgenommen wurde und daher von außen schwer zu erkennen ist. Eventuell finden Sie einen Verdächtigen, der bereits in psychologischer Behandlung war. Alexander Görgen war eine gute Wahl, leider aber wohl die falsche.« Bedauernd schüttelte der Kriminalpsychologe seinen Kopf, wobei sein schlohweißes Haar sanft hin und her wogte. »Die Herstellung von Sicherheit führt nun jedoch zu einem zweiten Aspekt. Wenn der Rächende einen einstmals als sicher empfundenen Zustand erneut zu erreichen sucht und dies nur zuwege bringt, indem er brutal straft, kann seine Gemütslage durchaus anders - rationaler - sein. Man ist geschädigt worden und will nun verhindern, wieder der Leidtragende zu sein. Mafiamorde zum Beispiel folgen diesem Muster.

Wird ein Mitglied der Familie getötet, muss die feindliche Familie ein ebensolches Opfer bringen, damit wieder Ruhe herrschen kann. Dagegen ist das Streben nach Gerechtigkeit vielseitig und auch subjektiv. Die immanente Gerechtigkeit glaubt an ein richtendes Schicksal und wartet auf den Ausgleich. Die ultimative Gerechtigkeit folgt auf die immanente Gerechtigkeit. Der Glaube an eine übergeordnete Kraft schwindet und lässt den oder die Täter aktiv werden. Suchen Sie nach Situationen, in denen die beiden Opfer, gemeinsam oder nacheinander, Konflikte mit Personen hatten, die genau an dieses Gerechtigkeitsgefühl rühren. Das kann in jedem Lebensbereich erfolgt sein, ich vermute aber, dass die politische, die berufliche Ecke am meisten versprechen. Leider gibt der Drohbrief hier keine eindeutige Auskunft.«

Donnweiler hielt inne und trank aus einer Tasse irgendein Getränk, das nicht nach Kaffee aussah, und Lichthaus nutzte den unterbrochenen Redestrom, um eine Frage anzubringen: »Wie sind Ihre Erfahrungen aus anderen Fällen?«

»Nun, Sie haben es relativ einfach, da der oder die Mörder über die Auswahl der Opfer Ihrer Suche eine Richtung vorgibt. Sie können Querverbindungen herstellen. Das heißt jedoch auch, es könnte ihm egal sein, ob Sie ihn schnappen. Sollte seine Rache noch weitere Personen betreffen, werden diese durch die Ermittlungen extrem gefährdet, denn er weiß natürlich, dass er sich beeilen muss.«

Brauckmann hob die Hände. »Die potenziellen Opfer kann ich aber erst warnen, wenn ich den Täter kenne.«

Donnweiler lächelte sardonisch. »Das ist wie in einer Tragödie von Sophokles.«

»Von wem?« Lichthaus verstand nicht.

»Einem griechischen Dichter«, Brauckmann grinste schwach.

Das Gesicht verschwamm auf dem Bildschirm, als der Analytiker sich ruckartig bewegte, um fortzufahren. »Das Problem ist hier die Frage, wie sensibel Ihr Mörder für Ungerechtigkeiten ist. Es bleibt Ihnen nichts anderes übrig, als alle Möglichkeiten abzuklopfen. Beschränken Sie sich aber zunächst auf augenfällige Ereignisse. Die Wucht der Rache zeigt tiefste Verletztheit, die nach

Ausgleich schreit. In meinen Augen geht es nicht um eine Lappalie.«

»Er hat eine Reporterin zum Tatort gelotst, damit diese die Tat beobachtet. Sollen wir der Frau grünes Licht für einen Artikel geben?«

»Natürlich. Das wird ihn vielleicht etwas herunterbringen.«

*

Die Pressekonferenz war ein Spießrutenlauf. Vor Ulrike Ahlers war eine Unzahl an Mikrofonen aller Sender aufgestellt, der Pressesaal, in dem ein ständiges Blitzlichtgewitter niederging, hell von Scheinwerfern erleuchtet. Pieper wirkte wie ein geprügelter Hund und beantwortete wortkarg die nicht enden wollenden Fragen der Reporter. Insbesondere der Vorwurf, einen Unschuldigen bezichtigt und zu einer Straftat getrieben zu haben, hing wie ein Damoklesschwert über ihnen. Zum Stand der Ermittlungen sagten sie kaum etwas, versteckten sich hinter ermittlungstaktischen Gründen. Das Palaver dauerte annähernd eine Stunde.

Als Lichthaus endlich dem stickigen Raum entfliehen konnte, dröhnte sein Kopf, und ein Blick in die Runde zeigte ihm, dass die anderen sich ebenfalls nicht gut fühlten. Der Polizeipräsident trug eine angespannte Miene zur Schau, doch zollte ihm Lichthaus Respekt. Er hatte sich breit vor seine Beamten und insbesondere die Kommission gestellt und wenig Kritik an deren Arbeit zugelassen, hatte auf die Fülle an Beweisen gegen Görgen hingewiesen, war aber auch auf die Zweifel innerhalb der Ermittlergruppe eingegangen, die in der vorhergehenden Pressekonferenz schließlich angeklungen seien.

Fünf Minuten später war Lichthaus zurück im Büro und rief kurz Claudia an, die bei ihren Eltern in Wittlich war, um dann Henriette mit nach Hause zu bringen. Wochenenden wie diese hasste Lichthaus von ganzem Herzen. Seine Familie unternahm notgedrungen etwas allein, während auf der Dienststelle die Kacke am Dampfen war, wie Steinrausch zu sagen pflegte. Glücklicherweise kam es nur selten vor, dass sie selbst am Sonntag ermitteln mussten, auch wenn in Trier aufgrund der Nähe zur Grenze nach Luxemburg nicht gerade wenig Kriminelle unterwegs waren.

Im Nachbarraum dampfte Sirans Çaydanlik vor sich hin, und er nahm gerne den angebotenen Tee. Steinrausch schaute abwesend aus dem Fenster, und Lichthaus beugte sich zu ihm hinüber. »Geht's?«

»Busse hat mich ganz gut aufgebaut, sagt, es wäre ein Wunder, dass ich noch nie in einer solchen Situation gewesen sei. Er hat dann einige Beispiele gebracht, und du warst natürlich auch dabei, doch eigentlich hilft das alles nur, wenn man beschäftigt ist. Eine Sekunde Pause, und deine Gedanken drehen sich von vorne um die eigene Schuld.«

Er klopfte Steinrausch mitfühlend auf die Schulter und log: »Glaub mir, eines Tages ist es vorüber. Du konntest nicht mit Görgens Reaktion rechnen, also mach dir nicht allzu viele Vorwürfe.«

Der Çay strömte warm durch seinen Körper, und wie üblich hatte Siran etwas Süßes mitgebracht. Heute waren es Blätterteigtaschen mit Apfelmus und Zimt.

»Ich musste mich gestern ablenken und habe lange gebacken, bevor du mich ins Amphitheater genötigt hast.«

Lichthaus lächelte den Kollegen an, der sich oft beim Backen oder Kochen entspannte. Einmal hatte er Siran abgeholt und von draußen beobachtet, wie der mit Töpfen und Pfannen hantiert hatte. Er sang dabei fremdklingende Lieder und schien sich so ein Stück Heimat auch hier in Trier zu bewahren.

»Was gibt es Neues?«

Sophie Erdmann streckte sich. »Kaum etwas, eigentlich nichts, was der Rede wert wäre. Der Drohbrief ist mit einem Laserdrucker erstellt worden. Also Essig. Die Banken erreichen wir heute natürlich nicht, und das Bild vom Täter kannst du vergessen.« Sie öffnete eine Datei und drehte Lichthaus den Bildschirm zu. Er seufzte. Die Kamera hatte einen der Scheinwerfer fokussiert, der zwar gestochen scharf zu sehen war, der Mörder dagegen nur schemenhaft. Ein Mann, das war deutlich, aber mehr war nicht zu erkennen.

»Ist eine weitere Optimierung möglich?«, wollte er wissen, doch Sophie schüttelte den Kopf. »Schade. Sonst neue Spuren?«

»Spleeth hat eine ganze Liste der ausgewerteten Spurenträger gebracht. Sehr interessant, wenn wir den Täter haben und eindeutig überführen wollen, bei der Suche nach ihm allerdings ohne Relevanz.«

Lichthaus zuckte mit den Schultern und sah in resignierte Gesichter. »Das hat heute dann wohl keinen Zweck mehr. Ich schlage vor, wir warten bis morgen alle Stellen geöffnet sind, die wir kontaktieren wollen. Allerdings könnten Holger und Siri schon einmal zu diesem Oberbillig ins Krankenhaus fahren. Bohrt ein bisschen nach, schließlich war er dem Mörder so nahe wie sonst niemand, den wir kennen und der noch lebt. Sophie und ich besuchen gleich die Kaisers. Morgen Vormittag sind Siri und ich in Mainz. Ich muss genau wissen, was Kaiser da getrieben hat.«

*

Eva Kaiser saß weinend in einem Sessel und presste sich ein Taschentuch vor den zuckenden Mund. Tränen liefen ihr in Strömen die Wangen hinunter. Sie war eine einstmals gut aussehende Frau, die in die Jahre gekommen war. Krähenfüße hockten an den jetzt ungeschminkten Augen, die ersten Altersflecke stachen im harten Kontrast auf der blassen Haut hervor und kleine Fettpolster drängten über den Gürtel.

Der Raum zeugte von gutem Geschmack – wertvolle Teppiche in warmen Farben, passend zur einladenden Couchgarnitur, geschmackvolle Bilder an den Wänden. In einem Ofen knisterte ein Feuer, das von der Fußbodenheizung unterstützt, das Wohnzimmer behaglich erwärmte. Als Lichthaus und Sophie Erdmann eintraten, hatte Eva Kaiser nur kurz aufgesehen und sich dann abgewandt, in den Garten gestarrt, über dem die Dunkelheit hereinbrach.

Sie warteten einige stumme Sekunden, doch als sie nicht weiter beachtet wurden, begann Lichthaus das Gespräch: »Frau Kaiser, wir müssen einiges mit Ihnen besprechen, das helfen soll, das grauenhafte Verbrechen an Ihrem Mann aufzuklären.«

»Waren Sie dabei?« Die Stimme war nur ein Flüstern. »Jemand hat mir gesagt, ein Kommissar sei dort gewesen.«

»Das spielt ...«

»Nun, Herr ... äh ... Lichthaus?«

»Ja, ich war im Amphitheater und habe versucht, Ihren Mann zu retten.«

»Versagt, kläglich versagt!« Eine laute, unfaire Feststellung, keine Frage, doch er hatte nun ihre ganze Aufmerksamkeit.

»Wenn Sie es so sehen wollen: Ja, ich konnte ihm nicht helfen, aber glauben Sie mir, in dieser Situation hätte es eines Wunders bedurft.«

Sie schaute ihm lange in die Augen und was sie darin las, schien sie ein wenig zu beruhigen. »Entschuldigen Sie, ich wollte Ihnen nicht zu nahe treten.«

»Schon gut. Können wir beginnen?« Sie nickte nur, und er fuhr fort. »Wann hat Ihr Mann gestern das Haus verlassen?«

»Es wird so gegen sechs gewesen sein. Ich war ziemlich sauer, da wir bei sehr guten Freunden eingeladen waren und er wegen dieser verdammten Parteisitzung nicht hingehen wollte. Es hat Streit gegeben, aber am Ende ist er doch gegangen, und ich bin allein zur Feier.« Ein Blick, der alle Gedanken beschrieb, die durch ihren Kopf fluteten, all das Wenn und Aber widerspiegelte, streifte Lichthaus und Sophie Erdmann, die nun weiterfragte: »Um was für eine Sitzung hat es sich gehandelt?«

»Routine. Scheißroutine. Die regionalen Parteispitzen treffen sich am ersten Samstag im Monat in diesem Restaurant am Stockplatz, um anstehende Punkte zu diskutieren. Samstags! Einmal ohne ihn, oh Gott, was wäre gewesen, wenn sie einmal ohne ihn hätten auskommen müssen, diese aufgeblasenen Idioten.«

»Mama bitte, das führt doch zu nichts.« Janina Kaiser hatte in der Tür gewartet und trat nun vor. Sie war hübsch, ihrem Vater äußerlich sehr ähnlich, aber auch die arrogante Überheblichkeit, die dieser ausgestrahlt hatte, wie die Sonne das Licht, war ihr zu eigen. »Papa ist tot, und wir sollten der Polizei helfen, seinen Mörder zu fassen.« Sie strich sich eine Strähne ihres langen, kastanienbraunen Haars aus dem Gesicht und stellte sich zu ihrer Mutter, die sie ablehnend musterte.

»Ich muss das alles erst einmal begreifen, mich in dieser Situation zurechtfinden, kannst du das nicht verstehen?«

»Doch, nur die Herrschaften von der ...«

»Lass mich in Frieden«, brauste Eva Kaiser auf. »Dein Vater liegt ermordet in irgendeinem Kühlhaus und wird obduziert. Der Täter ist mir heute scheißegal.«

Sophie Erdmann unterbrach den Streit: »Hatte Ihr Mann Feinde?«

»Nein«, antworteten beide Frauen wie aus einem Mund und schwiegen dann.

»Ich bitte Sie«, Lichthaus schüttelte den Kopf, »in seiner Position hat man doch Feinde.«

»Aber nicht solche. Ich kenne niemanden, der ihn umbringen würde.« Eva Kaisers Gesicht war grau geworden.

»Mein Vater hatte gewiss einige Streitereien im Ministerium, nur haben die alle, und niemand wird gleich ermordet.« Die Tochter hatte helle Haut, und trotz des fortgeschrittenen Winters konnte er Sommersprossen auf der schmalen Nase erkennen.

»Denken Sie an jemand Speziellen?«

»Nein, ich bin seit vielen Jahren in Aachen, erst zum Studium und jetzt als Assistentin, da blieb nicht die Zeit, um sich über so etwas zu unterhalten. Das war Nebensache, einfach zu unwichtig, um ein Thema draus zu machen.«

»Er hat nie von Drohungen oder Ähnlichem gesprochen?«

»Mit mir nicht.« Janina schaute auf ihre Mutter.

»Nun, mein Mann war sehr verschwiegen.«

»Was ist mit dem Drohbrief?«

»Das ist der einzige gewesen, den ich je zu Gesicht bekommen habe. Egbert hat darüber gelacht.«

»Trotz des Mordes an Horst Görgen?«

»Ja. Sehen Sie hier eine Verbindung?«

Lichthaus wich aus, wollte keine Erkenntnisse an die Öffentlichkeit dringen lassen. »Wir prüfen alles. Die Kollegen haben Hinweise auf eine Bankverbindung der hiesigen Sparkasse und eine in Luxemburg gefunden. Haben Sie die Unterlagen?«

Eva Kaiser schüttelte den Kopf, während er aus den Augenwinkeln heraus beobachtete, wie Janina ihre Mutter anfunkelte.

»Diese Dinge befinden sich im Arbeitszimmer. Für das Sparkassenkonto habe ich eine Vollmacht, von einem Konto in Luxemburg weiß ich nichts.«

»Hat Ihr Mann einen Safe oder ein Bankschließfach gehabt?«

»Wir haben einen Safe oben im Schlafzimmer, da liegen aber nur mein Schmuck und private Papiere drin. Ihre Kollegen haben den bereits gesichtet.«

Lichthaus drehte sich um. »Wissen Sie etwas?«

Janina Kaiser wirkte überrascht: »Ich, wieso denn ich?«

Du bist ganz die Tochter deines Alten, ging es ihm durch den Kopf. Die junge Frau log annähernd perfekt, fast unmerklich hatte sich ihre Stimme nur um eine Nuance erhöht.

»Es kann ja sein, dass er Ihnen Dinge anvertraut hat, die Ihre Mutter nicht hören sollte oder anders wahrgenommen oder vergessen hat.«

»Nein, meine Eltern haben eine harmonische, ehrliche Beziehung geführt.«

»Das beantwortet nicht meine Frage.«

»Ich weiß nichts von den Geschäften meines Vaters.« Nun hatte sie sich vollkommen im Griff, doch Lichthaus fixierte sie den einen Augenblick länger, der ihr zeigte, dass er zweifelte. Sie blinzelte. »Nun, gibt es sonst noch etwas? Ich würde mich gerne um meine Mutter kümmern.«

Fünf Minuten später saßen sie im Auto.

»Und?«

Sophie Erdmann verstand. »Sie lügt – also die Tochter. Ich habe den Eindruck, sie will erst mal selbst checken, was da ist, bevor sie es uns offiziell untersuchen lässt.«

Lichthaus nickte. »Ja, sie weiß Bescheid, nur warum mauert sie?«

»Gier? Vielleicht befürchtet sie auch, es könnten Dinge herauskommen, von denen sie partout nicht will, dass sie in die Öffentlichkeit dringen.«

»Eben. Sie wird ab sofort observiert. Mal sehen, was passiert. Was hältst du von der Ehefrau?«

»Sie hat keine Ahnung. Er hat sie bewusst rausgehalten. Mein Mann war sehr verschwiegen – so ein Unsinn. Du redest doch sicherlich mit Claudia über die Arbeit, also über das, was dich am Tag so beschäftigt, oder?«

»Ja, natürlich.«

»Die Frau ist außen vor geblieben, aber die Tochter scheint mehr von ihrem Vater zu wissen.«

»Das wird nicht einfach, die ist aalglatt, genau wie der Alte.«

*

Um exakt acht Uhr klingelte sein Handy und Lichthaus zuckte nervös zusammen. Auch in Claudias Augen flackerte Beunruhigung.

»Nicht noch einer.« Doch der Blick auf das Display zeigte ihm eine unbekannte Nummer.

»Ja?«

»Herr Lichthaus?« Die Stimme war sonor und fuhr, als er bestätigte völlig akzentfrei ohne jeglichen Dialekt fort: »Mein Name ist Jan Brünjes. Ich bin Reporter.«

»Wenden Sie sich bitte an die Pressestelle des Präsidiums, ich spreche nicht mit der Presse.«

»Da hat mir Frau Bergner aber etwas anderes erzählt.«

Daher also wehte der Wind. »Ich vermute, von ihr haben Sie auch diese Nummer.«

»Genau. Sie hat gemeint, meine Recherchen könnten für Ihre Ermittlungsarbeit von Wert sein, und so habe ich an eine Win-win-Situation gedacht.«

»Nein, daraus wird nichts, Ihr win wären interne Informationen, die unter Verschluss stehen.«

Claudia feixte, um ihm zu bedeuten, das Gespräch zu beenden, und er nickte ihr sachte zu.

»Hören Sie doch bitte erst einmal zu, bevor Sie dichtmachen.«

»Keine Fakten!«

»Das habe sogar ich jetzt begriffen.« Brünjes wirkte genervt. »Seit einigen Monaten recherchiere ich über vermeintlich kriminelle Machenschaften, in deren Zusammenhang der Name Doktor Egbert Kaiser aufgetaucht ist.« Er schwieg.

»Und?«

»Win-win, Herr Kommissar.«

»Sie wissen, dass Sie Tatsachen weitergeben müssen, die ...?«

»Quellenschutz, das brauche ich Ihnen doch nicht erst erläutern, oder?«

Lichthaus verdrehte die Augen. Der Reporter hatte ihn angefixt. »Was stellen Sie sich vor?«

»Sie müssen Vorschriften befolgen, das ist mir klar. Ich würde zunächst einmal nur meinen Stand der Dinge darlegen. Anschließend wünsche ich mir, dass Sie das ein oder andere bestätigen. Im Augenblick halte ich ein Bündel loser Enden in der Hand und kann sie nicht richtig verknüpfen. Mit Ihrer Hilfe sehe ich da Möglichkeiten, die auch für Sie von Nutzen sind. Ich erwarte nur, bevorzugt informiert zu werden, sobald die Sache durch ist, damit ich die Chance habe, die Story vor der Konkurrenz zu bringen.«

Lichthaus dachte kurz nach. »Solche Absprachen darf ich nicht treffen. Selbst inoffiziell geht das kaum. Sie können freiwillig mit uns kooperieren und müssen abwarten, was für Sie rausspringt. Ich werde morgen mit dem zuständigen Staatsanwalt sprechen und mich anschließend an dessen Vorgaben halten.«

»Okay. Ich komme nach Trier, dann bin ich direkt vor Ort.«

»Warum das?«

»Wenn ein Mann ermordet wird, der in meinen Recherchen eine gewisse Rolle spielt, kann ich nicht tagelang warten.«

»Wie Sie wollen. Rufen Sie mich auf dieser Nummer an, sobald Sie hier sind.«

Lichthaus hängte ein und dachte über Brünjes Vorschlag nach. Der Journalist wusste offensichtlich Details, die ihm unbekannt waren, und konnte sehr nützlich sein. Er würde sich ins Zeug legen, um Brauckmann zu überzeugen.

Er saß noch nicht, als das Telefon erneut klingelte. Was war denn nun schon wieder?

Genervt riss er den Hörer hoch und schnarrte: »Ja.«

Die gleiche dunkle Stimme, ein wenig rau, fast rissig: »Nun, Herr Kommissar, wie hat Ihnen unsere Strafaktion gefallen?«

Lichthaus versteifte sich und drückte die Aufnahmefunktion. »Woher kennen Sie meine Nummer?«

»Warum so unfreundlich? Kaiser hatte sie auf seinem Handy gespeichert. Von dem rufe ich übrigens an, Sie können sich die Arbeit, die Rufnummer zurückzuverfolgen, also sparen. Zur Ortung: Ich gehe in der Innenstadt spazieren.« Er lachte. »Sie haben meine Frage nicht beantwortet.«

Er schaute gehetzt zu Claudia, die die lärmende Henriette nahm und hinausging. »Was soll das? Was wollen Sie mir beweisen, Herr ...«

»Müller ... oder Meier ... oder Schulze«, erneut ein Lachen ohne Wärme, »oder wie Sie mögen. Netter Versuch. Wir möchten Sie warnen. Kommen Sie uns nicht in die Quere!«

Lichthaus überhörte die Drohung. »Wieso töten Sie?«

»Wir sorgen für Gerechtigkeit.«

»Wer sind wir?«

»Finden Sie es heraus.«

»Ich glaube Ihnen nicht. Sie arbeiten allein. Unsere ...«

»Denken Sie was Sie wollen.« Die Stimme war barsch.

»Warum Görgen und Kaiser? Was ist mit Alexander?«

»Wie gesagt: Finden Sie es heraus. Ihr seid auf den religiösen Hokuspokus reingefallen. Wie die Lemminge seid ihr der Spur gefolgt und musstet bei dem Jungen landen. Einfach köstlich.« Er lachte wieder.

»Was soll das Verwirrspiel, wenn Sie anschließend Kaiser ermorden?«

»Bestrafen! Wir wollen und wir werden bestrafen!«

Lichthaus' Nackenhaare sträubten sich. Die Ankündigung einer weiteren Tat. »Sie sollten aufhören. Was auch immer geschehen sein mag, die Morde machen es nicht besser.«

Er schien einen wunden Punkt berührt zu haben, denn mit einem Mal fauchte der Mann vor Wut in den Hörer: »Sie wissen überhaupt nicht, worum es hier geht.«

»Klären Sie mich auf!«

»Lassen wir das. Ich will Sie nur warnen, kommen Sie uns nicht in die Quere.«

»Doch, ich werde Sie jagen.«

»Eine nette Familie haben Sie da. Eine süße kleine Tochter und eine hübsche Frau.«

»Lassen Sie meine Familie ...«

»Es wäre doch zu schade ...«

»Lass sie in Ruhe, du Drecksau«, schrie er aus vollem Hals, »sonst bring ich dich um!«

»Sieh an, mir scheint, jetzt verstehen Sie.« Ein Klicken und weg war das Gespräch. Lichthaus starrte noch wutentbrannt auf den Hörer, als Claudia hereinkam. Er erzählte ihr von der Drohung und bat sie inständig, vorsichtig zu sein. Sie nickte mit angstgeweiteten Augen.

Manchmal hasste er seinen Job.

Montag

Alexander Görgen starb um vier Minuten nach zwei, als alle schliefen.

Sabine Görgen hatte mit ihrer Tochter Lea tagsüber in Koblenz Besorgungen gemacht und war früh zu Bett gegangen. Doch sie hatte noch lange wachgelegen, über die Zukunft gegrübelt und sich schließlich in einen rastlosen Schlaf geweint.

Roland hatte bis nach Mitternacht in seinem häuslichen Büro gearbeitet, dann war er unter die Decke geschlüpft und sofort eingeschlafen. An seinen Bruder hatte er während des Tages kaum einen Gedanken verschwendet. Ihre Mutter, zurück auf dem Alleenhof, war in der Krise haltlos umhergetrudelt und allein von einem satten Psychopharmaka-Cocktail in unruhigem Halbschlaf durch die Nacht geschoben worden.

Kein Gebet, kein guter Wunsch hatten den Schwerverletzten auf seiner letzten Reise begleitet, die begonnen hatte, als sich ein winziges Stück Knochenmark auf den Weg begeben und zu einer tödlichen Lungenembolie geführt hatte. Der geschwächte Körper bäumte sich nicht einmal auf, sondern rutschte wehrlos in den Tod, als der Kreislauf kollabierte. Einzig Lucien Mbaye und sein Team hielten dagegen, jedoch ohne Erfolg. Später wurde das übliche weiße Tuch über den malträtierten Leib gezogen und Ruhe kehrte ein. Alexander Görgen hatte seit seinem Unfall das Bewusstsein nicht wiedererlangt.

*

Siran fuhr gerade in die Kaiser-Friedrich-Straße in Mainz ein, als Lichthaus' Handy losbrüllte, was er mit einem schrägen Blick aus dunkeln Augen quittierte.

»Johannes? Hier Steinrausch.« Der Kollege wirkte angespannt. »Wir haben ein Schließfach in Luxemburg gefunden.«

»So schnell?«

»Nun, so schnell wird daraus nichts werden. Wir haben einen Kontoauszug der Deutschen Bank in Luxemburg gefunden und von der Staatsanwaltschaft dort anrufen lassen. Erstaunlicherweise haben die Behörden sofort mit Brauckmann kooperiert und eben per Fax schon die Konten und das Fach bestätigt. Er muss allerdings den Dienstweg gehen, um Einsicht und Zugriff zu bekommen. Das kann dauern.«

»Egal, allein die Tatsache ist bereits ein Fortschritt. Was ist mit der Tochter, dieser Janina?«

»Die könnte uns noch helfen.« Lichthaus spürte, wie Steinrausch grinste, und freute sich darüber. In unaufmerksamen Momenten sog die Routine ihn auf und lenkte ab. »Die junge Dame ist vor einer halben Stunde in Richtung Luxemburg losgefahren. Wir haben den Zoll informiert. Die sind vor Ort, um sie oben bei Sirzenich abzufangen. Unser Team hängt an ihr dran.«

»Sehr gut. Haltet mich auf dem Laufenden. Liegen schon Hinweise auf eine Verbindung zwischen den Opfern vor?«

»Massig, aber alle aus der Presse, also von Weinfesten und so weiter. Die Kollegen wühlen sich da durch einen Berg an Möglichkeiten.«

Sie verabschiedeten sich, und Lichthaus blickte zu dem verhältnismäßig ansehnlichen Zweckbau des Umweltministeriums auf, das neben der Umwelt auch für die Landwirtschaft und Ernährung zuständig war. Kaiser war hier seit vielen Jahren Abteilungsleiter und vertrat den Staatssekretär. Er galt als hervorragend vernetzt.

Sie fuhren in die Tiefgarage, doch sah er nicht die schmutzigen Betonwände, sondern hing weiter in seinen Gedanken fest. Julia Bergner hatte nach dem Okay der Staatsanwaltschaft einen umfangreichen Artikel geschrieben, den sie sehr sachlich und ohne nennenswerte Spekulationen gehalten hatte. Auf der Titelseite prangte ein riesiges Foto vom Amphitheater, auf dem durch die Vergrößerung ein abgedeckter Leichnam nur pixelig zu sehen war.

Noch am Morgen hatte er seinen Kollegen den um das Ende gekürzten Mitschnitt seines Telefonats vom Vorabend vorgespielt, was zu wilden Vermutungen geführt hatte. Müller und Steinrausch sahen einen klaren Hinweis auf organisiertes Verbrechen, da von »wir« gesprochen wurde und die Bestrafung im Vordergrund stand. Außerdem würde die Form der Drohung zu mafiösen Strukturen passen. Ihr Chef wertete die Tat als Warnung für andere, die abtrünnig werden wollten, und wies sie an, in diese Richtung zu fahnden. Lichthaus und Sophie vermuteten eher einen verwirrten Einzeltäter hinter den Straftaten, der nur versuchte die Fahndung zu behindern, um sein Ziel zu erreichen. Ratlosigkeit war zurückgeblieben, als sie losgefahren waren.

Die Technik sollte zwar den Anruf zurückverfolgen und orten, doch machten sie sich keine Hoffnung. Auch die Befragung von Oberbillig war ohne Ergebnis geblieben, da der Mann sich aufgrund des Schocks zumindest im Augenblick an wenig Konkretes erinnern konnte.

Obwohl sie sich angemeldet hatten, ließ man sie am Empfang unhöflich lange warten. Als es dann aber der Staatssekretär persönlich war, der sie schließlich zu sich bat, schwante Lichthaus Böses, denn wenn der ständige Stellvertreter des Ministers sich herabließ, zwei Polizisten abzuholen, mussten sie mit einer Abfuhr rechnen.

Der Beamte, der sich als Dr. Kuhn vorstellte, war jovial und freundlich, doch schimmerte unter der netten Hülle Stahl. Sollte er nicht wollen, würden sie sich die Köpfe daran einrennen. Sie setzten sich in einem geräumigen Büro an einen kleinen Tisch, auf den Kaffee verzichtete man.

»Nun, meine Herren, die Ermordung Doktor Kaisers hat bei uns ein erhebliches Erdbeben ausgelöst, wie Sie sich wohl vorstellen können.« Er wartete ihr Nicken ab und fuhr fort: »Leider muss ich Ihnen mitteilen, dass der Minister beschlossen hat, sämtliche Unterlagen bis auf Weiteres unter Verschluss zu halten, da zuerst gesichtet wird, wo hier schützenswerte Daten vorliegen, auf die unser Haus nur auf gerichtlichen Beschluss hin Zugriff gewähren kann. Sie kennen ja die Ordnungsrelation der Geheimhaltungsstufen.«

»Die Ordnungsre…«, Siran schüttelte den Kopf, »nein.«

»Nun, in dieser Ordnungsrelation«, er sprach »relation« betont langsam aus, wohl damit Siran sich den Begriff nun merken konnte, »wird jeder Mitarbeiter einer Geheimhaltungsstufe zugeordnet. Er darf nun Dokumente einsehen, die dieser und untergeordneten Stufen zuzurechnen sind. Das Problem ist aber, dass alle Schreiben und Vermerke, die er verfasst, automatisch seine Schutzstufe erhalten. Herr Doktor Kaiser hatte eine sehr hohe Geheimhaltungsstufe, wodurch seine gesamten Akten und Dateien entsprechend eingestuft werden.« Seine bedauernde Mimik machte vor den Augen halt.

Lichthaus kochte. »Wieso haben Sie uns denn überhaupt anreisen lassen?«

»Nun, die Entscheidung ist gerade eben erst gefallen.«

»Das kann doch nicht wahr sein! Ihr Mitarbeiter wird mehr oder weniger hingerichtet, und Sie blocken die Ermittlungen ab.«

Kuhn funkelte ihn wütend an. Ein Mann wie er war keine Widerworte gewöhnt. »Der Beschluss steht!«

»Dann werde ich wohl den Staatsanwalt bemühen müssen.«

»Nun, tun Sie das.« Sein Blick, gepaart mit einem süffisanten Lächeln, sprach Bände. Die Staatsanwaltschaft in Trier würde sich winden wie ein Aal, wenn es darum ginge, ein Ministerium unter Druck zu setzen, das sich mit allen Mitteln wehrte. Aussichtslos.

»Hatte Doktor Kaiser einen eigenen Referenten?«

Kuhn sonnte sich mit einem gehässigen Grinsen in seiner Überlegenheit. »Nun ja. Molitor. Jens Molitor. Er ist informiert und steht zu Ihrer Verfügung.«

»Was ist mit Kaisers persönlichen Dingen?«

»Nun, sofern Herr Doktor Kaiser«, Kuhn betonte den Doktor, »solche Unterlagen in seinen Büroräumen aufbewahrt hat, werden diese natürlich nach Überprüfung ausgehändigt. Gleiches gilt für alle Dateien seines Dienstcomputers.«

»Hatte er einen privaten Rechner?«

»Nun, das kann ich nicht sagen, aber falls ja, wird er Ihnen nach Kontrolle auf sensible Details zukommen.«

Lichthaus war genervt und wollte auf unfreundlich umschalten, als Siran schnell weiterfragte, um die Situation zu retten: »Wann dürfen wir davon ausgehen.«

»Nun, ich schätze Ende der Woche.«

Sirans Lächeln wurde noch breiter. »Geht es denn nicht etwas früher, Sie haben doch auch ein Interesse daran, dass der Täter schnellstmöglich gefasst wird?«

Kuhn zögerte kurz. »Nun gut, ich denke, bis Donnerstag werden wir durch sein.«

Im Aufzug platzte Lichthaus der Kragen: »Die Daten können wir uns schenken. Das wird alles so sauber sein, als käme es frisch aus der Reinigung. Bloß keine Flecken auf ihr Scheißministerium.«

Siran zuckte die Schultern. »Womit hast du gerechnet?«

Lichthaus winkte ab. »Lass uns den Referenten ein bisschen in die Mangel nehmen, vielleicht kommen wir da weiter.«

Jens Molitor schien von Kuhn gut geimpft worden zu sein. Der dickliche Mittdreißiger lächelte sie aufgesetzt an, doch zeigten seine Augen höchste Aufmerksamkeit. Der graue Anzug mit weißem Hemd und gestreifter Krawatte war hier im Ministerium anscheinend so etwas wie die Uniform. Sein dünner werdendes Haar war in Form gegelt, sodass die fadenscheinigen Löckchen im Licht der Neonröhre glänzten. Als sie saßen, gab es sogar Kaffee, und Lichthaus fasste nach einem ersten Schluck kurz die Geschehnisse zusammen. Sein Gegenüber zuckte merklich mit den Lidern, als er die Brutalität der Tat andeutete.

»Wann ist Kaiser am vergangenen Freitag gegangen?«

»So wie immer schon um dreizehn Uhr, da er dem Wochenendverkehr nach Trier entgehen wollte.« Wieder dieses aufgesetzte Lächeln, hinter dem Molitor alle Emotionen zu verbergen suchte.

»Unseren Ergebnissen zufolge scheint er unter Druck gestanden zu haben. Konnten Sie in letzter Zeit an Ihrem Chef Veränderungen erkennen, war er verschlossener oder ängstlich?«

»Nein, aber wir hatten auch fast nur dienstlich miteinander zu tun.«

Lichthaus schaute auf. Sand im Getriebe. Abteilungsleiter und Referent waren sich nicht grün gewesen, doch noch blieb ein Rest Loyalität. »Erinnern Sie sich bitte ganz genau an die vergangenen Wochen. Gab es ungewöhnliche Situationen, die in Ihrem Gedächtnis hängengeblieben sind?«

»Natürlich. Der Tod von diesem Görgen.«

»Inwiefern?«

»Na ja, Doktor Kaiser war schockiert und hat gemeint, dass er den Ermordeten schon eine halbe Ewigkeit kenne und sie viele gemeinsame Aktionen durchgezogen hätten.«

»Durchgezogen?«

Molitor hob die Schultern. »Das waren seine Worte.«

»Wissen Sie, was er damit gemeint hat?«

»Nein. Kaiser«, er vergaß nun auch den akademischen Titel, »ist rund eineinhalb Jahren hier gewesen, und zuvor im Wirtschaftsministerium in gleicher Funktion. Ich betreue ihn erst seit wenigen Monaten. Wir haben uns noch nicht so gut gekannt.«

»Wer war Ihr Vorgänger?«

»Eine Kollegin, die jetzt im Mutterschutz ist. Einige munkeln, dass es zwischen den beiden ordentlich gekracht hat.«

»Warum?«

»Keine Ahnung. Es hat mich auch nicht wirklich interessiert.« Er machte dicht.

»Kennen Sie den Namen der Frau?«

»Fragen Sie unsere Sekretärin, die hat die Adresse wegen eventueller Rückfragen.«

»Nochmals zurück: Gibt es noch ein Ereignis, an das Sie sich erinnern?«

Molitor ließ den Ministerialbeamten raushängen: »Menschen in seiner Position haben laufend Diskussionen. Ich bekomme das ja täglich mit. Da geht es um Förderungen, Kompetenzdiskussionen zwischen uns und weiteren Ministerien, Besuche auf Höfen, Preise und so weiter. Alles wird hier abgeladen. Kaiser war sehr routiniert, hat wohl so ziemlich jeden im Land gekannt, der mit der Landwirtschaft verbandelt war.«

»Ich habe nach Ausnahmen gefragt.«

Die Augen wanderten zur Decke und blieben dort kurz oberhalb des Fensters hängen. »Nun, vor etwa fünf Wochen habe ich ihn einmal wütend erlebt. Er hat einen Anruf bekommen, während ich im Zimmer gewesen bin. Anfangs hat er offenbar nicht sofort erkannt, wer am anderen Ende gewesen ist, doch nach einigen Sekunden ist er unfreundlich, regelrecht aggressiv geworden und hat so etwas gerufen wie die alte Geschichte interessiere doch niemanden mehr und sei schon vor Jahren zu den Akten gelegt worden. Er hat es sich verbeten, persönlich belästigt zu werden, und so fort.«

»Hat er das Gespräch später kommentiert?«

»Er hat nur gemeint, da kämen Leute mit uralten völlig abstrusen Vorwürfen aus der Deckung.«

»Sonst nichts?«

»Nein. Kaiser ist nicht der große Geschichtenerzähler gewesen. Bei mir jedenfalls nicht.«

»Wo denn?«

»Versuchen Sie es am besten bei seiner ehemaligen Referentin.« Er bemühte sich amüsiert zu wirken, ohne hierbei wirklich erfolgreich zu sein. »Wissen Sie, er hat mich nicht so richtig gemocht. Bei ihr soll es etwas enger zugegangen sein.«

»Ein Verhältnis?«

»Angeblich, doch wie gesagt, sie haben sich im Streit getrennt.«

»Sie haben sich wohl nicht sehr nah gestanden?«, warf Siran ein, der auf seinem Tablet-Computer mittels eines Pens handschriftlich protokollierte.

Molitor betrachtete den jungen Türken wie ein ekliges Insekt. »Wieso?« Seine Stimme war unfreundlich, geradezu grob.

Siran reagierte nicht, sondern fuhr fort: »Sie erklären uns nur, warum Sie nichts wissen. Ich denke aber, dass eine so enge Zusammenarbeit automatisch zur Kenntnis von Privatem führt.«

Lichthaus nickte beifällig.

Molitors Lächeln flammte wieder auf. »Kaiser und ich, wir sind eine Zweckgemeinschaft ohne inneren Zusammenhalt gewesen. Jeder von uns hatte eigene berufliche Ziele und der andere war ihm hierbei nützlich. Sympathien sind dabei keine aufgekommen.«

»Hatte Ihr Chef einen eigenen Rechner für außerdienstliche Zwecke?«

»Natürlich. Der war praktisch an ihm festgewachsen.«

Und genau der war gestohlen worden, doch das sagte ihm Lichthaus nicht. Das Gespräch lief falsch, Molitor ließ sie abprallen oder wich gezielt aus, verwies immer auf sonstige Quellen, jedenfalls von sich weg. Er musste den aalglatten Typ, der sich stromlinienförmig auf der Karriereleiter bewegte, aus der Reserve locken.

»Hat er mit Ihnen nie über Dinge außerhalb der Routine gesprochen? Sie müssen wissen«, er ging volles Risiko, »eine große deutsche Zeitung stellt bereits intensive Recherchen an. Der Reporter sagt, er ginge unsauberen Sachverhalten nach. Wenn hierbei was rauskommt, geht es in der Abteilung hoch her, und Sie waren sehr nah dran, da bleibt was kleben. Außerdem, sollten Sie Informationen zurückhalten, die zur Aufklärung des Mordes beitragen können, mache ich Sie persönlich platt.«

»Also bitte, was unterstellen Sie mir? Ehrlich gesagt ...«, mit einem Mal hielt Molitor inne und schien nachzudenken. Lichthaus sah, wie das Karrieregehirn galoppierte und eine Entscheidung traf. Es machte klick, und die Loyalität zu einem Toten war weggefegt. Der Referent schaute, ob die Tür geschlossen war, und legte los. Bingo, Lichthaus grinste in sich hinein. »Ganz unter uns: Kaiser war ein opportunistisches Arschloch. Entschuldigen Sie den Ausdruck, doch mir fällt kein besserer ein.« Sein Lächeln gehörte der Vergangenheit an, der Mann sagte nun die Wahrheit, wollte die Chance ergreifen und sich kooperativ zeigen, um seine plötzlich gefährdeten Karriereaussichten zu retten. »Ich kenne kaum Details über seine Aktivitäten außerhalb des Ministeriums, nur, wenn er dort so vorgegangen ist wie hier, dann hatte er Feinde zum Quadrat.«

»Wie meinen Sie das?«

»In der Landwirtschaft werden Subventionen mit der Kelle ausgeteilt. Auch das Land fördert massiv, und Kaiser hat immer am Drücker gesessen. Der ist jedes zweite Wochenende auf einer Jagd oder einem Hoffest eingeladen gewesen, und ich hab gesehen, wie die Schinken und Weinflaschen in seinem Kofferraum verschwunden sind. Ich vermute, dass da noch ganz anderes gelaufen ist, denn wer es im Kleinen nicht so genau nimmt, der tut's im Großen erst recht nicht.«

»Harte Anschuldigungen.« Lichthaus wollte mehr. Er musste Molitor, gerade jetzt, wo dieser sich öffnete, am Reden halten.

»Beweise?«, warf Siran scharf ein.

»Nein.«

»Ach, kommen Sie, wegen eines lausigen Schinkens oder ein paar Flaschen Wein werfen Sie Ihrem Chef doch nicht vor, dass er sich schmieren lässt.« Sirans treffende Geste war filmreif.

»Das sage ich so auch nicht.« Molitors Grinsen kehrte wieder. »Außerdem werde ich immer leugnen, jemals darüber gesprochen zu haben.«

»Was weiter?«

»Ich verstehe Ihre Frage nicht?«

»Welche Beweise können Sie uns liefern?« Lichthaus beugte sich vor. Molitor war genau der Typ, der Leichen der anderen sammelte, um sie im rechten Augenblick hervorzuzerren.

»Keine.«

»Das soll ich glauben? Passen Sie mal auf, wenn ich nachweisen kann, dass Sie Fakten unterdrücken, gibt es eine Anzeige, die Ihnen hier im Ministerium die Kerze ausbläst. Versprochen.«

Diesmal dachte Molitor lange nach. Die Sekunden vergingen, und Siran hob schon fragend die Augenbrauen, als der feiste Kerl aufstand, eine Schublade des Schreibtischs aufzog und ein Blatt auf den Tisch legte, dem man ansah, dass es zerknüllt und wieder geglättet worden war.

Lichthaus war angewidert. Der Referent durchwühlte wahrscheinlich regelmäßig abends die Mülleimer der Kollegen, sobald diese weg waren, um etwas Interessantes zu finden. Eine Muräne, die im Haifischbecken lauert und nur im Dunkeln aus ihrer Felsspalte kommt.

Die Seite enthielt eine Zahlenkolonne von, er zählte, achtzehn Zahlen mit je zehn Ziffern, die auf den flüchtigen Blick keine eindeutige Struktur aufwiesen.

Er schaute auf, gab das Blatt an Siran weiter und schüttelte fragend den Kopf. »Was hat das zu bedeuten?«

Molitor platzte fast vor Genugtuung. Er lehnte sich wichtigtuerisch in seinem Stuhl zurück und schloss gebieterisch die Augen. »Es hat Tage gedauert, bis ich dahintergekommen bin. Die beiden Ziffern am Anfang jeder Zeile stehen für ein Tagesdatum. Diesem folgen drei auf den ersten Anschein willkürliche Zahlen, dann folgt der Monat.« Er griff das Papier, das Siran auf den Tisch gelegt hat. »Also hier zu Beginn: die Null und die Acht, der Achte des Monats, jetzt die Neun, die Zwei und die Sieben, und danach die Null und die Drei, heißt März, schließlich die Fünf und wieder die Zwei.«

Siran schaute genervt zu Lichthaus. »Aha, und wie bringt uns das weiter?«

»Nun«, Kaisers Referent ordnete seinen massigen Körper neu und drückte den Rücken durch, »die drei dazwischen gestellten und die beiden anhängenden Nummern sind die unternehmensspezifischen Identifikationsnummern von Ökohöfen oder auch Importeuren von Ökoprodukten. Die EU schreibt vor, dass jedes Biolebensmittel eindeutig zum Erzeuger zurückverfolgt werden kann. Die Identifikationsnummer nennt hierzu erst das Land, also DE für Deutschland, diesem folgen das Bundesland, RP für Rheinland-Pfalz, die Codenummer der Kontrollstelle und dann die unternehmensspezifische Identifikationsnummer.«

Lichthaus begann zu begreifen. »Kontrollstelle?«

Molitor klatschte in die Hände. »Genau darum geht es. Die Höfe und Importeure überprüft man regelmäßig nach Anmeldung, inwiefern sie die EU-Bioverordnung einhalten. Da läuft meistens alles glatt. Zehn Prozent der Kontrollen sind jedoch stichprobenartig ohne Voranmeldung. Darin steckt für manch einen ein Risiko, da nicht jeder genauestens arbeitet. Ich habe mir also die Mühe gemacht und von der zuständigen Behörde, die sitzt übrigens in Trier, eine Liste der erfolgten Stichproben aus dem letzten Jahr angefordert. Das war erst mal eine Enttäuschung, da ich keine Übereinstimmungen finden konnte. Bis zum achten März in diesem Jahr. Da wurde, zufällig oder auch nicht, genau der Hof überraschend geprüft, dessen Name sich hinter der ersten Identifikationsnummer verbirgt.«

Siran riss die Augen auf. »Das bedeutet, dass Kaiser die Termine und die betroffene Höfe des laufenden Jahres kannte.«

Molitor nickte. »Ein Schuft, der Böses dabei denkt.«

»Seit wann haben Sie die Liste?«

»Seit Anfang Januar. Ich wäre zur Polizei gegangen, aber was für Beweise hatte ich denn? Kaiser kann die Daten ja durchaus besitzen, sofern er sie nicht weitergibt, entsteht kein Schaden.«

Lichthaus schaute seinem Gegenüber in die Augen. »Hören Sie auf. Das war Ihre Karrieregarantie.«

Als Mensch gewordene Empörung wuchtete der massige Mann sich aus dem Stuhl: »Ich muss doch sehr bitten, ja. Ich bin völlig offen und ...«

»Sie retten gerade Ihre Haut. Neulich hat mir jemand eine Win-win-Situation schmackhaft machen wollen. Sie stecken augenblicklich mitten in einer drin, nutzen Sie diese. Wir werden Ihre Kooperation berücksichtigen und Sie soweit möglich aus der Schusslinie halten. Also, was denken Sie über die Liste? Hat Kaiser Daten weitergegeben, um Leute zu schützen?«

Molitor schien ein wenig beruhigt zu sein: »Ich kann es Ihnen nicht sagen, aber wir hier am Tisch sind alle nicht von gestern. Wieso sollte er die Zahlen aufwendig verschlüsseln, wenn sie unkritisch sind?«

»Okay. Um wie viel Geld geht es eigentlich?«

»Ich habe es mal geschätzt. Die achtzehn Betriebe bewirtschaften Ackerland, bauen Gemüse an, produzieren Milch und Fleisch oder betreiben Weinbau. Hierzu schütten Land und Bund die unterschiedlichsten Prämien und Förderungen aus. Pro Hektar gibt es etwa zweitausendfünfhundert Euro maximal. Na, spielt ja auch keine Rolle, ich denke, die Höfe kassieren zusammen rund eine Million vom Staat pro Jahr.«

»Verstanden. Woher kann Kaiser die Daten beziehen?«

»Das weiß ich nicht.« Er schaute auf die Uhr. »Sie müssen mich nun entschuldigen, ich habe einen weiteren Termin.«

Molitor begleitete sie noch zum Aufzug und baute sich bullig davor auf. Sein Grinsen war zurück, doch der Stress des Gesprächs hatte dunkle Ringe unter seinen Achseln gezeichnet. Schweißperlen wetteiferten mit dem Gel um das hellste Glänzen im Licht der Neonröhren. Gerade, als sich die Aufzugtüren bewegten, wurde sein Gesicht hart. »Hof drei auf der Liste ist der Alleenhof.«

*

Der schwarze Astra fuhr im zaghaften Schein der Märzsonne als eines von vielen Fahrzeugen unauffällig über die Autobahnbrücke von Luxemburg nach Deutschland und rollte im fließenden Verkehr weiter. Wie so oft stand am Ende der Brücke ein Pkw der Bundespolizei, der nun beschleunigte und sich hinter einem keuchenden Laster einfädelte. Die Beamten blieben einige Sekunden dahinter, dann scherten sie aus und setzten sich vor den Astra, den ein Leuchtzug neben dem Blaulicht zum Folgen aufforderte.

Der Parkplatz »Sauertal« war bis auf einen VW-Bus wie leergefegt. Sophie Erdmann und Holger Steinrausch hatten bereits eine halbe Stunde im Wagen gesessen und die vorbeibrausenden Fahrzeuge beobachtet, als die kleine Kolonne auffuhr. Sie hockten im

Bus und tranken noch an ihrem Kaffee, als die Grenzbeamten ans Fenster auf der Fahrerseite des Astras traten und mit Janina Kaiser sprachen. Obwohl sie nicht genau verstehen konnten, was gesagt wurde, war zu erkennen, wie die junge Frau einen heftigen Streit begann, der damit endete, dass sie wutschnaubend ihr Auto verließ und wartete, während die Beamten den Innenraum durchsuchten. Es dauerte nicht lange, und schon hielt einer der Kollegen eine Tasche in die Höhe und winkte zu ihnen hinüber.

»Dann wollen wir mal«, knurrte Steinrausch, öffnete die Tür und kippte den Rest der braunen Brühe in den Kies.

Janina Kaiser erstarrte unmerklich bei ihrem Anblick, ging aber schnell zum Angriff über. »Was soll das hier?«

Sophie Erdmann ignorierte die wütende Frau und konzentrierte sich auf den Zöllner, der den Inhalt der Aktenmappe registrierte. »OTC-Papiere im Wert von rund zweihundertdreißigtausend Euro. Ein Schnellhefter mit Kontounterlagen und Auszügen von Banken in Luxemburg«, er blätterte weiter, »Zürich und den Cayman Islands. Kontostände müssen wir noch ausrechnen. Siebenundzwanzigtausend Euro in bar und diverse Goldmünzen. Ein Hefter mit Dokumenten unbestimmter Herkunft. Grundbuchauszüge aus Miami, Florida.« Er grinste die beiden breit an. »Mann, da habt ihr aber einen dicken Fisch an Land gezogen. Danke für die Hilfe.«

»Immer gerne.« Steinrauschs Gesicht strahlte zufrieden. »Das sind wichtige Beweise im Rahmen eines Mordfalls. Uns interessieren die Unterlagen, nicht die Wertgegenstände, da brauchen wir nur eine Aufstellung. Wir quittieren euch den Erhalt der Papiere und übergeben sie später dem Finanzamt, die können dann die Gans rupfen.«

Während er sprach, beobachtete Sophie Erdmann die Reaktionen Janina Kaisers, die dem Gespräch aufmerksam folgte. Ihre streitsüchtige Haltung bröckelte, doch sie bäumte sich nochmals auf. »Dürfen Sie das eigentlich?«

»Wir nicht, aber die Bundespolizei. Wir haben um Amtshilfe ersucht.« Sophie schaute die junge Frau direkt an. »Sollen wir Sie hier vernehmen oder im Präsidium?«

»Ich lasse mich ohne Anwalt überhaupt nicht befragen.«

»Das steht Ihnen frei, nur werden wir dann den Staatsanwalt sofort hinzuziehen, der in dem Fall um eine Strafanzeige nicht herumkommen wird.« Steinrauschs Gesicht blieb völlig neutral. »Ihre Entscheidung.«

»Also gut.« Sie drehte sich wütend um und stapfte mit geballten Fäusten zum Bus. Ganz der Alte, dachte Sophie, hart wir Granit.

Im Inneren des Busses gab es einen kleinen Tisch, an dem alle Platz nahmen. Als das Aufnahmegerät lief, begann Steinrausch mit kalter Stimme: »Vorgestern bringt man Ihren Vater auf eine Art um, die mir in all meinen Jahren noch nicht begegnet ist. Gestern lügen Sie meine Kollegen an, und heute besteht Ihre Trauerarbeit darin, Papas Konten zu räumen. Warum so eilig?«

Janina Kaiser schwieg lange, dann lösten sich ihre verschlossenen Züge, und sie klatschte mir der flachen Hand auf den Tisch. »Scheiße, verdammte Scheiße. Wissen Sie, ich wollte nie mit seinem Kram zu tun haben, der Politik und seiner geliebten Partei.« Sie atmete tief ein und ließ die Luft langsam entweichen. »Geh doch in die Jugendorganisation, tritt ein und lass dich für den Ortsbeirat aufstellen, das ist der erste Schritt, und so weiter. Mich widert dieses Parteigemache an. Wie er den Parteibonzen hinten reingekrochen ist. Er hatte immer nur seine politische Karriere im Auge. Selbst meine Mutter ist ihm egal gewesen, er hat sogar in Mainz rumgevögelt.« Sie spie die Worte praktisch auf den Sitz. »Entschuldigung, tut mir leid, aber es ist nun mal die Wahrheit. Er hat sie aus allem rausgehalten, schön dumm sollte sie bleiben. Mama ist völlig ahnungslos, sie glaubt noch an ihn und ihre Ehe, und ich bitte Sie, belassen Sie es dabei. Wenigstens das mit den anderen Weibern muss sie nicht zwingend erfahren.«

»Mal sehen. Woher wissen Sie das?«

»Einem Freund von ihm ist während eines Besuchs eine blöde Bemerkung rausgerutscht, als er blau gewesen ist. Irgendetwas in der Art wie, er nascht an vielen Töpfen oder so. Ich habe seine Sekretärin angerufen und der ein wenig Druck gemacht, da hat sie's mir erzählt.« Sophie konnte sich vorstellen, wie dieses harte Mädchen mit dem Engelsgesicht, die sich sogar ihrem dominanten Vater widersetzte, die arme Frau in die Mangel genommen hatte. »Eine Zeitlang war es die Referentin, aber sie war nicht die Einzige.«

»Kennen Sie Namen?«

Janina Kaiser sah Sophie bitter an und lächelte ironisch. »Na klar, ich telefoniere wöchentlich mit denen und frage nach den neuesten Bettgeschichten.«

»Lassen wir das«, unterbrach Sophie. »Wie heißt die Referentin?«

»Jansen, Gudrun Jansen.«

Steinrausch machte sich eine Notiz. »Seit wann wissen Sie von dem Schließfach und warum hatten Sie es so eilig, das Ding auszuräumen?«

»Mein Vater hat mich letzte Woche angerufen und von dem Drohbrief erzählt. Mama gegenüber hat er die Bedeutung runtergeredet, doch bei mir ist er deutlicher geworden.«

»Hat er Ihnen mehr vertraut?«

Sie zögerte und hob dann die Schultern. »Sein Spruch ist immer gewesen: Wir sind aus demselben Holz. Vielleicht hat er geglaubt, ich sei härter und konsequenter als Mutter.«

»Das konnten Sie ja heute unter Beweis stellen«, warf Steinrausch ein.

Sie ignorierte ihn. »Er ist nervös gewesen, richtiggehend beunruhigt, weil Görgen auch Briefe erhalten hatte und dann ermordet worden ist. So habe ich ihn gar nicht gekannt und mich fast gesetzt, als er mir erklärt hat, wo der Schlüssel zum Schließfach sei und dass ich es sofort ausräumen müsse, sollte ihm etwas passieren.«

»Was wissen Sie von den Geschäften Ihres Vaters?«

»Nichts, ehrlich. Wie ich bereits gesagt habe, ich wollte mich aus alldem heraushalten.«

»Und das Fach?«

»Es ging mir ums Geld. Es sollte nicht während der Untersuchung auftauchen, wodurch Mutter ohne Ende Steuern nachzahlen muss. Von dem, was Sie dort noch in den Unterlagen finden, habe ich keine Kenntnis.« Sie sah weg, und Sophie war klar, dass Janina Kaiser wieder log.

*

Sirans Onkel saß hinter der Theke, sprang aber sofort auf, um auf seinen Neffen zuzueilen und ihn überschwänglich in die Arme zu nehmen und zu küssen. Der Unterhaltung konnte Lichthaus nicht folgen, doch strahlten die beiden dabei um die Wette. Derweil sah er sich um. Der Laden unterschied sich nur wenig von den anderen türkischen Geschäften, die er kannte, nur ein kleiner Altar stellte unter Beweis, dass der Eigentümer Christ war. In den Auslagen draußen auf der Straße wurde Obst und Gemüse feilgeboten, das Innere des Ladens war mit Regalen vollgestopft, auf denen Lichthaus orientalische Lebensmittel und allerlei Haushaltsgeräte fand.

Sie hatten Gudrun Jansen, die ehemalige Referentin Kaisers erreicht, mussten mit ihrem Besuch jedoch bis zum Mittag warten. Und so nutzten sie die Zwischenzeit auf Bitten Sirans zu einem Familienbesuch. Eigentlich störte ihn die Wartezeit, da er zurück nach Trier wollte, aber er freute sich für den Kollegen, der, wie er wusste, an Heimweh litt. Seine Eltern waren zu seiner Schwester irgendwo in die Nähe von Wuppertal gezogen, doch wohnte nach wie vor ein Teil seiner Verwandten in Mainz.

Inmitten des ganzen Sammelsuriums entdeckte er ein einfaches Çaydanlik mit aufgesetztem Demlik, das er aus dem Regal nahm und zur Kasse brachte. Onkel und Neffe saßen bereits an einem kleinen Tisch gleich daneben und tranken Tee.

»Kommen Sie, setzen Sie sich zu uns.« Der Onkel mochte so um die sechzig sein. Er trug eine schlichte Hose, dazu ein weißes am Kragen offenes Hemd und am Finger einen Siegelring mit dem aramäischen Symbol – einem Adler, dessen Kopf eine Fackel darstellte.

Das Gespräch drehte sich um banale Dinge, und als Lichthaus spürte, dass die beiden gerne Privates besprechen wollten, brach er nach einer zweiten Tasse Tee auf und schlenderte durch Mainz, wo er viele Jahre gelebt hatte.

*

Gudrun Jansen stand am Fenster des kleinen Erkers im Wohnzimmer und sah den Polizisten zu, wie sie ihren BMW in eine mickrige Parklücke quetschten. Ein Wunder, dass sie überhaupt fündig geworden waren. Als man ihr Viertel um die vorletzte Jahrhundertwende gebaut hatte, gab es solche Probleme noch nicht.

Linus strampelte auf ihrem Arm und versuchte nach der Gardine zu greifen, damit er auch sehen konnte, was seine Mutter so interessierte. Sie trat ein Stück zur Seite, und er hatte freies Blickfeld. Die zwei Beamten kamen zum Haus herüber und musterten den Gründerzeitbau anerkennend. Ihre Blicke glichen denen aller Besucher, die das wunderschön sanierte Gebäude betrachteten. Die imposante Fassade in klassischem Stil, der kleine Vorgarten mit Rasen und Rosensträuchern, davor ein Zaun mit Spitzen. Die beiden bildeten ein ungleiches Paar. Der eine schmächtig, das Haar wie der Teint dunkel, er war zweifelsohne ein Ausländer, sie tippte auf einen Türken. Der andere, ganz offensichtlich der Chef, war ein Durchschnittstyp. Mittelgroß, mittelblond, sah durchschnittlich bis gut aus. Schwer einzuschätzen.

Der Anruf heute gleich am Morgen hatte sie überrascht. Nicht, dass er kam, sondern wie schnell. Die Nachricht von Kaisers Tod war am gestrigen Abend bei ihr angekommen. Den Sonntag über war sie mit David und Linus zu einem Ausflug im Taunus gewesen, nachdem sich endlich die Sonne wieder gezeigt hatte. Die erste Reaktion war ein kurzer Schock, dann hatte sie versucht Egbert noch einmal zu spüren, seine Haut, seinen Geruch, das Gefühl, wenn er mit ihr geschlafen hatte. Aber es ging nicht mehr. Ausgelöscht und ersetzt von David, und das war gut so.

Nach dem Jurastudium hatte sie sich im Wirtschaftsministerium beworben, bis zum Scheitel voll Ehrgeiz. Egbert Kaiser war bei ihrem Bewerbungsgespräch zugegen gewesen. Ein attraktiver Typ, hervorragend gekleidet und bis aufs letzte Haar perfekt gepflegt. Die Blicke, mit denen er sie aufgefressen und ihren Körper unter dem weich fallenden Stoff des Kostüms taxiert hatte, hatten ihr damals geschmeichelt, und sie war durch das kleine Zimmer ihrer Studentenbude getanzt, als sie die Zusage bekommen hatte, seine Referentin zu werden.

Es klingelte und Linus strampelte sich von ihrem Arm, um in den Flur zu laufen. Mit ausgestrecktem Finger rief er: »Da, da.«

David hatte das ganze Haus saniert, sie die einhundertsechzig Quadratmeter, die sie sich gönnten, eingerichtet. Eine Mischung aus alten und modernen Möbeln, die gut zu den hohen Räumen mit Stuckdecken passten.

Die Polizisten kamen die wenigen Stufen herauf, während ihr Sohn schon auf dem Absatz wartete.

»Hallo, bist du der Hausherr?«

Der größere der beiden hielt ihm die Hand hin, woraufhin Linus hineinflitzte und sich hinter ihr versteckte. Der Mann lachte und stellte sich als Johannes Lichthaus vor, er habe eine Tochter im gleichen Alter. Nett und ungezwungen, doch hellwache Augen, denen kaum etwas entging. Sie mahnte sich zur Vorsicht und übernahm die Initiative. »Sie kommen wegen Egbert.«

»Ja. Der aktuelle Referent von Doktor Kaiser hat uns an Sie verwiesen.«

»Molitor, dieser Schleimscheißer.«

»Genau dieser«, bestätigte Siran und ließ am Tonfall erkennen, dass er nicht nur den Namen bestätigen wollte.

Sie setzten sich ins Esszimmer und Lichthaus begann: »Wie lange sind Sie seine Referentin gewesen?«

»Knapp drei Jahre.«

»In dieser Zeit sollen Sie sehr eng mit Ihrem Chef zusammengearbeitet haben und Gerüchten zufolge auch intim miteinander gewesen sein.«

Der macht keine Umwege, schoss es ihr durch den Kopf. »Zweimal ja. Die Referentenstelle war meine erste Anstellung im Ministerium. Ich war damals ungebunden, und man arbeitet eng zusammen, da lässt es sich nicht vermeiden, dass man sich näherkommt, wenn die Chemie stimmt.«

»Und zwischen Ihnen und Kaiser hat sie gestimmt?«

Sie nickte. »Anfangs ja.« Egbert hatte sie stark eingespannt, aber auch ungemein hofiert. Er war immerwährend nett, sah ihr die kleinen Anfängerfehler nach und schleppte sie zunehmend mit zu Außenterminen. Heute wusste sie, dass sein ganzes Vorgehen Methode hatte. Schon bald standen hier und da Übernachtungen an, und eines Abends ging sie mit ihm ins Bett. Freiwillig, einfach so. Die Affäre dauerte gut ein Jahr, dann hatte er sie über und ließ sie genauso fallen wie seine freundliche Maske. Es war nicht ihre erste Beziehung, die zerbrach, doch noch nie hatte sie sich so besudelt gefühlt. Er hatte sie in sein Büro gerufen und ihr mit jedem Wort zu verstehen gegeben, dass sie für ihn nur ein nebensächlicher Zeitvertreib gewesen sei, nett in ihrer Naivität, jetzt sei aber Schluss damit. Außerdem sei sie auf diesem Weg ja schon ziemlich weit gekommen. Die Ohrfeige, die sie ihm auf diese Bemerkung hin gab, hinterließ tiefrote Striemen in seinem Gesicht. Er sprang auf und konnte sich nur mühsam beherrschen, nicht zurückzuschlagen. Danach hatte er sie kaltgestellt. Viele Aufgaben wurden an eine Praktikantin übergeben und sie an Kollegen ausgeliehen, die Hilfe bei stupiden Sonderaufgaben brauchten.

»Und später?«

»Ist es zum Streit gekommen. Rein privat.«

»Inwiefern?«

»Er hat die Beziehung unschön beendet, und wir sind immer mehr auseinandergedriftet.«

»Knapp drei Jahre sind eine lange Zeit. Wie war er als Chef?«

»Im Bett toll, ansonsten arrogant, herrisch und unfair.«

»Alles erlebt?«

»Alles.«

Der junge Polizist lächelte süffisant. »Und als es so toll gewesen ist, haben Sie doch sicherlich so einiges mitbekommen?«

»Wie meinen Sie das?«

Immer noch ein Lächeln, jetzt aber einnehmend. »Ihre privaten Erfahrungen, so negativ sie möglicherweise gewesen sein mögen, interessieren uns weniger. Man hat Kaiser gefoltert und dann regelrecht hingerichtet. Wir suchen nach Personen, die Grund genug hatten, ihn so abzuservieren. Fällt Ihnen da jemand ein?«

Sein geschliffenes Deutsch überraschte sie. »Auf Anhieb nein. Hat der Mord etwas mit dem an Görgen zu tun?«

Lichthaus stieg wieder ein: »Wie kommen Sie darauf?«

»Nun, der ist doch in der letzten Woche getötet worden, und die beiden kannten sich von früher, waren wohl mal ziemlich dicke miteinander. Zu meiner Zeit war das allerdings schon vorbei. Wir sind einmal zur Besichtigung des Hofs dort gewesen, den Namen habe ich vergessen, jedenfalls hat uns dieser alte Bauer herumgeführt.«

»Ja, es gibt Anzeichen dafür, dass die Morde zusammenhängen. Was wissen Sie über die Geschäfte?«

»Sie haben wohl einige Deals zusammen abgewickelt, aber das war vor meiner Zeit.«

»Mehr nicht?«

»Nein. Görgen ist damals nie in Mainz gewesen. Der Sohn, Roland, allerdings schon. Er ist mehrfach hier aufgetaucht. Nicht im Ministerium, sondern in Kaisers Wohnung und in einem Restaurant am Stadtrand. Egbert hat mich nie mit zu diesen Treffen genommen. Als ich ihn einmal dort abgesetzt habe, ist Roland mit noch zwei Männern in ein Zimmer hinter dem Gastraum gegangen. Die drei haben mich nicht gesehen.«

»Wieso betonen Sie das?«

»Ich musste schnell zur Toilette und habe sie durch den Türspalt gesehen. Das Ganze hat irgendwie konspirativ gewirkt. Das Lokal, das Hinterzimmer und so.«

»Was war damit?«

»Eine Kaschemme. In so etwas hätte Egbert sich sonst niemals verirrt.«

»Wissen Sie den Namen?«

»Ja, der war so lächerlich, dass ich ihn mir merken konnte: Matrjoschka, wie diese Stapelpuppen. Einer der Männer war mir vorher schon mal über den Weg gelaufen, ich weiß aber nicht mehr wo.«

»Der Name wäre wichtig.«

Sie nickte. »Ich werde drüber nachdenken.«

»Molitor behauptet, Kaiser sei bestechlich gewesen?«

»Er war nicht wirklich bestechlich, doch wenn ihm jemand etwas zugesteckt hat, war das für ihn in Ordnung. Er wird wohl in den letzten Jahren wenig Weißwein gekauft haben.« Gedankenverloren schüttelte sie den Kopf. Kaiser hatte viel rumgekungelt, und sie wusste darüber Bescheid und hatte wissentlich davon profitiert. Laufend hatten Leute angerufen und seinen Einfluss ausnutzen wollen. Er half, verlangte jedoch später Gegenleistungen. Ließ sich aushalten oder einen Wochenendurlaub spendieren, und sie war immer dabei. In wenigstens einem Fall floss Geld. Ein Umschlag mit Scheinen fiel aus seiner Tasche, er aber lachte nur und sprach von einer kleinen Gratifikation. Sie hatte ihn damals nicht angezeigt und sich somit strafbar gemacht, also schwieg sie nun auch, wollte es wegdrücken, das Kapitel beenden.

Der junge Beamte riss sie aus ihren Gedanken: »Nun gut, noch mal zurück. Fällt Ihnen niemand ein, der große Wut auf ihn gehabt haben könnte?«

»Sein Privatleben hat völlig in Trier gespielt. Mich hat er da rausgehalten, wenig erzählt. Beruflich hat es sicherlich mal Meinungsverschiedenheiten gegeben, aber deshalb bringt man doch niemanden um. Und alle Angelegenheiten, die ich seinerzeit auf den Schreibtisch bekommen habe, waren in meinen Augen nicht zu beanstanden. Das Ministerium ist ja kaum unmittelbar zuständig. Bewilligungen zum Beispiel werden von untergeordneten Behörden erteilt. Da gibt es nur Diskussionen, sofern Beschwerden vorliegen. Wenn wir unterwegs gewesen sind, war Egbert meist als Vertreter des Ministers geladen. Da hat es dann die – sagen wir einmal – Gastgeschenke gegeben.«

»Molitor behauptet, Kaiser habe aktiv in die Vergabe der Fördermittel eingegriffen.«

Sie log: »Nein, in meiner Gegenwart nie.« Wie eine Spinne im Netz hatte er Druck auf die Beamten vor Ort ausgeübt. Sie erinnerte sich auf Anhieb an drei Telefonate, in deren Verlauf Kaiser gnadenlos Förderzusagen durchgedrückt hatte, die so nie gewährt worden wären. Nicht selten war wenig später ein Fresskorb eingetroffen, und sie hatte nie eine Sekunde daran gezweifelt, dass zusätzlich harte Euros den Besitzer gewechselt hatten.

»Was ist mit halboffiziellen Vorgängen?«

Sie zuckte unschlüssig mit den Schultern. »Auch hier ist er schweigsam gewesen, da müssen Sie woanders fragen.«

Kurz darauf brachen die Polizisten auf. Sie sah ihnen wieder nach und war erleichtert, ihre Rücken zu sehen. Dann legte sie Linus zum Mittagsschlaf und schaltete den Computer ein, ging auf die Suche nach dem vergessenen Namen: lange Nase in hagerem Gesicht, schütteres Haar und unstete Augen.

*

Auf der Rückfahrt war Siran sehr schweigsam und schaute hinaus in die Landschaft.

»Was hältst du von Kaiser?«

Der Junge schrak zusammen. »Entschuldigung, ich war in Gedanken.«

»An den Fall?«

»Nein, an meinen Onkel. Er hat erzählt, dass in der Türkei eines unserer wichtigsten Klöster, Mor Gabriel, bedroht wird. Das macht mich traurig. Wir hatten dort viele Bischöfe und Äbte, doch spätestens mit dem Genozid an uns Aramäern und den Armeniern gibt es kaum noch eine Zukunft. Heute sind gerade einmal drei Geistliche übrig.«

»Bist du mal dort gewesen?«

»Ja, doch das war schlimm zu sehen. Unsere Kultur verfällt und die Behörden in der ach so liberalen Türkei überziehen uns mit Klagen und Verboten. Kein Unterricht mehr in aramäisch, keine Beherbergung von Gästen und so weiter.«

»Was für eine Religion hast du eigentlich?«

»Syrisch-orthodox von Antiochien. Wir sind frühe Christen. In Antiochien wurde schon im ersten Jahrhundert missioniert.«

»Warum ist deine Familie nach Deutschland gekommen?«

»Wir sind zwischen alle Fronten geraten. Eine Minderheit, die man unterdrücken und der man egal welche Schuld in die Schuhe schieben kann. Schwierigkeiten Beamter zu werden, an die Universität zu kommen und so weiter. Mein Vater hat für sich in der Türkei irgendwann keine Perspektive mehr gesehen und ist hierhergekommen. Er wollte nie zurück und hat sich schnell eingelebt. In Wiesbaden gibt es eine Kirche, wo wir zur Messe gegangen sind und Bekannte getroffen haben. Die gesamte Familie ist uns dann nach und nach gefolgt.«

»Und in der Türkei?«

»Da leben nur noch ein paar, meistens Alte. Mein Onkel ist ziemlich betroffen, da er dort groß geworden ist. Sollten Mor Gabriel und andere Klöster enteignet werden, würde die Religionsgemeinschaft ihre Wurzeln verlieren. Das ist für viele Aramäer schrecklich.«

»Für dich auch?«

»Weniger, ich bin hier geboren, doch schmerzen würde das trotzdem. Das wäre für Katholiken ungefähr so, als ob Muslime die Mönche aus Assisi vertrieben.«

Lichthaus grinste über den treffenden Vergleich. »Zurück zum Fall. Wie siehst du Kaiser?«

»Verdächtig, der ist nicht sauber geblieben, aber um ein Motiv daraus abzuleiten, ist es zu früh. Außerdem hat es mit Horst Görgen in letzter Zeit ja kaum Kontakt gegeben, da müssen wir in deren Vorleben kramen oder wir übersehen etwas. Die Verbindung zwischen unseren Opfern bekomme ich einfach nicht zu fassen.«

»Das passt auch alles nicht zusammen. Ich hoffe, dass Tiefenbachs Leute langsam zu Ergebnissen kommen. Die sollen mal herausbringen, was das für ein Lokal ist. Matrjoschka, so ein Name.«

»Glaubst du der Jansen?«

»Nein, die hält uns auf Distanz. Sie hat kein Interesse daran, die Vergangenheit hochkommen zu lassen. Sie ist gut verheiratet und will sich heraushalten, also mauert sie. Molitor hat sich erst auf unsere Drohungen hin bewegt. Diese Zahlen waren gewiss nicht das Einzige, was er über Kaisers Geschäfte weiß. Das hat er uns nur gegeben, damit Ruhe ist.«

»Aber wo ist die Verbindung zwischen den Opfern?«

»Momentan gibt es da nur Roland.«

*

Gegen fünf waren sie zurück in Trier. Lichthaus hatte noch nicht seinen Schreibtisch erreicht, als Müller ohne anzuklopfen in den Raum trat.

»Kontrollieren Sie mich jetzt?« Wie er den Bürokratenhengst hasste.

»Nein, wie käme ich dazu. Der Präsident will Sie sehen.«

»Ich rufe ihn gleich an.«

»Er ...«

»Sobald man mir die Zeit lässt, mich hinzusetzen, werde ich mit ihm telefonieren.«

Müller schnaubte. »Was haben Sie herausgefunden?«

Lichthaus fasste widerwillig die wenigen Tatsachen zusammen, und endlich rauschte Müller ab. Das Telefonat mit dem Präsidenten war kurz, doch er spürte, wie die Luft knisterte. Die ganze Republik schien auf ihre Ermittlungen zu schauen, noch dazu zog man in Mainz an allen Reißleinen, um Schaden an der Regierung zu vermeiden, wie er am Morgen selbst hatte feststellen müssen. Der Präsident hatte das Gefühl, zwischen allen Stühlen zu sitzen.

Anschließend stahl Lichthaus sich fünf Minuten und telefonierte mit Claudia, die gerade dabei war, ihre Formen für die Fahrt in die Gießerei vorzubereiten. Sie wirkte müde. Nur Henriette quiekte vergnügt im Hintergrund. Beneidenswert, dachte Lichthaus, der die Leichtigkeit des Seins von Kindern immer bewundert hatte.

Dann wählte er Güttlers Nummer. Der Rechtsmediziner war sofort am Apparat. »Hallo Johannes. Mit deinem Anruf habe ich bereits gerechnet.«

»Ihr werdet ja auch ganz gut beschäftigt. Vier Menschen innerhalb von ein paar Tagen.«

»Vier?«

»Alexander Görgen ist letzte Nacht gestorben.«

»Das wird hart für Steinrausch. Sophie hat mir von Freitag erzählt.«

»Er ist glücklicherweise bei Busse in Betreuung.«

»Hoffentlich kann er ihm helfen. Du willst bestimmt Kaisers Obduktionsbericht. Also: Betäubung durch einen Elektroschocker. Anders als Görgen wurde er zweimal geteased. Hört sich an wie getoastet. Ich schätze, der war eine ganze Weile weggetreten. Dann wie gehabt: Schläge mit einem Ochsenziemer, die Einblutungen gleichen einem Meer. Er wurde deutlich grausamer gefoltert als das erste Opfer, ich habe die Bilder verglichen. Der Täter findet wohl Gefallen daran. Tiefer Schnitt an den Handgelenken. Ich denke, selbst wenn er am Boden liegen geblieben wäre, hättest du ihn nur mit sehr viel Glück retten können. Durch das Aufhängen ist das Blut mithilfe der Schwerkraft kräftig aus der Wunde geflossen. Übrigens ist der Kerl beneidenswert gesund gewesen.«

»Das hilft ihm nur nicht mehr.«

»Nein.«

Sie legten auf, und schon klingelte das Telefon erneut. Es war Siran, der ihm mitteilte, dass das Matrjoschka einem Oleg Olienko gehöre. Ein Ukrainer, der kurz nach Öffnung der Mauer herübergekommen war und seitdem das Lokal betrieb. Er war noch nie auffällig geworden.

Wenig später saß die Kommission zusammen und tauschte sich aus. Sie hatten Lichthaus' Çaydanlik eingeweiht und reichten den darin gekochten Tee herum. Tiefenbach, der dabeisaß, wirkte amüsiert.

»Die Unterlagen, die Janina Kaiser aus dem Schließfach geholt hat, sind überwiegend Konto- und Depotdaten, jedoch ohne Auszüge. Alles anonym auf Barbados und auf den Cayman Islands.«

»Wieso dort?«

»Steueroasen. Da fragt niemand nach der Herkunft des Kapitals und gibt nie einer Fremdbehörde Auskunft.«

»Wir können ihm also unmittelbare Steuerhinterziehung nachweisen?«

»Eigentlich ja, die Wertpapiere und das Bargeld finden wir ganz gewiss auch in keiner Steuererklärung.« Sophie Erdmann zuckte mit den Schultern. »Nur wissen wir weder, woher das Geld kommt, noch um welche Beträge es sich in Übersee überhaupt handelt.«

»Was sagt Janina Kaiser?«

»Macht auf unwissend.«

Lichthaus stand auf und schrieb an den Pfeil, der quer über das Whiteboard von Kaiser zu Görgen führte, die Worte Schwarzgeld, Barbados und Terminliste. Dann wandte er sich an Tiefenbach. »Was ist mit der Finanzlage des alten Görgen?«

Der Leiter der Fahndungsgruppe war vorbereitet und zog augenblicklich einen Schnellhefter aus einem Stapel Papier, den er vor sich aufgebaut hatte. »Wir sollten hier privat und geschäftlich unterscheiden. Zum einen der Hof. Die Kollegen aus dem Wirtschaftsdezernat sehen sich momentan die Jahresabschlüsse an, konnten bislang jedoch nichts Auffallendes finden. Sie halten den Ertrag zwar für vergleichsweise hoch, doch nicht unmöglich. Hinweise auf Schwarzgeld gibt es keine, auch nicht in den Unterlagen aus seinem Schließfach. Vielleicht hat er es gut versteckt. Privat ist kaum Vermögen vorhanden. Es scheint alles in den Hof geflossen zu sein.«

»Wie sieht es hier mit anderen Querverbindungen aus?«

»Ich habe das vorhin schon Sophie und Holger gezeigt: Weinfeste, Einweihungen und Ehrungen haufenweise. Die beiden gehörten im Landkreis politisch zu den ersten Geigen. Seit Görgen sich allerdings zurückgezogen hat und Kaiser nach Mainz ist, ist es still geworden.«

»Keinerlei Aktivitäten?«

»Nichts, was offiziell geworden wäre. Wir sind dann in die Register eingestiegen. Die Ehefrauen von Roland Görgen und Egbert Kaiser betreiben zusammen eine Ölmühle.«

Steinrausch schaute auf: »Eine was?«

»Eine Mühle, in der aus Raps, Walnüssen oder Traubenkernen Speiseöl gepresst wird. Das Unternehmen besteht seit rund fünf Jahren.«

»Wieso hat Kaiser denn da mitgemacht?«

»Um Geld zu verdienen. Er hat als Gesellschafter eine ordentliche Rendite bezogen. Laut seinen Steuerunterlagen hat es im vergangenen Jahr Ausschüttungen in Höhe von siebzigtausend Euro gegeben.«

»Nicht schlecht. Erhalten sie Subventionen?«

Tiefenbach grinste. »Für jeden Halm, der auf dem Boden der EU wächst, gibt es Agrarsubventionen. Allein Rapsöl wird mit 1,99 Milliarden jährlich gefördert.«

»Er will einen Reibach machen, steckt allerdings in einem Interessenkonflikt und schiebt seine Frau vor.«

Steinrausch wischte mit der Hand durch die Luft. »Der alte Görgen ist außen vor, und wo liegt das Motiv? Im Öl?«

Siran nickte. »Du hast Recht. Interessant ist immerhin die Verbindung zwischen den Familien, außerdem waren Roland und Kaiser gemeinsam in Mainz.«

»Das sehe ich genauso. Wir gehen dem nach.« Lichthaus wandte sich wieder an Tiefenbach: »Welchen politischen Aktivitäten ist Görgen senior eigentlich während seiner politisch aktiven Zeit hier in der Gegend nachgegangen?«

»Kleinkram. Die beiden haben in den Gremien über so spannende Sachen wie den neuen Belag für eine Landstraße abgestimmt. Keine Dinge, die einen Mord begründen würden. Der Anlass für die Taten kann meines Erachtens nach nicht unmittelbar in der politischen Arbeit liegen, es sei denn, wir stoßen noch auf den ganz großen Konflikt.«

»Mist. Grabt tiefer in der Vergangenheit. Irgendeine Verbindung muss es geben. Die übrigen Papiere sind sauber?«

»Außer den Drohbriefen und einigen Geschäftsunterlagen haben wir Pamphlete aus seiner Frankfurter Zeit gefunden. So ein Kram wie Verbrecherstaat oder Folter in Stammheim. Hier ist ein Schreiben, das wir nicht zuordnen können. Der Unterzeichnende verpflichtet sich, künftig keinerlei Ansprüche gegenüber Horst Görgen geltend zu machen. Nur ohne die Adresse bringt uns das nicht voran.«

Lichthaus spürte Frustration in sich aufsteigen. Sie traten auf der Stelle. »Lauter Sackgassen. Die einzige nennenswerte Verbindung zwischen den Opfern ist, wenn auch indirekt, Roland Görgen. Er ist mit Kaiser in Mainz gewesen, und die Frauen der beiden betreiben die Mühle. Wir werden ihn genauestens unter die Lupe nehmen. Bis dahin brauche ich alle Informationen, privat und geschäftlich. Leuchtet in jede Ecke, prüft Eigentumsverhältnisse und so weiter. Holger und Sophie, schaut euch mal diese Ölmühle an.«

Sirans Telefon ging und er stellte sofort auf Lautsprecher um. Es war Gudrun Jansen. »Ich weiß jetzt wieder, wer der Mann ist, den ich in dem Lokal gesehen habe.«

Lichthaus horchte auf. Eventuell das fehlende Bindeglied.

»Karsten Pilsner.«

»Wer ist das?«

»Ein Kontrolleur von Öcocertifica, einer privaten Kontrolleinrichtung, die in Rheinland-Pfalz zugelassen ist.«

»Ist es üblich, dass sich Ministerium, Kontrollstelle und Ökobauer zusammensetzen?«

»Die Frage meinen Sie nicht ernst, oder?«

Sie legten auf, und Lichthaus schrieb den neuen Namen zu den anderen. »Jetzt wird es langsam interessant. Kaiser kennt die Kontrolltermine und trifft den zuständigen Mitarbeiter. Siri, mach dich mal schlau über das Unternehmen und finde heraus, ob Pilsner den Alleenhof und gegebenenfalls die Mühle kontrolliert. Wenn ja, erhöhen wir den Druck und scheuchen die Leute von diesem Verein mal auf.«

Sophie Erdmann schaute zweifelnd auf das Whiteboard: »Die Morde sind in meinen Augen die reine Rache. Ich sehe da keine Verbindung zu all unseren Betrugsverdächtigungen.«

Lichthaus widersprach: »Du hast Recht, doch Donnweiler hält es nicht für ausgeschlossen, dass die organisierte Kriminalität ein Exempel statuiert.«

»Und Görgen, wie passt der?«

*

Es dauerte Minuten, bis Roland am Apparat war. Lichthaus hatte im Wohnhaus niemanden erreicht, und erst der Anruf im Hofladen brachte ihn weiter.

»Was wollen Sie denn noch? Mein Alter ist ermordet worden, mein Bruder tot und meine Mutter praktisch nicht ansprechbar vor lauter Psychopharmaka. Soll ich schnell gestehen, damit Sie Feierabend machen können, oder was?«

Lichthaus unterdrückte eine gehässige Bemerkung. »Ich suche den Mörder Ihres Vaters, wenn ich Sie daran erinnern darf, der darüber hinaus auch Egbert Kaiser umgebracht hat.«

»Kaiser? Ich verstehe nicht.«

»Beide wurden von dem- oder denselben Tätern getötet. So einfach ist das. Wir gehen Verbindungen zwischen den Opfern nach.«

»Egbert ...?« Görgen hörte kaum noch zu. Er brauchte einen Augenblick um das Gehörte zu verarbeiten.

»Ja, er auch. Denken Sie also nach: Wer hat beide gekannt und könnte eine solche Strafaktion durchziehen?«

»Strafaktion?«

»Der Täter hat mich kontaktiert und von Strafe gesprochen.«

»Ich habe keine Idee. Klar, Kaiser und Vater kennen sich aus ihrem politischen Treiben, doch ich wüsste nicht, woher sonst noch.«

»Aus der Vergangenheit?«

»Seit ich hier mitarbeite, nein. Was davor war, weiß ich nicht. Da müsste ich die Unterlagen durchsehen, aber das werden Ihre Leute ja wohl bereits erledigen.«

»Ohne Erfolg. Denken Sie nach. Fragen Sie auch Ihre Mutter, wenn möglich.«

Roland lachte bitter auf. »In den kommenden Wochen treibt sie im Nirwana. Versuchen Sie es selbst.« Er legte grußlos auf.

Lichthaus lehnte sich zurück und schaute mit seinen Glaskugeln spielend mal wieder zum Petrisberg hinüber. Wieso hatte Görgen ihm gegenüber die Ölmühle nicht erwähnt?

*

Jan Brünjes wirkte weniger norddeutsch, als sein Name vermuten ließ. Ein kleiner untersetzter Mann mit dunklen Haaren in den Vierzigern, der in ausgebeulten Cordhosen und der Lesebrille eher wie ein Soziologielehrer aussah.

Am frühen Abend hatte der Reporter angerufen, doch Lichthaus hatte zunächst gezögert. Sich als Ermittlungsleiter mit einem Pressevertreter zu Hause zu treffen, war nicht wirklich diskret, aber die Drohung des Täters zeigte Wirkung, und Claudia hatte nicht allein bleiben wollen. Henriette schlief und seine Frau werkelte im Atelier. Brünjes hatte sich als netter Plauderer erwiesen, der ihm über die übliche Anfangsbefangenheit geholfen hatte, doch nun sollte es um den Grund seines Besuchs gehen.

Lichthaus beobachtete sein Gegenüber, der umständlich sein Weinglas auf den Tisch stellte. Die Haare wurden lichter, und als dieser ihn nun anschaute, fiel ihm wieder auf, dass das linke Auge blau und das rechte braun war. Er lächelte in sich hinein, als er an den Nachbarshund im Westerwald dachte, der ebenfalls zwei unterschiedliche Augenfarben hatte. Bastilein hieß die Töle, ein aggressiver Spitz, der immer nach seinen Beinen geschnappt hatte.

Er konzentrierte sich. »Sie haben also im Rahmen einer Recherche über Betrügereien in der Ökobranche auch Informationen zu Kaiser gewonnen. Worum geht es da genau?«

Brünjes brauchte nicht lange zu überlegen, wahrscheinlich hatte er vorher schon überdacht, wie weit er Lichthaus informieren sollte. »Nun, das Thema ist ja nicht wirklich neu. Skandale begleiten den – nennen wir es mal – Ökosektor schon seit jeher. Bewusst konsumierende Leute sind bereit, für saubere oder nachhaltige oder unter strengen Tierschutzauflagen produzierte Lebensmittel einen Aufschlag zu zahlen, der Betrüger anlockt, die das Mehr in ihre Tasche wirtschaften wollen. An Beispielen mangelt es nicht.«

»Ja, darüber bin ich mir im Klaren. Bei meinem Job mache ich mir natürlich keine Illusionen, dass Kriminelle auch hier Lücken finden. Aber ich frage mich, wie das genau funktioniert, trotz all der Kontrollen?«

Brünjes lächelte. »Da liegt einer meiner Ansätze. Die Prinzipien sind eigentlich einfach. Entweder Sie deklarieren herkömmliche Ware als Ökoprodukt und verkaufen sie teurer. Oder Sie versuchen, über vorgetäuschte ökologische Wirtschaftsweise Subventionen zu ergattern. Nur, was lohnt sich? Mit dem Thema staatlicher Subventionierung konventioneller Betriebe möchte ich Sie verschonen, denn schon das normale Förderprogramm der EU ist ein grauenhafter Dschungel.«

»Wer behält denn da den Überblick?«

»Gute Frage. Die zuständigen Behörden und das Ministerium.«

»Womit wir wieder bei Kaiser wären.«

»Ja. Aber zuerst möchte ich den Punkt klären, wo sich Betrug lohnt. In Deutschland haben wir einmal einen Fördertopf, wenn der Hof auf ökologischen Landbau umgestellt wird, und zum anderen Hilfen, die an Betriebe gehen, die dabeibleiben. Sie werden abhängig von der bewirtschafteten Fläche gewährt. Ein Beispiel: Der Alleenhof hat meines Wissens einhundertachtzig Hektar, von denen etwa neunzig Grünland sind, zwanzig dem Gemüseanbau dienen und die restlichen siebzig für Ackerbau verwendet werden. Das macht rund siebenundzwanzigtausend Euro flächenbezogener Unterstützung im Jahr. Rechnet man das Ganze durch, ernten die Biobauern geringere Mengen, bekommen jedoch bessere Preise. Inklusive der Förderung stehen sie sich oftmals günstiger als ihre konventionellen Kollegen. Ausnahmen gibt es natürlich auch. Das Bundesministerium hat 2010 sogar festgestellt, dass in ökologisch wirtschaftenden Betrieben die Weizenernte nur halb so hoch ist, doch das wird von den mehr als doppelt so hohen Marktpreisen überkompensiert.«

Lichthaus dachte an das Gespräch mit Molitor, der ähnliche Schlüsse gezogen hatte. »Es macht also Sinn, Unterstützungen zu erschleichen.«

»Finden Sie?« Brünjes schaute spöttisch über den Rand seiner Lesebrille und erinnerte ein wenig an Peter Sloterdijk im philosophischen Quartett. »Für einen großen Hof wie den Alleenhof nur siebenundzwanzigtausend Euro? Nein, ich denke, wenn einer bescheißen will, sind die zusätzlichen Subventionen nur eine Begleiterscheinung. Betrug im Ökobereich findet per Etikettenschwindel statt, wenn für konventionell produziertes Fleisch, Obst oder Gemüse höhere Preise gezahlt werden, weil sie als Bioware deklariert werden, aber tatsächlich aus der konventionellen

Landwirtschaft stammen. Die auch noch größere Mengen erzielt, und das bei geringeren Kosten. Hochgezüchtete, hormonell behandelte Sauen werden plötzlich zu teuer aufgezogenen Edelschweinen. Tolle Sache. Ein Bauer in Niedersachsen hat mit seinen Standardviechern so rund dreihundertvierzigtausend Euro ergaunert. In Italien wurden siebenhunderttausend Tonnen Getreide und Früchte umetikettiert und in ganz Europa als Bioprodukte verzehrt. Geschmacklich merkt der Verbraucher das nicht. Man schätzt den Profit auf zweihundert Millionen.«

»Unfassbar. Angeblich wird doch alles vollständig überwacht.«

»Scheinbar ja, aber es wird allzu oft weggesehen oder einfach betrogen. Durchstoßen Sie die lückenlose Kette der Herkunftsnachweise an der richtigen Stelle und Sie können jedes Produkt in das System einfließen lassen.«

»Sie vermuten also, dass Kaiser in einer entsprechenden Sauerei steckt?«

»Ja, nur beweisen kann ich nicht das Geringste. Vor drei Monaten wurden mir anonym Informationen zugespielt, dass in Deutschland eine Ökomafia in großen Mengen minderwertige Lebensmittel auf öko trimmt und vertreibt.«

»Gehen Sie solchen Hinweise auf vermeintliche skandalöse Machenschaften immer nach?«

»Wir verifizieren natürlich die Sachverhalte, gleichen mit neutralen Quellen ab, denn wir spielen ungern die Erfüllungsgehilfen für jemanden, der einem Konkurrent in den Hintern treten will und ihn bei uns anschwärzt.«

Lichthaus stand auf und schenkte dem Journalisten nach. Er hatte seinen Lieblingswein von Ottos Meisterhand aufgemacht. Ein halbtrockenes Hochgewächs mit feinen Aromen, die Weintester wohl als Pfirsich bezeichnen würden. Eigentlich nicht für Besuch bestimmt. Brünjes jedoch hatte augenblicklich gezeigt, dass er sich mit Weinen auskannte und eine profunde Diskussion begonnen, die letztendlich nur noch zu dieser Flasche führen konnte.

»Die Angaben stimmten also?«

»Ja.« Der Reporter nippte an seinem Glas und ließ den Riesling auf seine Geschmacksnerven wirken. »Herrlich, davon werde ich mir einen Karton besorgen. Aber, bevor wir in die Details gehen: Was bekomme ich von Ihnen?«

Lichthaus überlegte lange und schaute in den Ofen, hinter dessen Sichtfenster ein Buchenscheit knackte. »Kaiser hatte Schwarzgeld unbekannter Herkunft auf Konten in Offshore-Zentren.«

Brünjes versuchte zwar seine Überraschung zu verbergen, doch Lichthaus, erfahren aus unzähligen Verhören, registrierte die leichten Zeichen der Erregung, die der andere aussandte und zu überspielen suchte, indem er sprach. »Meine Quellen sind anfangs nicht wirklich konkret geworden. Die Mail hat riesigen Anlauf genommen und über Verantwortung schwadroniert, ist voll gewesen von ethischem Geschwätz. Ich hatte anfangs den Eindruck, dass da eine kleine Nummer mal so richtig austeilen wollte. Ich bin drauf und dran gewesen, den Wisch der Ablage P zu übergeben, als ein Name genannt wurde. Das interessiert dann schon eher, da es überprüfbar ist.«

»Welcher Name?«

»Ein Referatsleiter aus der Bundesanstalt für Landwirtschaft und Ernährung in Bonn.«

»Was ist hieran so spannend?«

»Die Bundesanstalt ist für die Umsetzung der gemeinschaftlichen Agrarpolitik verantwortlich und greift aktiv in das Marktgeschehen ein. Für mich wichtiger sind aber die Kontrollaufgaben. Hier geht es um die Ein- und Ausfuhr landwirtschaftlicher Produkte nach Deutschland und ...«, er machte eine kleine Kunstpause, »... die Zulassung und Prüfung der Kontrollstellen für den ökologischen Landbau.«

»Die Kette der Herkunftsnachweise. Und einer der erwähnten Referatsleiter ist hierfür zuständig.«

»Erfasst!«

»Was noch?«

»Die Quelle behauptet, eine der Organisationen würde wegsehen. Benannt wurde die ...«

»Öcocertifica.«

Brünjes zog die Augenbrauen nach oben. »Eben diese. Woher kennen Sie den Verein?«

Lichthaus grinste. »Ermittlungen. Was ist mit denen?«

»Ermittlungen? Da bin ich aber gespannt. Ich weiß nur wenig Genaues, allerdings sind sie für den Alleenhof zuständig.«

Lichthaus war überrascht und ärgerte sich, diese Info bisher nicht von den Kollegen bekommen zu haben, doch er bluffte. »Wissen wir schon. Haben Sie auch Informationen, die mich überraschen?«

»Der Ring ist noch nicht geschlossen.« Brünjes trank einen Schluck. »Der Referatsleiter war vorher Abteilungsleiter im rheinland-pfälzischen Wirtschaftsministerium und da die rechte Hand von Kaiser.«

Sie schwiegen kurz und sahen sich an, bevor Lichthaus ansetzte: »Sagt Ihnen der Name Olienko etwas?«

Der Reporter schüttelte den Kopf. »Nein? Wieso?«

»Der Mann taucht in unseren Ermittlungen auf, und wir können keine Verbindung herstellen.« Brünjes hatte offensichtlich Gudrun Jansen noch nicht gefunden. »Was wissen Sie von Kaiser?«

»Nun, ein Informant im Ministerium, der eng mit ...«

»Feist, gegelte Haare und Dauergrinsen? Wühlt gerne in Papierkörben anderer Leute?«

»Ich sehe, Sie kennen Jens Molitor schon. Alle Achtung, Sie sind schnell. Ich hab damals angerufen, um mich mit Kaiser zu verabreden, was dieser übrigens später abgelehnt hat, doch habe ich zunächst nur diesen unangenehmen Typen an die Strippe bekommen. Der Kerl ist vom ersten Augenblick an sehr kooperativ gewesen. Der wollte seinen Boss loswerden.«

»Was denken Sie, warum?«

»Übernahme eines lukrativen Nebengeschäfts? Oder einfach nur geil auf den Posten? Ich habe nicht die Spur einer Ahnung.«

Lichthaus überlegte. Brünjes legte gewiss nicht alle Informationen auf den Tisch, sondern versuchte, zuerst am Zug zu sein. Der Journalist hatte sich ihm gegenüber weit geöffnet, weshalb er davon ausgehen konnte, dass ihm wichtige Puzzlesteine für ein Gesamtbild noch fehlten.

»Was ist mit Molitor gelaufen?«

»Na, jetzt sind Sie an der Reihe.« Er grinste. Der Mann machte keine Mätzchen, wusste aber genau, was er wollte. Lichthaus gab ihm ein Puzzlesteinchen: »Hat er Ihnen die Liste gezeigt?«

»Ich verstehe nicht.«

»Kaiser hat die Termine der unangekündigten Sonderprüfungen von Öcocertifica gekannt.«

»Wow! Kann ich die Daten sehen?« Ein neues Teilchen lag auf dem Tisch. Bloß zeigte Lichthaus ihm nicht die Vorderseite.

»Nein, die ist im Büro«, was nicht ganz gelogen war, denn Siran hatte mittags die Namen entschlüsselt und die Originalliste behalten, doch eine Kopie steckte oben in seiner Tasche.

»Okay, aber trotzdem bin ich jetzt wohl wieder am Zug: Molitor hat in einem Fall eine offensichtliche Geldübergabe gesehen. Der Vorfall muss sich in einem Restaurant abgespielt haben, in das Kaiser die Referatsleiter regelmäßig eingeladen hat. Dem Schnüffler ist aufgefallen, dass sein Chef bei diesen Gelegenheiten immer kurzzeitig verschwand, und ist einmal hinterhergegangen. Kaiser hat am äußersten Ende der Theke gestanden, sich zu einer Nische gewendet und mit einer Person gesprochen, die von der Wand abgeschirmt wurde. Dann hat er einen Umschlag erhalten, den er schnell in seiner Jacke versteckt hat. Molitor hat sich davongemacht, doch als sein Chef später am Abend im Ministerium zur Toilette gegangen ist, hat er hineingesehen und seiner Schätzung nach zehntausend Euro gezählt.«

»Dieser Referent ist ein Schwein«, ein Lächeln huschte über Lichthaus' Gesicht, »aber ein nützliches.«

»Wer steht auf der Liste?«

»Einige Biohöfe, ein Biogetreideimporteur und zwei Importeure von Ökoerzeugnissen. Namen kann ich Ihnen keine geben.«

»Verstehe. Hier aus der Gegend?«

Lichthaus lachte auf. »Ja. Genügt das?«

»Ja, das reicht mir fürs Erste.«

Dienstag

Wenn er sich richtig an seinen Lateinunterricht erinnerte, bedeutete »incubare« brüten. Seine Brutzeit endete mitten in der Nacht. Er war spät zu Bett gegangen, da er noch einen Bericht über das heimlich aufgezeichnete Gespräch mit Brünjes geschrieben und an die Kollegen gemailt hatte. Nun wachte er schweißüberströmt auf und stierte benommen in die Dunkelheit, während sich der Kopfschmerz wie eine Manschette immer enger um seinen Schädel zog. Kurz darauf rissen Krämpfe an seinem Leib, als wollten sie ihn zum Platzen bringen. Henriettes Infekt hatte sein nächstes Opfer gefunden, und nur Sekunden später sprang er auf, torkelte ins Bad und übergab sich schwallartig in die Toilette. Er spuckte die im Mund verbliebenen Reste hinterher und betätigte die Spülung, als ein weiterer Krampf ihn so lange zum Würgen zwang, dass er glaubte, der Magen würde seinem Inhalt folgen oder er ersticken. Die Vorboten waren am Abend bereits da gewesen. Er hatte sich matt und abgeschlagen gefühlt, das aber als Arbeitsüberlastung gedeutet.

Eine halbe Stunde später war auch sein Darm völlig entleert, und er kroch in einer gnädigen Pause zwischen zwei Anfällen bewaffnet mit einem Eimer auf das kleine Sofa im Arbeitszimmer, damit Claudia die erneute Runde, die zweifelsohne bevorstand, nicht mitbekam. Sie hatte ihm helfen wollen, doch wie schon bei Henriettes Durchmarsch, war sie augenblicklich, als die säuerlichen Schwaden aus dem Bad gewabert waren, grün angelaufen. Er hatte ihre Hilfe abgelehnt, und sie war schwach protestierend schnell im Schlafzimmer verschwunden.

Schüttelfrost rüttelte ihn durch, wie der Herbstwind einen altersschwachen Baum, irgendwann fiel er in leichten Dämmerzustand, der von der nächsten Attacke beendet wurde. Gegen sechs Uhr am Morgen und vier Badbesuche später war er so fertig, dass er sich kaum noch auf den Beinen halten konnte. Aber dann entließ ihn der Virus aus seinem eisernen Griff, spuckte ihn völlig entkräftet in sein Bett, und als Claudia um acht Sophie Erdmann informierte, lag er fast komatös in traumlosem Schlaf, aus dem er bis zum Nachmittag nur ab und zu aufwachte.

*

Beim dritten Klingelton meldete sich eine Stimme mit »Pilsner.«

Siran stellte sich vor. Er hatte den Morgen damit verbracht, die Öcocertifica zu durchleuchten. Die Gesellschaft war ordnungsgemäß vom Bundesamt zugelassen worden und mittlerweile in allen Bundesländern als beauftragte Kontrollstelle tätig. Nur ein Mal war bisher ein von der GmbH kontrolliertes Unternehmen wegen Unregelmäßigkeiten aufgeflogen. Selbst Demeterhöfe bedienten sich ihrer Dienste. Nun war die Zeit gekommen, um den Kontrolleur ein wenig aufzuschrecken.

Der Mann lachte nervös. »Was habe ich mit der Polizei zu tun?«

»Persönlich vorerst nichts. Wir ermitteln in den Mordfällen Kaiser und Görgen und sind über Ihren Namen gestolpert.«

»Was?«

Siran blieb kalt und erhöhte den Druck. »Aktuell wollen wir Sie nur befragen, strafrechtlich gehen wir noch nicht gegen Sie vor.«

Pilsner war verwirrt: »Jetzt mal langsam ...«

Siran unterbrach den Mann, dessen Stimme einen Ton zu hoch durch den Hörer kam, um entspannt zu wirken: »Kontrollieren Sie den Alleenhof?«

»Ja, das ...«

»Wann haben Sie den Hof zuletzt besucht?«

»Da muss ich in den Berichten nachsehen.«

»Der Monat reicht mir.«

»Im vergangenen Herbst, ich denke so im Oktober.«

»Ist Ihnen etwas aufgefallen?«

»Nein, wir ziehen immer Proben von den Weiden und aus dem Futter. Alle waren negativ. Gleiches gilt für die Fleischbestände. Die Haltung der Tiere entspricht den Vorschriften.«

»Wir werden wahrscheinlich die Unterlagen einsehen«, bluffte Siran. Der Mann redete nun, und er würde ihn nicht vom Haken lassen. »Was ist mit Doktor Egbert Kaiser?«

»Ist mir nicht bekannt.«

»Wenn Sie lügen, gibt es eine Anzeige, darauf können Sie Gift nehmen!« Jetzt gebrauchte er schon Lichthaus' Sprüche.

»Wieso sollte ich die Unwahrheit sagen, was unterstellen Sie mir?«, fing Pilsner sich.

»Kennen Sie das Restaurant Matrjoschka in Mainz?« Die Pause dauerte lange, und Siran grinste in sich hinein. »Sind Sie noch da?«

»Ja«, kam es schließlich zögerlich, ein wenig ängstlich.

»Was heißt ja?«

»Ja, ich bin noch da.«

»Haben Sie meine Frage verstanden? Kennen Sie das Matrjoschka?«

»Ich versuche gerade, mich zu erinnern, da ich häufig in Mainz unterwegs bin.«

»Denken Sie drüber nach. An ein Treffen mit Geschäftspartnern zum Beispiel, und halten Sie die Unterlagen bereit. Morgen um zwölf erwarten wir Sie hier zu einer kurzen Befragung. Passt Ihnen die Zeit?«

»Äh, nun ja, das könnte ich einrichten, aber ...«

Siran schnitt ihm das Wort ab: »Sehr gut. Auf Wiedersehen.« Er legte sofort auf und war zufrieden. Das Schweigen am anderen Ende war vielsagend gewesen. Pilsner war jetzt aufgeschreckt, ein Zustand, in dem Menschen Fehler machten. Fehler, die sie nutzen mussten, um Verbrecher zu überführen. Siran schaute zu Sophie Erdmanns Schreibtisch hinüber, der verwaist dalag. Sie war mit Steinrausch zur Ölmühle gefahren, um noch jemanden aufzuschrecken.

Er stand auf und füllte Wasser ins Çaydanlik.

*

Der Apathie folgte die Agonie. Sie spürte, wie das Leben sie verlassen wollte. Wirre Bilder sirrten vor ihren Augen wie ziellose Insekten in der Nacht. Sie sprach mit ihren Eltern, sogar mit der Großmutter, roch und schmeckte die Luft in einem Wohnzimmer, das es seit Jahren schon nicht mehr gab. In irrsinniger Geschwindigkeit sah sie Schnappschüsse ihres Lebens vorbeirauschen, so klar, als wäre sie wieder Teil der Szene. Wildes Tanzen, Lachen, das Meer und die Brandung, fühlte den Sex mit ihm körperlicher als in der Realität, begegnete allen, die ihr zu welcher Lebenszeit auch immer etwas bedeutet hatten, gleichsam als wolle sie sich verabschieden. Weinte beim Lächeln ihres Bruders, bevor er in seinem Käfer wie in einer Zitronenpresse zerquetscht wurde, als der Lkw auf ihm landete.

Ihr Geist kehrte zurück und brachte den Körper in Unruhe. Ihre Hände streiften die Bettdecke weg, ergriffen sie erneut und knickten sie hin und her. Sie hörte ihre Stimme wirres Zeug reden, mal Gebrabbel, mal klare Worte.

Ausgelaugt, skelettiert war sie nun. Die Schmerzen waren zurückgekommen, ein ums andere Mal. Schmerzen wie glühende Schwerter in ihrem Leib, schlimmer, immer schlimmer fuhren sie durch sie hindurch. Ihr Körper wie paralysiert, nur noch auf diese körperlichen Qualen ausgerichtet, verlor seine Kraft, mehr und mehr.

Sie gab sich auf und war froh darüber, nicht mehr kämpfen zu müssen. Doch sie musste auf ihn warten, darauf hoffen, dass er rechtzeitig kam, um sie zu begleiten. Die letzten Schritte zu zweit, wie sie zuvor schon Millionen gegangen waren, und doch ganz anders jetzt. Sie sah deren Ende, ein Paar Fußspuren brach ab, das andere strebte weiter. Ihre Atmung schnappte, Füße und Hände waren eiskalt, doch der Drache des Schmerzes hatte sich zurückgezogen, gönnte ihr das Finale in Frieden. So lag sie hier, Sekunde um Sekunde, Stunde um Stunde, bis er endlich kam.

Ein Rütteln am Bett, die Decke glattgezogen in unermüdlicher Fürsorge. Sie spürte seinen Atem auf ihren Wangen und öffnete die Augen, sah noch einmal sein Gesicht, sein Lächeln unter Tränen, dann schloss sie die Lider, um sie nie wieder zu öffnen.

*

Jan Brünjes fluchte leise, sein Bein kribbelte, und er versuchte, die Blutzirkulation abermals in Gang zu bringen. Er fror und langweilte sich, ohne dass sich auch nur die geringste Möglichkeit ergeben hätte, mehr zu sehen oder mitzubekommen, als die Fassade der Firma, von der hier und da die Farbe abblätterte. Nur die Sonne, die ihm ins Gesicht schien und endlich etwas Wärme brachte, lockerte seine Stimmung ein wenig auf.

Schneider & Jost hatten ihren Betrieb auf der Eurener Flur, einem Gewerbegebiet, das man in den Achtzigerjahren auf einem ehemaligen Flugplatz angelegt hatte. Das Gebäude war unscheinbar und glich den benachbarten Kästen: große Hallen mit Flachdach, an der Seite Rampen zum Abladen und Aufnehmen von Waren, in der ersten Etage eine Büroflucht. Das Eckbüro war mit ziemlicher Sicherheit das des Chefs. Er hatte schon in viele dieser mittelständischen Unternehmungen gesehen und Eigentümer erlebt, die kollegial mit den Mitarbeitern umgingen, wohingegen andere hinter einem völlig überdimensionierten Schreibtisch residierten und die Leute mehr anschrien als leiteten.

Diese Firma war diskret. Nirgendwo ein Namenszug, nur der Briefkasten wies den Weg. Ein schwacher Schatten quer über der Front zeigte, wo einst ein Schild angebracht gewesen sein musste, das jetzt fehlte. Eine graue Maus, an der man vorbeifuhr, ohne eine noch so kleine Erinnerung im Hirn abzulegen, die später ein Wiedererkennen auszulösen vermochte. Etwa an die Kameras, die an den Ecken des Gebäudes wie die Augen von Zyklopen hingen und alles aufnahmen, was sich im Eingangsbereich abspielte. Er hatte sich die Technik mit dem Fernglas angeschaut, konnte aber nicht sagen, ob eine permanente Überwachung stattfand oder lediglich aufgenommen und gesichert wurde.

Schneider & Jost wurde nicht mehr von den Namensgebern geführt, sondern von einem Hans-Peter Ressler, so viel hatte er dem Handelsregisterauszug entnehmen können. Spezialisiert auf Im- und Export von Lebensmitteln aus ökologischem Landbau. Die GmbH selbst wiederum hatte zwei Gesellschafter, ebenfalls GmbHs, die eine in Dresden, die andere in Rostock. Wer genau dahinter stand, war nicht sofort zu erkennen. Noch am Morgen hatte er einen Redaktionsassistenten auf die Recherche angesetzt.

Aus seinem Bein verlor sich das Fremdkörpergefühl, und er wickelte sich enger in den Parka. Müdigkeit sickerte in seine Glieder, er döste weg. Als ein Laster die Straße entlangschnaufte und vor dem Tor hielt, schreckte Brünjes hoch. Die vergangenen drei Stunden waren träge dahingetröpfelt. Anfangs hatten die Arbeiter einige Transporter beladen, die kurz darauf das Gelände verlassen hatten, seitdem jedoch tat sich kaum mehr etwas. Er zückte die Nikon mit langem Teleobjektiv. Er liebte das Teil wegen seiner Brennweite und der Eigenschaft, auch bei schlechtem Licht gestochen scharfe Bilder zu machen. Er schoss gleich eine ganze Serie Fotos, die die Kamera surrend speicherte. Die Zugmaschine des ankommenden Lkws hatte eine tschechische Nummer, der Auflieger war in Bulgarien zugelassen und sah runtergekommen aus. Das Kühlaggregat lief lärmend und verlor sicher nicht erst seit gestern eine ätzende Flüssigkeit, die unterhalb des Aggregats den einstmals weißen Lack zu Blasen aufgeworfen und braun verfärbt hatte.

Brünjes warf die Nikon auf den Rücksitz, griff seinen Rucksack und sprang aus dem Auto, während sich drüben das automatische Tor ratternd öffnete. Er musste sich beeilen und ließ den Mietwagen unverschlossen, denn schon fuhr der Laster langsam wieder an, wobei er eine grotesk-schwarze Rußwolke ausstieß. Vom Fahrer war durch die abgedunkelten Scheiben kaum etwas zu erkennen, bestimmt konzentrierte er sich darauf, das Tor nicht zu streifen. Wie unbeteiligt überquerte er die Straße und folgte dem Bürgersteig die wenigen Meter bis zum Eingang. Die erhoffte Gelegenheit kam in dem Moment, als der Lastwagen das Tor so weit passiert hatte, dass er eine genügend große Lücke freigab, die Brünjes nutzen konnte, um unbeobachtet von aller Technik auf den Hof zu gelangen. Er hatte sich Jeans, Arbeitsschuhe und Basecap angezogen und legte nun wie selbstverständlich die Hand auf die raue Außenhülle des Aufliegers, gerade so, als gehörte er genau hierher, während er so unbemerkt bis zur Halle gelangte.

Flüchtig hob er den Kopf und sah, dass man an den Seiten auf eine Überwachung verzichtet hatte, wohl im Vertrauen auf den hohen, mit Stacheldraht gekrönten Zaun, der das gesamte Areal umlief. Viel Aufwand für einen einfachen Lebensmittelimporteur, wie er fand. Das Kreischen der Bremsen riss ihn aus seinen Betrachtungen. Nur noch wenige Sekunden und das Ungetüm würde rückwärts an eine der Ladebuchten rollen und ihn seines Schutzes berauben. Brünjes schaute sich schnell um, von der Rampe her hatte er Stimmen gehört und das Geklapper von Transportkarren. Schweiß brach ihm aus. Ihm blieb nur eine Chance, nicht sofort entdeckt zu werden. Zügig ging er vor zur Zugmaschine, nickte dem etwas verwundert dreinschauenden Fahrer zu und begann ihn mit ausladenden Gesten einzuweisen. Der schenkte ihm jedoch kaum Beachtung und zog es vor, mithilfe seiner Spiegel zurückzusetzen, doch Brünjes hatte ein paar Sekunden gewonnen. Links in der Wand befand sich eine Tür, und er betete zu Gott um ein offenes Schloss, als er mit zwei großen Schritten drüben war und den Türgriff drückte.

*

Die Ölmühle erfüllte keine der Erwartungen, die Sophie Erdmann an eine Biomühle gestellt hätte. Sie hatte mit einem schmucken historischen Gebäude gerechnet, in dem der Verkauf von gestylten Flaschen direkt neben der Produktion stattfand. Die Fuchs-Mühle, wie sie nach dem Geburtsnamen von Eva Kaiser hieß, befand sich hingegen in einer alten Fabrikhalle bei Rivenich, die einstmals Teil eines größeren Gewerbebetriebs gewesen war. Man gab sich Mühe, den Endzeiteindruck zu vertreiben. Der Parkplatz war schön gepflastert, und auch den rissigen Beton hatte man mit warmen Farben überstrichen. Außerdem würden die begrünten Ränder im Sommer üppig bewachsen sein, doch schräg hinter dieser Fassade ragten unansehnliche Silos und noch weiter entfernt verfallende Hallen und Lager in den Himmel, die an Industriebrachen erinnerten.

»Was ist das denn für ein Laden?«, bestätigte Steinrausch ihre Empfindungen, während sie auf den Eingang zugingen.

Sie hatten sich am Morgen über die Ölmühle informiert und herausgefunden, dass Sandra Görgen die Geschäfte führte und ähnlich viel Geld aus dem Betrieb zog, wie Eva Kaiser.

Die Mühle gehörte zu den vielen Betrieben, die in den letzten Jahren aus dem Boden geschossen waren, um Rapsöl in Treibstoff umzuwandeln. Dem Internetauftritt zufolge wurden in einer zweiten Produktionsschiene Speiseöle aus Raps, Traubenkernen und Walnüssen hergestellt.

Im Inneren hatte man neben dem Eingang einen kleinen Verkaufsraum geschaffen und in Vitrinen weiße Glasflaschen ausgestellt, die unterschiedliche Öle zu enthalten schienen. Rechts befand sich das Büro, die Tür war weit geöffnet. Doch der Raum war leer, und Sophie schaute fragend zu Steinrausch. Der zuckte nur die Schultern und trat an einen der beiden Schreibtische. Darauf befand sich das übliche Chaos aus Belegen, Notizen, Stiften und einer Tasse mit kaltem Kaffee rund um den Monitor, der dem Microsoft-Bildschirmschoner Platz für seine Runden bot. Die Stille in dem völlig überheizten Zimmer wurde nur von einem leisen Zischen und Brummen unterbrochen, das aus dem rückwärtigen Teil des Gebäudes zu ihnen herüberdrang.

»Hier geht's ja richtig ab«, grinste sie breit und bezog Position neben der Tür, die nach hinten führte, während Steinrausch die Papiere sondierte.

»Gelegenheit macht eben Diebe.« Er hob sein Handy, fokussierte und lichtete einzelne Blätter ab, die er eins nach dem anderen vom Stapel nahm. Da sich nichts rührte, überflog er die Rücken der Ordner, die den Schrank füllten. »Rechnungen.« Er blätterte. »Alleenhof, wen wundert's?«

Sophie hielt den Atem an. Plötzlich wurde irgendwo eine Tür geöffnet, denn die summenden Geräusche schwollen kurz an, um nach einigen Augenblicken wieder in die vorherige Tonlage zurückzufallen. Sie feixte zu Steinrausch hinüber, der die Unterlagen auf ihren Platz stellte und zu ihr trat. Als wenige Sekunden später eine Frau mittleren Alters in Begleitung eines etwa gleichalten Mannes in den Eingangsbereich kam, standen sie bereits vor den Vitrinen und musterten die Öle, deren Farben von schwachem Hellgelb bis hin zu einem nussigen Braun reichten.

»Was kann ich für Sie tun?« Ihre Stimme war neutral mit ablehnendem Unterton, der befremdete, schließlich hätten sie interessierte Kundschaft sein können. Sophie zog ihren Dienstausweis hervor. »Erdmann. Kriminalpolizei Trier. Das ist mein Kollege Steinrausch. Frau Görgen?«

»Ähm, ja.« Ihre Verunsicherung war mit Händen zu greifen. »Ich verstehe nicht ganz. Sie haben doch mit meinem Mann schon ausgiebig gesprochen.« Sandra Görgen war im Vergleich zu Sophie klein und kräftig gebaut. Mit ihren kurzgeschnittenen dunklen Haaren, aufwendiger Kleidung und einem dezenten Make-up strahlte sie jedoch auf ihre Art eine gewisse Attraktivität aus.

»Ja, das ist richtig. Wir müssen aber noch ein paar Fragen mit Ihnen persönlich abklären.«

»Und dafür kommen Sie extra hier raus?«

»Hätten wir Sie ins Präsidium bestellen sollen?«

Sandra Görgen zog es vor zu schweigen.

»Zunächst müssten Sie uns das Alibi Ihres Mannes für den Zeitpunkt des Mordes an Ihrem Schwiegervater bestätigen.«

»Also«, ihre Augen suchten den Blick ihres Begleiters, der einige Schritte von ihr abgerückt war, und Sophie sah eine Intimität zwischen ihnen, die reinen Arbeitskollegen abging. Die beiden hatten etwas miteinander, darauf würde sie wetten. »Roland ist zu Hause gewesen. Wir haben mit den Kindern gegessen und anschließend ferngesehen. Seit wir den Melkroboter benutzen, ist er abends praktisch nie mehr auf dem Hof. Die paar Handgriffe und die Kontrolle konnte Horst spielend allein erledigen.«

»Und am Samstag?«

»Wieso?« Dann verstand sie: »Was soll er denn mit Kaisers Tod zu tun haben?«

»Das kann ich noch nicht sagen, doch deswegen sind wir hier.« Sophie wandte sich um. »Wie ist Ihr Name?«

»Achim Stocke, ich leite den Betrieb, also die Technik.« Der große muskulöse Typ in Arbeitshose und Pulli wurde nervös. »Ich sollte wohl besser gehen, oder?«

»Ja. Bleiben Sie aber in der Nähe, wir brauchen Sie noch.«

»Warum?«

»Später.« Steinrauschs Gesicht blieb neutral, und so verließ Stocke zögerlich den Raum.

»Frau Görgen«, nahm Sophie den Faden wieder auf, »wo ist Ihr Mann am Samstagabend gewesen?«

»Unterwegs. Er wollte sich mit einem Geschäftsfreund treffen.«

»Haben Sie einen Namen?«

»Nein, da müssen Sie ihn selbst fragen.« Sie mauerte.

»Er sagt Ihnen also nicht, mit wem er sich trifft?«

»Warum? Das tue ich auch nicht immer.«

»Zum Beispiel mit ihm?« Sophie nickte in Richtung Tür.

Sandra Görgen lief leicht rot an und schaute schnell weg. »Achim ist nur mein Mitarbeiter.«

»Ach so. Nun, wir suchen nach Verbindungen zwischen Kaiser und Ihrem Schwiegervater, da beide vom selben Täter getötet wurden. Können Sie mir erklären, wieso Ihr Mann meinem Kollegen nichts von diesem Unternehmen hier erzählt hat, das Sie ja immerhin gemeinsam betreiben?«

»Was hat das mit Horst zu tun?«

»Jeder Kontakt Ihrer Familien ist wichtig.«

Sandra Görgen zuckte wortlos mit den Schultern.

»Nun zur Mühle.« Steinrausch übernahm absprachegemäß. »Vor vier Jahren hat die Probe eines Ihrer Öle ergeben, dass es zu viele Rückstände enthalten hat und, besonders schlimm, geringe Spuren an Dioxin. Ist das korrekt?«

»Was hat das denn mit den Morden zu tun?«

Er lächelte kalt. »Das kann ich nicht sagen, beantworten Sie bitte meine Frage.«

Doch sie dachte nicht daran: »Wo haben Sie denn diese Informationen hergeholt? Dürfen Sie das überhaupt?«

»Wir dürfen alles, wenn die Staatsanwaltschaft uns grünes Licht gibt.«

»Ich möchte den Beschluss sehen.«

»Später.«

Sie zögerte und entschied sich zur Kooperation: »Was soll's. Wir haben damals den Raps in einem alten Silo gelagert. Es ist ein Fehler gewesen, dass wir nie eine Rückstandsprüfung gemacht haben, da keiner sagen konnte, was ursprünglich dort gelagert worden ist. Die Ware war okay, aber der Silo versaut. Die Behälter wurden gereinigt und neu beschichtet, seitdem ist Ruhe. Die Proben sind ohne Beanstandung.«

»Ihr Betrieb wird von Karsten Pilsner geprüft?«

»Ja. Was soll denn diese Frage nun wieder?« Unwillen blitzte in Ihren Augen auf.

Steinrausch überging den Einwand: »Woher beziehen Sie Ihre Rohware?«

Sie schüttelte den Kopf »Das reicht jetzt. Ich glaube, ich werde meinen Anwalt anrufen.«

»Kein Problem, nur bis der hier ist, unterhalten wir uns weiter.«

»Und wenn nicht?«

»Komme ich mit einem Durchsuchungsbeschluss zurück, und wir machen Ihren Laden links. Sie sollten kooperieren, das macht es uns allen leichter, schließlich suchen wir den Mörder Ihres Schwiegervaters.«

»Wir beziehen die Rohwaren überwiegend aus der Region. Ausschließlich aus ökologischem Landbau. Auch vom Alleenhof.«

»Rein aus Interesse: Was für eine Kapazität hat die Mühle?«

Sie lächelte verkniffen. »Wir können zweihundert Kilo Saatgut pro Stunde pressen und sind die zweitgrößte Ölmühle in Rheinland-Pfalz. Insgesamt gibt es hierzulande so um die vierzig dezentrale Mühlen, also kleinere Einheiten. Unsere Anlage läuft rund um die Uhr. Im vergangenen Jahr haben wir etwa zwölfhundert Tonnen Raps, vierhundert Tonnen Sonnenblumenkerne und ein paar Tonnen Walnüsse und Traubenkerne gepresst.«

»Was passiert mit dem Öl?«

»Das meiste Rapsöl geht in den Sprit. Alle Fahrzeuge am Alleenhof zum Beispiel fahren damit. Biosprit macht etwa sechzig Prozent aus, weitere fünfzehn Prozent gehen zur Herstellung von Diesel weg, der Rest wird zu Speiseöl. Walnüsse und Traubenkerne zu einhundert Prozent. Unseren Kraftstoff liefern wir überwiegend in Kombinations-IBCs – das sind Tanks in Gitterboxen – unmittelbar an die Landwirte der Region, einen anderen Teil übernehmen drei Tankstellen. Wir haben keinen Zwischenhandel. Das Speiseöl wird in Hofläden vertrieben, auf Märkten verkauft und vom Einzelhandel übernommen.«

»Was prüft der Kontrolleur?«

»Jetzt bin ich am Ende, da müssen Sie Achim fragen. Sie finden ihn hinten.« Sie deutete auf die Tür, durch die sie vor wenigen Minuten hereingekommen war.

»Im vergangenen Jahr haben Sie siebzigtausend Euro an der Mühle verdient. Wirft das Unternehmen so viel ab?«

»Roland macht die Bücher. Wir haben einen Umsatz von grob geschätzt achthunderttausend Euro gefahren.«

»Also entspricht das, was Sie und Frau Kaiser herausziehen, etwa neun Prozent?«

»Ja, so in etwa.«

»Danke für die Auskünfte.«

Sandra Görgen nickte nur, als sie das Büro verließen. Darin war es heiß gewesen, in der Halle fröstelten sie nun.

Achim Stocke hatte gewartet und kam geradewegs auf sie zu. »Kommen Sie mit, da drüben stehen die Pressen, da ist es wärmer.«

Sie folgten ihm in einen hallenartigen Raum, in dem große Plastiktanks standen und auf einer Empore die Pressen arbeiteten. Es roch nicht unangenehm nach Öl, doch war der Boden glitschig, wie mit Schmierseife überzogen. Er begann ungefragt zu erklären. »Das kommt vom Auspressen und lässt sich kaum vermeiden. Der Raps wird in zwei Schritten verarbeitet. Zuerst wird mit viel Druck das Öl ganz langsam kalt herausgepresst, wodurch weniger Phosphor ins Öl kommt, was gut für die Motoren ist.«

»Also Öl für das Tanken«, warf Sophie ein.

»Genau. Dann geht es unten weiter.« Er zeigte auf eine zweite Presse, in deren Rinne Öl floss. »Der Druck und die Temperatur sind höher. Dieses Öl ist für Motoren ungeeignet und wird als Futteröl vermarktet.« Er öffnete eine Klappe und deutete auf die trockenen Reste, die sich in einem Behälter sammelten. »Der sogenannte Presskuchen landet in der Futterindustrie oder direkt bei den Bauern zum Verfüttern. Im Nachbarraum ist unsere kleinere Anlage. Hier ziehen wir das Speiseöl heraus.«

»Voll öko?«

Er lächelte sie an. »Klar, wir haben ein Zertifikat, wodurch der Kuchen und das Öl auch auf Biohöfen verbraucht werden können. Alles im Vierundzwanzigstundenbetrieb.«

»Was wird von der Öcocertifica geprüft?«

»Na, jeder Produktionsschritt. Die Probenentnahmen kommen ins Labor.«

»Vor einiger Zeit hat es diese Panne gegeben.«

»Dummheit. Einen alten Silo muss man eben grundlegend reinigen. Das wäre mir nicht passiert. Weil die jedoch so im Hauruckverfahren eingestiegen sind, hat es Probleme gegeben. Ich denke, durch Kaiser ist das alles ziemlich unbürokratisch verlaufen.« Er schaute sich um. »Von mir haben Sie das aber nicht.«

Sophie lächelte »Passt schon. Was ist denn vorher hier dringewesen?«

»Ein Hersteller von Futtermitteln, doch der ist vor ewigen Jahren pleitegegangen. Das lohnt sich nur noch für die ganz Großen.«

»Woher könnte das Dioxin stammen?«

»Keine Ahnung, das Zeug entsteht bei fast allen Verbrennungsvorgängen.« Er strich sich über das dünner werdende Haar.

»Wie lange läuft Ihr Verhältnis mit Sandra Görgen schon?«

Sein Gesicht verlor die Farbe. »Ich ...«

»Verstehen Sie mich nicht falsch. Ich sammle Fakten. Ob diese einmal relevant werden, ist noch nicht abzusehen.«

»Ich habe kein ...«

Wieder unterbrach Sophie: »Zwingen Sie mich nicht, es herauszufinden.« Stocke schaute geschlagen weg. »Es bleibt unter uns, nur weiß ich jetzt, dass Sie nicht neutral sind.«

»Seit drei Monaten.« Sein Flüstern war in der Geräuschkulisse der Pressen fast nicht zu hören. »Es hat sich einfach ergeben. Man kommt sich näher, wenn man dauernd zusammenarbeitet.«

»Wie viele Angestellte gibt es überhaupt?«

»Sandra und ihr Mann machen den kaufmännischen Teil. Eine Azubi hilft dabei, die ist aber heute in der Schule. Mir gehen zwei Aushilfen zur Hand. Darüber hinaus füllen zwei Frauen das Speiseöl ab, etikettieren und verpacken.«

*

Jan Brünjes rannte so schnell wie seit dem Tag nicht mehr, an dem er im Studium mit ein paar Joints vor dem Bundesgrenzschutz bei Aachen über die Felder getürmt war und sich in einem Pfarrgarten versteckt gehalten hatte, bis die Aufregung verflogen war. Sein Entsetzen war heute ungleich größer, und er hatte panische Angst. Angst, sie könnten ihn erwischen und herausfinden, was er entdeckt hatte und in seinem Rucksack sicher verwahrt glaubte. Sie waren bereits hinter ihm her. Schuhe scharrten auf dem Asphalt und Rufe hallten ganz nahe, er meinte schon den Atem im Nacken zu spüren, und wagte es nicht einmal, einen Blick über die Schulter zu werfen. Mindestens zehn Arbeiter klebten an seinen Fersen, angetrieben von einem Chef, dessen pure Anwesenheit ihm das Blut stocken ließ – die menschgewordene Erbarmungslosigkeit.

Zunächst war alles gut gelaufen. Die Tür hatte er unverschlossen vorgefunden, und so konnte er ungesehen in ein kleines Treppenhaus stolpern, das nach nur wenigen Stufen zu einer weiteren Tür führte, die sich seiner Vermutung nach auf Höhe des Hallenbodens befand. Es muffte nach abgestandenem Rauch, und der übervolle Aschenbecher in der Ecke und die herumliegenden leeren Zigarettenschachteln zeigten, dass die Mitarbeiter im Winter oder bei Regen hier ihre Rauchpause einlegten. Er lächelte, denn dann würde die zweite Tür ebenso offen sein, wie es die erste gewesen war.

Er behielt Recht. Das Metalltor mit gelbem Leuchtbalken und einem Bügel zum einfachen Aufdrücken öffnete sich fast lautlos einen Spaltbreit und ließ kalte Luft in sein Gesicht schlagen. Wachsam spähte er in die weite Halle, konnte jedoch nur eine Reihe von Hochregalen erkennen, die vor Paletten voller Obst und Gemüsesteigen überzuquellen schienen. Vorsichtig schlüpfte er durch die Tür und sah sich um. Die Regale waren quer ausgerichtet, um die Transporter bequem über die Rampen beladen zu können. Das System wurde unmittelbar klar. Den Lkw wiesen die Arbeiter je nach Ladung die Position zu, die eine schnellstmögliche Be- oder Entladung ermöglichte. Aber auch ihm nutzte die Struktur, und er huschte zwischen zwei Regalreihen und war so vom Eingang her nicht mehr zu sehen. Ein schneller Blick um die Ecke zeigte ihm, dass im Augenblick Fleisch aus dem eben angekommenen Lkw in ein Kühlhaus gefahren wurde. Dessen Temperatur musste noch unter der des Bereichs liegen, in dem er sich befand, denn wenn eine vermummte Gestalt durch die Kunststoffbahnen trat, waberte ihr ein Nebel aus gefrorenen Wasserkristallen hinterher.

Langsam zog er sich zurück und folgte dem Regal, um hier und da die Waren und Etiketten zu inspizieren und diese mit seinem Handy zu fotografieren. Sämtliche Kisten, Kartons und Schachteln trugen das europäische Biosiegel des aus Sternen gefügten Blatts auf grünem Grund. Kartoffeln aus Israel, Tomaten aus den Niederlanden und Italien, Reis aus Pakistan, Linsen und Paprika aus der Türkei. Brünjes kannte die Probleme der Biobranche in Deutschland, nicht ausreichend produzieren zu können und so in vielen Sorten auf Importe angewiesen zu sein, um die steigende Nachfrage zu befriedigen, war aber trotzdem von der Vielfalt der Waren überrascht. Das Summen eines Elektromotors nur wenige Meter von seinem Standort entfernt ließ ihn erstarren. Zwischen den Regalböden sah er einen Gabelstapler emsig wie ein Käfer über den glatten Betonboden sausen. Die Panik lähmte ihn für den Bruchteil einer Sekunde, dann drückte er sich zwischen Kartons mit Tomaten aus dem Senegal hindurch und ging in einem schmalen Spalt dahinter in Deckung.

Keinen Augenblick zu früh, denn schon stoppte der Stapler unmittelbar vor seinem Versteck, woraufhin ein Arbeiter in weißer Montur absprang und den Lieferschein abriss. Er wirkte unrasiert, und die abstehenden Haare zeigten, dass sie am heutigen Tag genauso wenig einen Kamm gesehen hatten, wie der Rest des Körpers Wasser. Sein Hosenbein war auf Armeslänge von dem Versteck entfernt, in dem Brünjes kauerte. Sein Herz schlug hektisch, und er versuchte, sich langsam tiefer in den Schatten des Regals sinken zu lassen und flach zu atmen, damit die verräterischen Atemwolken nicht dem Mann um die Nase wehten. Staub kribbelte auf seinen Schleimhäuten wie in einem schlechten Film, doch er ignorierte es. Bange Sekunden verstrichen, dann sprang der Stapler an. Die Stahlspitzen schoben sich unter die Palette und hoben sie vor seinen Augen an. Er unterdrückte einen Aufschrei, als das Gefährt zurückfuhr, und er bereitete sich auf Entdeckung und Flucht vor. Schweiß brach ihm aus allen Poren aus.

»Stopp, das ist der Falsche! Ich habe mich verlesen.« Der Akzent war eindeutig osteuropäisch.

»Mensch, pass gefälligst auf!«

Die Kartons kamen wieder auf ihn zu und schwankend sank die Ladung auf den Boden. Es dauerte noch eine gefühlte Ewigkeit, bis die beiden endlich den richtigen Lieferschein samt dazugehörigem Obst gefunden hatten und verschwanden. Brünjes versuchte unterdessen, sein galoppierendes Herz zu beruhigen und schwor sich, so schnell wie möglich abzuhauen.

Auf der Laderampe erstarben die Bewegungen, und er hörte, wie der Lastwagen davonfuhr. Wenig später war die Halle leer und ein Blick auf die Uhr zeigte ihm, dass Pausenzeit sein könnte.

Wieder auf dem Gang schlug er den Staub aus seinen Kleidern und spähte zum Eingang. Niemand zu sehen. Zudem befand sich kein Fenster an der Stirnwand zu den Büros, aus denen man ihn hätte beobachten können. So beschloss er, sich trotz seiner Angst weiter umzugucken. Vorsichtig packte er wahllos einzelne Früchte und Gemüse in den Rucksack und wagte dann den Wechsel von einem Gestell zum nächsten, bis er endlich die Tiefkühlschleuse erreichte. Er zögerte erneut, rang mit seiner mitteleuropäischen Wohlstandsfeigheit, doch dann siegte der Reporter.

Drinnen herrschte sibirische Kälte, in der das Fleisch die Wände entlang in Regalen bis zur Decke gestapelt war. Das Kühlhaus schien nur für zerlegte und fertig verpackte Teile genutzt zu werden, da jedes Stück seinen genau bezeichneten Platz hatte. Links Rindfleisch, die Fächer nach den einzelnen Körperteilen sortiert, rechts Schwein und weiter hinten Geflügel und Lamm. In der Mitte stand die soeben gelieferte Charge, noch unsortiert. Brünjes trat näher und beugte sich im funzeligen Licht der einzigen Lampe vor. Rind. Er griff nach einem der Pakete, als er eine Bewegung wahrnahm. Eine Person tauchte schemenhaft vor den milchigen Kunststoffbahnen auf, die ein Entweichen der Kälte vermeiden sollten. Stumm verfluchte er seine Neugierde und verdrückte sich ein zweites Mal an diesem Tag. Das Kühlhaus bot ausreichend Gelegenheit, da die Regale in den Ecken tiefe Schatten warfen.

Der Mann, der eintrat, trug einen dicken Parka und hatte einen Stapel Etiketten unter den Arm geklemmt, den er nun ablegte. Brünjes erkannte sofort, dass er nicht zu den Arbeitern gehörte, es sei denn, diese kämen mit rahmengenähten Schuhen und Krawatte zur Arbeit. Der dunkelhaarige Typ wusste allerdings genau, was er tat, und verlor keine Zeit. Er ging zügig vor, doch zu langsam für Brünjes, dem immer kälter wurde, während der Mann mit geübten Bewegungen die Etiketten von den Verpackungen der neuen Ware riss und in eine Tüte steckte. Anschließend klebte er andere auf. Eins blieb jedoch übrig. Brünjes blickte auf das Päckchen in seinen Händen und die Panik kroch in ihm hoch.

»Verdammt.« Das Wort war nur ein Raunen, dann ein Blick auf die Uhr. In den glattrasierten Zügen zeigten sich leichte Anzeichen von Stress. Eilig umrundete er die Palette, um nachzusehen, ob er nicht ein Paket übersehen hatte. Er erweiterte den Suchradius und durchforstete schnell das Regal für Rindfleisch. Von Fach zu Fach huschten seine Augen, doch reichte seine Zeit nicht mehr. Eine Tür krachte gegen eine Wand und dem Gemurmel zufolge kamen die Arbeiter zurück. Mit verärgertem Gesicht wandte er sich um und ließ die alten und das eine überschüssige Etikett unter dem Parka verschwinden. Eine Sekunde Konzentration, die Miene wechselte auf Chef und er trat nach draußen. »Heinrich! Räumen Sie die neue Lieferung weg.«

»Ist in Ordnung, Herr Ressler.«

Brünjes kroch zitternd und mit steifen Gliedern aus seinem Versteck, riss vorsichtig den Aufkleber von dem Paket in seinen klammen Fingern und zog einen der soeben aufgeklebten ab. Gerade als er beides in seinem Rucksack verstaut hatte, hörte er hinter sich eine Stimme drohend laut werden: »Die Sau will hier Fleisch klauen!«

Brünjes rannte den Mann einfach um, nutzte das Überraschungsmoment, rammte seine Schulter vor eine Brust und stolperte hinaus, als kräftige Hände schon seinen Arm packten. Er schlug zu, schlug zum ersten Mal in seinem Erwachsenenleben eine Person nieder. Seine Faust traf ungeübt geschwungen das unrasierte Kinn eines schmächtigen Männleins, das erstaunt die hinter dicken Gläsern unnatürlich vergrößerten Augen verdrehte und zu Boden ging. Raus über die Rampe kam er problemlos und steuerte rennend das Tor an. Eine Meute wütend schreiender Arbeiter stürmte ihm nach. Sie würden ihn verprügeln, nachdem er einen von ihnen niedergestreckt hatte, da bestand kein Zweifel, doch Angst machte ihm der Blick des Krawattenträgers, der aus dem Eckbüro hinunterschaute und sofort gewusst hatte, was gespielt wurde. Er trieb die Männer an, die Augen fest auf ihn gerichtet. Augen, die keine Kompromisse, keine Interpretationen zuließen.

Irgendwie kam Brünjes vor den anderen über das Tor und erreichte den Wagen, ohne eingeholt zu werden. Gott sei Dank unabgeschlossen sprang er schnell hinein und verriegelte die Türen. Der Motor jaulte auf, als die Fäuste auf das Dach krachten und verzerrte Gesichter zu den Fenstern hineinschrien wie irrlichternde Fratzen. Er gab Gas und die Männer stoben auseinander. Erst als er auf der Konrad-Adenauer-Brücke zurück in Richtung Stadt fuhr, hatten sich sein rasender Atem und das heftig pochende Herz beruhigt. Was blieb, war die Erinnerung an kalte Augen, die ihn zu durchbohren schienen.

*

Lichthaus kam nur langsam aus einem wirren Traum zu sich, in dem die Toten der letzten Tage tonlos schrien und zwischen Hühnern und Rindern umherstolperten. Was ihn weckte, waren kleine Hände, die sein Gesicht streichelten.

»Papa? Papa wach?« Henriette strahlte ihn aus funkelnden Augen an, und er lächelte schwach. Claudia erschien in der Tür.

»Komm, wir lassen den Papa schlafen.«

»Ich bin ohnehin wach«, er rang sich ein weiteres Lächeln ab, »und freue mich, wenn ihr hier seid.«

Sein Kopf dröhnte wie nach einer durchfeierten Nacht, und seine Zunge klebte ledrig am Gaumen, doch ansonsten schien der Infekt vorbei zu sein. Seine Tochter krabbelte aufs Bett und umarmte ihn.

»Papa krank.«

»Nein, es ist jetzt wieder gut.«

Sie jauchzte und flitzte davon, um mit ihrem Lieblingsbuch zurückzukommen, das er ihr lahm vorlas. Er hatte das Gefühl, um hundert Jahre gealtert zu sein, wusste aber, dass in ein bis zwei Tagen die Attacke vergessen sein würde. Irgendwann taumelte er auf wackeligen Beinen zur Dusche. Ein Blick in den Spiegel sprach Bände. Seine Augen schauten ihm über dicken Rändern entgegen. Seine Haut war durchscheinend, jede Ader zeichnete überdeutlich ein wirres Muster. Dazu fettige Haare, die in alle Himmelsrichtungen abstanden. Er wendete sich ab und drehte das Wasser an.

Später aß er gerade einen Teller Haferbrei, den er bereits nach dem ersten Löffel gehasst hatte, der Vernunft aber folgte und kräftig löffelte, als das Telefon schrillte. Claudia ging ran, und allein an der Art, wie sich ihr Rücken versteifte, sah er, dass der Anruf aus dem Präsidium kam.

»Nein Holger, Johannes kann kaum auf den Beinen stehen.« Sie lauschte weiter und hielt ihm schlussendlich den Hörer hin. »Er gibt ja ohnehin nicht auf.« Sie setzte sich und betrachtete ihn argwöhnisch.

»Holger?« Seine Stimme war brüchig wie Glas, und er räusperte sich lautstark, um überhaupt einen vernünftigen Ton hervorzubringen. »Was ist los?«

»Wir haben einen zusammengeschlagenen Reporter namens Jan Brünjes in der Notaufnahme. Er will nur mit dir sprechen, und bevor seine Augen und der Mund vollständig zuschwellen, dachte ich mir, du könntest ihn mal kurz anrufen, damit wir auf den Stand der Dinge kommen.«

»Was ist denn passiert?« Er versuchte einen neutralen Ton anzuschlagen, doch unterschwellig hörte er sich genervt an. Unfair gerade gegenüber Steinrausch, aber er konnte nicht anders.

»Zeugen haben gesehen, wie Brünjes in Begleitung von Julia Bergner auf das Hotel am Nikolaus-Koch-Platz zugegangen ist, als aus einer der Bushaltestellen dort zwei kräftige Kerle auf die beiden zu sind und ihn ohne Vorwarnung zusammengeschlagen haben. Die Bergner hat noch versucht einzugreifen. Jetzt ist ihr Jochbein angebrochen, nach dem Schlag, den sie eingesteckt hat. Weint hysterisch rum, steht wohl unter Schock.«

Lichthaus benötigte einen Moment, um die Informationen zu verarbeiten. »Was ist mit Brünjes?«

»Zähne weg, Prellungen, Nase geknickt, der Kiefer hat auch etwas abbekommen, dicke Augen, eigentlich ist alles betroffen. Das braucht Wochen und viel kosmetische Arbeit, bis er wieder halbwegs normal aussieht. Ach ja, sie haben seinen Rucksack mitgenommen, den er so fest umklammert hat, dass einer der Kerle ihm zwei Finger brechen musste, um da ranzukommen.«

»Verdammt. Und jetzt will er nur mit mir sprechen?«

»Ja. Wieso und warum weiß ich nicht.«

Er seufzte. »Also gut, gib mir mal die Nummer.«

Steinrausch gab sie ihm, war jedoch mit seinem Bericht noch nicht fertig. »Siri und Sophie sind unterwegs und suchen einen Mann, der die beiden Schläger begleitet haben soll, aber passiv geblieben ist. Ein Passant behauptet, der Typ wäre aus Trier, und er hat ihn ganz gut beschrieben. Die Kollegen in Uniform kennen den anscheinend auch. Ist immer da, wo es Zoff gibt. So, das war es vorerst. Gute Besserung.«

Lichthaus legte auf und erklärte Claudia, was vorgefallen war, um einen Einspruch schon im Keim zu ersticken. Dann wählte er die Nummer, bekam allerdings nicht Brünjes, sondern eine launische Schwester an den Apparat, die versuchte, ihn abzuwimmeln: »Wir stellen hier niemanden durch. Sie müssen sich gedulden.«

»Ich führe Ermittlungen ...«, er hustete und wusste, wie schwach er sich anhörte, als Claudia den Hörer nahm.

»Passen Sie mal auf, wenn nicht innerhalb der nächsten zwei Minuten dieser Brünjes am Telefon ist, kriegen Sie mit absoluter Sicherheit ein Problem. Sie behindern Polizeiarbeit, und das geht nicht. Haben wir uns verstanden?« Sie reichte ihm mit siegesgewisser Miene das Telefon, aus dem bereits die Musik der Warteschleife dudelte. Er lächelte sie dankbar an, doch dann kam der Haferbrei in seinem völlig entleerten Verdauungstrakt an, der laut knurrte und sich widerwillig zusammenzog. Abermals brach ihm der Schweiß aus, und er fürchtete schon einen Rückfall, als die Verbindung hergestellt wurde und er alle Kraft aufbringen musste, um sich zu konzentrieren.

»Ja?« Die Stimme am anderen Ende nuschelte das dürre Wort so undeutlich heraus, dass es fast unmöglich war, ihn zu verstehen.

»Brünjes, sind Sie das?«

»Lichthaus, ich spreche nur mit Lichthaus.«

»Ja, ich bin es, höre mich wohl auch mieser an als gestern, ich bin krank und fühle mich nicht besonders gut.«

»Die sind von der Haltestelle gekommen«, der Journalist hörte überhaupt nicht zu, »haben ohne Vorwarnung auf mich eingeschlagen, gegen den Kopf und überall hingetreten.« Seine Stimme war aufgrund der geschwollenen Lippen ungemein verwaschen und zischte leise bei den S-Lauten. Offensichtlich fehlten ihm die Schneidezähne, wodurch seine Zunge nicht mehr den gewohnten Halt fand, sondern durch die Zahnlücke ins Leere stieß. »Die sind erbarmungslos gewesen.«

Lichthaus' Kopfschmerzen meldeten sich zurück und dröhnten wie ein Dieselaggregat. Was für eine Szene. Der Kommissar kurz vorm Kollaps befragt einen Zeugen, der vor wenigen Minuten einer Gewalt begegnet war, die er so nie zuvor erlebt hatte.

»Hier hört doch niemand mit? Die haben gesagt, wenn ich rede, machen sie mich richtig platt.« Von dem selbstbewussten, kultivierten Mann, der am Vorabend Ottos Riesling mit spitzen Lippen belüftet und in seinem Mund hin und her rollen gelassen hatte, war nur ein armseliges Bündel reinster Angst übrig. Jeden Standpunkt, jede Attitüde herausgeprügelt und durch existenzielle Furcht ersetzt. »Sie können sich nicht vorstellen, wie das war.«

Natürlich konnte er das, aber Lichthaus wollte dem Journalisten nicht zeigen, dass er noch glimpflich davongekommen war, denn er wusste um dessen nächste Tage. Erst kommt die Erkenntnis, wie verwüstet der eigene Körper war, später die Schmerzen, die trotz der Medikamente dumpf pochten, wie betäubend, und schließlich die Angst vor der Wiederholung, die einen veranlasste sich umzudrehen, nach jemandem, der einem folgte.

»Warum sind Sie verprügelt worden?«

»Ich darf nichts sagen, ich ...«, Brünjes versagte die Stimme und seine irrationale Panik quoll zäh durch den Hörer. Lichthaus konnte sich vorstellen, wie die Augen des anderen, sofern sie noch nicht zugeschwollen waren, auf der Suche nach dem alles verheerenden Mithörer umherhuschten.

»Was ist passiert, dass die so rangegangen sind?« Lichthaus wurde grob, wollte den Mann aus seiner Endlosschleife herausholen, in der er sich drehte.

»Weiß nicht. Ich habe nur so rumgefragt.«

»Wo?«

»In der Bioszene hier.«

»Wo genau?«

»Ich kann nicht reden, ich dachte, ich könnte mit Ihnen …, aber es geht nicht, die machen mich fertig.«

»Sie wollen klein beigeben?«

Brünjes blieb still, doch Lichthaus konnte durch das leise Rauschen der Leitung ein verschüchtertes Weinen erahnen.

»Wir werden Sie ausführlich befragen müssen!« Er knallte den Hörer auf und fluchte über Laien, die James Bond spielen wollten.

Das Telefonat hatte ihm alle Kraft genommen, und er lächelte Claudia nur schief an, als diese zurück in die Küche kam. Sie schüttelte den Kopf, begriff nicht, was da gerade abgelaufen war, ebenso wenig wie Lichthaus selbst. Kurz darauf lag er wieder in seinem Bett und schlief tief und fest.

*

Siran und Sophie Erdmann fuhren langsam die Große Eulenpfütz hinunter. Die Suche nach Nils Zielhausen gestaltete sich komplizierter als erwartet. Der szenebekannte Typ wurde von seinen

Freunden wenig einfallsreich »Stone« genannt. Er war Anfang zwanzig, hatte in den letzten vier Jahren jedoch bereits mehrfach wegen illegalen Drogenbesitzes, Diebstahls und Körperverletzung gesessen. Aktuell schien er auf der Straße zu leben, obwohl er auf Bewährung draußen war. Laut den Kollegen war er in Kontakt zur Skinhead-Szene und stand der rechten Ecke nahe, ohne wirklich mitzumischen. Ein armseliger Mitläufer. Lange Haare auf der einen, kurz geschoren und mit Tätowierungen in Hakenkreuzform bedeckt auf der anderen Seite des Kopfes. Ohren und Lippen vielfach gepierct, die Arme bunt wie eine Litfaßsäule, wobei ein grüner Drache besonders auffiel, den die Zeugen auch so beschrieben hatten. Warum er bei der herrschenden Kälte im T-Shirt herumlief, konnte niemand beantworten.

Sie hatten ihre Fahndung am Bahnhof unmittelbar beim Präsidium begonnen und die dort abhängende, betrunkene und bekiffte Truppe gecheckt, doch leider keinen Erfolg gehabt. Anschließend hatten sie begonnen, die üblichen Treffpunkte abzuklappern. Sie vermuteten, dass Zielhausen sich nicht die Mühe machte abzuhauen, und konzentrierten sich daher auf die Innenstadt. Der Palastgarten, die Grünanlagen des Alleenrings und der Viehmarkt lagen bereits hinter ihnen. Nun wollten sie den Bischof-Bernhard-Platz inspizieren, der zur jüngsten Wallfahrt erneuert worden war und jetzt viele Gruppen anzog. In der letzten Zeit häuften sich die Beschwerden über Randale und laute Musik.

Siran stellte den BMW neben das Gymnasium, gleich an der Ecke zur Windstraße, und sie stiegen aus. Zwar hatte die Temperatur heute schon einmal kurz über fünfzehn Grad gelegen, aber nun herrschte ein böiger Wind, der kalte und feuchte Luft mitbrachte. Da die Uhr bereits auf elf zuging, drückten sich nur wenige Passanten mit hochgeschlagenem Kragen durch die Gassen des Kurienviertels, doch das Gelächter und auch klirrende Flaschen hörten sie schon von Weitem. Einige Gestalten hingen auf den Bänken vor dem Dom- und Diözesanmuseum herum und machten Party.

Zielhausen lag mehr, als er saß, zwischen zwei Mädchen und zog, den Kopf nach hinten gelehnt, an einer Zigarette, die so zumindest in Deutschland nicht legal zu kaufen war. Die zurückfallenden Haare ließen einen Blick auf die Hakenkreuze zu, die auf seiner rasierten linken Kopfhälfte im Schein der Laterne leuchteten. Er trug nun einen warmen Wollmantel und lachte meckernd, als er den süßlich stinkenden Rauch in Schwaden wieder von sich gab.

Sie bauten sich vor den Dreien auf, während ein Grüppchen von vier Männern neugierig näher kam. Alle schienen aus einer Presse zu stammen. Lange wild abstehende Mähne, schwarze Kluft und schwere Stiefel, dazu Piercings und Tattoos, die Frauen mit Schminke, als hätten sie eine unheilbare Krankheit.

»Nils Zielhausen?«

»Was willst du, Ali?«

»Polizei, bitte kommen Sie mit.« Siran blieb äußerlich ruhig, auch wenn Sophie Erdmann an seinem Hals eine Ader herauskommen sah, die zu pochen begann. »Und machen Sie keinen Ärger.«

Der Angesprochene schaute durch ihn hindurch und wandte sich direkt an Sophie: »Mann, ihr Bullen, erst kamen vor ein paar Jahren die Weiber, und jetzt stellt ihr sogar diese Hammelfresser ein. Klauen uns die Jobs. Mit so einem rede ich überhaupt nicht. Kapiert?«

Die Meute betätigte sich als Claqueure und johlte. »Stone, gib's den Bullen. Haut die Bullen platt wie Stullen.«

Sophie funkelte wütend. »Genau, auf einen Totalversager wie Sie warten wir schon lange bei der Polizei.«

Ruhe kehrte ein und Zielhausen schnellte nach vorne, schaute sie scharf an. »Willst du mich provozieren?«

Siran stieg ein: »Wir denken nicht mal daran, uns so viel Mühe mit dir zu machen. Du kommst jetzt einfach mit zu einer Befragung, freiwillig, oder ich nehme dich fest.«

»Duz mich nicht, Ali Baba, sonst kannst du was erleben.«

Sophie trat einen Schritt vor. »Sie sind festgenommen. Widerstand gegen die Polizei und Verstoß gegen die Bewährungsauflagen.« Sie zog einen Kabelbinder hervor, den sie den schweren Stahlschellen vorzog.

Zielhausen türmte spontan. Er sprang auf und stürmte nach links weg, während seine Kumpane den Weg verstellten, aber Siran hatte schon sein Pfefferspray in der Hand und sorgte mit wenigen Sprühstößen für rote Augen und einen freien Weg. Er kümmerte sich nicht um die Schmerzensschreie und das gekeifte, dummdumpfe Fluchen, sondern nahm wütend die Verfolgung auf. Die schmale Gestalt hatte einigen Vorsprung, doch die dicken Schuhe und sein vom Leben auf der Straße schlechter körperlicher Zustand ließen ihn mehr stolpern als ernsthaft rennen. Der Abstand schmolz rasch dahin, und bereits kurz nachdem sie in die Devorastraße abgebogen waren, holte er den japsenden Kerl ein. Die Wut über die Beleidigungen kochte weiter in ihm, und er gab dem zerlumpten Hund noch die relevanten Meter, dann trat er ihm mit voller Wucht die Beine weg.

Zielhausen schlug ungebremst zu Boden, drehte sich mehrmals um die eigene Achse und knallte schließlich mit dem Brustkorb gegen den von Siran anvisierten Laternenpfahl. Der Schmerzensschrei durchschnitt gellend den stillen Abend.

Sophie hatte sich nur durch einen harten Schlag auf den Solarplexus des Mannes, der sie festhalten wollte und nun atemlos wegtaumelte, genügend Luft verschaffen können, um den beiden zu folgen. Jetzt bog sie um die Kurve und sah, wie Siran einen dünnen Arm kräftig nach hinten bog und sich auf Zielhausens Rücken kniete, wobei er den erneuten Schrei zu überhören schien. Er kochte offensichtlich vor Wut, denn das Ratschen des Kabelbinders war weithin zu hören und übertönte sogar das dritte Aufjaulen. »Du hast mir eine Rippe gebrochen, du mieser Kaffer!« Er heulte auf, doch als Siran ihm den Kopf an den Haaren weit in den Nacken bog und etwas Unverständliches in das Ohr unmittelbar unter den Hakenkreuzen murmelte, verstummte er und stöhnte nur noch schweigend vor sich hin, bis die uniformierten Kollegen kamen und ihn in den Bus luden.

»Was war los?«, wollte Sophie wissen.

»Nichts.« Siran drehte sich mit maskenhafter Miene um und ging zum Auto.

*

Es war schon spät, aber Claudia war noch im Atelier beschäftigt. Sie hatte an den Vortagen die Silikonformen mit Gips überzogen und war nun dabei, die Figuren zu entnehmen. Hierzu benutzte sie eines der extrem scharfen Skalpelle, mit denen Stefan Güttler sonst seine Leichen bearbeitete, und schnitt nun vorsichtig den Silikon-Gips-Mantel auf. Ein weiterer Schritt zur fertigen Skulptur war gegangen, sie genoss diesen Augenblick, auch wenn sie Johannes gerne dabei gehabt hätte. Es knirschte leise, und feine Gipspartikel bedeckten ihre Hände. Aus der Stereoanlage dudelte ruhige Popmusik, alte Schinken zwar, doch sie kannte viele Texte und sang wie immer schief mit. Als Norah Jones sich durch »I've got to see you again« seufzte, klingelte das Telefon.

»Jetzt nicht!« Sie ignorierte die Störung, der Anrufer jedoch gab nicht auf. Ihre Konzentration schmolz dahin, und sie legte das Messer beiseite, um den Apparat zu greifen, der auf dem Tisch lag, als das Klingeln verstummte. Zum Glück hatte sie den Nebenanschluss gegenüber der Schlafzimmertür ausgestöpselt, damit Johannes nicht gestört wurde.

Sie fluchte leise, nutzte aber die Unterbrechung, um einen weiteren Buchenholzscheit in den Ofen zu stopfen, denn es war merklich kühl geworden. Dann nahm sie die Arbeit wieder auf. Nach wenigen Minuten hatte sie den Mantel aufgetrennt und das obere Formteil abgehoben. Ihr Tonoriginal, das aus der zweiten Schale herausschaute, zog sie nun vorsichtig hervor und stellte es auf das Regal gleich neben der Tür, auf dem sie ihre Originale verwahrte. Sie lächelte: Wie Michel aus Lönneberga. Der Abdruck war perfekt, das sah sie sofort, als sie die Teile gegen das Licht hielt und kritisch betrachtete. Nun stand die Prozedur mit Flüssigwachs an. Hierzu musste sie die beiden Hälften fest zusammenbinden und über eine Öffnung mit flüssigem Wachs befüllen. Die Form war dabei sorgfältig in alle Richtungen zu drehen, damit das Wachs jede noch so kleine Vertiefung der Figur ausfüllte. Ein Blick auf die Uhr zeigte ihr, dass es schon fast Mitternacht war, und sie zögerte. Henriette wäre spätestens um halb sieben auf den Beinen, und Johannes würde es nicht länger zu Hause halten. Der Fall trieb ihn zur Arbeit.

Wieder das Telefon. Sie schaute auf das Display, die Nummer des Anrufers war unterdrückt. Niemand aus dem Präsidium. Während sie sich wunderte, wer um diese Uhrzeit anrief, stellte sie die Verbindung her.

»Herr Lichthaus?« Eine raue, kratzige Stimme.

»Nein, mein Mann ist zu Bett.«

»Wie schön, Sie zu sprechen.« Ein zynisches Lächeln, das Claudia einen kalten Schauer über den Rücken rinnen ließ, war ihm anzuhören. Sie startete den Mitschnitt.

»Wer sind Sie?«

»Mein Namen muss leider unerwähnt bleiben, nur so viel: Ihr Gatte jagt mich.«

Sie schluckte alle Anzeichen einer beginnenden Panik hinunter, während ihre Hände den Hörer umkrampften. »Da kann ich ja wohl kaum helfen.« Ihre Worte flatterten aufgeregt wie kleine Vögel. »Rufen Sie morgen wieder an, dann können Sie ihn erreichen.«

»Fürchten Sie sich nicht, wir werden Ihnen und Ihrer entzückenden Tochter nichts antun, wenn ...«

»Ich lege jetzt auf.« Sie nahm das Telefon vom Ohr und legte den Finger auf den Knopf zum Abschalten, aber die Härte der Stimme ließ sie mitten in der Bewegung einhalten.

»Sie hören mir besser zu!«

Sie sagte nichts, und sie tat nichts. Ihr brach der Schweiß aus, obwohl sie fror.

»Wir bestrafen nur diejenigen, die es verdienen. Sie und Ihr Mann haben bisher nicht dazugehört, das habe ich Lichthaus schon bei unserem letzten Telefonat erklärt. Er sollte sich uns nur nicht in den Weg stellen.«

»Es ist sein Beruf, Täter zu fassen, die Gesetze verletzen.«

»Die Opfer haben ihre Strafe verdient.«

»Das rechtfertigt aber nicht, dass Sie ...«

»Nehmen Sie unsere Warnung ernst!«

Claudia wollte noch etwas erwidern, doch die Leitung war tot. Dann saß sie zwischen ihren Arbeiten und weinte, Norah Jones hatte sie abgedreht.

Mittwoch

Sophie Erdmann stand neben Steinrausch und schaute durch den Spiegel in den Vernehmungsraum. Zielhausen hielt sich eine Seite und jammerte unentwegt mit einer krächzenden Stimme, wodurch er sie an einen zerzausten und verlausten Raben erinnerte: »Du hast mir 'ne Rippe gebrochen.«

Siran unterdrückte ein Grinsen, das war selbst von ihrem Standpunkt aus gut zu sehen. »Sie sind gestürzt, da Sie sich der Verhaftung entziehen wollten. Das hat wenig mit mir zu tun.«

»Ach, und wer hat mir die Beine weggetreten?«

»Es kann nicht so schlimm sein, wenn der Arzt ohne zu zögern befunden hat, dass Sie vernehmungsfähig sind.«

»Was weiß der denn schon von meinen Schmerzen?«

Steinrausch schüttelte den Kopf. »Hinterher sind die großen Mäuler immer ziemlich klein.«

Sophie nickte, wandte den Kopf aber nicht von Zielhausen ab. Mit den fettigen Haaren und seinen versauten Klamotten sah er erbärmlich aus. Er hätte genauso gut ein Schild mit der Aufschrift »Verlierer« tragen können. Nur weil sie an die Schläger heranwollten, machten sie sich überhaupt die Mühe, mit der armseligen Gestalt zu reden. Außer dem Gejammere hatte der Kerl noch nicht viel von sich gegeben. Er wolle einen Anwalt sprechen und von einem Kameltreiber ließe er sich ohnehin nicht befragen, war auch schon alles gewesen.

Genervt ging Steinrausch hinüber. Als er den Raum betrat, schaute Zielhausen auf und grinste. »Na, endlich mal ein männliches, deutsches Wesen.«

Das Grinsen verschwand augenblicklich, denn Steinrausch schrie: »Halten Sie Ihr dämliches Maul. Sie verschwenden hier unsere Zeit, und eins kann ich Ihnen versprechen: Entweder Sie geben dem Kollegen Özdemir Antworten auf seine Fragen, oder wir buchten Sie genau in fünf Minuten ein. Dann kommt der Haftrichter, und Sie fahren wieder nach Euren in den Knast. Der Staatsanwalt weiß schon Bescheid. Klar?« Er setzte sich, und das Schweigen hing in der Luft wie dicker Nebel.

»Also noch mal.« Siran blieb ruhig. »Sie wurden gesehen, wie Sie gemeinsam mit zwei Männern vor einem Hotel am Nikolaus-Koch-Platz aufgetaucht sind, die dort ein Pärchen zusammengeschlagen haben.«

Zielhausen räusperte sich, ohne das belegte Krächzen aus der Stimme zu bringen. »Das war Zufall.«

»Und ich glaube an den Weihnachtsmann.«

»Sie?« Das meckernde Lachen zeigte seine faulen Zähne.

»Ich bin aramäischer Christ.« Siran grinste, als er den verständnislosen Blick des Typen sah. »An diesen Zufall glauben Sie genauso wenig wie wir. Noch einmal: Wer waren die Männer?«

Der Junge schüttelte den Kopf, als Steinrausch aufstand. »Komm Siri, lassen wir den Kerl mal ein bisschen nachdenken und legen uns in der Zwischenzeit ins Bett.«

»He, ich habe Schmerzen.«

»Morgen.« Sie wandten sich zur Tür.

»Also gut, die sind gestern Mittag aufgetaucht. Sie haben einen Kerl gesucht, der einen bestimmten Mietwagen bei Europcar gemietet hatte. Wollten wissen, wo der wohnt. Für die Adresse sollte es einen Hunni geben. Nun«, er zog die Nase hoch, die unablässig lief, »ich bin knapp und hab mich für die auf die Suche gemacht.«

»Handelt es sich um Deutsche?«

»Woher soll ich das wissen? Scheiße Mann, ich habe tierische Kopfschmerzen, habt ihr 'ne Tablette?«

»Saufen Sie weniger und ziehen Sie sich nicht laufend anderes Zeug rein, dann bleibt die Birne auch klar. Hatten die einen Akzent?« Steinrausch stand auf und verließ den Raum.

»Ja«, Zielhausen glotzte muffig auf die Tischplatte, »die kamen aus dem Osten. Polen, Russen oder so etwas.«

»Mit solchen Ausländern sprechen Sie?« Siran schaute seinem Gegenüber herausfordernd in die Augen.

»Was geht Sie das an?«

»Wie haben die ausgesehen?«

»Professionelle Schläger. Arme wie Ihre Oberschenkel. Reine Muskelmaschinen. Die Tattoos waren hässliche Protzdinger, so chinesische Drachen und so.«

»Nicht so kunstvoll wie Ihre?«

»Wollen Sie mich verarschen, oder was?«

»Weiter.«

»Der eine hatte Stiefel an, ich würde wetten, da waren Stahlkappen drin. Die waren gut vorbereitet.«

»Hatten sie Waffen?«

»Nee, hab ich jedenfalls nicht gesehen.«

»Und dann?«

»Die Tante bei der Autovermietung war ein bisschen zickig, hat was von Datenschutz gefaselt.«

»Und?«

Wieder zögerte Zielhausen. »Die hatte Schiss vor mir, das konnte man mit den Händen greifen, also habe ich der ein wenig Angst gemacht, und da hat sie mir den Vertrag gegeben.«

»Einfach so?«

»Ja, einfach so.«

»Wetten, dass schon eine Anzeige vorliegt? Was ist da passiert?«

»Das ist doch egal!«

»Was hier egal ist oder nicht, bestimme ich!« Sirans Stimme schnitt zum ersten Mal scharf durch die Luft.

Steinrausch kam zurück, legte eine Tablette auf den Tisch und stellte einen Becher Wasser daneben.

»Habt ihr nichts Stärkeres?«

»Die oder keine. Drei Sekunden, sonst ist auch die Aspirin weg, und wir machen ohne weiter.« Steinrauschs Augen blitzten vor Wut, und es sah so aus, als wollte er dem schmuddeligen Typen an den Kragen.

Zielhausen blickte schnell unter sich, packte die Pille und würgte sie hinunter.

»Was war nun in der Autovermietung?«, fragte Siran grob.

»Ich habe ihr in die Haare gegriffen und ein wenig gezogen.«

»Was heißt ein wenig?«

»Na, bis sie mit der Visage auf dem Teller hing, wo die immer die Autoschlüssel ablegen.«

»Hat die Frau geschrien?«

Zielhausen wand sich nun. »Ich wollte der nicht wehtun, echt.«

»Ich tue Ihnen gleich auch mal nicht weh. Und anschließend?«

»He, mal langsam, mir brennt die Rippe wie Feuer. Ich bin zurück und mit den beiden zu dem Hotel. Ich wollte nur schnell mit meinen hundert Euro abziehen, das Ganze stank ja zehn Meter gegen den Wind nach Ärger. Doch da ist der Kerl mit der Blondine schon angetrabt und hat sofort von den beiden ordentlich was auf die Fresse bekommen. Bum, bum, und der ist in die Knie gegangen, und dann Tritte ohne Ende. Die Blonde hat sich eine gefangen, als sie versucht hat zu helfen. Eigentlich schade, hat klasse ausgesehen.«

»Beihilfe zur schweren Körperverletzung.«

»Was?«

»Ihr Straftatbestand. Haben Sie die Männer gekannt?«

»Nie vorher gesehen.«

»Wurde gesprochen?«

»Ich bin ja schnell weg, als die weiter draufgehalten haben.«

»Was haben Sie gehört?«

»Einer von diesen Ochsen hat den armen Sack, der schon wie rohes Hackfleisch ausgesehen hat, am Ohr gepackt und gemeint, das sei die erste Warnung für Schnüffler, die ihre Nase zu tief in anderer Leute Angelegenheiten steckten, bei der nächsten Begegnung würden sie nicht mehr so zimperlich mit ihm umspringen, die würde er nicht überleben.«

»Namen?«

»Nee, doch er wusste genau, worum es ging, so wie der genickt hat. Der Idiot hat den Rucksack nicht loslassen wollen, das war ein Fehler. Das Knacken, als die Finger gebrochen sind, konntest du bis in den letzten Winkel von dem elenden Platz hören. Warum hat der Blödmann nicht losgelassen? Mann, wie der gebrüllt hat.

Die Schläger sind danach ganz entspannt rüber zum Gericht. Da hat ein Auto gewartet, und fort war die Bande.«

»Morgen dürfen Sie die Kartei durchgehen, und wir werden ein Phantombild anfertigen.«

»Aber ...«

Siran lächelte freundlich. »Bleib ruhig, dann hast du was zu tun, besser als sich im Knast zu langweilen. Vielleicht gebe ich dir auch einen Kaffee aus.«

»Meine Rippen?« Zielhausen sah so elend aus, dass Steinrausch fast Mitleid bekommen hätte.

»Das heilt.«

*

»Ich halte die Drohung für vorgetäuscht, um uns zusätzlich unter Druck zu setzen.« Müller lehnte sich zurück und schaute Lichthaus fragend an, der ihm Claudias Telefonat abgespielt hatte. Der funkelte ihn wütend über den Tisch an: »Wollen Sie die Bedrohung meiner Familie kleinreden? Hat der Mitschnitt nicht genügt?«

»Nun, Ihre Frau hat ...«

»Lassen Sie sie aus dem Spiel. Ihr setzt das alles schon genug zu, da kann sie gut auf Ihre Kommentare verzichten.«

Brauckmann ging dazwischen und wandte sich an Müller: »Nun, ich sehe die Drohungen auch nicht als Lappalie, die Ortspolizei soll häufiger Streife bei Lichthausens fahren. Bitte kümmern Sie sich darum. Wenn das so weitergeht, werden wir über Personenschutz reden müssen.«

Müllers Gesicht blieb unverändert, und nur wer ihn gut kannte, sah daran, wie sich seine Nase leicht an der Spitze kräuselte, wie sehr ihn Brauckmanns Anweisung ärgerte. Der Staatsanwalt wirkte angegriffen, da ein großer Teil des Drucks der Öffentlichkeit bei ihm abgeladen wurde. Die Zeitungen, die vor ihm auf dem Tisch lagen, titelten ähnlich: »Brutaler Mord an Regierungsbeamten – Die Polizei tappt im Dunkeln!«

Nach einer überflüssigen Kunstpause, die allen den Nerv raubte, wechselte der Kriminaldirektor das Thema. Seine Brille war wie üblich bis zur Nasenspitze hinuntergerutscht, was ihm den Anschein eines peniblen Buchhalters gab. »Also Herr Kollege, wo stehen wir? Die Ergebnisse aus Ihrer Soko erscheinen mir mehr als dürftig.«

Lichthaus sparte sich den Hinweis auf seine Erkrankung. Er hatte die Nacht ruhig geschlafen, war jedoch, als Claudia ihm erst am Morgen erzählte, was vorgefallen war, außer sich vor Wut und Sorge gewesen und ins Präsidium gehetzt. Viele andere wären den Tag noch im Bett geblieben, und er saß nun hier und musste die Stänkereien von Müller aushalten, der den Druck von oben an ihm abzuarbeiten schien. Doch er bremste sich, wollte nicht seine Energie für diesen Sesselfurzer verschwenden. So begnügte er sich mit einem kurzen Blick zu Brauckmann, der nur ungläubig den Kopf schüttelte und begann: »Nun, da will ich Sie mal auf Vordermann bringen, Chef.« Er gab dem letzten Wort eine aufreizend ironische Betonung, konzentrierte sich aber dann auf die Fakten. »Görgen und Kaiser müssen in irgendetwas verwickelt sein, was der Auslöser gewesen ist. Aber worin und auf welcher Ebene? Privat oder beruflich? Suchen wir einen Einzeltäter oder eine Gruppe? Der Mann spricht schließlich wiederholt von *wir*. Ist die Vergeltung persönlich motiviert, oder steckt organisierte Kriminalität dahinter? Was sollen diese Drohanrufe?«

»Sie sollten den Fokus verengen, aber nicht blindlings losrennen.« Müller fixierte Lichthaus wie einen ungezogenen Schüler. »Wir haben ja schon nach religiös gepolten Tätern gesucht und sind einer Finte auf den Leim gegangen. Was, wenn sie uns mit diesen Anrufen weiter an der Nase herumführen wie einen Bär in der Arena?«

Lichthaus trat ans Whiteboard, das mittlerweile mit einem Spinnennetz an Linien überzogen war. »Wir können uns nicht fokussieren, denn es zeigt sich kein Muster, keine Verdichtung und keine Richtung. Da der Betrachtungszeitraum weit über ein Jahrzehnt zurückreicht, konnten wir bis jetzt nicht einmal einen Bruchteil der Informationen abarbeiten. Wir haben darüber hinaus natürlich schon Ergebnisse, aber es gelingt uns nicht, die losen Fäden zusammenzuführen.«

Er tippte mit dem Finger auf das Foto von Dr. Egbert Kaiser. »Fangen wir mit ihm an. Laut seinem Referenten, ist er bestochen worden. Dieser Molitor hat eine Geldübergabe beobachtet, außerdem hat er Verbindungen zum Bundesamt für Landwirtschaft und Ernährung aufgezeigt, einer relevanten Behörde, die Ökobetriebe und deren Kontrollstellen zulässt, wodurch wir wieder in Richtung Görgen kommen. Da Kaiser Daten über die Sonderprüfungen auf den Höfen besessen und Schwarzgelder in erheblichem Umfang erhalten hat, liegt es nah, dass er in krumme Geschäfte verwickelt gewesen ist. Konkret ist das jedoch noch nicht nachweisbar. Sollte eine mafiöse Organisation dahinterstecken, könnte der Mord eine gezielte Strafaktion gewesen sein, die andere Beteiligte abschrecken soll. In diesen Zusammenhang passen auch die Drohanrufe. Doch habe ich meine Zweifel, wenn ich die Diktion des Anrufers höre. So redet kein Mafioso.«

Müller ließ nicht locker: »Es sei denn, man hat Sie erneut auf die falsche Spur gelockt wie schon bei Alexander Görgen.«

»Schon, ich jedenfalls glaube nicht so richtig daran. Mir ist die Art der Tötung zu grausam, zu emotionell, nicht rational genug für solche Leute. Gestern nun ist aber der Reporter, von dem einige unserer Informationen stammen, brutal zusammengeschlagen worden. Immerhin haben wir eine Beschreibung der Schläger, die dann doch wieder auf organisierte Kriminalität schließen lässt, was zu Kaisers Verwicklungen passt. Nur, was ist mit Görgen? Es wurde nicht der Hauch eines Hinweises gefunden, dass er in den Betrügereien mit drinhängt. Der Hof ist anscheinend sauber. Das würde bedeuten, das Motiv muss im Privaten liegen. Und da sind wir bei null, weil uns die Verdächtigen ausgehen. Einzige Verbindung zu Kaiser ist Roland, also der Sohn. Der wiederum hat sich mit ihm und dem Kontrolleur seines Betriebs in Mainz getroffen, hängt demnach vielleicht mit drin. Aber warum tötet man den Vater und nicht ihn?«

»Eine Drohung?« Brauckmann war am Ball.

»Schon möglich, nur gibt es auch hier keine Fakten. Er lebt auf relativ großem Fuß, doch mit den Einnahmen aus der Ölmühle, dem Gehalt seiner Frau und seinem Anteil vom Ertrag des Hofs passt das insgesamt.«

Müller verzog das Gesicht. »Was gedenken Sie zu tun? Abwarten, bis der Kerl wieder mordet, so wie angekündigt, und dann auf neue Spuren hoffen?«

»Das ist Unsinn, aber das wissen Sie selbst. Ich will ihn schnappen, bevor noch eine Person zu Schaden kommt.«

»Und wie wollen Sie beginnen oder vielmehr weitermachen?« Müllers Ton wirkte versöhnlich, offensichtlich sah er das Dilemma ein, in dem die Kommission steckte. »Was soll ich dem Präsidenten sagen?«

»Wir konzentrieren uns auf die Verbindung zum organisierten Verbrechen, da wir Roland und Kaiser so zusammenbringen und über diesen Weg eventuell auch auf das Motiv für die Tat an dem alten Görgen stoßen. Außerdem durchkämmen wir weiter das private Umfeld der Opfer und hoffen auf einen Zufallstreffer.«

»Das ist nicht gerade viel.«

Doch ehe Lichthaus antworten konnte, trat Tiefensee ein. Müller blickte tadelnd. »Etwas spät der Kollege, was?«

»Ich habe noch eine Recherche beendet, um die mich Frau Erdmann gebeten hatte.« Er sah in die Runde, und als keiner Anstalten machte, das Gespräch wieder aufzunehmen, fuhr er fort: »Es ging um die Ölmühle beziehungsweise um das Unternehmen, das vorher auf dem Gelände ansässig war.«

»Die Detailarbeit sollten Sie in der Fahndungsgruppe abstimmen, dazu brauchen Sie mich ja nicht.« Ein Blick auf die Uhr, und Müller verzog das Gesicht. »Der Präsident erwartet mich, und ich muss liefern. Geben Sie mir zeitnah einen Bericht rein.«

Die Tür klickte, und er war verschwunden. Sofortige Entspannung trat ein, der sich sogar Brauckmann nicht entziehen konnte. In das Schweigen hinein stand Siran auf und ging hinaus, um kurz darauf mit dem gewohnten Tablett samt Tee und einem Teller Gebäck zurückzukommen. »Jetzt gibt es Bademli Kurabiye, aus einfachem Teig mit ein paar Mandeln, geht selbst mit angegriffenem Magen.« Er lächelte Lichthaus an.

Jeder bediente sich, dann war Tiefensee an der Reihe. »Die Ölmühle steht auf dem Boden einer ehemaligen Futterfabrik mit dem Namen feedstuffPRO – alles kleingeschrieben bis auf das pro. Der Laden ist schon Ende des vorigen Jahrtausends pleitegegangen. Letzte Geschäftsführerin war eine Elvira Pick, die aber nicht in Trier wohnt. Bundesweit gibt es nur eine Person, die so heißt, sie ist bei Stuttgart gemeldet. Ich wusste nicht, ob ich dort anrufen sollte, und habe es daher erst mal gelassen. In ...«

»Wem gehört das Gelände heute?«

»Laut Grundbuch wurde das ganze Areal geteilt. Die Flurstücke der Ölmühle laufen auf die beiden Gesellschafterinnen, der Rest, immerhin fast ein Hektar auf ...«, er schaute in die Runde, »... Horst Görgen und Doktor Egbert Kaiser.«

»Na, endlich mal ein Gemeinschaftsprojekt der beiden.« Brauckmann lächelte.

Steinrausch verzog das Gesicht. »Das Ding ist schon seit mehr als zehn Jahren dicht. Was soll da zu unserem Fall führen?«

»Richtig«, bestätigte Lichthaus den Einwand, »doch wir gehen dem mangels Alternativen nach. Holger und ich schauen uns diesen Pilsner nachher mal näher an. Vorher werde ich mit Sophie aber bei Jan Brünjes auftauchen und dann eventuell Roland Görgen ein wenig grillen.«

*

Hätte der Reporter auf dem Flur der Unfallchirurgie gesessen, anstatt in seinem Zimmer zu liegen, Lichthaus wäre an dem verbundenen und deformierten Mann achtlos vorbeigegangen. Die Augen bis auf schmale Schlitze zugeschwollen, die Nase geschient und die Lippen über zahnlosen Kiefern eingefallen, lag er benommen im Bett. Beide Hände steckten in Gipsschienen, der restliche Körper war eigentlich glimpflich davongekommen.

»Profis«, hatte der behandelnde Arzt gesagt. »Wir kennen so etwas in Trier ja kaum, bei dem Verletzungsbild fällt aber sofort auf, dass keine lebenswichtigen Körperteile zu Schaden gekommen sind. Selbst die Tritte gegen den Kopf sind so dosiert worden, dass die Zähne ausgefallen und Joch- und Nasenbein zu Sägespänen zersplittert sind, doch weder Augen noch Kehlkopf sind verletzt. In ein paar Wochen und nach einigen Sitzungen beim Zahnarzt sieht er wieder aus wie vorher. Das ist allerdings nur die Hülle, der Mann ist massiv traumatisiert und muss in psychologische Behandlung.«

Brünjes drehte sich um und sah in ihre Richtung. »Was wollen Sie?« Die Worte waren noch unverständlicher als am Vorabend, und Lichthaus musste sich zu der erbärmlichen Gestalt hinunterbeugen, um ihn verstehen zu können. Der unangenehme Gestank von Krankheit stieg ihm in die Nase. Jod und Verbände, ein ungewaschener Körper im Stress und der dumpfe Geruch eines ausgetrockneten Rachens. Dies gemischt mit der abgestandenen Luft warf ihn fast um vierundzwanzig Stunden zurück, und es kostete ihn alle Überwindung, sich nicht angeekelt wegzudrehen. Ihm wurde wieder schlecht, Schweiß lief ihm den Rücken hinunter und er bewegte die Schultern, damit sein Unterhemd die Feuchtigkeit aufsaugen konnte.

»Wer hat Sie so zugerichtet?« Er richtete sich etwas auf, um Brünjes weniger nahe sein zu müssen.

»Ich werde nichts sagen.«

Schwindel griff nach Lichthaus, und er wollte das Gespräch so schnell wie möglich hinter sich bringen und raus in die frische Luft kommen: »Hören Sie auf, hier abzublocken. Es geht nicht nur um die schwere Körperverletzung, die man Ihnen verpasst hat, sondern auch um zwei Morde, wenn ich Sie erinnern darf.«

»Die werden wiederkommen.«

»Das ist Quatsch. Die versuchen, Ihre Aussage zu verhindern, weil sie sonst selbst dran sind.«

Brünjes drehte den Kopf weg und starrte lange an die Decke.

Sophie startete einen Anlauf: »Wollen Sie als Journalist einfach klein beigeben?«

»Ich, also ... Schneider und Jost.«

»Wie bitte?«

»Die Etiketten.«

»Wovon sprechen Sie?«

Es brauchte eine ganze Weile, um die Geschichte aus dem verängstigten Mann herauszulocken, anschließend jedoch verstanden sie seine Panik. Nach der Flucht vom Gelände der Firma hatte er in einem Café die Etiketten miteinander verglichen und festgestellt, dass aus irgendwelchem Fleisch Biofleisch geworden war. Die Neuigkeit hatte er mit Julia Bergner besprechen wollen und sich mit ihr getroffen, doch noch bevor er der Kollegin die Beweise hatte zeigen können, war es zu dem Überfall gekommen, bei dem man ihm den Rucksack geraubt und mit dem Tod gedroht hatte, sofern er reden würde.

»Seit wann haben Sie die Informationen über Schneider und Jost?«

Der Journalist zögerte, und Lichthaus wusste Bescheid. Er hatte sie verschwiegen, um seine Story zu bekommen, ohne mit der Polizei in Wettlauf zu treten. Er schwieg hierzu, denn der arme Kerl hatte schon genug bezahlt.

»Lassen wir das. Wer hat Sie informiert?«

»Die anonyme Mail, die ich Ihnen gegenüber erwähnt habe, ist nicht die einzige gewesen. Wir haben kurze Zeit später wieder eine erhalten, in der sich der Schreiber nach dem Fortgang der Dinge erkundigt hat. Ich habe daraufhin geantwortet, dass ich mehr Infos brauche, woraufhin mir die Namen Kaiser sowie Schneider und Jost genannt wurden.«

»Was noch?«

»Sonst nichts, das war alles.« Seine Stimme bekam einen erstickten Ton, der es fast unmöglich machte, ihn zu verstehen. »Ich muss mich erst einmal sortieren und gesund werden, weg von allem hier.« Er schniefte, und Lichthaus wusste, dass der Mann im Begriff war, in Selbstvorwürfen und Selbstmitleid zu zerfließen, eine Reaktion, die er schon oft beobachtet hatte. Viele überschätzten sich selbst und fuhren auf die eine oder andere Art gegen die Wand, die von den Grenzen ihrer individuellen Fähigkeiten hochgezogen wurde, und erlitten schwere Verletzungen, meist nur seelischer Art. Brünjes hingegen hatte auch physische Gewalt erfahren, der er sich auf keinen Fall erneut aussetzen wollte. Lichthaus rechnete damit, dass der Reporter so schnell wie möglich zurück in seine Redaktion gehen und lieber den Rest der Zeit mit banalen ungefährlichen Storys verbringen würde, als nochmals so dünnes Eis zu betreten. Er wünschte gute Besserung und wollte das Gespräch beenden, doch Sophie berührte Brünjes so zart an der Schulter, wie es nur eine Frau kann. Ihr Ton war ruhig: »Welche Namen standen noch in der Mail?«

»Keine.«

»Was dann? Da war sicherlich mehr drin, sonst wären Sie nicht so eingestiegen.«

Erneut zögerte der Journalist. »Scheiß auf die Angst«, er atmete tief ein, »der Informant hat noch geschrieben, dass dort alle Fäden zusammenlaufen.«

Auf der Treppe nach unten piepte Lichthaus' Tablet-Computer. Eine Mail von Siran: »Pilsner prüft bei Idar-Oberstein einen Hof. Ist für den Nachmittag vorgeladen. Seine Nachbarn haben Holger erzählt, er würde abends oft in feinstem Zwirn wegfahren. Vermuten, dass er Spieler ist, wurde in Bad Mondorf in Luxemburg im Kasino gesehen.«

Er lächelte. Steinrausch bohrte oft an der richtigen Stelle.

*

»Pick.« Der Stimme, die durch die Leitung klang, hörte man an, dass sie weniger die sanften als die harten Töne gewöhnt war.

Lichthaus stellte sich vor und wurde sofort brüsk abgefertigt: »Mit der Polizei rede ich nur, wenn mein Anwalt neben mir sitzt und jedes Wort mithört.«

Er verdrehte die Augen und klemmte sich den Hörer zwischen Schulter und Ohr, um mit den Glaskugeln spielen zu können. Das Foto, das vor ihm lag, war etwa fünfzehn Jahre alt und zeigte eine hochgewachsene, dürre Elvira Pick mit burschikoser Kurzhaarfrisur und ordentlich aufgetragenem Lippenstift. Ihr Blick war intelligent, aber hart.

»Ich habe nur ein oder zwei Fragen über feedstuffPRO, die ja von Ihnen geleitet worden ist.«

Sie wurde vorsichtig und zwang ihre Stimme zu einem verbindlichen Ton: »Ach mein Gott, was wollen Sie denn über diese alte Geschichte wissen?«

»Nun, Sie sind dort Geschäftsführerin gewesen.«

»Ja, das schon. Ich war auf Unternehmenssanierungen im Mittelstand spezialisiert. Sobald es den Bach ein gutes Stück hinuntergegangen war, hat man mich geholt. Ich bin sehr erfolgreich gewesen, doch feedstuffPRO ist danebengegangen.«

»Wieso, wenn ich fragen darf?«

»Eigentlich dürfen Sie nicht, aber hier mache ich eine Ausnahme. Die Gesellschaft ist dilettantisch geführt worden. Wissen Sie, da haben sich ein paar Ökos zusammen an den Tisch gesetzt und sind auf die Idee gekommen, Futter zu produzieren, das im ökologischen Landbau akzeptiert wird. Der Plan ist an und für sich gesehen ja nicht schlecht gewesen, die Umsetzung allerdings das reine Grauen. Zuerst hat man völlig überdimensionierte Anlagen gekauft. Die Auslastung ist in den neun Jahren nie über fünfundsechzig Prozent gestiegen. Zu allem Überfluss haben sie einen Geschäftsführer gehabt, der als Funktionär zwar tolle Sprüche reißen konnte, als Unternehmer aber eine der größten Nullen gewesen ist, die ich je bewundern durfte. Ich glaube, es gab keinen Fehler, den man klassischerweise machen kann, der ihm nicht unterlaufen wäre.«

»Wieso haben die Banken mitgemacht, die sehen eine Pleite im Normalfall doch als Erste kommen?«

»Gute Frage. Ich habe das nie herausgefunden und will auch niemandem etwas unterstellen, doch einer der Gesellschafter ist politisch ziemlich vernetzt gewesen und hat meiner Meinung nach die lokale Sparkasse unter Druck gesetzt.«

»Görgen?«

»Nein, warten Sie mal. König .... nein ...«

»Kaiser?«

»Genau. Damals noch ein junger Kerl, aber mit Ambitionen und besten Kontakten.«

»Was hat er gemacht?«

»Die Verträge der Sparkassenvorstände werden von Landrats- und Kreistagsabgeordneten verlängert. Was denken Sie, was passiert, wenn einer von denen mit einer Bitte beim Vorstandsvorsitzenden einer Sparkasse anklopft?«

»Verstanden.« Das Gespräch begann, interessant zu werden. »Horst Görgen, sagt Ihnen dieser Name auch etwas?«

»Warum fragen Sie denn so hinten herum? Wir wissen beide, dass er Gesellschafter gewesen ist. Außerdem lese ich Zeitung.«

»Okay.« Sie wusste, was lief, also entschied er sich für Offenheit: »Wir suchen logischerweise Bindeglieder zwischen den Opfern, und der Futterbetrieb ist eines davon. War Görgen aktiv?«

»Nun, er hatte damals diesen überaus unfähigen Geschäftsführer auf seinen Posten gehievt und ist, als ich gekommen bin, so eine Art Interimsmanager gewesen. Guter Bauer, wurde behauptet, aber in der Firma ist er nicht klargekommen. Er ist regelrecht dankbar gewesen, als ich ihm die Verantwortung abgenommen habe.«

»Wo haben die Gründe dafür gelegen, dass Sie den Betrieb nicht retten konnten?«

Elvira Pick zögerte den Augenblick zu lange, der ihn aufhorchen ließ. »Zu groß, zu verschuldet, zu ineffizient.«

»Das kann nicht das einzige Problem gewesen sein. Um das in den Griff zu kriegen, hatte man Sie ja gerade eingestellt.«

Sie ging in die Offensive und verstärkte sein Misstrauen: »Was denken Sie, was wir gemacht haben? In der Nase gebohrt? Sieben Monate habe ich um die Firma gekämpft, doch dann war der Ofen aus.«

»Wer hat die Zeche bezahlt?«

»Sie und ich.«

»Wieso?«

»Indirekt. Die Sparkasse hat die Kredite abgeschrieben und so ihre Gewinne gesenkt, dadurch weniger Steuern gezahlt und auch weniger an die Kommune ausgeschüttet, die ja Eigentümerin ist. Das fehlt halt für Schulen und so weiter.« Sie war wieder auf festem Boden, und er fragte sich, was diese aalglatte Frau vorhin so aus dem Takt gebracht hatte.

»Hat es ansonsten Geschädigte gegeben?«

»Nein.«

»Die Mitarbeiter?«

»Sind in die Arbeitslosigkeit gegangen, na klar.«

»Hat es hier Beschwerden gegeben?«

»Natürlich, da auch kein Sozialplan möglich gewesen ist, aber dafür bringt man doch nach zehn Jahren keine Menschen mehr um, oder?«

»Da gebe ich Ihnen Recht. Wer hat einen Überblick über die damaligen Arbeitnehmer?«

»Niemand, den ich benennen könnte. Ich bin ja anschließend sofort aus der Region weg und nie wieder da aufgetaucht. Erst als jetzt die Presse losgelegt hat, habe ich mich erinnert.«

»Und das war sauber?«

»Ja sicher. Eine klassische Pleite.«

Er rief Tiefensee an und bat ihn, alles zusammenzustellen, was zu feedstuffPRO in Erfahrung zu bringen war. Er roch Rauch, und dort war bekanntlich auch Feuer.

*

Pilsner kam nicht allein, sondern hatte einen Anwalt im Schlepptau, den alle kannten: Jürgen Elm von der Kanzlei »Elm, Finthorst & Schröder«. Elm ging schon auf die sechzig zu, hatte eine gewaltige Wampe, die sich über den Bund seines Maßanzugs wölbte, und verzierte sein Gesicht seit ewigen Zeiten mit einem Bart Marke Henriquatre. Er war berüchtigt für die Strafverteidigung von allem und jedem, Hauptsache die Kasse klingelte und die Publicity war groß. Umso mehr verwunderte es die Kollegen, ihn hier neben einem Karsten Pilsner zu sehen, der klein und dürr in stallverdreckten Kleidern mit ängstlichem Gesichtsausdruck so aussah, als wolle er gleich zu weinen beginnen. Ein Jammerlappen wie aus dem Bilderbuch.

Unwillig nahm Lichthaus die beiden mit in sein Büro und rief Steinrausch hinzu, Siran und Sophie ließ er über sein eingeschaltetes Handy mithören, das wie zufällig auf dem Schreibtisch lag.

Elm wartete nicht lange: »Könnten Sie mir verraten, weswegen Sie meinen Klienten hierher bestellt haben?«

Lichthaus zögerte seine Antwort hinaus und fixierte an Elm vorbei Karsten Pilsner, dessen braune Augen wässrig schimmerten, während er seine blassen Lippen zusammenkniff und wieder losließ. Er wich dem Blick aus. Der Mann war extrem nervös.

»Was ist nun?« Elm schaute demonstrativ auf die Uhr.

»Ihr Mandant ist noch nicht als Beschuldigter hier, sondern nur als Zeuge.«

»Zeuge? Wofür?«

»Wir ermitteln in den Morden an Horst Görgen und Egbert Kaiser. Hierbei sind Fakten aufgetreten, die wir mit seiner Hilfe zu erhärten hoffen.« Lichthaus wandte sich an den unsicher wirkenden Mann an Elms Seite: »Stimmt es, dass Sie für Öcocertifica folgende Höfe und Unternehmen prüfen?« Er las die Namen von Molitors Liste vor, während Pilsner jeweils bestätigte.

»Ja, und?« Elm nahm den Gang heraus, sein Ton wurde freundlicher.

»Wie ist es möglich, dass ein Blatt mit den Daten der unangemeldeten Sonderprüfungen in diesen Betrieben bei Kaisers Unterlagen war?«

»Die kann doch jeder fälschen.«

»Das ist richtig, nur scheinen die Daten exakt zu sein, denn Herr Pilsner war mittlerweile an zwei Terminen auf der Liste jeweils auf genau dem bezeichneten Hof zur Überprüfung.«

Der Anwalt schluckte. »Darf ich die Liste sehen?«

»Sobald die Staatsanwaltschaft sie freigibt. Ich werde das veranlassen.«

Aus den Augen sprühte Zorn. »Sie ...«

»Würden Sie bitte Ihren Mandanten antworten lassen.«

Elms Kopf flog so schnell herum, dass sein gewaltiger Bauch eine Unwucht bekam. Trotz seiner Körperfülle war der Mann flink wie ein Wiesel. »Sie sagen nichts, wenn es Sie belastet.«

Pilsner klappte den Mund wieder zu, doch Lichthaus lächelte amüsiert. »Wir bringen es ohnehin heraus. Eine andere Sache: Wie finanzieren Sie Ihre häufigen Besuche im Spielkasino in Bad Mondorf?«

Wie unter einem Stromstoß zuckte der Kontrolleur zusammen, und der Anwalt schloss für einen langen Augenblick die Augen. »Was hat das damit zu tun?«

»Fragen Sie das im Ernst?«

»Sie sagen nichts mehr. Keine Aussage, bevor ich die Akten eingesehen habe.« Jürgen Elms Gehirn arbeitete auf Volllast. Er spürte, dass ein falsches Wort ernsthafte Probleme mit sich bringen würde.

Pilsner war kreidebleich geworden und sah wie ein waidwundes Tier von einem zum anderen. »Woher ...?«

»Sie sollen den Mund halten!« Elm schrie so heftig, dass sein Doppelkinn wackelte.

Lichthaus ignorierte den Anwalt: »Da ist immer einer, der beobachtet und erzählt.«

Doch sein Gegenüber reagierte nicht mehr, starrte auf seine schlanken Hände, die er fächerförmig vor sich auf den Tisch gelegt hatte.

Elm verfiel unterdessen auf die älteste Masche, er spielte auf Zeit und machte Druck: »Ich muss mich mit meinem Mandanten besprechen und Akteneinsicht beantragen. Außerdem werde ich mich über Ihre Vorgehensweise beschweren.«

»Tun Sie das.«

Steinrausch löste sich aus seinem Schweigen und wandte sich an Pilsner: »Der Kollege Özdemir hat Sie gestern bereits nach dem Matrjoschka gefragt.«

Elm wollte aufbrausen: »Wir ...«

Doch Steinrausch unterbrach ihn ausgesucht freundlich: »Also bitte, ich möchte nur eine Frage stellen, ob er sie mir beantwortet, ist dann seine Entscheidung.« Als der andere nun schwieg und seine kurzen Arme über der Trommel seines Bauchs verschränkte, fuhr er fort: »Sie sind im vergangenen Jahr mit Egbert Kaiser, Roland Görgen und einer nicht weiter benannten Person im Matrjoschka zusammengetroffen, dafür haben wir Zeugen. Worum ist es bei diesem Gespräch gegangen und wer ist der Unbekannte gewesen? Herr Ressler von Schneider und Jost?«

Lichthaus achtete nur auf den Anwalt, als Steinrausch Ort und Namen nannte, sah er, was er erwartet hatte. Elms Augen zuckten eine Winzigkeit. Er kannte die Zusammenhänge und sein Gehirn brummte auf der Suche nach einer Lösung.

Der Kontrolleur schwieg, starrte wie betäubt auf seine Hände und rührte sich erst wieder, als Elm ihn am Arm packte und wie einen geprügelten Hund hinter sich her aus dem Präsidium schleppte.

*

Um die Mittagszeit standen sie vor Roland Görgens Haus. Sophie war gefahren, wofür er ihr dankbar war. Sie hatte die langen Haare hochgesteckt und trug wie so oft Sportbluse mit Jeans. Normalerweise arbeitete er mit ihr im Zweierteam zusammen, seitdem Siran gekommen war, sah er seine Verantwortung auch darin, ihn auszubilden und absolvierte viele Aktionen mit ihm. Heute jedoch brauchte er geschulte Augen und Ohren, da er selbst nur auf drei Zylindern lief, wie sein Vater zu sagen pflegte.

Sie parkten und klingelten, doch die Glocke verhallte ungehört in dem großen Haus und der Überraschungseffekt blieb ihnen versagt. Lichthaus fluchte.

»Komm wir gehen mal zu Bläske rüber, vielleicht weiß der noch etwas.«

Bläske öffnete, blinzelte irritiert und schien überrascht zu sein, schließlich lächelte er sanft. »Herr Kommissar, heute in Begleitung? Was führt Sie denn zu mir.« Er trat zurück und zog die Tür zum Nachbarraum zu. »Kommen Sie, wir setzen uns in die Küche.«

Der Raum war klein und alt eingerichtet, doch penibel sauber. Ein Geruch nach ätherischen Ölen hing in der Luft und erinnerte ihn an seinen letzten Saunabesuch.

»Möchten Sie einen Kaffee?«

»Gerne«, auch Sophie nickte.

Bläske machte sich an der Kaffeemaschine zu schaffen. Heute trug er Cordhose, dazu einen einfachen Pulli. Lichthaus bemerkte, dass er leicht hinkte.

»Entschuldigen Sie die Unordnung, aber meiner Frau geht es nicht gut. Was kann ich für Sie tun? Haben Sie Görgens Freundin gefunden?«, fragte er, als sie sich gegenübersaßen und den frisch duftenden Kaffee tranken, den es nebenan nicht gegeben hatte.

»Ja, danke nochmals, das hat uns weitergeholfen. Sie haben mir gesagt, Horst Görgen sei öfters hier gewesen und habe einiges erzählt. Hat er dabei mal von Egbert Kaiser gesprochen?«

»Sie suchen die Verbindung, nicht wahr? Also nein, er ist sehr auf seine Schuld innerhalb der Familie fixiert gewesen.«

»Können Sie etwas mit dem Namen feedstuffPRO anfangen?«, schaltete Sophie sich ein.

Bläske nahm sich Milch. »Auch nicht, nie gehört. Was ist das?«

»Nichts, oder anders gesagt, das darf ich nicht sagen. Hat er von Problemen mit Roland gesprochen?«

»Wie meinen Sie das?«

»Wir wollen wissen, ob er von irgendwelchen krummen Geschäften seines Sohnes gewusst hat?«

»Gibt es denn Anzeichen dafür?«

»Wir stehen erst am Anfang der Untersuchung. Diese Informationen sind vertraulich, wenn ich höre, dass Sie Verdächtigungen hinausposaunen, komme ich mit einer Strafanzeige wieder.«

Eine Pause entstand. »Ich bin kein Klatschweib. Einmal hat er zum Rohbau rübergesehen und etwas angemerkt wie, so viel Geld hat man nicht einfach so. Ich habe dann nachgefragt, doch er hat nur gemurmelt, ob ich der Meinung sei, Roland verdiene die ganze Kohle nur auf dem Hof.«

»Was hat er damit sagen wollen?«

»Dass Roland noch andere Geschäfte betreibt, mit jemandem Dinge durchzieht, die nicht unbedingt sauber sind.«

»Mehr nicht?«, Lichthaus war enttäuscht.

»Es ging wohl um Fleisch.«

»Wie kommen Sie darauf?«

»Ich kann es nicht richtig greifen, doch irgendwo klingelt es. Lassen Sie mich nachdenken, wenn es mir einfällt, melde ich mich bei Ihnen.«

Im Auto schaltete Sophie das Radio ein und fuhr los. »Nachbarschaft ist manchmal die Pest.«

Lichthaus grinste. »Die kriegen alles mit und sind oft sehr beflissen darin, uns teilhaben zu lassen. Anscheinend hatte Görgen damals eine Phase der – sagen wir mal – Rückbesinnung und hat offensichtlich doch einiges ausgeplaudert. Vielleicht kommt von diesem Bläske noch mehr.«

»Komischer Typ.«

»Ja. So distanziert und dann mit einem Mal so offen.«

»Glaubst du nun auch, dass irgendwelche organisierten Verbrecher hinter den Morden stehen?«

»Ja und nein. Alles deutet darauf hin, doch die Taten passen nicht. Es ist einfach vertrackt.«

*

Siran tobte: »Wieso taucht der zu einer Routinebefragung gleich mit diesem Idioten auf?«

»Weil er die Hosen gestrichen voll hat.« Steinrausch lehnte an der Fensterbank und schaute auf die anderen hinab. »Dieser Bläske glaubt also, Horst Görgen hätte etwas von Betrügereien gewusst?«

Lichthaus nickte, doch seine Gedanken waren ganz woanders. »Wenn wir tatsächlich richtig liegen, ist Pilsner unser Mann. Er ist schwach und wird schnell einbrechen. Hätten wir bloß eine Handhabe, dann könnte man ihn festnehmen. Wir sollten ihn überwachen.«

»Er wohnt im Kreis Merzig, da sind die Kollegen aus dem Saarland dran.«

»Siri, geh bitte zu Brauckmann und besorge ein Diensthilfeersuchen, die sollen dort ein Team abstellen.«

»Und hier in Trier?«

»Wir werden Görgen und Schneider und Jost im Auge behalten. Brauckmann soll uns die Genehmigung für das Telefonabhören und IMSI-Catcher für die Handys gleich mitgenehmigen.«

Sophie blickte Siran hinterher und schaute dann nachdenklich auf das Whiteboard. »Wenn Horst Görgen tatsächlich einem Betrug auf der Spur war, an dem Roland und Kaiser beteiligt sind, könnten die Drahtzieher auch die Mörder sein.«

»Ja, schon richtig, nur wieso dann der Zirkus mit den Telefonaten, die Rachestory und diese Sackgasse zu den religiösen Ultras?

Verbrecherorganisationen arbeiten doch ganz anders.« Er schaute sie resigniert an. »Wir finden Tag für Tag mehr heraus, aber nichts ist zu beweisen, und ich verstehe immer weniger die Zusammenhänge. Außerdem, ist Roland so abgebrüht?«

»Er hat Angst.«

Ein Schweigen trat ein, als die Tür aufging und Spleeth hereinkam. »Die kleinen Arbeitsameisen aus der Technik haben was Neues.« Er grinste, was bei seiner ansonsten muffigen Art äußerst selten war. »Euer tätowierter Junkie hat zwei Kosovo-Albaner identifiziert. Das allerletzte Pack, wenn ihr mich fragt. Eine Vorstrafenliste so lang wie die Chinesische Mauer. Meistens nackte Gewalt. Hängen mit der Mafia zusammen. Interpol hat die genetischen Codes von den Kerlen geschickt. Unser Routinevergleich hat ergeben, dass Spuren von Admir Terpuni an Kaisers Mantel und die von Rashit Hoxhaj an Görgens Hosen gefunden wurden.«

»Also, die Mafia.« Sophie schüttelte den Kopf, und die anderen nickten nur.

»Ja, das ist anscheinend doch die Klammer um dieses ganze Chaos.«

Lichthaus sprang auf und griff nach dem Telefon. Siran war noch nicht bei Brauckmann angekommen, doch der Staatsanwalt versprach so schnell wie möglich zu arbeiten, damit die Fahndung rausgehen und bereits am Abend eine lückenlos Überwachung aller Beteiligten beginnen könne.

Lichthaus setzte sich wieder und schaute fragend in die Runde: »Jetzt haben wir ein Bild, doch noch immer fehlt das Warum. Was hat Kaiser in Ungnade fallen lassen, und wieso wird der alte Görgen getötet und nicht Roland?«

Alle schwiegen.

*

Adrian Baumann lag in seiner Zelle und rauchte eine Camel. Er hatte die Jacke ausgezogen und betrachtete gelangweilt, wie sein weißes T-Shirt exakt den Hals seines tätowierten Tigers auf dem rechten Oberarm abschnitt. Er verzog das Gesicht. »Was für ein Scheiß.«

Er rappelte sich hoch und ging in dem engen Loch auf und ab, sechs Schritte hin, sechs Schritte her. Bett, Toilette, Tisch und Schrank, die Wände voll mit Postern, das war die ganze Welt, in der er sich seit Jahren bewegte, wenn er nicht die eine Stunde am Tag auf dem Hof rumhing oder in der Wäscherei beschissene Tischdecken mangelte. Er hatte versucht, einen anderen Job zu bekommen, doch man ließ ihn, wo er war. Bauie, so nannten ihn die Mitgefangenen, würde so lange mangeln, bis seine lebenslängliche Strafe abgesessen war.

Wütend trat er gegen die Tür und schnippte die Kippe in die offene Kloschüssel, um gleich die nächste anzustecken. Er war schuldig, oh ja. Vier Tote in drei Tagen, das war nicht übel, er grinste, und nur weil er Dachs die Hauptschuld in die Schuhe geschoben hatte, war er ohne diese verfluchte Sicherungsverwahrung aus dem Gerichtssaal gekommen. Nach fünfzehn Jahren wäre er fünfundvierzig, da ging dann hoffentlich noch was.

Dachs, dieses Arschloch, war damals auf die glorreiche Idee gekommen, einen Supermarkt in der Weihnachtszeit zu knacken, wenn die Geldbomben abgeholt wurden, und er war so dämlich gewesen mitzumachen. Die Aktion hatte sich eigentlich nicht schlecht angehört, doch hätte er sich denken können, dass mit diesem Versager die Sache danebengehen würde. Aber er war nun mal pleite gewesen, hing bei einem Kredithai tief in der Kreide für ein Auto, das er seiner Freundin schenken musste um anzugeben. Idiotisch.

Dachs war immer breit wie eine Landebahn. Er warf sich so ziemlich alles ein, was er bekommen konnte, nur um Heroin schlug er einen Bogen. »Das macht doof«, war gewöhnlich sein Spruch, als ob das noch etwas verschlimmert hätte.

Am dritten Samstag im Advent sollte es losgehen. Zwei Tage vorher hatte er die U-Bahn genommen und war zum Bahnhof nach Frankfurt gefahren, um sich mit seinem Komplizen zu treffen. Sie brauchten Waffen, und er kannte da einen Typen, der ihm schon früher eine Knarre besorgt hatte. Jeder nannte den Waffenschieber nur Clint, da er vor einigen Jahren einem Käufer, der ihn übers Ohr hauen wollte, mit so einer Monsterkanone, wie Eastwood sie im Kino trug, ins Bein geschossen hatte. Er musste gute Kontakte haben, denn niemand war später der Sache nachgegangen. Der baumlange Kerl kam irgendwo vom Balkan, hatte eine riesige Hakennase. Dachs hatte versprochen, ein paar Tausender zu organisieren. Sie trafen sich am Haupteingang, und eigentlich hätte er sofort abhauen müssen, weil dieser Mistkerl bis zum Schornstein vollgedröhnt am Bahnsteig herumstolperte. Seine Pupillen waren extrem geweitet, und er trug ein ewig dämliches Dauergrinsen auf der Visage.

»Was ist los?« Das dümmliche Lachen verging diesem Hohlkopf, als er in die Ecke gedrückt wurde und seine Backe an der rauen Wand klebte. Noch jetzt, nach all den Jahren spürte er, wie hart er zugegriffen hatte, nur um sich zu beherrschen damit er diesem Idioten nicht sämtliche Knochen aus dem Leib prügelte. Irgendwie behielt er Ruhe. Später sollte er sich immer wieder fragen, warum er weitergemacht hatte.

»Was hast du intus?«, hatte er diesen Vollidioten gefragt, während er in dessen fettiges Haar griff und seinen Kopf nach hinten bog, bis sich seine Halsmuskeln spannten wie Drahtseile.

»Lass mich los. Mann, scheiß dich nicht an, nur ein paar Pillen.«

»So läuft das nicht. Kein Shit, keine Drogen. Wenn wir was abziehn, bleibst du clean. Wo ist die Kohle?« Er ließ ihn los.

»Schon gut, schon gut. Hier«, der kleine schmierige Typ klopfte sich gegen den fleckigen Anorak, »bleib cool, Mann.«

Es war längst dunkel geworden, und hinter dem Bahnhof in einer der finsteren Ecken wartete Clint bereits. Er saß wie beiläufig in seinem unauffälligen Passat und rauchte eine Zigarette, die stank, als ob er Kamelkacke statt Tabak inhalierte. Er war allein. Auf seinen Wink hin machten sie die Taschen auf links und öffneten die Jacken. Er schien zufrieden zu sein, und sie stiegen ein. Er auf dem Beifahrersitz, Dachs im Fond.

»Zeigt die Kohle.«

Der Typ blieb seelenruhig. Dachs beugte sich vor, fingerte in seiner Innentasche und ließ die Hunderter durch seine Hände laufen. »Hier, Mann, wie versprochen.« Ein muffiger Mief ging von ihm aus, und Clint zog unwillkürlich den Kopf ein wenig zurück.

»Viertausend für eine Desert Eagle, ansonsten tausend für eine Glock 17 oder eine Beretta 92.«

»Eine Magnum?« Sein Kumpel war wie elektrisiert. »Ich nehm die Magnum und du die Glock.«

»Was soll denn so ein unhandliches Teil?«

»Meine Sache, schließlich zahl ich die Wummen. Dazu jeweils sechzig Schuss Munition.«

Clint hatte zu ihm herübergeschaut. »Bist du sicher, dass du mit dem was drehen willst?«

Er jedoch ignorierte die gutgemeinte Warnung. Was für ein hirnverbrannter Idiot man doch so oft im Leben war. »Geht schon klar. Bring uns die Knarren.«

»Erst das Geld.«

Dachs zählte die Scheine herunter, die Clint ruhig in seiner Jacke verstaute. Dann schälte er sich aus dem Auto und ging federnd zu einem zweiten Wagen, der weiter entfernt geparkt war, öffnete den Kofferraum und hantierte einige Zeit herum, bis er den Deckel wieder zuschlug und mit einem Päckchen zurückkam.

Irgendwie hatte er gerochen, dass etwas in der Luft lag, und sich genervt nach hinten gedreht: »Reiß dich jetzt zusammen, du Vollidiot.«

»Ach, leck mich doch, Bauie.«

Lebenslang, in der nächsten Minute verdiente er sich die erste Rate.

Der Waffenhändler stieg ein und zog Pistolen und Munition aus dem Paket, die er ihnen reichte. Die Glock lag gut in der Hand. Er prüfte den Schlitten und drückte die Waffe mehrmals ab. Clint schaute ihn fragend an, und er nickte gerade bestätigend, als ein ohrenbetäubender Knall das enge Innere des Wagens zerriss. Die Kugel drang knapp oberhalb von Clints rechtem Auge ein und riss einen Großteil seiner Schädeldecke weg. Er flog wie eine Marionette gegen die Fahrertür, und eine Fontäne aus Blut und Hirnmasse folgte dem Geschoss durch die geborstene Scheibe in die Dunkelheit. Der Rest klatschte auf Türfutter und Armaturenbrett. Vom rot verfärbten Dachhimmel begann es zu tropfen. Baumann hatte laut aufgeschrien und sich die Ohren zugehalten, dann dauerte es Sekunden, in denen er fassungslos auf das Bild des Grauens starrte, bis sein Blick für eine Weile auf Clints intaktem Auge festfror, während ihn der Pulverdampf beißend zu Tränen reizte. Dachs irres Lachen war das Erste, das wieder zu ihm vordrang.

»Bist du bescheuert?«, schrie er fast hysterisch. Nicht dass er nicht schon einige Dinger gedreht hätte und dabei auch Gewalt im Spiel gewesen wäre, doch diese sinnlose Hinrichtung war außerhalb von allem, was er je erlebt hatte.

»Fly eagle fly. Hast du gesehen, wie mein Adler hier«, er winkte mit der Desert Eagle, »dem Idioten die Luft abgelassen hat?«

»Du Vollidiot. Jetzt ist die ganze Bande hinter uns her.« Er brüllte und sprang aus dem Auto, riss die Tür auf und zerrte Dachs ins Freie.

»He, langsam ...« Der Schlag in den Magen raubte Dachs die Sprache. Schlag ihn tot Bauie, hatte sein Instinkt gebrüllt, doch er ließ es sein. Was für ein Idiot war er nur gewesen.

Clint galt als Institution und konnte sein Geschäft deshalb so lange unbehelligt betreiben, weil er mit einer der richtig harten Familien in Frankfurt verwandt war. Er war so gut wie tot, wenn man ihnen auf die Schliche kam. Während er so dagestanden hatte, fingerte Dachs die Geldscheine aus der Innentasche des Waffenhändlers, der mit verdrehtem Oberkörper zusammengekrümmt in der Ecke lag, den Kopf, oder das, was davon übrig geblieben war, auf dem Fensterholm abgelegt, als wollte er schlafen.

»Du Arsch, die Kohle muss morgen zurück sein, war nur geliehen. Ich musste ihm in die Birne ballern, sonst wären die Scheine am Ende versaut gewesen.«

Er hörte dem Irren nicht mehr zu, und schaute die Straße hinauf und hinunter, doch niemand rührte sich. Dann reagierte er instinktiv und beging gleich den zweiten Fehler, indem er Dachs nicht einfach allein zurückließ, glaubte, an diesen Wahnsinnigen auf Gedeih und Verderb gebunden zu sein. Er zog dem Toten den Schlüssel zu dem anderen Fahrzeug aus der Tasche und zog den Schwachkopf mit sich. Der alte Toyota sprang ohne Murren an, und sie machten sich unauffällig, jede Geschwindigkeitsbegrenzung beachtend, aus dem Staub. In Rüsselsheim knackten sie einen rostigen Astra. Kurz bevor sie einstiegen und weiterfuhren, schlug er seinem Kumpan wieder so hart in den Magen, dass der zusammenklappte wie ein lausiges Kartenhaus und sich auf den Boden übergab. Dann packte er den Mistkerl an den Haaren und zog ihn nach oben. »Noch einmal so eine Scheiße und ich lege dich eigenhändig um.«

Mein Gott, warum war er dabeigeblieben. Sie waren weitergefahren, um sich auch die letzte Rate zu verdienen.

Ein Schlüssel wurde im Schloss der Zellentür gedreht, und Baumann schreckte aus seinen dumpfen Gedanken, denen er schon so oft nachgehangen hatte, als er sah, wie der dicke Werle sich in die Zelle schob.

»Hast Besuch, Bauie.« Die Stimme des Wärters war unnatürlich hoch, sodass hier im Wittlicher Knast Wetten liefen, der Kerl sei schwul.

»Wer?«

»Eine Kommissarin von der Kripo in Trier.«

»Sie soll abhauen!«

»Schau sie dir doch mal an, Bauie. So was wird dir nicht jeden Tag vorgeführt.«

»Wieso?«

»Nun komm schon. Wenn Sie unangenehme Fragen stellt, kannst du ja einfach schweigen. Die Sache ist rein informell.«

Er stand auf und folgte dem schnaufenden Kerl in den Raum, den normalerweise die Anwälte und ihre Mandanten nutzten. Der Anblick der Frau, die am Tisch saß, war die Mühe wert gewesen. Langes braunes Haar fiel in Wellen über die Schultern, der Körper war straff und sehr gut gebaut. Er grinste. »Schade, dass Sie mich nicht festgenommen haben.«

»Nur keine Illusionen. Mein Name ist Erdmann. Ich würde gerne einige Fragen im Zusammenhang mit dem von Ihnen damals identifizierten Albaner Rashit Hoxhaj klären.«

»Was ist mit dem Drecksack? Habt ihr ihn gefasst?«

»Nein. Ich möchte wissen, in welchem Zusammenhang Sie diesem Hoxhaj begegnet sind?«

Wieder kamen diese drei Tage aufs Tapet. »Das steht doch in Ihren Akten.«

»Nicht alles.«

»Inwiefern?«

Sie kramte in Papieren, die sie auf dem Tisch liegen hatte, und er sah, dass sie nicht mehr so jung war, wie er anfangs gedacht hatte. Kleine Fältchen deuteten sich um die Augen herum an. Er revidierte seine Schätzung auf etwa dreißig. Sie schaute ihn an, und er war fasziniert von dem Grau ihrer Iris.

»Sie haben ausgesagt, dass Ihr Komplize Marco Dufner, genannt Dachs, einen Waffenhändler, der in der Szene nur als Clint bekannt gewesen ist, erschossen hat.«

»Wieso wärmen Sie die ganzen alten Geschichten wieder auf? Sollten Sie gegen mich ermitteln, rede ich nur, wenn mein Anwalt dabeisitzt.«

»Sie sind nur Zeuge, kein Beklagter.«

»Was springt für mich raus? Ein Abend zu zweit?« Er grinste breit.

Doch sie ignorierte seine billige Anmache. »Hafterleichterung, irgendwann.«

»Das bringt mir nichts.«

»Was denn dann?«

»Ich will von der Wäscherei weg.«

Sie grinste ihn an uns zeigte eine Reihe weißer Zähne. »Man wird hier bescheiden, was?«

Er knurrte: »Seit fünf Jahren nur Wäsche. Das kotzt mich an.«

»Ich rede mit dem Zuständigen, da lässt sich was machen, wenn Sie mitspielen. Versprochen. Also zurück. Dachs hat den Mann getötet?«

»Ja.«

»Geht das ein bisschen genauer?«

»Er hat dem Kerl die Birne weggeblasen.«

»Warum?«

»Ich habe das auch nicht verstanden. Hat uns nur Ärger gebracht. Er war drogenabhängig, vielleicht lag es daran.«

»Anschließend haben Sie den Raub begangen.«

»Ja.« Seine Gedanken schweiften ab. So gegen sieben waren sie in die Tiefgarage des Supermarkts gefahren. Wer auch immer für die Gesamtkonzeption verantwortlich gewesen war, hatte ihnen einen großen Gefallen getan, als er gleich neben der Toreinfahrt zur separaten Garage des Großmarktes einen Raum für die technische Steuerung eingerichtet hatte. Mit einem einfachen Dietrich knackte er das Schloss binnen zehn Sekunden, aber dann verging viel Zeit, bis das Transportunternehmen die Bomben abholte. Die Warterei zerrte an seinen Nerven. Sein Komplize blieb hingegen völlig ruhig, hatte sich Beruhigungspillen eingeworfen.

Kurz nach acht hatte sich das Parkdeck bis auf ein paar Autos geleert, als der Transporter in die Garage tuckerte und nebenan verschwand. Die Männer im Fahrerhaus waren jung und kräftig. Sie würden auf der Hut sein müssen. Gewöhnlich dauerte es nur wenige Minuten, bis das Fahrzeug durch die Schleuse zurückkam. Sie wollten den Moment abpassen, in dem das hintere Tor zu war, der Beifahrer aber das Fenster herunterlassen musste, um mit einem Schlüssel das vordere Tor nach oben zu rollen.

Dachs stürmte hinaus, er ihm dicht auf den Fersen. Sie trugen schwarze Overalls und Skimützen mit Sehschlitzen. Als sie allerdings um die Ecke kamen, fuhr der Transporter bereits wieder an. Dachs reagierte instinktiv und lief neben der Beifahrertür her, wobei er mit der Magnum durch das offene Fenster zielte. »Überfall! Hände hoch! Anhalten!« Seine Stimme war schrill, voller Stress.

Der Fahrer gab stattdessen Gas, während sein Kollege auf Dachs einschlug, der sich kreischend an der Tür festhielt und den Kopf wegzog, dann jedoch abdrückte. Baumann war hinterhergerannt, konnte aber nichts tun. Er sah wie die Kugel den Arm des Beifahrers durchschlug und den Oberkörper des Manns am Lenkrad traf, der sofort zusammensackte. Dachs fiel vom Rückschlag der Magnum zu Boden und wäre um Haaresbreite von dem schlingernden Transporter überrollt worden, der nach wenigen Metern in einen kleinen Daihatsu krachte und diesen auf einen dahinterstehenden Golf schob.

Der Motor erstarb, und sie rannten hinüber. Dachs riss die Beifahrertür auf, aus der plötzlich eine Gestalt stolperte und sich auf seinen schmächtigen Komplizen stürzte. Baumann hatte gut gezielt und die Glock abgefeuert, aber nicht genau getroffen, da die Waffe stark verriss. Der Verletzte hielt sich den Hals und taumelte los, um weiter hinten in der Garage schließlich zusammenzubrechen. Wie er später erfahren sollte, hatte seine Kugel die Schlagader des Wachmanns zerfetzt, und der war innerhalb kurzer Zeit verblutet.

Die zweite Rate war erledigt.

Sie waren in den Wagen gestürmt. Der Fahrer hing über dem Lenkrad und stöhnte nur noch leise. Ein kleines Rinnsal Blut lief ihm aus dem Mundwinkel.

»Der stirbt!«

Dachs hatte ihn nur verhöhnt: »Kannst ja Erste Hilfe leisten. Spinnst wohl, he?« Er warf ihm einen Geldkoffer zu, den er zum Astra schleppte. Sein Komplize war hinter ihm hergekommen, und sie waren losgebraust.

»Zwei tote Fahrer. Alles Opfer von Dufner?« Die Kommissarin blätterte weiter, schaute ihn aber direkt an, doch er reagierte instinktiv auf die Frage, die er vor Gericht mehrfach bejaht hatte. »Ja.«

»Später sind Sie dann diesem Hoxhaj begegnet?«

»Ja. Was machen Sie heute Abend?« Er musste einfach flirten.

»Das erzähl ich Ihnen gleich, jetzt machen Sie lieber den Mund auf. Sie haben ausgesagt, Hoxhaj habe Dachs erschossen. Wie ist das damals gewesen?«

Er dachte nach, überlegte, wie viel er preisgeben konnte. Dachs, dieser Trottel, hatte sich an einen Freund gewendet, um die Koffer aufzusägen, ohne die Scheine zu beschädigen, anstatt sich selbst darum zu kümmern. Es war schon dunkel, als sie auf den Hof des Kfz-Betriebs fuhren, in der Werkstatt allerdings brannte Licht. Dachs stieg aus und schob die Magnum augenzwinkernd in den Gürtel. Der Überfall hatte ihn mitgenommen, und als seine Tranquilizer ihren Dienst quittierten, brauchte er eine Handvoll Pillen, um halbwegs ruhig zu werden. Jetzt aber schien er klar zu ticken. Er ging durch die Glastür in den Schuppen, und Baumann hörte im Auto, wie er jemanden grüßte, als ein Schuss dröhnte und sein Kumpel in einer Fontäne aus Glas blutüberströmt herausflog und auf den Parkplatz krachte. Die Schrotladung hatte ihn nicht auf der Stelle getötet, und er griff schon stöhnend nach seiner Waffe, als der Typ aus der Werkstatt blitzschnell heranlief und ihm eine zweite Packung aus der Pumpgun gab, die das Leben aus Dachs fegte, wie der Herbstwind die Blätter vom Baum braust. Der Körper rollte unter dem Druck der Ladung noch einen, vielleicht zwei Meter über den Asphalt, so wie ein leerer Eimer, dem man einen Tritt versetzt, dann lag er still.

Er selbst hatte den Rückwärtsgang reingehauen und mit jaulendem Motor zurückgesetzt, kam aber kaum weiter, als ein geübter Junge spucken konnte. Das Tor war inzwischen geschlossen worden, und er versuchte durchzubrechen, während vor ihm der Mann mit der Schrotflinte auf Dachs' Leiche eintrat. Das Tor hielt stand, und er sprang aus dem Auto um abzuhauen, als ihm eine Faust derart ins Gesicht knallte, dass er zu Boden ging, wo er mit Stiefeln bearbeitet wurde. Er nahm Embryonalhaltung ein, um den Kopf zu schützen, was die Angreifer jedoch nicht störte. Tritte und Schläge und Tritte und Schläge. Auch in die Nieren. Er hatte noch tagelang Blut gepinkelt. Als er das Bewusstsein zu verlieren begann, hörten sie auf, packten in seine damals so schönen langen Haare und schleiften ihn zurück wie einen Sack Kartoffeln, warfen ihn kopfüber auf Dachs' Leiche. Sein Gesicht war eine blutige Masse. Die Maske eines Monsters. Baumann schrie, bis ihm der Kopf nach hinten gebogen und er gezwungen wurde, in den Himmel zu starren. Nur für einen kurzen Moment hatte er am Rand seines Gesichtsfelds einen Blick auf die Visage des Schweins erhascht, das Dachs umgelegt hatte. Eng zusammenstehende, kleine Schweineaugen, die so emotionslos gewesen waren wie die eines Teddybären, und eine Hakennase über schmalen Lippen.

»Dachs wurde abgeknallt und ich zusammengeschlagen. Ich habe nur einen von diesen Leuten gesehen, und das war dieser Dreckskerl Hoxhaj.«

»Wieso haben Sie eine solche Wut auf den Mann?«

Er schaute über den Schreibtisch. »Darf ich rauchen?« Sie nickte. »Er hat ihn erschossen, als er schon wehrlos war und dann noch auf den Körper eingetreten.«

»Es war Clints Familie, oder?«

»Wie kommen Sie denn da drauf?«

»Es gab keinen anderen Grund derart vorzugehen. Wenn man an dem Geld interessiert gewesen wäre, hätte man euch beide umgelegt. Da sie sich nur Dachs vorgenommen haben, scheint es, als wolle man den Verwandten rächen. Warum hat man Sie verschont?«

»Sie fantasieren.« Er lächelte die Polizistin an, die natürlich Recht hatte.

Ein Typ war neben ihn getreten, und Baumann hatte, die Augen in den Himmel schauend, auf seinen Tod gewartet.

»Wieso hat das Schwein unseren Cousin abgeknallt?«

»Weil er bescheuert war.« Er konnte sich kaum vorstellen, dass der Mann sein Gekrächze verstand.

»Du bist ehrlich, Arschloch. Clint hatte immer eine Kamera in seinen Autos installiert, die alle Deals aufgezeichnet hat. Wir haben gesehen, wie überrascht du warst. Wir haben auch gesehen, wie du den Kerl verdroschen hast, da in Rüsselsheim. Hat dir das Leben gerettet, die Kamera. Mein Cousin hier, Rashit, wollte dich eben schlachten, doch ich habe es ihm verboten. Unterschiede soll man machen. Wir werfen dich irgendwo raus, und du stellst dich der Polizei, damit du in den Knast kommst. Wenn du dich verdrückst, findet Rashit dich, und bringt dich um, ganz langsam.« Dann hatte er seinen Kopf auf den Boden geknallt und ihn schließlich so lange bearbeitet, bis er das Bewusstsein verloren hatte.

»Denken Sie an unseren Deal. Das Gespräch bleibt unter uns.« Sophie hatte ihn genau beobachtet. »Ich brauche einen Hinweis auf den Clan von Hoxhaj. Er ist in der Gegend aufgetaucht, und wir müssen wissen, wer von dem Verein hier bei uns aktiv ist. Kein Hinweis auf Sie, auch das ist versprochen. Wäre doch eine herrliche Rache, oder?«

Er dachte nach, nahm sich die Zeit und wog Risiko und Chance gegeneinander ab. »Sie halten dicht, sonst bin ich tot. Was jetzt kommt, habe ich nie ausgesagt. Clint war ein Cousin von Hoxhaj und dem Boss einer Familie, die Tatari heißt. Fragen Sie Ihre Kollegen in Frankfurt, aber passen Sie auf, ich würde wetten, die haben sich Bullen gekauft.«

Die Polizistin stand auf.

»Unser Deal steht? Ich komme aus der Wäscherei raus, und Sie geben es dem Typ so richtig?«

»Wenn wir ihn zu fassen kriegen, ja.«

»Dann wollen wir mal hoffen.« Baumann feixte anzüglich und ließ seine Blicke an ihrem Körper herunterwandern. »Nun, was machen wir zwei jetzt Schönes.«

»Sie stolpern in Ihre Zelle, und ich fahre nach Hause. Dort wartet mein Freund mit dem Essen, und später«, sie lächelte fies, »gehe ich mit ihm ins Bett.«

*

Elvira Pick schloss den Koffer und schaute sich in ihrem Schlafzimmer um. Der Anruf des Kommissars hatte sie beunruhigt, ohne dass sie wüsste, warum. Der Auftrag war damals in einer sehr schwierigen Zeit gekommen. Sie hatte sich von ihrem langjährigen Freund getrennt, der hier im Raum Stuttgart viele Verbindungen besaß und ihr aus verletzter Ehre oder aus Eitelkeit das Leben schwergemacht hatte, indem er sie von lukrativen Jobs ferngehalten hatte. Eines Morgens klingelte schließlich das Telefon und dieser Schwachkopf von Heiner Schütz bat sie um Hilfe. Niemals vorher und auch niemals hinterher hatte sie ein solches Unternehmen zu retten versucht. Dilettantismus in brillantener Reinheit. Sie sagte nur wegen des Geldes zu, doch hängte sie sich rein. So wie immer eigentlich. Verkleinerte die Mannschaft, legte Teile der Anlage still, verschlankte die Abläufe und gewann über alte Kontakte eine Vielzahl neuer Kunden. Und eines Tages war dann Licht im Tunnel. Schwach, aber für alle wahrnehmbar. An diesem Wochenende spendierte sie der Belegschaft ein Fass Bier und ausreichend Würstchen und Grillgut, um so richtig zu feiern. In der folgenden Woche, gerade als sie glaubte, den Turnaround zu schaffen, die Kurve zu kriegen, zogen die Gesellschafter den Stecker. Dieser aalglatte Kaiser mit Görgen im Schlepptau tauchte in ihrer Pension auf und setzte sie mit fadenscheinigen Gründen davon in Kenntnis, dass man sich trennen wolle und die Firma geschlossen würde. Sie hatte noch ewige Diskussionen ausgefochten, doch plötzlich war da zwischen ihnen eine Wand gewesen, die sie nicht mehr hatte überwinden können.

Und jetzt waren die beiden tot, ermordet, und dieser Kommissar hatte sie angerufen.

Sie schüttelte die düsteren Gedanken ab und stellte den Koffer neben die Kommode. Morgen wollte sie ihre seit langem geplante Reise nach Ägypten antreten, den Nil und die Ausgrabungen im Tal der Könige besuchen und vor allem die Hitze genießen. Sie freute sich auf Ägypten.

Ein Luftzug ließ sie frösteln, und sie wickelte sich enger in ihre Strickweste, irgendwo schien ein Fenster aufgegangen zu sein.

*

Lichthaus fuhr früh nach Hause, da er kreuzkaputt war. Sophie und Steinrausch hatten die Überwachung der Apparate von Resslers Privathaus, der Firma und Roland Görgen organisiert. Die IMSI-Catcher waren ein Segen, wenn man ungefähr festlegen konnte, wo der Standort eines Handys war. Die Geräte spiegelten ein Mobilfunknetz vor, in das sich in einem bestimmten Umkreis alle Mobilfunkgeräte einwählten. Der Catcher leitete diese dann an die eigentlichen Netze weiter, eröffnete hierbei aber die Möglichkeit, die Gespräche abzuhören. Auch Prepaid-Karten ließen sich hierdurch abgreifen.

Zu Hause gelang es ihm nach einer Viertelstunde die Spielattacken Henriettes abzuwehren, indem er während eines Türmchenspiels einfach auf dem beheizten Fußboden einschlief und dort vor sich hin schnarchte, bis Claudia ihn aufs Sofa bugsierte, wo er sofort wieder wegsackte.

Um elf rüttelte seine Frau ihn sanft wach. Er drehte sich stöhnend und lächelte zu ihr auf, froh bei ihr zu sein, doch ihr Gesichtsausdruck verriet anderes. Er griff, die Augen verzweifelt schließend, nach dem Telefon, das sie ihm hinhielt.

Die Verbindung knarzte, Siran befand sich offensichtlich im Auto, als er nun schon zum zweiten Mal innerhalb weniger Tage Hiob spielte: »Pilsner ist tot. Eine Streife wollte vorhin mit der Überwachung beginnen und ist, da alles dunkel war, vorsichtig um das Haus herum. Sie haben dann durch den Zeitungsschlitz in der Haustür gesehen. Er hat an der Wohnzimmertür gebaumelt. Hat einen Haken oben drüber gehängt. Die Mordkommission aus Saarbrücken hat dann angerufen und uns gebeten, zu kommen.«

»Wann seid ihr hier?«

»In zehn Minuten stehen wir bei dir auf der Matte.«

Donnerstag

Pilsners Haus war ein typisches Arbeiterhaus. Klein, nur ein Erdgeschoss von höchstens sechzig Quadratmetern, ein Satteldach obenauf, stand es auf einem riesigen Grundstück, das früher sicherlich genutzt worden war, um möglichst viel Gemüse anzubauen, weil der schmale Lohn nicht zum Leben reichte. Vier Obstbäume bevölkerten verwildert und noch kahl die Wiese. Ganz hinten in einer Ecke gab es einen windschiefen Stall, der einst wohl eine Ziege oder Hasen beherbergt hatte. Alles wirkte ungepflegt, und auch die einfach verglasten Fenster und die abgetretenen Linoleumböden zeigten, dass seit Langem kein Geld mehr investiert wurde.

Als sie eintrafen, kreiselten bereits Blaulichter vor dem Haus, und einige Nachbarn drängten sich in eilig übergeworfenen Kleidern vor den Absperrungen. In dem kleinen Ort zwischen Losheim am See und Beckingen tat sich ansonsten vermutlich nicht viel, und niemand wollte die Sensation des Jahres verpassen.

Der Kollege aus Saarbrücken stellte sich vor, doch Lichthaus vergaß seinen Namen sofort wieder, da die Erschöpfung wie Blei in seinen Gliedern steckte.

Pilsner hing an dem Türblatt zum Flur. Das altersschwache Holz bog sich unter seinem Gewicht leicht durch, doch hatte die Spannkraft gereicht, um dem Mann das Leben auszutreiben. Der Tote starrte mit halbgeöffneten Lidern den Gang entlang. Der Kopf war blau angelaufen, die Zunge hing aus dem offenstehenden Mund heraus wie ein Fremdkörper.

Es tat ihm weh, den Mann, der noch am Mittag vor ihm gesessen hatte, so zu sehen, und er fragte sich, ob ihre Befragung zu hart gewesen war und so diese Kurzschlussreaktion ausgelöst haben könnte. Manche Dinge steckte man auch nach Jahren bei der Polizei nicht weg. Allein die Vorstellung, wie Pilsner hier in der Einsamkeit seines kleinen Hauses gestorben war, machte ihn betroffen. Ein Blick zu Siran und Sophie zeigte ihm, dass die beiden ähnlich fühlten.

Ein Techniker raschelte im Schutzanzug auf ihn zu und zog sich den Mundschutz herunter: »Kein Suizid. Da hat einer nachgeholfen.«

»Wie bitte?« Lichthaus schrak aus seinen Gedanken auf.

»Der Mann hat sich meiner Meinung nach nicht freiwillig hingehängt.«

»Wie kommen Sie darauf?«

»Schauen Sie.« Er deutete auf den Haaransatz des Toten.

Lichthaus trat näher und erkannte zwei kleine, rote Punkte auf der Haut, die, einem Zwillingspaar gleich, nebeneinander eingebrannt zu sein schienen.

»Die hat er heute Mittag noch nicht gehabt. Elektroschocker?«

»Ja, ich denke so ein Teil hat ihn aus den Socken gehauen, bevor er an den Strick gekommen ist. Das erklärt auch, warum wir nur geringe Abriebspuren von seinen Schuhen finden konnten. Die Körper zucken normalerweise unkontrolliert herum, wenn die Person erstickt. Berühren die Füße den Boden, zeichnen die Absätze Muster, radieren hin und her. Ist der Erstickende benommen, wird das weniger.«

»Das macht die Sache nicht wirklich besser.«

»Nein, ganz und gar nicht. Wir sind dann auf die Suche gegangen und haben im Schloss der Haustür feinen Abrieb gefunden. Die sind mit dem Dietrich hier herein.«

»Die?«

»Die oder der Täter, das können wir noch nicht sagen.«

»Ist Pilsner gefoltert worden?«

»Nur getötet. Sauber, fast septisch. Mit dem Schocker umgelegt, Haken mit dem vorbereiteten Seil über die Tür, ihn drangehängt, etwas gezogen, drei Minuten gewartet, Pulskontrolle, tot und ab.«

»Wir haben den Mann im Rahmen der beiden Morde in Trier befragt. Ich denke, Sie wissen, von wem ich rede. Eines der Opfer wurde ähnlich ermordet, also Elektroschocker und Aufhängen. Ich wäre Ihnen unendlich dankbar, wenn Sie die Spurenanalyse schnell durchziehen würden, damit wir vergleichen können.«

»Das lässt sich wohl machen.«

»Danke. Unser Techniker wird Sie wahrscheinlich morgen kontaktieren und informieren. Vermessen Sie bitte auch den Abstand der Elektroden. Was gibt es noch? Ein Abschiedsbrief?«

»Nein, leider nichts dergleichen.«

»Was ist mit dem Handy?«

»Nicht gefunden.«

»Mist!« Lichthaus bedankte sich und begutachtete die Räume eines Hauses, das nicht unspektakulärer hätte sein können. Alte, abgewetzte Möbel, die ohne Frage schon Pilsners Eltern abgenutzt hatten. Billiger Kaufhausschick der Sechzigerjahre. Nur im Obergeschoss überraschte der Kleiderschrank. Mehrere hochwertige Anzüge und Mäntel sowie alle Accessoires, teure Krawatten und Einstecktücher hingen penibel nebeneinander, darunter schicke Schuhe. Die Verkleidung für die Spielbank. Er ging nach unten und fand Sophie, die den Schreibtisch durchsuchte.

»Die Kollegen haben mir das Feld überlassen, da ich wohl eher wisse, wonach ich suche.« Sie lächelte schief.

»Etwas gefunden?«

»Kontoauszüge, die völlig unauffällig sind. Nur Lohneingänge und alltägliche Abbuchungen.«

»Kasino?«

»Nichts, er hatte offensichtlich eine zweite Bankverbindung. Die Belege fehlen mir aber bisher.«

Plötzlich übertönte eine fremde Stimme das gedämpfte Gemurmel der Polizisten: »Mein Name ist Karsten Pilsner, ich ...«, Siran kam mit aufgeregtem Gesichtsausdruck hinter dem Sofa hervor und hielt ein Diktafon in die Höhe. Die Gespräche im Raum waren erstorben, und alle blickten auf das Gerät.

»Er hat es zwischen Bezug und Gestell gesteckt. Ich habe es nur gefunden, weil ich mit den Fingerspitzen zufällig über den Saum gestrichen habe.«

Wenige Minuten später saßen sie zusammengedrängt mit dem Kommissar aus Saarbrücken und einem jungen Techniker im Bus der KTU. Sie hatten das Band zunächst sicherheitshalber kopiert und hörten nun den Inhalt ab.

Zu Anfang wurde das Diktafon mehrfach eingeschaltet, aber Pilsner sprach nicht, fand nicht die richtigen Worte, sondern stoppte nur die Aufnahme, wenn seine Schluchzer zu heftig wurden. Lichthaus sah ihn vor sich, wie er auf dem schäbigen Sofa saß, vielleicht war es schon dunkel gewesen und sein Spiegelbild hatte ihn aus den schwarzen Scheiben angestiert wie ein Fremder, wie der Versager, der er nun mal war. Dann hatte er sich endlich so weit beruhigt, dass er sprechen konnte. »Ich ... mein Name ist Karsten Pilsner, und ich mache diese Aussagen freiwillig.« Lichthaus horchte auf. Die Worte beschleunigten sich. Er kannte diesen Effekt aus unzähligen Verhören. Sobald der Damm gebrochen war, stürzten die Sätze wie eine Flut aus den Tätern heraus. Es musste eine immense Befreiung mit sich bringen, wenn der Druck abgebaut wurde, das Versteckspiel zu Ende war. Sie schliefen in der darauffolgenden Nacht meistens hervorragend, bis sie der Kater der Wahrheit am folgenden Morgen wachrüttelte und sie sahen, was diese vermeintliche Erlösung für die Zukunft bedeutete. Die Geständnisse wurden häufig widerrufen.

Er schaute zu Sophie hinüber, die neben Siran in eine Ecke gequetscht saß und ähnlich angespannt auf Pilsners Aussage wartete, doch der verlor den Faden. Angst quoll aus dem Lautsprecher. »Die kommen, heute noch, da hab ich keinen Zweifel. Elm hat mich von den Bullen weggeschleppt und nach Hause gefahren. Ist so nett gewesen, der widerliche Fettsack, hat mir gut zugeredet, die Augen jedoch haben das Schwein verraten. Der hatte mich sofort abgeschrieben, als wir da raus sind. Die müssen mich mundtot machen«, er schluckte trocken, »ich weiß fast nichts, bloß ist das auch zu viel.«

Eine Pause trat ein, die sich hinzog. Lichthaus schielte bereits zu den Kollegen, als die weinerliche Stimme erneut ansetzte. »Es wird dunkel. Scheiße!« Wieder ein Seufzer, endlich sprach er zu sich, verfiel in einen monotonen Singsang, setzte zu seiner Lebensbeichte an: »Eigentlich wollte ich es ja nie wahrhaben, doch alles in allem hab ich es versaut. Die Alten haben sich geplagt, und ich Idiot hab sie in einem fort enttäuscht. Das einzige Kind, ihr Prinz. Mama hat, bis sie gestorben ist, nicht begriffen, was für eine Null sie großgezogen hat. Vater ist da realistischer gewesen. Hat mir mal vorgeworfen, ich sei immer an die Falschen geraten. Was hab ich ihn ausgelacht und gefragt, wen er denn meine. Da war er still und ist zu seinem Gesangverein gegangen. Ein Spießer wie aus dem Bilderbuch, aber er hatte wenigstens Halt und Haltung. Ich hatte nie richtige Freunde. Und auch mit den Frauen ist es nicht gelaufen. Was habe ich mir das Hirn zermartert, warum nie eine was von mir wollte, es nie gefunkt hat. Schlussendlich war es gut so. Ich hätte sie ohnehin enttäuscht.« In dem engen Bus wurde das Unbehagen immer greifbarer.

Pilsners Stimme schleppte sich jetzt nur so dahin: »Nach ewiger Zeit mit Gelegenheitsjobs bin ich Laborant geworden. Bodenproben auswerten und so ein Mist. Langeweile war da Programm. Reagenzglas auf, Dreck rein und analysieren. Jeden Morgen habe ich zwanzig Minuten gekämpft, um aus den Federn zu kommen, dabei war das noch meine beste Phase im Leben. Geld, nicht viel, aber regelmäßig, und Kollegen, normale Leute, keine Loser, mit denen man auch mal rausgekommen ist. Vor ein paar Jahren im Herbst waren wir zum Betriebsausflug in Luxemburg. Ein toller Tag, von dem an aber mein Leben dem Ende zuging.« Er lachte bitter.

»Auf dem Rückweg sind zwei von den Laborratten auf die Idee gekommen, in Mondorf im Kasino einen Zehner zu riskieren. Wir da rein in unserer Wanderkluft und sofort wieder rausgeflogen. Doch ich war angefixt. Die eleganten Leute, der Geruch von Geld und dann die Chance, vielleicht einmal etwas mehr zu besitzen als das arme Schwein, das ich zu sein glaubte. Heute lache ich drüber. Wie tief es abwärts gehen kann, weiß man erst, wenn man unten ist. Am folgenden Abend hab ich mein einziges Sakko angezogen und bin gerade so durch die Gesichtskontrolle gekommen. Am Roulettetisch bin ich hängengeblieben und hab siebentausend Kröten mit nach Hause genommen. Es war einfach geil. Bin mir vorgekommen wie der tollste Hecht nördlich der Alpen. Von den Kohlen habe ich mir zwei gute Anzüge gekauft und ab ins Kasino und wieder gewonnen. Tags drauf hat man mich schon namentlich begrüßt. Mit so einem wissenden Lächeln. Ein Idiot auf dem Weg in den Untergang. Die Strähne hat vier Abende angehalten, und ich hatte rund vierzigtausend Euro in der Tasche. Wäre ich nur daheim geblieben. Aber nein«, ein dumpfes Pochen, als schlüge Pilsner seinen Kopf auf etwas Hartes, untermalte jetzt das Gesagte, »ich musste solange hin, bis das Geld weg gewesen ist. Der Gewinn und meine paar Kröten vom Sparbuch haben sich in Luft aufgelöst, bevor ich richtig kapiert hab, dass ich süchtig war. Dann das Konto bis zum Anschlag überzogen, doch ich wollte weiter hin. Schon der Gedanke an das Geräusch, wie die Kugel herumsaust und auf eine Zahl klickert, hat mich kribbelig gemacht. Das ist bis heute so. Ich würde alles geben, um noch einmal wieder hinzukommen. Scheiße, was für ein Junkie!« Ein jäher Schrei, der jeden im Bus zusammenzucken ließ, als ob ein elektrischer Schlag durch den Innenraum gerauscht sei, unterbrach seinen Redeschwall kurz, dann fuhr Pilsner leise fort.

»Eines Abends bin ich richtig pleite gewesen und hab nur noch an der Bar gehangen, als Vincent mich angesprochen hat. Der Name und die ganze Story, die er mir erzählt hat, waren natürlich so falsch, wie die Möpse von Brigitte Nielsen. Hat mir einen Scotch ausgegeben und ein bisschen Blabla gemacht, und mir dann Kredit angeboten. Zehntausend Euro, rückzahlbar eine Woche später plus zehn Prozent. Die Kohle ist noch am gleichen Abend durch den Kamin. Ich hab mich nach Hause verzogen, Vincents Schläger haben mich trotzdem gefunden und mir nach der Arbeit, ohne Worte zu machen, eine harte Abreibung verpasst. Eine weitere Woche Frist, Zinssatz zwanzig Prozent. Wie in einem billigen Schmierentheater. Ich bin am Ende gewesen, als das Telefon geläutet und Öcocertifica mir einen Job angeboten hat. Den Vertrag habe ich sofort unterschrieben. Am Abend hat Vincent vor der Tür gestanden. Ich hätte da jetzt einen neuen Job, und wenn ich mitspielte, könnte man über die zehntausend Euro reden. Seitdem hab ich im Netz gezappelt. Weitergabe von Prüfungsterminen, nicht nur von mir, sondern auch von den anderen Kontrolleuren. Ich hab Protokolle gefälscht, Proben manipuliert, Übermengen verheimlicht, die ganze Palette. Die von Öcocertifica haben bestimmt Bescheid gewusst, da sie mir gezielt die entsprechenden Betriebe zugeteilt haben und ich der Einzige gewesen bin, der Zugriff auf die Daten der Kollegen hatte. Doch das kann ich nicht beweisen.« Lichthaus sah zu den Kollegen hinüber, die die Augen verdrehten.

»Eines Tages wurde ich ins Matrjoschka nach Mainz beordert. Auf dem Parkplatz hab ich Roland Görgen und Kaiser und ...« Pilsner verstummte und schien zu lauschen. »Hallo, wer ist da?« Der Ton wurde gedämpfter, offensichtlich hatte er das Diktafon versteckt, aber nicht ausgeschaltet. Er schrie auf. Hektische Bewegungen waren zu hören, ein Möbelstück krachte zu Boden, Lichthaus vermutete die Stehlampe, zuletzt das surrende Geräusch des Elektroschockers, und Stille kehrte für einige Augenblicke ein. Plötzlich ein lautes Klappern und alle schauten sich fragend an.

»Die Rollläden«, warf der Kollege aus Saarbrücken ein.

Es folgte das Klirren von Metall und Schleifgeräusche dicht vor dem Mikrofon, schließlich gefror den Zuhörern das Blut in den Adern. Ein erstickter Atemzug, gefolgt von einem Röcheln, das sich entfernte, bis die Tür gegen die Wand schlug. Pilsners Sterben war eine fast lautlose Angelegenheit. Einige wenige radierende Geräusche der Schuhsolen auf dem Boden, danach zeichnete das Band nur noch die Stille des Todes auf. Allein ein technisches Rauschen blieb, bis eine ruhige Stimme das Schweigen durchbrach: »A është ai i vdekur?«

»Po.«

Schritte entfernten sich, die Tür schnappte ein und nichts war mehr zu hören.

*

Lichthaus lag zurückgelehnt in seinem Bürostuhl, mit einer Hand bedeckte er seine Augen. Rasende Kopfschmerzen pochten durch seinen Kopf, und das Licht der Sonne, die von einem wolkenlosen Himmel strahlte, stach wie Nadeln mitten in sein Gehirn. Der Infekt und die zu kurze Nacht hatten das Ihrige getan, um ihn auszulaugen, und nun kauerte er hier, wartete die Wirkung der Schmerztablette ab, die ihm über den Mittag helfen sollte.

Am Vormittag hatten sie in einer langen Besprechung die Fakten zusammengetragen, diskutiert und dann die Vorgehensweise festgelegt. Die Stimmen auf dem Tonband hatten albanisch gesprochen, das hatte ein Übersetzer bereits bestätigt. Der Dialog war einfach. Ein Mann hatte gefragt: »Ist er tot?«, woraufhin ein anderer mit einem knappen »Ja« geantwortet hatte. Keiner hegte den geringsten Zweifel daran, dass Admir Terpuni und Rashit Hoxhaj erneut in Aktion getreten waren. Sophie Erdmann brachte von den Kollegen in Frankfurt einige Informationen zur Familie Tatari mit, die Grund zur besonderen Vorsicht gaben. Die Tataris gehörten schon seit gut dreißig Jahren zu den führenden Gangsterfamilien im Rhein-Main-Gebiet und schienen alle Fäden zu spinnen, an deren Ende Geld klebte: Prostitution, Drogen, aber auch Wirtschaftskriminalität. Über eine Verbindung zu Manipulationen im Ökobereich war hingegen nichts bekannt.

Brauckmann hatte in Abstimmung mit Lichthaus und Müller beschlossen, die Überwachung von Schneider & Jost und Roland Görgen unverändert aufrechtzuerhalten und vorsorglich ein SEK in Bereitschaft zu versetzen. Lichthaus war davon überzeugt, sie würden einen weitreichenden Betrügerring aufdecken. Brünjes hatte von gefälschten Etiketten gesprochen, die herkömmliches Fleisch in Ökofleisch verwandelten und somit den Profit extrem nach oben puschten. Pilsner deckte die Betrügereien. Wo Görgens Rolle lag war allen unklar. Laut Bläske hatte der Alte herausgefunden, dass sein Sohn in diese Sauereien involviert war, worin Müller auch das Motiv ausgemacht zu haben glaubte. Kaisers Part war mit hoher Wahrscheinlichkeit in seinen Verbindungen ins Bundesamt zu sehen, von wo aus Öcocertifica beschützt werden musste. Eine geniale Idee. Die ganze Prüfungskette unter Kontrolle: die Bundesbehörde, die Kontrollstelle mit ihren Analysen und der Kontrolleur. Als die Sache zu rutschen begann, räumte die albanische Mafia auf.

Der Mord an Pilsner war insoweit klar, wieso aber Kaiser und Görgen hatten sterben müssen, lag weiterhin im Dunkeln. Außerdem fehlte nach wie vor die Antwort auf die Folterungen und die Anrufe bei Lichthaus zu Hause. Er fluchte leise. Sie taten das Richtige und trotzdem fühlte sich die Fahndung so falsch an wie dritte Zähne. In seinen Augen waren sie gewiss Verbrechern auf der Spur, doch nicht dem Mörder von Kaiser und Görgen.

Es klopfte und eine junge Polizistin trat vorsichtig ein. Er lächelte sie durch einen Schleier von Schmerzen an. Sie hatte etwa das Alter von Tanja Jünflich, fiel ihm plötzlich ein, und die lag nun kalt und steif in der Pathologie.

»Tiefenbach schickt mich. Einmal soll ich die Akten zu einer Futtermittelfabrik namens ...«

»... feedstuffPRO vorbeibringen?«

»Genau. Wir haben alles angefordert und zusammengestellt, was auf die Schnelle möglich war. Also Handelsregistereintragung, Löschung und die Unterlagen des Amtsgerichts. Hier hat sich eine Frage ergeben. Wir haben ein kleines Memo verfasst.« Sie legte die Papiere ab, schlug den dünnen Ordner auf und zeigte ihm das Blatt, während er den schwachen Duft ihres Parfums einfing. Sie trug unauffällige Ohrstecker mit rotem Stein. »Außerdem haben wir eine Begebenheit gefunden, bei der es zu Auseinandersetzungen gekommen ist, wobei Kaiser und Görgen senior bedroht wurden.«

Lichthaus' Interesse war geweckt. Der Kopfschmerz verdrückte sich in den Hintergrund, hielt sich aber durch ein dumpfes Brummen unter der Schädeldecke in Erinnerung. »Was war da los?«

»Vor drei Jahren hat es in Schweich eine Nazidemonstration gegeben. Die Bevölkerung dort ist sehr aktiv mit Aktionstagen für

Vielfalt und Toleranz und so weiter und wird der NPD und rechten Gruppierungen aufgefallen sein. Die haben eine Demo beantragt und wollten an der alten Synagoge vorbeimarschieren. Alle Parteien haben dagegen opponiert, doch die Kundgebung wurde erlaubt. Am Tag der Demonstration ist es dann zu einer kritischen Situation gekommen, da sich Nazis und Gegendemonstranten begegnet sind, während unsere Beamten woanders eine Konfrontation verhindern mussten. Kaiser und Görgen sind vor Ort gewesen und haben sich dazwischengestellt. Allein. Ist ziemlich mutig von den zweien gewesen.« Sie lächelte ihn an, und er sah, dass sie braune Augen hatte. »Es ist von beiden Seiten, also den Nazis und der antifaschistischen Szene, zu wilden Drohungen gekommen, was eigentlich nicht ungewöhnlich ist, die Aktion hat sich im Internet auch noch tagelang fortgesetzt. Es wurde mit gewaltsamer Vergeltung gedroht und wüst bebildert. Görgen und Kaiser haben die Geschichte nicht ernstgenommen.«

Lichthaus blies die Backen auf. »Ich erinnere mich an die Demonstration, doch nach drei Jahren?«

Sie hob die Schultern. »Sie wollten die Informationen.«

»Ja, natürlich. Sagen Sie Tiefenbach, er soll die Szene mal checken. Ich wüsste gerne, ob es weitere Drohungen gegeben hat und ob vor Ort überhaupt ein entsprechendes Gewaltpotenzial besteht, denn diese Krawallmacher sind ja oft wie Touristen und reisen von Demo zu Demo.«

Sie nickte und verschwand.

Er blätterte in der Akte zu feedstuffPRO. Als Geschäftsführer waren zunächst Schütz, später Görgen und zu guter Letzt Elvira Pick eingetragen. Interessant war, dass die Firma nicht in Konkurs gegangen, sondern per Gesellschafterbeschluss aufgelöst worden war. Zum Liquidator war, und wieder horchte Lichthaus auf, die Kanzlei Elm, Finthorst & Schröder, vertreten durch Jürgen Elm, bestimmt worden. Dieser hatte dann zügig die restlichen Schritte bis zur Löschung durchgezogen. Soweit schien der Vorgang in Ordnung zu sein, doch noch immer hörte er Elvira Picks Zögern, so, als ob eben nicht alles mit rechten Dingen zugegangen sei.

Kurz entschlossen schaute er sich die Anträge und Formulare an, die den langwierigen Weg einer GmbH bis zu ihrem bürokratischen Tod dokumentierte. Er lächelte, denn sein Schwiegervater, Karl Bentheim, hatte während seiner langen Jahre im Amtsgericht Wittlich auch mit dem Unternehmen zu tun gehabt. Er hatte ein Schreiben verfasst, in dem er die Nachtragsliquidation von feedstuffPRO für geboten hielt.

Lichthaus griff zum Hörer und rief Lukas Ritter an, den Kollegen aus der Wirtschaftskriminalität.

»Hallo Lukas, was ist eine Nachtragsliquidation?«

»Wo hast du das denn her?« Der Kollege lachte und fuhr fort, als Lichthaus schwieg: »Egal. Wenn ein Unternehmen pleite ist, wird das gesamte Vermögen verkauft, damit diejenigen, die noch was von der Firma zu bekommen haben, zumindest einen Teil ihrer Forderungen wiederbekommen. Wenn nach der Auflösung des Unternehmens weiteres Vermögen aus bisher unbekannten Quellen auftaucht, wird dieses wieder verteilt. Hierbei spricht man von Nachtragsliquidation, einem offiziellen Akt.«

Lichthaus bedankte sich und las weiter. Sein Schwiegervater hatte über eine Seite Gründe angeführt. Wenige Blätter später ein weiterer Aktenvermerk von Claudias Vater. Jetzt sprach er sich gegen eine nachträgliche Liquidation aus und begründete seine neue Meinung mit etlichen Argumenten. Lichthaus runzelte die Stirn und ging wieder zurück, seine Verwirrung stieg. Die GmbH war zum Zeitpunkt der Diskussion schon aufgelöst und gelöscht gewesen, doch war noch Vermögen aus einer Forderung gegenüber einer Versicherung aufgetaucht, das verteilt werden sollte. Im zweiten Brief stufte Karl Bentheim die Forderung dann allerdings als uneinbringlich ein und verwarf die Nachtragsliquidation.

Er schaute aus dem Fenster. Im Weinberg am Petrisberg wurde gearbeitet, ein Indiz für das beginnende Frühjahr. Nachdenklich spielten seine Hände mit den Kugeln. Wieso diese Kehrtwende. Er blätterte weiter, fand aber keinen Beleg, der den Sinneswandel seines Schwiegervaters begründet hätte. Lichthaus stutzte. Es sah Karl nicht ähnlich, Regeln zu verletzen. Seiner Wahrnehmung nach war er ein aufrichtiger, ehrlicher Mann, der sich nicht so einfach manipulieren ließ. Sollte es für seine geänderte Meinung also eine Begründung geben, würde er sie sofort nachliefern. Doch Lichthaus' Argwohn war geweckt. Ausgerechnet bei der feedstuffPRO, deren Gesellschafter nun ermordet worden waren. Er wollte gerade zum Telefon greifen, als dieses klingelte. Siran klang aufgeregt: »Es geht los, wir konnten Telefonate abfangen.«

Er zögerte, doch dann wählte er die Nummer seiner Schwiegereltern. Clara Bentheim war schon beim zweiten Klingeln am Apparat und freute sich, seine Stimme zu hören. Lichthaus mochte Claudias Mutter. Nach kurzem Plausch fragte er nach Karl, der auch sogleich den Hörer übernahm: »Hallo Johannes, was kann ich für dich tun, Junge?«

»Sagt dir der Name feedstuffPRO noch etwas? Ich habe da zwei Schreiben von dir gefunden und verstehe den Vorgang nicht wirklich.«

Eine Pause entstand, in der er praktisch sehen konnte, wie sein Schwiegervater mit sich rang. »Hast du Zeit?«

»Eventuell heute am späten Nachmittag. Wieso?«

»Das würde ich dir gerne unter vier Augen erklären. Komm, wann du willst, ich bin zu Hause.«

*

Claudia saß im Auto und wartete auf Otto. Zum sicherlich zehnten Mal schaute sie auf die Uhr und schüttelte den Kopf. In zwanzig Minuten sollten sie am Krankenhaus sein, doch der Alte wühlte noch immer in seiner Wohnung herum. Henriette war in ihrem Kindersitz bereits eingeschlafen, und das war auch gut so, denn sie hatten viel vor. Hinten im Kofferraum des Berlingos standen die Schamottformen ihrer Skulpturen. Es waren nur zwei fertig geworden, da es mehr Zeit gebraucht hatte als gedacht, um die dünnen Wachsfiguren aus der Negativform zu holen. Gestern hatte sie die beiden Wachspositive in einen Holzkasten mit Schamottbad getaucht und beides erstarren lassen. Was nun kam, bedurfte eines Ofens, den sie leider nicht hatte. Bei dem Verfahren erhitzte man drei Tage lang die Formen, wobei das gesamte Wachs herausschmolz und in dem ausgehärteten Schamott Hohlräume in Form der Plastik hinterließ. Anschließend, und hierzu wollte sie unbedingt wieder zur Gießerei fahren, kam der Guss mit rotglühender Bronze. Der große Moment stand dann unmittelbar bevor. Der Schamott wurde abgeschlagen und der Rohling ihrer Skulptur wäre fertig. Dann kam die Endarbeit: Die Einfüllstutzen wurden abgesägt und zugeschweißt, danach die Politur.

Endlich kam Otto aus dem Haus. Er hatte sich einen Sportanzug gekauft, der an seinem alten, gebeugten Körper irgendwie fehl am Platz wirkte. Und dann der ewige, speckige Lederhut. Als er jetzt auf das Auto zuschlurfte, wurde ihr schmerzlich bewusst, wie sehr ihrem Freund der Verfall anzusehen war. Langsame Schritte, fahle Haut und unsteter Blick. Er öffnete die Tür und rang sekundenlang mit einem Lächeln, das ihm aber erst so richtig gelingen wollte, als er die Kleine sah. Erschöpft ließ er sich in den Sitz fallen.

»Wie geht es dir?«

Er hob unschlüssig die Hände. »Beschissen wäre geprahlt.« Doch dann grinste er. »Die Erektionsfähigkeit wird durch die Strahlung nicht gestört, meinten die Ärzte.«

»Beruhigend zu hören.«

»Spaß beiseite. Die Therapie scheint ganz gut anzuschlagen, und die Kerle machen mir Hoffnung auf noch ein paar Jahre. Mein Glück ist das Alter, da sich die Zellen so langsam teilen. Aber ich bin so kaputt, das kannst du dir kaum vorstellen. Die Bestrahlung macht unglaublich müde, was mir wiederum aufs Gemüt schlägt. Ich fühle mich wie hundert.«

Sie fuhren in Richtung Ruwer. Claudia schaute hinüber. »Wie sieht es mit einer Operation aus?«

»Davon sind die weg. Das Risiko ist zu groß. Gott sei Dank, denn danach ist man oft inkontinent. Wie läuft der neue Fall von Johannes?«

»Mies. Er ist nur unterwegs, obwohl er einen Magen-Darm-Infekt hatte. Wann bist du fertig?«

»Nach einer Stunde schätze ich. Computertomografie und Blutentnahme dauern nicht länger. Wieso?«

»Wir gehen in die Krabbelgruppe, die braucht etwa genauso lang. Und dann bringe ich meine Skulpturen nach Speicher zum Gießen.«

»Allein bis da rauf in die Eifel?«

»Willst du mit, da bekämst du etwas Abwechslung?«

Er zögerte einen Augenblick, doch plötzlich riss er sich hoch, straffte die Schultern und lächelte zum ersten Mal an diesem Morgen ungezwungen. »Warum nicht? Zu Hause wartet niemand.«

»Schön! Dann holen wir dich nachher wieder ab.«

»Ich werde dir aber keine große Hilfe sein.«

»Das ist egal.« Sie war froh, Otto mitnehmen zu können, denn sie fuhr nicht gerne allein mit Henriette weitere Strecken. Sie vermisste Johannes, der sonst bei solchen Gelegenheiten mitfuhr.

Wenig später sah sie zu, wie Otto langsam im Eingang des Krankenhauses verschwand.

*

Es knackte im Äther. »Ja?«

»Ich bin es. Wann treffen wir uns?«

»Fünf Uhr im Laubenhof.«

»Okay, bis später.«

Die Leitung war tot.

Siran schaute in die Runde. »Roland Görgen und dieser Ressler sind als Gesprächspartner identifiziert.«

Lichthaus nickte zuversichtlich. Der Laubenhof, ein Hotel mit Restaurant in Alleinlage an der Ausfallstraße zwischen Schweich und Föhren, war ideal zu observieren. »Uns bleiben noch knapp zwei Stunden Zeit, um die Überwachung des Raums zu organisieren. Holger, du machst Spleeth Beine. Wir brauchen Video- und Audiomitschnitte. Mit dem Personal muss abgesprochen werden, an welchem Tisch die Gruppe sitzen wird. Ich will auch eine Außenüberwachung. Das Hotel hat einen sehr großen Parkplatz entlang der Straße. Hier können wir einen Wagen hinstellen, der nicht auffällt.«

Kurz darauf war die Aktion in vollem Gange. Die Techniker installierten vor Ort eine schnelle Überwachungsausrüstung, deren Aufnahmen live ins Präsidium übertragen wurden. Auf die weite Parkfläche stellten sie ein unscheinbares Wohnmobil mit verhangenen Scheiben und warteten nun gespannt.

Zunächst tat sich lange Zeit nichts. Lichthaus, Brauckmann und das Team saßen im Besprechungsraum vor den Monitoren und unterhielten sich leise. Siran hatte wie immer für Tee gesorgt.

Plötzlich kam Bewegung auf den Bildschirm, der den Parkplatz zeigte. Ein Mercedes Van bog ab und parkte nur zwei Plätze von der hier installierten Kamera entfernt. Die verdunkelten Fenster ließen keinen Blick ins Innere zu, als sich jedoch die Türen öffneten, erkannten sie augenblicklich Hans-Peter Ressler und Admir Terpuni, dessen Brutalität sie trotz der granularen Bildqualität zu spüren glaubten. Die beiden sprachen miteinander, doch war das Mikrofon zu schwach. Lichthaus schaute auf die Uhr. Eine halbe Stunde zu früh.

Ressler war ein Typ, dessen maskenhaftes Gesicht allen einen kalten Schauder den Rücken hinunterschickte. »Was für ein Tier«, murmelte Siran.

Die Männer verschwanden aus dem Blickfeld, und es dauerte, bis sie den schallisolierten Besprechungsraum betraten, den sie angemietet hatten. Sie nahmen an dem langen Tisch Platz und schenkten sich Kaffee ein. Dann warteten sie schweigend. Lichthaus war zufrieden, Kamera und Mikrofon schienen gut ausgerichtet zu sein.

Kaum fünf Minuten vergingen, da erforderte der andere Monitor ihre Aufmerksamkeit. Einem kleinen BMW entstieg Janina Kaiser.

»Jetzt wird es spannend. Schaut mal, die hat ganz schön die Hosen voll«, warf Steinrausch ein.

Er hatte Recht. Die junge Frau stakste unsicher in Richtung Hotel, in dem sie schließlich verschwand, um kurz darauf von den Kameras im Inneren erfasst zu werden.

»Nehmen Sie Platz.« Resslers Stimme war farblos wie das Zischen einer Echse. »Ich war etwas verwundert über Ihr Ansinnen, sich mit mir treffen zu wollen, doch warten wir noch einen Augenblick auf unseren zweiten Gast.« Er schenkte ihr Kaffee ein.

Sophie Erdmann sprach, ohne die Augen vom Bildschirm zu wenden: »Will er sie mit Roland konfrontieren?«

Die Antwort kam prompt. Jens Molitor, der ewig lächelnde Referent, entstieg seinem schicken Audi und stolzierte herein.

»Ich fass es nicht!«, entfuhr es Lichthaus gereizt, »dieser Drecksack hat uns alle gelinkt.«

Es war faszinierend zu sehen, wie erst Verblüffung und letztendlich die Erkenntnis in Janina Kaiser ankamen, Teil eines miesen Spiels zu sein.

Molitor hielt sich kaum damit auf, sie ausführlich zu begrüßen. Er plusterte sich nach ein paar Floskeln auf: »Nun, ich denke, wir müssen nicht um den heißen Brei herumreden und sollten uns nicht gegenseitig mit Phrasen langweilen, wir wissen allesamt, dass ...«

Janina hatte vor sich auf den Tisch gestarrt, unterbrach nun aber den Neuankömmling und sah Ressler an: »Haben Sie meinen Vater umgebracht?«

Sein Gesicht zeigte keinerlei Reaktion. »Nein, dazu bestand kein Anlass.«

»Ihr müsst es gewesen sein!«, kreischte sie. »Da ist weit und breit niemand außer Ihnen und Ihren krummen Geschäften, in die Sie ihn hineingezogen haben.«

Molitor wollte beschwichtigen: »Ach, hören Sie damit auf, wir ...«

»Mörder! Ihr verdammten Mörder!«, nun wurde die junge Frau hysterisch. Ressler sprang mit versteinerter Miene auf und war, behände wie ein Wiesel, schon um den Tisch herum, bevor die anderen reagierten. Er packte Janina Kaiser in die langen Haare und riss sie hart nach oben. Sie schrie gellend auf.

Im Polizeipräsidium sprangen alle auf die Füße, und Lichthaus griff nach dem Mikro, um das SEK loszuschicken, als er plötzlich zögerte. Sie waren dicht davor, wichtige Informationen zu bekommen. Oliver Brauckmann sah ihn gehetzt an.

Derweil wollte Molitor Ressler in den Arm fallen, doch Terpuni fing ihn routiniert ab und krachte ihm die Faust in den Bauch. Es gab ein gedämpftes Geräusch, gerade so, als ob ein Boxer in den Sandsack prügelte. Der massige Wanst erzitterte, Molitor grunzte unterdrückt und klappte zusammen, langsam genug, um dem Albaner die Chance zu geben, einen zweiten Hieb zu platzieren, der ihm fast die Augen aus dem Schädel trieb, bevor er mit schmerzverzerrter Miene hinter den Tisch sackte und aus dem Blickwinkel der Kamera verschwand.

Ressler achtete nicht auf die beiden, sondern drückte nun Janinas Kopf nach vorne. Sie wehrte sich heftig, doch schließlich berührte ihre Nase die Tischplatte, bog sich nach rechts und knickte mit deutlich hörbarem Knirschen ein. Erneut schrie sie vor Schmerzen.

»Du musst eingreifen!« Sophie starrte Lichthaus an, und auch den anderen war anzusehen, wie unbehaglich sie sich fühlten. Sie wurden unruhig.

»Wir brechen ab!«, entschied Brauckmann.

»Gebt mir eine Sekunde. Verdammt noch mal. Sonst stehen wir wieder mit leeren Händen da.«

Es war eine Gratwanderung, Lichthaus' Finger wurden feucht. Er durfte nicht länger Straftaten hinnehmen, nur um eine weitere aufzuklären. Doch auch der Staatsanwalt hatte inzwischen die Chance erkannt und nickte leicht.

Langsam beugte sich Ressler vor, um in das Gesichtsfeld von Janina zu gelangen, die er weiterhin auf die Tischplatte drückte, den Kopf hatte sie seitlich gedreht. Aus der Perspektive der Kamera waren die schiefe Stellung der Nase und das anschwellende Gesicht deutlich zu erkennen. Angst war in ihren Augen zu lesen, als der Techniker im Überwachungswagen heranzoomte wie in einem Spielfilm.

Lichthaus entschied sich: »Wir warten ab. Wer mit dem Feuer spielt ...«

Die Stimme des Verbrechers kam unangenehm aus dem Lautsprecher: »Hör mir gut zu, Mädchen. Dein Vater war das gierigste Schwein, das mir je untergekommen ist. Wollte immer mehr vom Kuchen. Die Ideen stammen alle von ihm. Er ist zu uns gekommen und hat den Deal vorgeschlagen. Wir bringen die Ware, und er sorgt für saubere Papiere und Schutz vor Kontrollen.«

»Wie?« Sie quietschte ungläubig, und endlich ließ Ressler sie los. Mühsam setzte sie sich auf und legte den Kopf in den Nacken, während Blut zwischen ihren Fingern aus der Nase quoll und auf die Bluse tropfte. Sie weinte still, als sich Ressler wieder hinsetzte.

»Frag das feiste Schwein da unter dem Tisch. Er ist heute hier angetreten, um deinen Alten zu beerben. Wollte ihn sogar kaltstellen. Wir sollten ihn plattmachen, genau wie Görgen, die Gelegenheit sei günstig.« Er nickte Terpuni zu, der daraufhin Jens Molitor am Kragen hervorzog und auf den Stuhl warf, von wo der geschockte Mann mit schmerzverzerrtem und schweißnassem Gesicht auf dem Bildschirm im Präsidium glänzte.

»Los sag es ihr, Dumpfbacke, mir glaubt sie ja doch nicht.«

»Aber ...« Molitor schaute verunsichert zwischen den beiden hin und her, doch Ressler wurde ansatzlos laut: »Mach jetzt, sonst legt mein Freund noch mal nach.«

Die Augen des Referenten weiteten sich. Er hustete und begann dann stockend: »Das stimmt nicht, ich ...«

Sie glaubte ihm kein Wort, sondern sah nur angeekelt in seine Richtung: »Du mieses Schwein.«

Ressler hob kurz die Augenbrauen und Terpuni packte Molitor grob am Kragen.

»Okay, okay, schon gut.« Er hob die Hände schützend vor sein Gesicht. »Ich habe erst nach und nach die ganzen Zusammenhänge herausgefunden.«

»Und die wären?« Sie hasste ihn, das war klar.

»Dreh- und Angelpunkt waren dein Vater und ein Freund im Bundesamt für Landwirtschaft und Ernährung. Das Amt ist unter anderem für die Zulassung von Kontrollstellen und der Kontrolleure im Ökologischen Landbau zuständig und überwacht diese. Durch Strohmänner haben die beiden eine Kontrolleinrichtung gegründet, die Öcocertifica, und auch gleich samt Kontrolleuren zugelassen. Die jährlichen Überprüfungen der Kontrollstelle werden regelmäßig getürkt. Anschließend werden dieser deutschlandweit Biohöfe zugeschanzt, die es nicht so genau mit den Auflagen nehmen. Hierdurch können die praktisch machen, was sie wollen, denn alle Schweinereien werden gedeckt. Die Landwirte machen einen riesigen Reibach mit der gesonderten Förderung und den überhöhten Preisen. Und dein Vater und sein Kumpel aus dem Bundesamt haben dabei ordentlich die Hand aufgehalten. Ich habe in seinem Schreibtisch im Ministerium eine Liste mit den Sonderprüfungen gefunden, bei denen er wohl extra abkassiert hat.«

Janina Kaiser hatte ihre pochende Nase vergessen und starrte ungläubig in Molitors schweißnasses Gesicht, der nun widerlich grinste.

»Markier hier nicht die Geschockte. Dein Alter hat ja nie genug gekriegt. Hier kommen dann Ressler und – sagen wir mal – seine Freunde in Spiel. Das Landesamt zertifiziert auch Etikettierungssysteme für Rindfleisch, wodurch der lückenlose Herkunftsnachweis für jedes Stück Fleisch möglich werden soll, das auf den Tisch kommt. Der Kerl im Landesamt hat nun dafür gesorgt, dass ein Etikettierungssystem zugelassen wurde, dessen Einhaltung – dreimal darfst du raten – von der Öcocertifica überwacht wird, der hierzu gleich eine Genehmigung erteilt wurde. Im Ergebnis kann nun Fleisch, egal wie mies die Qualität ist, in Biofleisch umgemünzt werden. Schneider und Jost ist so ein Betrieb. Der Kontrolleur und der Kontrolleur des Kontrolleurs sitzen mit im Boot. Den genauen Umfang kenne ich allerdings nicht. Dein Vater war Schaltstelle zwischen Landesamt und all den anderen, die involviert sind.«

Steinrausch wandte den Blick vom Monitor ab. »Geniale Masche. Die fliegen niemals auf, wenn nicht einer redet. Was willst du tun?«

»Abwarten.« Lichthaus behielt weiter das Geschehen auf dem Bildschirm im Auge.

Ressler schaute undurchdringlich. »Gut erklärt, Molitor, und du möchtest Kaisers Stelle einnehmen?«

Ein verunsichertes Grinsen huschte über das runde Gesicht, das vor Stress schweißüberströmt war, doch er nickte schwach, glaubte sich am Ziel.

Janina sprang auf. »Du Lügner, du dreckiger Lügner!«

Ein kurzes Nicken und Terpuni griff erneut ihre Haare und hielt fest, bis sie ihren Kopf kaum noch rühren konnte.

Ressler trat so dicht zu ihr, dass sich ihre Nasenspitzen beinahe berührten. Janina versuchte die Augen abzuwenden, er aber packte ihr Kinn und zwang sie, ihn anzuschauen. »Pass mal auf, Mädchen. Du fährst jetzt nach Hause und vernichtest alles, was du zu dieser Sache an Unterlagen hast. Die Nase ist bei einem Sturz zu Bruch gegangen. Lass sie richten, du wirst sehen, danach ist die wie neu. Dann setzt du deinen kleinen Hintern ins Auto, verschwindest zurück nach Aachen und lässt dich nie wieder bei uns blicken, sonst geht es dir wie deinem Alten.« Sie nickte nur. Ihre Augen waren vor Angst groß wie Untertassen. »Wirf sie raus, Admir.«

Der Albaner zog Janina Kaiser an den Haaren hinter sich her wie ein störrisches Vieh, öffnete eine Tür und stieß sie grob hinaus auf den dahinterliegenden Hof. Sie taumelte davon und wankte nur Sekunden später durch den Bildausschnitt der Außenkamera, den Blick starr vor Schock und Schmerz.

»Und nun zu dir, du Fettsack. Admir.« Terpuni trat mit unbewegter Miene an Molitors Stuhl heran und warf ihm eine Schlinge um den Hals. Er zog zu. Molitor lief rot an.

Alle im Beobachtungsraum schrien auf, nur Lichthaus blieb ruhig.

»Kein Einsatz«, er hielt das Mikrofon vor den Mund, »kein Einsatz, die bringen den Mann nicht in einem Restaurant um. Außerdem«, er hatte auf Terpunis undurchdringlichem Gesicht ein dünnes Lächeln gesehen und dann wahrgenommen, wie locker dieser nur zugezogen hatte, »das Schwein macht nur einen Witz auf Molitors Kosten. Hier geht es allein um Angstmache.«

»Mensch, das kann ich nicht zulassen!« Brauckmann wollte handeln, doch ein Blick auf den Monitor zeigte ihm, dass Lichthaus Recht hatte. »Scheiße, das braucht niemand.«

Molitor bäumte sich kurz auf und schaute panisch um sich, als er merkte, wie mit ihm gespielt wurde.

Ressler brach in schallendes Gelächter aus. »Huh, hast du dich bepisst, Speckmops?« Molitor schluchzte und brachte mit den

Fingern Luft zwischen Hals und Schlinge. »Also hör zu, du machst weiter wie dein Chef. Wir brauchen immer jemanden in deiner Position. Sieh zu, dass deine Karriere läuft, schön strampeln. Und wehe dir, wenn du versagst oder glaubst, eine Aussage zu Protokoll geben zu müssen. Wir ziehen dann andere Saiten auf.« Ein Blick zu Terpuni, der diesmal hart zuzog. Kaisers Exreferent bäumte sich wild auf. Seine Knie krachten von unten gegen den Tisch, der Leib presste sich fest an die Stuhllehne, den Terpuni am Umstürzen hinderte. Er gurgelte mit hervorquellenden Augen. Es dauerte einige bange Sekunden, die quälend langsam verliefen, bis Resslers Wink dem Horror ein Ende machte. Molitor schnappte laut nach Luft und rutschte vom Stuhl.

Die Kollegen vor den Monitoren sahen sich stumm an und atmeten auf.

Entspannt erhob sich Ressler und sah auf den zusammengekauerten Mann zu seinen Füßen nieder. »Haben wir uns verstanden?« Die Härte der Stimme hätte Stein zu schneiden vermocht.

Molitor nickte, taumelte hoch und hielt sich an der Tischplatte fest. Sein Schritt war dunkel verfärbt. Ressler betrachtete ihn wie einen besonders ekligen Wurm. »Kaiser hatte Format, du bist nur ein Hanswurst. Ich hoffe, du hältst durch. Und jetzt verschwinde hier, du hörst in Kürze von uns.«

Während der Bildschirm zeigte, wie Ressler sich Kaffee nachgoss, wandte sich Lichthaus an Sophie: »Wir lassen Molitor unbehelligt nach Mainz fahren. Die Kollegen können ihn zu Hause abpassen und alles durchsuchen. Jetzt kriegen wir aus dem sicher kein Wort mehr heraus.« Er grinste. »Wer in die Höhle des Löwen geht. Janina Kaiser greifst du bitte sofort ab, sie kennt dich ja bereits, und nimm einen Durchsuchungsbeschluss mit. Ich glaube, sie wird so verwirrt sein, dass wir einiges erreichen werden.« Er blickte auf die Wanduhr. »Der Kerl liegt in der Zeit. Roland wird auch gleich auftauchen. Übrigens, die Techniker dort draußen sollen den Mercedes von dem Pack mit einem Peilsender versehen.« Er schaute zu Brauckmann, der nur nickte.

»Das hätte böse ins Auge gehen können.« Der Staatsanwalt schien angefressen zu sein, doch Lichthaus mimte den Gelassenen: »Ich denke nicht, dass sich Ressler mit den beiden in der Öffentlichkeit sehen lässt, wenn er sie umlegen will.«

»Ihr Wort in Gottes Ohr.«

Görgen verspätete sich um vier Minuten, was ihm einen kritischen Blick einbrachte, als er endlich eintraf. Er ignorierte ihn. Man sah ihm an, dass ihm die Anwesenheit Terpunis nicht behagte, er schaute ihn skeptisch an.

»Der bleibt nicht.« Ein Kopfnicken, und der Albaner verließ den Raum, ohne sich auch nur im Geringsten anmerken zu lassen, ob ihn der Platzverweis störte.

Als sie allein waren, entspannte sich Roland und nahm Kaffee. »Warum muss das hier sein? Das ist zu nahe am Hof. In Zukunft sollten wir es wieder wie bisher halten: Treffen dort, wo niemand einen kennt.«

Ressler nickte, und Lichthaus wunderte sich, dass der eben noch so steinharte Mann jetzt kollegial auftrat. Offensichtlich hatte er bei Weitem nicht so viel zu melden, wie es sein Auftritt bislang vermuten ließ.

»Roland, wir tauchen eine Zeit lang ab.«

»Aber ...«

»Keine Diskussion. Ich habe die Anweisung bekommen, auf Normalbetrieb zu fahren. Molitor muss erst einmal fit werden. Außerdem brauchen wir Ersatz für Pilsner, das dauert alles.«

»Na gut, doch ...«

»Ein Reporter war bei uns im Betrieb. Admir und Rashit haben den zwar ziemlich aufgemischt, und der wird in Zukunft keinen Ärger machen, das Problem ist nur, dass die Bullen auch an Pilsner dran waren.«

»Was? Habt ihr was unternommen?«

»Er hat sich umgebracht.«

»Das ist ja praktisch.« Görgen lächelte erleichtert.

»Nicht wahr?« Resslers Blick wurde undurchdringlich.

»Ist denn nicht noch was unterwegs?«

»Ja, heute Abend kommt eine Ladung Rinderhälften in den Betrieb. Die Etiketten und Nachweisunterlagen sind auch da. Ich habe dich hergebeten, weil wir einen Teil ausnahmsweise über deine Bücher laufen lassen wollen.«

»Das passt mir eigentlich nicht. Du weißt ja, dass mein Alter das schnell raushatte und wir den Alleenhof sauber halten wollten.«

»Es muss aber sein!« Die altbekannte Härte kam durch.

»Okay. Eine Ausnahme, nur eine! Es reicht mir schon, dass wir das Gammelfleisch in meiner Metzgerei zerlegen. Wenn das Gesundheitsamt überraschend auf der Matte steht, werden die Probleme so groß wie die Basilika.«

»Du verdienst doch prima. Dein Metzger schnippelt ein bisschen da rum und du machst dicke Kohle. Ich wette, du lebst nur von unserem Geld, und bezahlst deine Bude mit dem Geld aus dem Hof.«

»Das ist meine Sache.«

»Ist mir auch egal. Das Fleisch kommt heute um achtzehn Uhr dreißig im Betrieb an. Ich etikettiere um und schicke einen Lkw zu dir raus.«

»Ich komme mit dem eigenen Laster, dann kann ich den Papierkram mitnehmen.«

»Wie du willst. Wir nehmen die zwei Jungs mit, damit nichts anbrennt. Ich bin etwas nervös.«

Wenige Minuten später brachen die beiden auf.

Lichthaus wusste, dass Eile geboten war. »Wir machen den Zugriff auf dem Betriebsgelände von Schneider und Jost.« Brauckmann beantwortete seinen fragenden Blick mit einem zustimmenden Nicken. »Holger und Siri, ihr kümmert euch um die Vorbereitung. Verfolgt auch Resslers Auto. Ich will kurz weg, habe da noch etwas zu klären.« Alle schauten ihn fragend an. »Erkläre ich ein andermal, ich muss jetzt los.«

Steinrausch sah ihn zweifelnd an: »Was meinst du nun zu den Morden? War Ressler beteiligt? Denkst du nicht, dass er gelogen hat, um Ruhe zu bekommen?«

»Doch natürlich. Die beiden Alten aus dem Weg zu räumen, hat sich aus seiner Sicht doch geradezu geboten. Görgen ist ihnen nach und nach auf die Schliche gekommen, und Kaiser ist zu gierig geworden. Aber wie siehst du Roland? Könnte der so ruhig bleiben, wenn er wüsste, dass sein Vater von seinen Komplizen ermordet worden ist? Was ist mit der Folter, mit den Anrufen, mit denen der Täter mich und diese Bergner zur Hinrichtung eingeladen hat. Das soll Ressler gewesen sein? Also über die Brücke gehe ich noch nicht.« Er erhielt keine Antwort auf seine Fragen und Zweifel. Die anderen dachten im Prinzip wie er.

Zwanzig Minuten später fuhr er in Richtung Wittlich auf die Autobahn.

*

Clara Bentheim öffnete ihm die Tür und lächelte ihm herzlich entgegen. Claudia war ihrer Mutter wie aus dem Gesicht geschnitten, nur das rötliche Haar hatte sie von ihrem Vater, der aber mittlerweile grau geworden war. Clara hatte ihrer Tochter jedoch nicht nur das Äußere vererbt, sondern auch das Talent zur künstlerischen Gestaltung. Ihren Beruf als Rechtspflegerin hatte sie gerne aufgegeben, um sich der Erziehung ihrer beiden Kinder und ihren Neigungen zu widmen. Die Wände des Hauses waren voll von ihren Landschaftsbildern und den Schwarzweißfotografien, die sie bis heute mit einer Hasselblad der fünfhunderter Serie schoss und selbst entwickelte. Nur über dem Sofa hing ein Gemälde von Claudia.

Die Bentheims lebten in einem schönen Bungalow aus den frühen Siebzigerjahren in einem Vorort, der ein wenig erhöht lag, wodurch sich aus dem Wohnzimmer ein tolles Panorama der Wittlicher Senke mit den dahinter liegenden Eifelbergen bot. Karl saß im Esszimmer und kramte in Unterlagen, die den halben Tisch bedeckten. Er hob den Kopf leicht an, um durch den Lesebereich seiner Brille sehen zu können, und las konzentriert. Mit seiner Wollhose und dem warmen Pullover, dazu die ergrauten Haare, wirkte er wie der Inbegriff des gütigen Großvaters, ganz so, wie Lichthaus ihn kannte. Es fiel ihm schwer, hier einzudringen und mit seinen Fragen das Gleichgewicht der beständigen Gemächlichkeit zu stören, in der die beiden zufrieden lebten.

Karl schaute auf, als er eintrat, und lächelte so wie immer, was ihn zutiefst beruhigte. Er begrüßte seinen Schwiegervater, nahm

Platz und begann einen Small Talk über Henriette und Claudias Arbeit.

*

Claudia stellte den Berlingo neben einen verbeulten Mercedes aus dem letzten Jahrtausend, der wie ein gestrandetes Boot hier auf dem Parkplatz stand und nicht den Eindruck vermittelte, jemals wieder von dort wegkommen zu können.

Sie hatten Otto nach der Krabbelgruppe am Krankenhaus aufgelesen und waren dann nach Speicher gefahren, wo eine große Gießerei nun ihre Arbeiten ausführen würde. Die Fahrt war beschwerlich gewesen, da es nur über kurvige Landstraßen ging, die der Citroën nicht wirklich mochte. Zum Glück wurde Henriette vom Autofahren nicht übel. Otto war aufgekratzt gewesen, da die Ärzte aufgrund der Computertomografie und auch der Blutuntersuchungen davon ausgingen, dass er keine Chemotherapie brauchen würde. Er hatte die ganze Zeit vor sich hin geschwatzt, Späßchen mit der Kleinen gemacht und offensichtlich das Leben genossen.

In Speicher angekommen hatten sie die Gießerei ein wenig suchen müssen. Die Mitarbeiter luden schließlich die Formen aus und fuhren sie auf einem Transportwagen hinein. Sie folgten ihnen und fanden sich mitten im Gießprozess wieder. Zwei kräftige Männer hoben einen Kessel voll geschmolzener Bronze aus dem Ofen und füllten diese so lange in die Einfüllstutzen von vorbereiteten Formen, bis sie übergelaufen waren. Für Henriette war der Betrieb sehr spannend. Vor allem das flüssige, rotglühende Metall hatte sie fasziniert, und es hatte Claudia einige Mühe gekostet, das Kind festzuhalten. Die Schamottformen ihrer Figuren standen nun zum Ausschmelzen in der Gluthitze. Zum Guss in drei Tagen wollte sie dann wieder herfahren und hoffte inständig, dass Johannes dabei sein würde.

Jetzt ging sie hinüber in den Shop für Kunstbedarf, den sie liebte wie ein zweites Zuhause. Die tollen Materialien und die Vielzahl unterschiedlichster Pinsel, Farben und all dessen, was sie für ihre

Arbeiten brauchte, waren überwältigend. Sie konnte diese Dinge nicht im Internet kaufen, musste sie anfassen, die Borsten unter den Finger spüren oder die Spannung der Leinwände mit den Händen testen, bevor sie sich entschied. Heute allerdings hatte sie es eilig, da Otto und die Kleine im Auto saßen und fest schliefen. Schnell eilte sie zwischen den Verkaufsregalen hindurch und griff sich nur ein Päckchen Zeichenkohle, da sie einen Kreuzweg beginnen wollte, den ein Kunde bestellt hatte. Die Skizzen lagen bereits seit Weihnachten in der Schublade, aber sie hatte die Umsetzung immer wieder hinausgezögert, sodass die Zeit nun drängte.

Das Mädchen an der Kasse, das gelangweilt die Einkäufe eines großen Mannes einscannte, kaute ihren Kaugummi mit weit offen stehendem Mund und zeigte hierbei zwei Reihen nikotingelber Zähne. Ein Anblick, auf den Claudia hätte verzichten können. Es dauerte eine kleine Ewigkeit, bis die vielen Kleinigkeiten, angefangen mit Pinseln über Spatel, Farben und Lösungsmittel summiert waren und der Käufer mit praller Tüte durch die Automatiktür verschwand. Claudia war zappelig, grundlos zog eine Unruhe in ihr auf, die sie kaum zu unterdrücken vermochte.

»Na endlich!«, platzte es unabsichtlich aus ihr heraus, was die Verkäuferin zu einem unfreundlichen Blick veranlasste.

»Wenn Sie's eilig haben, müssen Sie eben ein andermal kommen. Ich kann auch nicht hexen und bin ganz allein hier.«

»Schon gut, war nicht so gemeint.« Sie hatte keine Lust auf Diskussionen und zahlte schnell.

Draußen vor der Tür atmete sie ruhig ein, trotzdem blieb die Spannung in ihr. Scheinwerferlicht streute über den Parkplatz und blendete sie einen Augenblick, bevor das Licht erstarb und ein Mann aus seinem Wagen stieg und Richtung Kunstshop an ihr vorbeigehen wollte. Er hatte die Hände tief in seinem Kapuzenpullover vergraben und starrte vor sich auf den Asphalt. Unabsichtlich, wie es ihr schien, stieß er sie an, doch plötzlich drehte sich die Welt, der Schwindel ließ sie schwanken, während sie kräftig gepackt wurde und nicht stürzen konnte. Das Letzte, was sie wahrnahm, war ihre Sorge um Henriette, dann wurde alles um sie herum in undurchdringliche Schwärze getaucht. Der Film riss.

*

Karl Bentheim hatte seine Brille abgelegt und rieb sich die Nasenwurzel. »Weißt du, die wahre Pest ist die Politik. Hergelaufene Nichtswisser kriechen durch die Darmwindungen anderer Nichtswisser, die in der Parteihierarchie über ihnen stehen, und kommen so an Machtpositionen, die sie oft schamlos zu ihren eigenen Zwecken ausnutzen. Nicht alle, klar, aber schon wenige reichen aus, um dir das Leben schwerzumachen.« Lichthaus hörte gespannt zu, denn so hatte sein Schwiegervater noch nie mit ihm gesprochen. »Ich habe mich in den fast vierzig Jahren, die ich in der Verwaltung verbracht habe, immer gegen diese Typen gestemmt, habe einfach nicht eingesehen, dass die Regeln so leicht verdreht werden können. feedstuffPRO – ich frage mich bis heute, wer sich diesen hirnlosen Namen ausgedacht hat – ist so ein Fall gewesen, und ich sage es dir direkt: Ich habe mich dabei verbogen.«

»Wieso?«

»Die Angelegenheit ist mir sechs Monate vor der Pensionierung auf meinen Schreibtisch geflogen, und es war mir absolut egal, ob hier was getrickst worden ist oder nicht. Ich war nur müde und wollte mich so kurz vor der Ziellinie nicht noch in einen Konflikt stürzen. Wenn es nach mir gegangen wäre, hätte man den Vorgang auf einen Haufen legen und warten können, bis mein Nachfolger ihn bearbeitet.«

»Worum ging es?«

»Die GmbH war schon einige Zeit aufgelöst und die Vermögensanteile nach Abzug der Schulden verteilt, sofern es da überhaupt etwas zu verteilen gegeben hat. Alles erledigt, doch plötzlich ...«

Lemmy brüllte Overkill, und Lichthaus beeilte sich, das Gespräch anzunehmen. Es war Sophie Erdmann. Er verließ das Esszimmer und setzte sich im Flur auf die Treppe.

»Janina Kaiser ist im Krankenhaus. Ich habe ihr von unserer Überwachung erzählt, und daraufhin hat sie uns freiwillig die Papiere ihres Vaters übergeben. Sie ist völlig verschüchtert und weint ununterbrochen. Das Gesicht sieht übel aus. Egal.«

»Ist etwas Neues dabei herausgekommen?«

»Und ob! Kaiser hat noch ein traditionelles Notizbuch gehabt und darin alles Mögliche notiert.«

»Wieso haben wir das nicht gefunden?«

»Weil er es schon seiner Tochter gegeben hatte, du erinnerst dich, er hatte sie bereits teilweise eingeweiht.«

»Ja, richtig. Weiter.«

»Nun, Adnan Tatari, der Bruder des Paten, hat die Verhandlungen mit Kaiser geführt. Telefonisch versteht sich. Soll ein widerlicher Mensch sein, so kann man es in Kaisers Notizen lesen. Er hatte offensichtlich große Angst vor dem Typ. Dann Ressler. Der ist so etwas wie der Regionalfürst hier und für die Einzelheiten zuständig. Das Grobe übernehmen dann Schläger wie die beiden Albaner. Außerdem hat Kaiser die Verantwortlichen beim Bundesamt und bei Öcocertifica notiert.«

»Super, Brauckmann soll ...«

»Ist schon erledigt. Warte, das Beste kommt noch!« Lichthaus spürte, wie sie stolz grinste. »Im Notizbuch hat ein Dossier gelegen, in dem er das ganze Konstrukt beschreibt. Zu Janina hat er gesagt, das sei seine Lebensversicherung. Alles scheint auf seinem Mist gewachsen zu sein und ist in etwa so abgelaufen, wie wir uns das gedacht haben. Die Leute im Bundesamt haben Kontrollen, Zulassungen für Etikettierungen und was sonst notwendig war, manipuliert und kontrolliert, wodurch Öcocertifica schalten und walten konnte, wie sie wollte. Das ist aber nur die eine Hälfte eines Ringhandels. Zuerst exportiert die albanische Mafia Rindfleisch nach Albanien und erhält hierbei von der EU Sondererstattungen, das sind schlicht und ergreifend Subventionen. Man will den Markt vor Überkapazitäten schützen und fördert den Export. Zuständig ist auch hier das Bundesamt für Landwirtschaft und Ernährung. Das Fleisch wird jedoch in die EU zurückgeschmuggelt und von Unternehmen wie Schneider und Jost in Biorindfleisch umetikettiert, um es dann teuer zu verkaufen. Da dreht es sich insgesamt um viele Millionen.«

»Die kassieren also doppelt: Subventionen und den Mehrpreis für Biofleisch. Habt ihr Zahlen gefunden?«

»Nein, da Öcocertifica aber bundesweit agiert, liegt der Schluss nahe, dass die Masche nicht nur in unserer Region abgezogen wird.«

»Dazu gefügig gemachte Kontrolleure, und der Laden läuft wie geschmiert. Jetzt wird klar, warum die mit solcher Gewalt hier auftreten. Es geht um ganz große Summen. Gut. Danke für die Information. Ich denk, Brauckmann sollte das BKA einschalten. Gib ihm das Dossier weiter. Ich werde mich auch bald nach Trier auf den Weg machen.«

Er unterbrach die Verbindung und rief Steinrausch an. Es war mittlerweile kurz nach halb sechs, und auf dem Betriebsgelände von Schneider & Jost herrschte noch lähmende Ruhe. Ressler und Roland waren bereits im Büro und warteten, ebenso die Albaner. Görgen hatte seinen Transporter mitgebracht und Gregor Billen, den vorbestraften Metzger. Steinrausch fragte, wann er komme, und Lichthaus wusste, es war an der Zeit, aufzubrechen und den Einsatz zu leiten.

Karl Bentheim schaute fragend. »Alles in Ordnung?«

Lichthaus zuckte die Schultern. »Wir verhaften Schuldige, aber ob das die Richtigen sind, steht in den Sternen Können wir es kurz machen? Ich habe noch einen Einsatz.«

»Natürlich. Also hier«, sein Schwiegervater legte einige Kopien auf den Tisch, »ich habe damals die Unterlagen kopiert, um mich abzusichern. Die Idee ist wohl nicht schlecht gewesen, wenn ich mir ansehe, was in deiner Akte überhaupt noch enthalten ist. Also wie gesagt, die feedstuffPRO war, als ich das erste Mal von ihr gehört habe, bereits aus dem Handelsregister gelöscht. Die Gesellschafter hatten per Mehrheitsbeschluss die Auflösung angeschoben und einen Liquidator bestellt.«

»Rechtsanwalt Elm.«

»Genau dieser. Ein Widerling. Elm hat die Affäre schnörkellos erledigt und schon vor Anlauf des Sperrjahres die Firma beerdigt.«

»Was heißt Sperrjahr?«

»Um eine Firma nach der Pleite auflösen zu können, muss ein

Jahr gewartet werden. Das ist quasi eine Frist, in der man noch Forderungen geltend machen kann. Wenn in Hamburg ein Unternehmen in die Insolvenz geht, muss das ja nicht sofort in München bekannt werden.«

»Wieso konnte Elm dann feedstuffPRO eher löschen?«

»Er konnte offensichtlich zeigen, dass weder neue Gläubiger, noch nennenswertes Vermögen bestanden haben. In dem Fall geht die Löschung schneller.« Karl war in seinem Element. Geschäftig sortierte er die Kopien und breitete sie vor Lichthaus aus, doch der kam ihm zuvor: »Wer hat das genehmigt?«

»Das weiß ich nicht, da ich den Beleg nicht hier habe.«

»In der Akte fehlt er auch.«

»Da hast du keine Chance mehr, jemand hat sich den Rücken freigehalten. Mir ist kurze Zeit nach der Löschung eine Bodenprobe des Geländes vorgelegt worden, die gezeigt hat, dass ein Teil der Anlage in erheblichem Maße mit Dioxin kontaminiert ist.«

»Gift im Boden.«

»Ja, aber nicht irgendein Gift. Es handelte sich um das«, er schaute über die Brille hinweg auf das Blatt, »Seveso-Gift 2,3,7,8-Tetrachlordibenzo-1,4-dioxin. Diese Form ist extrem giftig und wirkt in starker Dosierung tödlich. Bereits in kleinen Mengen ist es krebserregend und schädigt das Immunsystem. Ich habe damals einige Fachartikel gelesen. Da das Zeug im Körper nicht abbaubar ist, lagert es sich ein. Ein schleichender Prozess. Die Belastung einer Bodenprobe hat um das Achtfache jenseits der damaligen Obergrenze gelegen.«

»Was hast du dann getan?«

»Ich habe die Fakten zu einem Bericht verdichtet und dem Amtsleiter vorgestellt. Ich wollte den Boden sanieren lassen und hierzu die Umweltschadenversicherung von feedstuffPRO in Anspruch nehmen. Dazu hätte eine Nachtragsliquidation eröffnet werden müssen.«

»Wieso ist das nicht passiert?«

»Mein damaliger Vorgesetzter, so ein Idiot mit Parteibuch, hat zuerst einmal einen Freund angerufen, der wiederum über Mainz

Druck auf den Direktor des Amtsgerichts ausgeübt hat. Wie dem auch sei. Mit einem Mal wurde ich zum Chef zitiert, der mir auf den Kopf zugesagt hat, dass er die Nachtragsliquidation nicht empfehlen wird, um diese Mittel einzufordern und die Sanierung durchzuführen. Ich bin ziemlich deutlich geworden, habe alle Informationen und Argumente auf den Tisch gelegt. Als ich schließlich gefragt habe, ob die politische Kaste versuche, eine Umweltsauerei unter den Teppich zu kehren, ist er richtig pampig geworden, hat mich angebrüllt, ob ich ihm Rechtsbeugung vorwerfen wolle. Ich gab's dran und dachte wie Götz von Berlichingen. Die Akte ist geschlossen worden, doch ich habe noch ein bisschen weitergestochert. Die Amis haben nach dem Krieg da oben eine Mülldeponie unterhalten, und kein Mensch kann sagen, was die da abgekippt haben. Das Sickerwasser, das dort ausgetreten ist, hat anscheinend das Dioxin gelöst und dann auf dem Gelände verteilt.«

»Aktuell wird dort in einer Biomühle Speiseöl gepresst.«

Karl Bentheim erwiderte nichts, zuckte nur die Schultern.

»Wer wusste von der Sauerei?«

»Alle Gesellschafter und wahrscheinlich diese Pick.«

»Elvira Pick?«

»Sie war letzte Geschäftsführerin, und ich habe sie angerufen, aber dieses blöde Weib hat mich abprallen lassen. Die Probleme würden nicht aus ihrer Zeit stammen.«

»Das konnte sie eigentlich nicht wissen. Deine Proben waren ja nach der Auflösung gezogen worden.«

»Doch.«

»Wer sagt das?«

»Ich habe, wie gesagt, ein bisschen gestochert. Ein Bekannter von mir, der gleich neben dem Gelände gewohnt hat, hatte Ende der Achtziger den Verdacht, dass aus der ehemaligen Kippe Gift austritt. Er hat eine Probe analysieren lassen, die eine ganze Reihe von Schwermetallen und auch in Spuren Dioxin nachgewiesen haben, jedoch knapp unter den damaligen Grenzwerten. Er ist daraufhin zu Görgen gelaufen, ohne natürlich zu wissen, dass der Vorzeigeöko mit da drinhing. Der hat ihn nur abgewimmelt, da könne man nichts machen und so weiter. Ich denke, da sind bereits die ersten Investitionen für die Futtermittelfabrik gelaufen und die wollte man nicht verlieren, denn Biofuttermittel von einem belasteten Grundstück verkauft sich nicht eben blendend. Die haben also zu Beginn der Neunzigerjahre, und zwar pikanterweise schon vor Errichtung ihrer Produktion, von der Verseuchung gewusst und alles unter den Teppich gekehrt. Hätte ich nun die Nachtragsliquidation beantragt, wäre die Bombe geplatzt.«

»Was für ein verlogenes Pack!« Lichthaus schüttelte den Kopf. »Nur, was bringt mir das für meinen Fall?«

»Du bist der Polizist«, sein Schwiegervater stapelte die Unterlagen aufeinander. »Ach so, da war noch etwas. Vor einiger Zeit hat mich mein Nachfolger angerufen und wollte Informationen zu dem Vorgang.«

»Warum?«

»Ihm war eine alte Akte auf den Tisch gesegelt, in der eine Frau, die an einer Immunschwächekrankheit gelitten hat, nach Gründen für ihre Erkrankung gesucht hat. Sie hatte mehrere Jahre in der Futtermittelfabrik gearbeitet. Er sollte diese Geschichte abschließen.«

»Wann ist diese Anfrage eingegangen?«

»Weiß ich nicht.«

»Kannst du dich an den Namen der Frau erinnern?«

»Nein.«

»Ruf den Mann bitte an.«

»Jetzt?«

»Ja!«

»Ob der um die Uhrzeit da ist?«, Karl ging hinaus zum Telefon, als Lichthaus' Handy wieder läutete.

»Hauptkommissar Lichthaus?«, eine fremde Stimme. Er bejahte.

»Wachtmeister Braun hier. Wir haben einen Otto Schmitt, der angibt, dass Ihre Frau verschwunden sei.«

Lichthaus erstarrte. Angst traf ihn wie ein Faustschlag. »Was soll das heißen: verschwunden?«

»Nun, sie ist verschwunden.«

Er brüllte so laut, dass er Clara Bentheim eine Tasse fallen lassen hörte: »Jetzt geben Sie mir gefälligst einen ordentlichen Bericht!«

Der Kollege schluckte hörbar. »Also, Schmitt gibt an, er sei eingeschlafen und beim Aufwachen habe er mit dem Kind allein im Auto gesessen. Von Ihrer Frau keine Spur.«

»Weiter! Wo sind Sie?«

»Vor dem Kunstbedarf in der Castelforte Straße. Die Verkäuferin erinnert sich an Ihre Frau und glaubt gesehen zu haben, wie ein Mann sie angesprochen hat.«

»Leiten Sie eine Fahndung ein! Auf der Stelle! Ich sende Ihnen ein Foto. Sofort eine Fahndung einleiten! Bringen Sie Herrn Schmitt und meine Tochter nach Hause. Ich bin unterwegs.« Er trennte die Verbindung und sendete ein Foto, das er in der vergangenen Woche mit dem Handy von Claudia aufgenommen hatte, als sie im Atelier gearbeitet hatte. Ihm war schlecht, und er musste sich einen Moment auf die Sofakante setzen, um nicht umzukippen, als er Clara sah, die mit angstvollen Augen in der Küchentür stand. »Was ist mit Claudia?«

»Sie ist verschwunden.« Tränen stiegen in ihm auf, und die Stimme versagte, allein ein kaum hörbares Flüstern brachte er hervor: »Wir sind bedroht worden, und jetzt ist sie weg. Otto und Henriette sitzen im Auto, und sie ist plötzlich weg.« Er starrte sie hilflos an.

Seine Schwiegermutter schlug in dem Augenblick die Hände vor den Mund, als Karl hereinkam. »Wir hatten Glück, er war noch da. Sie heißt Ute Bläske. Die Anfrage kam von ihrem Mann Ernst Bläske ... Was ist hier los?«

Doch Lichthaus gab keine Antwort mehr, sondern rannte los. Vergaß seine Jacke und die Akte, übersah die schreckensweiten Augen, rannte einfach los.

*

Es war zwanzig vor sieben, als Scheinwerfer die Dunkelheit der nur schwach beleuchteten Straße durchschnitten und ein großer Lkw auf das Tor von Schneider & Jost zusteuerte. Steinrausch, Siran und das SEK duckten sich in den Schatten der benachbarten Halle, wo sie seit Einbruch der Dämmerung in Alarmbereitschaft ausharrten. Nun sahen sie das gleiche Prozedere, dessen Zeuge Jan Brünjes wenige Tage zuvor schon geworden war. Der Lastwagen zog eine kleine Kurve und stieß dann rückwärts an die Laderampe. Männer rollten mit Hubwagen herbei und begannen, die Paletten aus dem Hänger zu laden. Kältewolken stoben im Licht der Beleuchtung in den Himmel wie Nebel. Zehn Minuten später war das Fleisch ausgeladen und das schwere Gefährt verschwand vom Hof, um nur ein paar Straßen weiter von einer Streife angehalten zu werden, die eine zeitraubende Routineprüfung durchführte. Dem Fahrer, einem fünfunddreißigjährigen Bulgaren, war es egal. Er legte sich in seine Koje und schlief, solange man ihn nicht brauchte.

Kurz nach dem Transporter verließen die Arbeiter das Gelände. Müde schlurften sie durch das Tor, ohne einen Blick auf das benachbarte Gebäude zu werfen. Ihr mauliges Gespräch über die unmöglichen Arbeitszeiten klang noch ein wenig zu den wartenden Beamten hinüber, dann kehrte Stille ein. Die Techniker hatten eine Wärmebildkamera auf die Halle gerichtet, auf deren Monitor sie nun die Lage sondierten. Die beiden Albaner lungerten im Sozialraum herum, während es sich Billen im Fahrerhaus des Alleenhoftransporters bequem gemacht hatte. Die lachende Kuh zierte die Seitenwände, ein Zynismus, der Siran zum Grinsen gebracht hatte. Zwei rot flimmernde Silhouetten kamen eben die Treppe herunter und verschwanden dann.

»Ressler und Görgen müssten jetzt im Kühlhaus sein. Das ist so gut isoliert, dass die Kamera keine Chance hat.«

Steinrausch dachte kurz nach. Er hatte gehofft, dass Lichthaus noch rechtzeitig einträfe, doch nun hing es an ihm, zu entscheiden. »Das passt. Wahrscheinlich etikettieren sie gerade in diesem Augenblick um. Wir gehen rein!«

Kaum eine Minute später schnitt das SEK einen mannshohen Durchschlupf in den Zaun zu Schneider & Jost. Der Draht wurde niedergetreten, und die dunklen Gestalten schossen geräuschlos mit vorgehaltenen Waffen über den Parkplatz, um sich an der

Treppe zur Rampe zu sammeln. Siran und Steinrausch warteten an der Umzäunung auf das Ende des Einsatzes. Sie wollten hineingehen, wenn die Männer verhaftet wären, und die Beweise sichern. Zunächst lief es wie geplant. Auf ein Handzeichen hin wandte sich die Hälfte der Gruppe zur Vorderseite des Gebäudes, während sich die andere zum hinteren Eingang aufmachte. Sie kannten die Pläne und fanden ihre Wege. Es faszinierte Siran, wie Mitglieder des SEK fast völlig mit der Dunkelheit verschmolzen und geisterhaften Schatten gleich agierten.

Die Panne kam, als ein Bewegungsmelder die vorbeihuschenden Gestalten registrierte und den vorderen Teil des Parkplatzes unvermittelt in grelles Licht tauchte. Sofort drückten sich alle gegen die Wand der Halle, aber es war schon zu spät. Sie konnten sehen, wie Billen im Fahrerhaus aus seinem Dämmerschlaf hochschreckte, die Augen zu schmalen Schlitzen gezogen. Er brüllte augenblicklich los: »Die Bullen! Vorsicht, die Bullen kommen!«

Einer der Beamten erreichte in wenigen Schritten die Fahrertür, riss sie auf, zog den sich wehrenden und laut brüllenden Mann ins Freie und knallte ihm die Faust ins Gesicht. Billens Brüllen ging in ein schmerzverzerrtes Stöhnen über, dann ließ er sich ohne weitere Gegenwehr mit einem Kabelbinder fesseln, während der Rest des SEKs losstürmte.

Siran begann zu schwitzen. Das Risiko des Einsatzes war nach oben geschnellt wie die Kugel beim Hau den Lukas, und schon waren die ersten Schüsse aus dem Inneren zu hören. Pistolenschüsse von einer großkalibrigen Waffe.

»Verdammt, das geht daneben. Komm!« Steinrausch lief mit Siran im Schlepptau geduckt über den Platz und fluchte auf den Bewegungsmelder. Mit gezogenen Pistolen erreichten sie die Wand, als das Licht erlosch und das Gelände wieder in Dunkelheit versank, die nur der schwache Schein der Straßenbeleuchtung durchbrach.

»Ich sichere die Tür, du die Rampen!« Dann war er weg.

Siran lauschte. Die Schießerei hatte sich in den hinteren Teil des Gebäudes verlagert. Langsam zog er sich an der Kante der kleinen Betonfläche nach oben, die die Hubwagen beim Ausladen zum Rangieren benötigten, und kauerte sich an den Rand. Jetzt herrschte gespenstische Ruhe. Niemand rief oder sprach, kein Waffenklirren, einfach nichts.

Auch drinnen waren die Lichter erloschen. Nervosität machte sich in ihm breit, und er richtete sich vorsichtig auf. Das Tor zur Halle stand weit auf, wirkte aber wie der Eingang des Tunnels in die Unterwelt. Er schlich heran und horchte erneut. Die Männer des SEKs schienen sich am Ende des Lagers aufzuhalten. Ihre leisen Befehle drangen wie ein Flüstern herüber. Schleichend wie eine Katze huschte er hinein und versank in der Dunkelheit, als eine Faust ihn auf seiner Brust traf und zurückstieß. Explosionsartiger Schmerz und Panik durchzuckten ihn. Er schrie auf, doch ehe er reagieren konnte, riss ihn ein wuchtiger Tritt von den Füßen. Ungebremst landete er auf dem rauen Beton und wusste, dass er in Lebensgefahr schwebte.

Die Waffe im Anschlag drehte er sich auf den Rücken, war jedoch zu langsam. Eine massige Gestalt trat gegen sein Handgelenk, wodurch die Walther klappernd über den Rand der Rampe ins Nichts hüpfte. Er schlug hart zu, traf ein Bein, schlug wieder zu, diesmal gezielter auf die Wade. Der Angreifer keuchte schmerzgeplagt auf, kniete sich dann aber schwer auf seine Arme und nahm ihm so den Aktionsradius. Der Kerl hatte Kraft. Wild bäumte er sich auf und erkannte in der dämmrigen Beleuchtung der Straßenlaternen das gehetzt wirkende Gesicht von Rashit Hoxhaj, der böse funkelnd auf ihn hinabschaute. Der Albaner hob die Pistole, und Sirans Augen klebten am dunklen Loch des Laufs, der auf seinen Kopf zuwanderte. Er wand sich wie ein Aal, um dem eisernen Griff zu entkommen, nur war da kein Raum mehr für Hoffnung.

Ein Licht durchzuckte die Dunkelheit und traf grell auf seine Netzhaut.

*

Sie blinzelte und schaute verwirrt in den schwach beleuchteten Kellerraum. Alte Möbel standen herum wie verirrte Schafe, es roch nach Staub und leichtem Moder, doch das nahm sie kaum wahr. Nur das Tropfen des Blutes, das langsam aus ihr herausrann, drang zu ihrem sich weiter vernebelnden Bewusstsein vor.

Nachdem sie aus ihrer Ohnmacht erwacht war, hatte er sie gepeinigt. Mit einem Schlagstock oder so etwas geprügelt und traktiert, hatte ihr mit ruhiger fast analytischer Stimme verkündet, Gerechtigkeit müsse nun mal hergestellt werden und er habe somit ein Recht auf seine Rache. Zuletzt hatte er sie so auf diesem Stuhl festgebunden, dass sie sich nicht mehr rühren konnte. Sie hatte aufgeschrien, als sich die Fesseln hart in ihr malträtiertes Fleisch gegraben hatten.

Nach alledem hatte sie den Schnitt, den er in ihren Arm gemacht hatte, nicht als sonderlich schmerzhaft empfunden. Er war auch nicht groß, doch er reichte aus, damit die Wunde sich nicht mehr schloss, reichte aus, um langsam zu verbluten. Stetig tropfte es aus ihr heraus, und jede kleine Träne aus Blut, die ihren Arm hinunterlief und sich in die Tiefe stürzte, nahm ein wenig Leben mit sich. Sie solle merken, wie es ist, wenn man ohne Chance auf eine Zukunft in einem Meer aus Leid sterbe und niemand auf der Welt das noch aufhalten könne. Anschließend war er gegangen.

Die Müdigkeit kam und ersetzte die Schmerzen. Sie merkte, wie sie sich einnässte, warm wurde es im Schritt, später unangenehm kühl. Die Bilder vor ihren Augen flirrten wie ein Kolibri, und sie wusste, was nun anstand. Bewusstlosigkeit und dann der Tod. Das Ende von allem. Hilflos war sie, chancenlos obendrein.

Sie begann, leise zu weinen.

*

Er hätte nie geglaubt, dass der BMW mit solch rasender Geschwindigkeit um die Kurven kommen würde, doch das Fahrwerk trug ihn, auch wenn das Heck zweimal ausbrach. Die ersten Minuten brüllte er nur in Panik vor sich hin, dann riss er sich zusammen, atmete tief in den Bauch, zwang sich zur Ruhe, denn nur so konnte er den kleinen Rest Hoffnung, der ihn vorantrieb, zur Realität machen. Wie hatte er bloß so blind sein können? Bläske hatte ihm von Görgens Freundin erzählt und somit auf die Untiefen in der Familie hingewiesen. Beim zweiten Gespräch hatte er Anspielungen auf die Betrügereien mit Fleisch gemacht und damit den Nagel in Rolands Kreuz geschlagen, während er von sich abgelenkt hatte. Sein Hinken, natürlich, der Biss von Oberbilligs Hund. Alles fügte sich. Die Bemerkung über seine kranke Frau war ein Test, den Lichthaus bestanden hatte. Bläske hatte gewusst, dass er nichtsahnend zu ihm ins Haus gestolpert war, und ihn auf Roland und seine Komplizen angesetzt. Irgendwie musste er die Zusammenhänge herausgefunden haben, und Lichthaus vermutete, der alte Görgen hatte viel mehr ausgeplaudert, als Bläske ihn hatte wissen lassen.

Er rief Sophie an, wen sonst, und bat sie, einen Einsatz zu organisieren. Auch ihrer Stimme hörte er das Entsetzen an, das in ihm hin und her flutete. Aber sie war Profi und versuchte, ihn zu beruhigen. Er hatte sie auf Höhe des Martinsklosters erreicht, als sie das Ufer entlang zu Schneider & Jost gefahren war. Durch das Telefon drang augenblicklich Sirenengeheul und das Kreischen von Reifen an seine Ohren. Sie wendete und war schon unterwegs. Er beendete das Gespräch und wählte mit zitternden Händen Bläskes Nummer. Die Leitung war frei, doch niemand ging an den Apparat. Fünfmal, sechsmal läutete es, dann wurde die Verbindung hergestellt.

Er schrie: »Lass sie in Ruhe, du Schwein!«

»Ach, Herr Kommissar, ich sehe, Sie haben es herausgefunden.« Die Stimme war ruhig, auf eine gewisse Weise traurig. Ein Mann, der sein bitteres Ziel erreicht hatte, ohne Zynismus, ohne Schadenfreude.

»Lass sie in Ruhe!«

»Sie wiederholen sich.«

»Ist sie am Leben?«

»Ja. Und wenn Sie sie retten wollen, beeilen Sie sich.« Bläske legte auf.

Hoffnung keimte in Lichthaus auf. Er brauste unter der Autobahn durch. Fast einhundertachtzig zeigte die Nadel, als er an einer Gruppe Autos vorbeischoss, die sich ängstlich an den Straßenrand drängten, aufgeschreckt von dem flirrenden Blaulicht und dem Lichthupengewitter. Nur drei Kilometer noch. Sie lebt, hatte er gesagt. Er klimperte Tränen weg, die ihm den Blick verschleierten.

*

Begleitet von einem gedämpften Knall erstarben die Bewegungen von Hoxhaj so urplötzlich, als hätte jemand den Stecker gezogen. Siran erwachte aus seiner Erstarrung, entkrampfte sein Gesicht, das er in Erwartung des Einschusses verzerrt hatte. Der Bewegungsmelder gleißte auf, und er sah, wie Hoxhaj die eng zusammenstehenden Augen verdrehte und über ihm zusammenbrach. Ein kleines Loch auf der Stirn zeigte, wo der finale Rettungsschuss den Albaner erwischt und sein Dasein beendet hatte. Die Pistole krachte, ohne dass ein Schuss gefallen war, neben Siran auf den Beton, und er hob die Hände, drückte die Arme durch, um den massigen Körper abzufangen, der haltlos auf ihn hinabsauste. Es glückte ihm nicht, und Hoxhajs Kopf landete blutend auf seiner Brust. Angewidert schrie er auf und wälzte die Leiche mühsam zur Seite, um sich aufzusetzen. Schüttelfrost durchfuhr seine Glieder, sodass er seine Beine umschlang, geschockt davon, wie knapp er dem Tod entgangen war. Blut rann die Wand hinunter und sammelte sich ölig in einer Fuge, doch das registrierte er nur an der Oberfläche.

Er riss sich los, vertrieb die wieder aufkeimende Starre, denn schon ertönten weitere Schreie vom anderen Ende der Halle. Die Warnrufe der Kollegen wurden von dem Wummern eines schweren Revolvers übertönt. Siran ging in Deckung und sah Terpuni wild um sich schießend mit wehenden Haaren in Richtung des Zauns laufen. Er war trotz seines Körpervolumens enorm schnell und lag uneinholbar vorn, als ihn ein Geschoss traf. Es zerschmetterte das Kniegelenk und er schlug zu Boden, als ob er in ein tiefes Loch getreten wäre. Er schrie vor Schmerzen laut wie ein Löwe, doch gab er immer noch nicht auf. Wieder hob er die Waffe und schoss blindlings zum Eingang hin. Ein zweiter Schuss in die Schulter, und die Pistole flog ihm aus der Hand. Er sackte zurück und lag dann still.

Gerade als Siran von der Rampe sprang und seine Dienstwaffe gefunden hatte, brachte das SEK Görgen und Ressler, der eine leichte Verletzung zu haben schien. Man hatte sie im Kühlhaus gefasst, wo sie die Rindfleischpartien umetikettiert hatten.

*

Lichthaus brauste zwischen den Häusern hindurch und bremste so heftig ab, dass der BMW ausscherte und erst zum Stehen kam, als er schon den Zaun eingedrückt hatte. Er sprang heraus, die Pistole im Anschlag. Die Haustür hielt seinem Tritt nur einmal stand, beim zweiten flog sie auf und donnerte gegen die Wand. Er stürmte hinein.

Bläske war nirgends zu sehen, war vielleicht geflohen. Links fand er das Wohnzimmer und erstarrte. In einem Krankenbett lag eine Tote. Er schrie auf, lief heran, aber es war nicht Claudia. Unter der Bettdecke zeichnete sich der abgemagerte Körper Ute Bläskes ab. Der kahle Kopf war zum Skelett verfallen, doch das Gesicht drückte Ruhe und eine Befreiung aus, die ihren Tod zu etwas Erwünschtem werden ließ. Ihr Mann hatte frische Blumen um sie herum aufgestellt und auch auf dem Bett verstreut. Sie war gewaschen und frisch eingekleidet, und trotz aller eigenen Ängste empfand er einen winzigen Augenblick Ehrfurcht vor der Liebe, die die beiden verbunden haben musste. Dann stürmte er weiter, suchte die Frau, die er liebte.

Wieder wallte Panik in ihm hoch, die Furcht zu spät zu sein, schnürte ihm die Kehle zu. Gerade als er den Abgang aus der Küche in den Keller gefunden hatte, flog die Tür auf und Bläske stellte sich ihm in den Weg. Er trug abgewetzte Hosen und einen alten Pulli, die Haare standen ihm wirr vom Kopf. Angespannt rieb er sich über ein Gesicht, in dem die Furchen so tief waren, dass sie Schatten warfen. Sein schnelles Eintreffen hatte Bläske offensichtlich überrascht. Lichthaus jubilierte, er kam noch zur rechten Zeit.

»Stören Sie nicht den Gang der Gerechtigkeit.« Er schleuderte plötzlich ein Beil in Lichthaus' Richtung, dem dieser nur mit Not ausweichen konnte, bevor er schoss. Mehrmals jagte er Kugeln durch die Diele, aber der andere war verschwunden.

Sie war hochgeschreckt, ein Knall hatte sie aus dem Dämmerzustand geholt. Haltlos rollte ihr Kopf umher und kippte schließlich nach hinten, doch es fehlte ihr an der Kraft, die sie brauchen würde, um seine Haltung zu verändern. Sie kämpfte, fiel zurück in die Dunkelheit der immerwährenden Ohnmacht. Die kleine Bewegung wirkte fatal, hatte schon gereicht, um das Blut wieder schneller pulsieren zu lassen, was den See, der ihren Stuhl umfloss, weiter anwachsen ließ. Ihre Atmung ging einige Sekunden flacher, letztendlich setzte sie aus. Der Blutkreislauf kam zum Erliegen. Sie starb.

Lichthaus zögerte, Bläske hatte ihn am Hinabgehen hindern wollen, also war Claudia wohl dort unten. Sein Handy brüllte Overkill, doch mit starrem Blick drückte er den Anruf achtlos weg und riss die Kellertür auf. Hoffnung brandete in ihm auf, während die Angst, sie tot zu finden, wie Säure in seinem Magen brannte. Die Luft, die ihm entgegenschlug, war muffig. Kein Geräusch drang zu ihm herauf, als er langsam die Betonstufen hinunterstieg. Sein Atem beschleunigte sich, und er unterdrückte den Wunsch, einfach wegzulaufen, dem Unausweichlichen zu entgehen. Plötzlich schrak er zusammen. Vor dem Haus startete ein Wagen und brauste davon. Der Dienstwagen, Bläske floh, aber Lichthaus hörte nicht mehr hin. Bis auf eine standen die vier Türen des Kellers offen und es war ihm intuitiv klar, dass sich das, was er suchte, nur in dem verschlossenen Raum befinden konnte.

Er hastete die wenigen Schritte hinüber und blickte im Vorbeigehen kurz in die anderen Räume. Die Waschküche, der Vorratsraum und zuletzt die Heizung, die jetzt leise vor sich hin summte. Er hielt inne und starrte auf das Holz des Türblatts, das so oft mit dicker, grauer Farbe überstrichen worden war, dass die Maserung mehr zu erahnen, als zu erkennen war. Schweißnass war seine Hand, als er die Klinke drückte und der Tür einen Stoß gab, damit sie aufschwang. Erneut ging sein Telefon. Voller Wut schlug er auf die Tasten und schrie, schrie wie von Sinnen, erlebte den schmerzhaftesten Augenblick seines Lebens. Er war zu spät gekommen. Lichthaus ließ das Handy fallen und sank auf die Knie, Tränen vernebelten seinen Blick. Sie saß mit nach hinten hängendem Kopf, den Mund aufgerissen im Zwielicht des dunklen Raums inmitten einer Blutlache, die rot und frisch wirkte. Wieder schrie er, brach zusammen und weinte haltlos.

»Johannes, Johannes, was ist los? Mein Gott, melde dich doch bitte.«

Er hatte das Gespräch nicht weggedrückt, sondern die Verbindung hergestellt. Völlig verwirrt hob er den Apparat ans Ohr und hörte die Stimme seiner Frau voll Angst und Sorge: »Johannes, was ist los bei dir?«

»Claudia?« Nur ein wimmerndes Winseln gelang ihm. »Claudia?«

»Ja. Was hast du denn?«

Lichthaus rappelte sich auf und schaltete das Licht ein. Elvira Pick saß mit leerem Blick auf dem Stuhl und starrte ins Nichts, die Füße umgeben von ihrem Blut.

Die Kette von Missverständnissen klärte sich innerhalb weniger Sätze. Claudia hatte anscheinend auch ihre Dosis von Henriettes Virus abbekommen, der ihr jedoch nicht auf Magen und Darm, sondern auf den Kreislauf geschlagen war, so zumindest die Vermutung der Ärzte. Sie war zusammengeklappt und dem Passanten, der glücklicherweise unmittelbar neben ihr war, in die Arme gestürzt. Geistesgegenwärtig hatte er sie ins nächste Krankenhaus gebracht, wo sie zu sich gekommen war. Doch es hatte eine ganze Weile gedauert, bis sie in der Lage gewesen war, zu telefonieren und Otto zu erreichen, der aber nichts von der Polizei erzählt hatte, die nach ihr suchte. Erst als ein Polizist in der Notaufnahme aufgetaucht war, war ihr bewusst geworden, dass man sie vermisste.

Lichthaus hatte auf der Schwelle hockend zugehört und sich gerade beruhigt, als Sophie die Treppe hinabstürmte und wortlos in den Kellerraum trat. Ein Blick auf die Tote genügte und sie atmete erleichtert auf. Erschöpft kam sie zu ihm hinüber und nahm ihn in die Arme, ließ sich dann das Telefon geben, um kurz mit Claudia zu sprechen.

Wenig später kreisten Blaulichter durch die kleine Siedlung, und die Techniker liefen erneut auf. Die Fahndung nach Bläske blieb erfolglos. Eine Streife fand den BMW unbeschädigt auf dem Parkplatz eines Supermarktes in Klüsserath an der Mosel, von da ab verlor sich die Spur.

Sophie fuhr Lichthaus nach Trier, danach ging es zurück nach Hause. Die Arbeit musste warten. Müller versuchte zwar noch, ihn zu erreichen, doch er hatte das Handy abgeschaltet und nahm keine Telefonate an, saß neben dem Anrufbeantworter und winkte ab.

In dieser Nacht hielt er seine Frau fest an sich gedrückt, fassungslos vor Glück.

Freitag

Am nächsten Morgen war vom stolzen Ritter Roland nur ein Häuflein Elend übrig, als Lichthaus mit Steinrausch den Verhörraum betrat und wortlos den Mitschnitt der Überwachung am Laubenhof vorführte. In unordentlicher Kleidung und mit ausdrucksloser Miene verfolgte der Landwirt die Geschehnisse.

Lichthaus begann: »Betrug, in welchem Umfang wird sich noch zeigen, Beteiligung an einer kriminellen Vereinigung, Beihilfe zum Mord ...«

Görgen erwachte aus seiner Lethargie und brauste auf: »Ich habe niemanden umgebracht, ich ...«

»Karsten Pilsner ist von den beiden Albanern Hoxhaj und Terpuni ermordet worden, dafür gibt es Beweise. Sie wurden zusammen gesehen.«

»Ja, aber ich wusste doch nicht, dass die den umbringen.«

»Ressler und seine Kumpane sind ja auch so harmlos«, Steinrausch lächelte süffisant, »da lag ja eine solche Vermutung weit entfernt. Packen Sie aus, dann kommen Sie vielleicht mit wenigen Jahren davon.«

Görgen schluckte. »Wieso?«

»Sie sitzen bis zum Hals im Dreck. Wir kennen alle Zusammenhänge. Pilsner hat ein Geständnis abgelegt, bevor die Mörder aufgekreuzt sind. Uns geht es nur noch um die Klärung von ein oder zwei Fragen, also reden Sie nicht um den heißen Brei herum, nutzen Sie die Chance, sich kooperativ zu zeigen.«

»Was wollen Sie wissen?«

»Wie sind Hoxhajs Spuren an die Kleidung Ihres Vaters gelangt?«

»Der Alte hat mitbekommen, wie wir das illegale Rindfleisch über unseren Hof geschoben haben, und wollte zur Polizei gehen. Ressler hat daraufhin diesen Schläger geschickt, der ihm Angst einjagen sollte. Das hat ja ganz gut funktioniert. Verletzt wurde er dabei übrigens nicht.«

»Hatten Sie die Kerle nicht in Verdacht, Ihren Vater später auch ermordet zu haben?«

»Doch. Ich habe an dem Morgen noch von zu Hause aus Ressler angerufen, und er hat mir seine Unschuld versichert.«

»Okay, wie wurde Ihnen das Geld aus dem Betrug ausgezahlt?«

»Die Ölmühle war die Waschmaschine. Wir verkaufen auf dem Papier mehr als doppelt so viel Öl, wie wir pressen, an eine Scheinfirma in Italien, dazu der tatsächliche Umsatz. Die Entnahmen sind mein Anteil.«

»Wir werden das prüfen. Was ist mit Kaiser?«

»Er war der Ursprung. Vor gut drei Jahren ist er auf die Idee gekommen. Woher auch immer hat er Fleisch besorgt, das wir umetikettiert und über unsere Theke geschoben haben. Nach einer Weile hat er dann Ressler angeschleppt, der eingestiegen ist und Schneider und Jost gegründet hat, um das ganz große Rad zu drehen. Der Alleenhof ist seitdem absolut sauber. Wir achten exakt auf die Vorgaben.«

»Ist Ihre Frau informiert?«

»Die hat keine Ahnung.«

Aber einen Lover, der es sich jetzt bequem machen wird, ging es Lichthaus durch den Kopf.

»Was ist mit den Hintermännern?«

»Ich weiß es nicht. Ressler und Kaiser haben mich zunehmend wie einen grünen Jungen behandelt und immer weiter rausgehalten. Mir war das recht, da ich nicht so genau wissen wollte, was die sonst noch treiben.«

»Sind Sie bereit vor Gericht auszusagen?«

»Nein.«

»Aber ...«

»Wenn ich rede, gehen die an meine Familie. Nein, ich werde niemals gegen diesen Abschaum aussagen.«

»Wie Sie wollen. Wir bringen die Tatsachen ohnehin ans Licht.«

Lichthaus schaute mitleidlos auf Görgen und hoffte, dass der Richter ihn ordentlich bestrafen würde, als Sophie den Kopf durch die Tür steckte: »Sie haben Bläske gefunden. Er steht auf der Brücke bei Riol und will nur mit dir sprechen.«

*

Die Sonne hatte den Nebel verdrängt, der am Morgen das Moseltal bis zum Rand gefüllt hatte, und nur noch einzelne Schwaden zogen dunstig zwischen den Weinbergen dahin. Die Autobahnbrücke überspannte auf fast einem Kilometer ein Nebental der Mosel und war bei Selbstmördern recht beliebt, da niemand den Sturz aus vierundsechzig Metern überleben konnte.

Als Lichthaus dem Streifenwagen entstieg, hätte die Situation nicht unwirklicher sein können. Die Sonnenstrahlen wärmten ihn zum ersten Mal in diesem Jahr, und Insekten taumelten wintersteif an ihm vorbei. Selbst die Büsche zeigten den leichten Hauch von Grün und in einer geschützten Ecke begann eine Forsythie zu blühen. Die Natur war im Aufbruch, aber nur ein Stück von ihm entfernt war Bläske im Begriff, seinem Leben ein Ende zu setzen.

Ausgerüstet mit einer Sicherheitsweste und einem Aufnahmegerät machte er sich auf den Weg. Während er auf den Mann zuging, der so ziemlich genau in der Mitte der langgezogenen Brücke jenseits des Geländers auf dem schmalen Betonstreifen am Abgrund stand, versuchte er seine Gefühle für den Mörder zu ordnen. Im Prinzip verabscheute er Menschen, die sich erhöhten und glaubten, das Recht zu richten, sei ihnen gegeben. Andererseits sah er vor seinem geistigen Auge immer wieder wie liebevoll Bläske seine Frau aufgebahrt hatte. Er würde gewiss einer total zerrissenen Persönlichkeit begegnen, die ihre Maske abnehmen, nicht mehr schauspielern würde, und er mahnte sich, seine Meinung erst nach Ende des Gesprächs zu bilden. Zuallererst wollte er ihn allerdings am Sprung hindern und festnehmen.

Wind kam auf, pfiff um seine Ohren und trug den Lärm der bergan keuchenden Fahrzeuge zu ihm herüber. Seine Seite der Autobahn war gesperrt und der Verkehr musste nun mühsam durch die umliegenden Dörfer umgeleitet werden.

Sie hatten alles zusammengetragen, was auf die Schnelle über den Mörder dreier Menschen zu finden war, und waren von der Unauffälligkeit des Profils überrascht. Fast sein ganzes Berufsleben war er kaufmännischer Angestellter in einem Unternehmen gewesen, das technische Bauteile herstellte und vor einiger Zeit pleiteging. Seitdem verbrachte er den vorgezogenen Ruhestand gemeinsam mit seiner Frau in ihrem kleinen Häuschen. Keine Anzeigen, keine Prozesse, noch nicht einmal Punkte in Flensburg oder eine kritische Schufa-Auskunft fielen ins Auge. Der deutsche Michel, wie aus dem Bilderbuch. Doch die Krankheit seiner Frau hatte Erschütterungen verursacht, ließ aus seinem Wesen ein Ungeheuer gebären.

Ute Bläske litt seit gut vier Jahren an einer mysteriösen Immunschwächekrankheit, von der die Ärzte weder sagen konnten, woher sie kam, noch waren sie in der Lage gewesen, den körperlichen Verfall zu stoppen. Lichthaus hatte am Morgen einen Blick in die Akte geworfen und wenig verstanden. Ein blockiertes Molekül namens Interferon-gamma setzte die Abwehr außer Kraft. Anders als bei AIDS produzierte daraufhin der Mensch Antikörper gegen sich selbst, ein Krankheitsbild, das seit Kurzem aus Fernost bekannt war. Die Erkrankten zeigten sich besonders anfällig für opportunistische Mikroben, die lange im Inneren schliefen und erst durch die Immunschwäche ausbrachen. Bei Ute Bläske hatte alles mit NTM begonnen, einer von nicht tuberkulösen

Mykobakterien ausgelösten Lungenerkrankung, woraufhin die gestörte Immunabwehr diagnostiziert wurde. Nachdem die Mediziner NTM geheilt hatten, wenn auch mit bleibenden Schäden für ihre Lunge, waren neue Erreger zum Zuge gekommen. Herpes und Pilzinfektionen mit schlimmen schmerzhaften Verläufen, die man auch erfolgreich behandelt hatte, doch schließlich der für immungeschwächte Patientinnen typische invasive Gebärmutterhalskrebs, der sich rasend schnell ausdehnte und tötete. Ein Martyrium.

Als Bläske seine Schritte hörte, sah er kurz auf und rang sich ein dünnes Lächeln ab. »Danke, dass Sie gekommen sind.«

Er wandte sich wieder ab, Lichthaus jedoch sah den stumpfen in sich gekehrten Ausdruck darin. Ein Mann mit zerzaustem Haar und schlampiger Kleidung, die so ganz dem Eindruck widersprach, den er bislang von ihm hatte. Seine Aufgaben erledigt, sah er in den Abgrund.

»Sie wollten mich sprechen?« Lichthaus wurde kaum wahrgenommen. Vorsichtig schaltete der das Aufnahmegerät ein.

»Versprechen Sie mir, dass Sie alles, was ich Ihnen sage, dieser Reporterin weitergeben. Sie kann dann die wahren Begebenheiten veröffentlichen. Die Welt soll mich verstehen und nicht als das Monster sehen, als das ich im Augenblick erscheine.«

Lichthaus verstand. Der letzte große Auftritt, die ungeschminkte Wahrheit eines Verrückten, der immer noch glaubte, Verständnis oder Beifall für seine grauenhaften Taten zu ernten. Die Menschen würden in ihm nur den Schlächter erkennen, nie die seelischen Qualen, die ihn zu seinen Morden angetrieben hatten. Doch er nickte, und Bläske begann.

»Wir haben keine Kinder, wissen Sie, da konzentriert man sich nur auf den anderen. Glauben Sie an Liebe auf den ersten Blick?« Er wartete nicht auf die Antwort. »Ich schon. Meine Ute ist mir da drüben in Klüsserath auf der Dorfdisko begegnet. 1970. Ich sehe sie vor mir, mit Schlaghose und hautengem Pulli, als die Mädchen ansonsten brav in Rock und Bluse dahergekommen sind. Eine nussbraune Mähne, die sie hin und her geworfen hat. Sie hat wie verrückt auf Led Zeppelins *Whole Lotta Love* getanzt. Toll! Die

Jungs haben sie umkreist wie Motten das Licht. Ich hab sie gesehen und bin auf der Stelle verliebt gewesen, aber auch total von der Rolle, als sie plötzlich zu mir herübergekommen ist und ein Gespräch begonnen hat. Hat die anderen Kerle wie Idioten einfach stehenlassen, um mit mir zu quatschen. So ist sie gewesen – spontan und direkt.« Er hielt beim Blick in die Vergangenheit kurz inne.

»Wir sind seit dem Abend zusammen. Über vierzig Jahre. Zum Schluss hatte sie keine Haare mehr von all den Medikamenten. Diese Schmerzen, diese unendlichen Schmerzen in völliger Hoffnungslosigkeit. Ich habe mich die ganze Zeit gefragt, warum ausgerechnet sie? Wollte, musste verstehen, was die Ursache für diese Qual gewesen ist, und habe mich auf die Suche gemacht. Habe nach den üblichen Quellen einer Immunschwäche geforscht. Letztendlich bin ich auch auf Dioxin gestoßen, als ich aber offiziell nachgefragt habe, ob bei feedstuffPRO etwas vorgefallen sei, hat man mich abgewimmelt. Da seien nie Untersuchungen gelaufen und außerdem sei der Laden ohnehin in Liquidation. Also hab ich irgendwann aufgegeben. Pech war es gewesen, einfach nur Pech. Wir haben das akzeptiert, wie wir unsere Kinderlosigkeit akzeptiert hatten, und haben den Kampf mit ihren Krankheiten aufgenommen. Sie wollte nicht gehen und mich allein zurücklassen, hat sich bis letzte Woche tapfer gewehrt.« Er schwieg und wischte sich mit einer Hand die Tränen aus dem Gesicht.

Lichthaus nutzte die Pause: »Wollen Sie nicht auf meine Seite des Geländers kommen? Wenn Sie so dastehen, macht mich das unheimlich nervös.«

Bläske lachte nur trocken auf. »Sie waren hart im Nehmen, da reicht es auch noch für den Rest.« Er schaute Lichthaus glasklar in die Augen. »Ich hätte Ihrer Familie nie etwas angetan, niemals. Sie sind ohne Schuld.«

»Und das können Sie beurteilen?«

Er schrie so wütend zurück, dass die Adern an seinem Hals wulstig hervortraten: »Ja, oh ja, das kann ich!«

»Nein. Sie üben Rache, befriedigen nur Ihren Hass, das hat nichts mit Recht und Gerechtigkeit zu tun.«

»Mein Gott, ein Heiliger. Was hätten Sie mit mir gemacht, wenn Ihre Frau tot im Keller gewesen wäre und nicht dieses widerliche Weib?«

Lichthaus schwieg.

»Sie messen mit zweierlei Maß, Herr Kommissar! Görgen ist damals oft zu mir gekommen und hat seine Lebensbeichte runtergeleiert. Ute ist zu der Zeit in Bernkastel-Kues zur Kur gewesen, da ist er so etwas wie eine willkommene Ablenkung gewesen. Ich habe dem Gewinsel meistens nur halb zugehört, aber plötzlich hat er von feedstuffPRO und der Verseuchung mit Dioxin angefangen und wie sie das schließlich mit ihren politischen Kontakten vertuschen konnten. Er, Kaiser und der Kerl, der schon tot gewesen ist. Ich habe ihn angestarrt, und der Hass ist in mir hochgekommen wie ein heißer Geysir. Es hat mich unglaubliche Beherrschung gekostet, ihn nicht gleich abzuschlachten. Dieses selbstmitleidige Schwein sitzt vor mir und jammert über die Soße seines verkorksten Lebens, die er selbst angerührt hat.« Bläske brüllte seine Wut nun heraus. »Wir haben uns nie etwas zuschulden kommen lassen.« Auf einmal begann er zu weinen. »Ute hat so gelitten, nur weil diese Typen sie in eine vergiftete Fabrik zur Arbeit geschickt haben. Doch sie sind tot, alle tot und bestraft.« Bläske verstummte, schien abzudriften, ignorierte die Tränen, setzte neu an: »Ute ist auch tot.«

»Sie können doch nicht mit Gewissheit sagen, dass das Dioxin aus der Fabrik Schuld an der Krankheit Ihrer Frau hat.«

Irrsinn blitzte in den grauen Augen wie ein Funkenregen: »Und ob ich das kann.«

»Inwiefern?«

»Ich bin es durchgegangen, wieder und wieder. Nur die Futterfabrik ist übriggeblieben. Alles andere konnte ich ausschließen.«

»Und auf dieser Basis haben Sie drei Menschen ermordet?«

Bläske schaute erneut nach unten. »Mir hat es gereicht.«

»Wieso diese Nummer mit den religiösen Extremisten?«

»Ganz einfach. Görgen hatte mir von diesem Hokuspokus seines Jungen erzählt, da wollte ich euch auf die falsche Fährte locken. Ihr seid ja auch drauf reingefallen. Alexander am richtigen Abend in den Stall gelockt, ein, zwei Hinweise und er ist euer Täter gewesen. Alles schien gut zu sein, aber ich war nicht befriedigt, das habe ich sofort gemerkt. Also habe ich weitergemacht und gewonnen. Der eine Sohn tot, der andere im Knast und die Frau praktisch irre. Sein Lebenswerk existiert nicht mehr. Ein Trümmerhaufen. Genauso Kaiser, dieser eitle Gockel. Tot, und das ach so wichtige Ansehen ist ruiniert. Morgen werden die Zeitungen seinen Namen gleich neben dem von Mafiabossen nennen.«

»Und das wollen Sie sich entgehen lassen?«

»Hauen Sie ab, und geben Sie Ruhe. Reden Sie mit der Reporterin.«

»Nein, erst erzählen Sie mir den Rest.«

»Ich habe alles erzählt.«

»Wie ist Görgen hinter den Fleischskandal gekommen?«

»Weiß ich nicht. Hat es halt rausbekommen und mir von seinem Verdacht berichtet, hat gar nicht bemerkt, wie er mir seinen Sohn auf dem Silbertablett geliefert hat. Von da ab ist es ganz einfach gewesen. Roland und Kaiser waren verwickelt, das war geklärt, ein bisschen Recherche und schon war ich im Bundesamt gelandet. Eines Abends habe ich einen Lkw von Schneider und Jost am Haus vorbeibrummen sehen. Der konnte nur zum Alleenhof fahren. Ich bin hinterher, habe ein wenig rumgeschnüffelt und prompt hat sich Roland verquatscht, der Idiot. Hat laut gemault, dass er das Zeug mit den falschen Etiketten auf seinem Hof nicht haben wollte und welche Risiken das mit sich brächte. Eine Mail an diesen Brünjes, dann eine zweite und die Maschinerie lief gegen die beiden. Ich musste nur zusehen. Das war alles. So, hauen Sie jetzt endlich ab.«

»Elvira Pick?«

»Diese alte Schlange. Ich habe sie angerufen, um an Informationen zu kommen, und sie hat mich abgebürstet wie einen räudigen Köter. Im Keller hat sie geredet. Sie hat in ihrer Zeit bei der Firma von der Sauerei erfahren und geholfen, es unter den Teppich zu kehren. Sie ist schuldig gewesen!«

»Wie haben Kaiser und Görgen reagiert?«

»Die beiden haben gar nicht verstanden, worum es geht. Haben nur um Vergebung gejault und gebettelt, dass ich sie verschone.

Aber nicht mit mir. Mit Ute hatte auch niemand Gnade, ich demzufolge ebenso wenig mit ihnen. Wie hat es mich angewidert, diese Bettelei.«

»Sie haben Höllenqualen erlitten.«

»Meine Ute hat tausendmal mehr gelitten. Jetzt ist sie tot, Gott sei Dank, das Leiden hat sein Ende.« Er begann wieder zu weinen.

»Ja, Ihre Frau und Sie haben Schreckliches erleiden müssen. Wollen Sie nicht rüberkommen zu mir? Ich denke, der Richter wird Verständnis für Sie zeigen.«

Tränenüberströmt lachte er brüllend auf. »Ganz bestimmt. Ich bin bewusst hier oben und liege nur noch nicht da unten, weil ich meine Geschichte erzählen wollte.«

»Sie laufen also fort, entziehen sich Ihrer Verantwortung?«

»Nein, ich laufe Ute hinterher. Sollte es ein Jenseits geben, werde ich sie dort finden, schon ganz bald.«

Lichthaus merkte, wie Bläske den Kontakt zu ihm und seinem Diesseits verlor. »Sie glauben, im Jenseits wird man Sie für das belohnen, was Sie hier gemacht haben?«

»Wir wurden auf dieser Seite bestraft und niemand konnte uns sagen, wofür. Ein gerechter Gott kann uns demzufolge auf der anderen Seite nicht wirklich für unser hiesiges Tun verurteilen, oder?«

»Das ist doch unlogisch, und das wissen Sie ganz genau. Sie dienen Ihrer Frau am besten, wenn Sie hier gegen das kämpfen, was sie krankgemacht hat. Nur wenn Sie am Leben bleiben, werden Sie Ihr Ziel erreichen.«

Bläske ging einen Augenblick in sich, so, als ob er über Lichthaus' Worte nachdachte, dann lächelte er und tat einen Schritt. Er fiel lautlos in die Tiefe. Kein Schrei, kein Aufschlag begleitete den Sturz, er war wie gelöscht. Lichthaus sog die Luft ein, drehte sich um und kehrte zurück, setzte sich wortlos in den BMW und fuhr weg.

*

Er saß in der warmen Sonne und sah Claudia zu, wie sie ihre Plastiken polierte. Sie waren gemeinsam in Speicher gewesen und hatten zusehen dürfen, wie die Formen gegossen wurden. Wie nicht anders zu erwarten war, hatte seine Frau anschließend darauf bestanden, die Objekte in ihrem Schamottbett mitzunehmen und hier vor Ort weiterzubearbeiten. Eine Herkulesaufgabe. Zuerst musste er den harten Panzer abschlagen und die Figuren befreien, bevor sie dann die Einfüllstutzen und den Einfülltrichter abfräste, mit ihrem eigenen Schweißgerät vorsichtig die Ansatzstellen zuschweißte, die Nähte begradigte und nun mit allerlei Bürsten und Pasten dabei war, die Arbeit abzuschließen. Im Augenblick stand die große Plastik, die er insgeheim Otto nannte, auf dem Tisch. Claudia war ungemein geschickt, polierte an manchen Stellen ein wenig mehr, an anderen fast überhaupt nicht und arbeitete so einen Ausdruck heraus, den eine einheitliche Bearbeitung nie hergegeben hätte. Er selbst hatte sich eine kleine Skulptur fürs Büro erbeten, die er anstelle der Kugeln in den Händen halten wollte, wenn er konzentriert nachdachte.

Sie lächelte zu ihm hinüber. »Liegst du gut?«

Er drehte das Gesicht in die Sonne und wälzte sich auf dem Liegestuhl umher. »Ja.«

Henriette saß mit einer Freundin im Sandkasten und spielte.

»Ich dachte, du könntest uns einen Kaffee kochen?«

Er stöhnte und raffte sich auf. »Fünf Minuten Ruhe. Wow.«

Als in der Küche die Maschine vorheizte, klingelte das Telefon, und ihm sträubten sich die Nackenhaare, doch es war nicht das Präsidium, sondern Julia Bergner, die sich für die Informationen bedankte. Lichthaus grinste. Sie hatten sie wie versprochen vor der übrigen Presse informiert, und es war der jungen Frau gelungen, als Erste eine detaillierte Story zu bringen, die viel Beachtung fand. Sie plauschten kurz, dann legte er auf und ging mit dem Kaffee nach draußen.

Der Fall brauste durch den Zeitungswald. Vor allem der Fleischskandal schlug letztendlich Wellen bis nach Brüssel, nachdem das Bundeskriminalamt den Schieberring um die Familie Tatari ausgehoben hatte, der illegal tonnenweise billiges und überlagertes Rindfleisch aus dem Osten importiert beziehungsweise reimportiert und als hochwertiges Biofleisch verkauft hatte. Nach und nach kam die ganze Wahrheit ans Licht. Die Mafia hatte die

Idee Kaisers perfektioniert und nicht nur auf Deutschland beschränkt. In Italien, England und Frankreich wurden vergleichbare Konstruktionen aufgedeckt. Experten schätzten die Gewinne auf eine dreistellige Millionensumme. Im Bundesamt für Landwirtschaft und Ernährung bewirkten die Ergebnisse eine Reihe von Entlassungen, und wie üblich berief man einen Arbeitskreis, der die Problembereiche ausleuchten und beheben sollte. Molitor wurde medial hingerichtet, vor laufenden Kameras festgenommen und zum Sündenbock des Ministeriums gemacht, das sich so jeder Verantwortung entzog. Er hatte Glück, nicht sofort in Untersuchungshaft zu landen. Schon nach wenigen Tagen spie die Politik Aktionspläne mit einer langen Liste von Punkten aus, die unbedingt europaweit zu erledigen seien, aber Lichthaus wusste aus Erfahrung, dass das meiste im Sande verlaufen würde.

Er setzte sich wieder, schlürfte vorsichtig den heißen Kaffee und hing seinen Gedanken nach. Bläske war schnell vergessen. Die Zeitungen hatten ihn als Psychopathen stilisiert, der er schließlich auch gewesen war, doch niemand hatte hinter die Fassade gesehen. Die Öffentlichkeit hatte lediglich seinen Tod beklatscht und war dann weitergegangen. Die Leidensgeschichte seiner Frau, den Dioxinverdacht und das politische Mauscheln hatte er in nur zwei dürren Zeilen in Julia Bergners Bericht finden können.

Er schloss die Augen und sah das Rot der Sonne seine Lider erhellen. Langsam döste er ein, und die Ermittlungen liefen wieder vor ihm ab, bis er sich wieder in Bläskes Haus befand und seine Ängste aus dem Sediment seiner Erinnerungen aufstiegen. Er schrak auf und vergoss Kaffee. Ein tiefer Atemzug, dann stand er auf und trat zu Claudia. Sie lächelte und lehnte sich an ihn. Zärtlich beugte er sich zu ihr hinunter, vergrub sein Gesicht in ihren Haaren.

»Schön, dass du da bist«, murmelte er und küsste sie sanft in die weiche Beuge zwischen Hals und Schulter.

Epilog

Roland Görgen wurde zu einer langen Haftstrafe verurteilt. Seine Frau trennte sich im darauffolgenden Jahr von ihm, um mit ihrem Liebhaber zusammenzuziehen. Das große Haus verwaiste, der Alleenhof trieb führungslos dahin, bis die verbleibenden Geschwister und ihre geheilte, nun in Frankfurt lebende Mutter sich zum Verkauf entschieden. Es war der Monat, als Lichthaus' Sohn Jakob geboren wurde.

Die Ölmühle blieb in Betrieb. Das Gelände allerdings unterzog man einer Sanierung, die niemand an die große Glocke hängte.

Die Mafiafamilie Tatari konnte zerschlagen werden. Viele der Mitglieder gingen für lange Zeit ins Gefängnis oder entzogen sich ihrer Verhaftung, indem sie im Kosovo untertauchten. An ihre Stelle rückte eine neue Familie mit den alten Methoden der Gewalt und Unterdrückung. Terpuni starb im Gefängnis, als ihm ein Widersacher unter der Dusche eine Bettfeder in den Leib rammte.

Janina Kaiser beendete ihre Promotion und lebte fortan in Köln. Nur ab und an fand sie sich zu einem Besuch bei ihrer Mutter ein.

Der Fleischskandal landete dort, wo zuvor schon BSE und Dioxineier, wo Maden im Fisch und das Gammelfleisch gelandet waren: in Vergessenheit. Wie immer war schnell ein neues Ereignis gefunden, das in den Brennpunkt des öffentlichen Interesses rückte und den Skandal von den Schreibtischen der Redaktionen fegte. Nur die Bürokratiemühlen mahlten langsam weiter und wandelten den einen oder anderen Punkt des Aktionsplans in Verordnungen um.

Ende

Danksagung

Die Entstehung eines Romans beginnt, wie könnte es auch anders sein, mit einer Idee. Eine Meldung in den Nachrichten, ein Artikel in einer Zeitung oder auch nur die Aussage einer Person während eines Gesprächs legen die Keimzelle, aus der sich dann eine Geschichte entwickelt, die letztendlich, so zumindest die Hoffnung, den Leser unterhält.

Für mich waren es in meinem ersten Roman eine Mordserie in Kanada, die schon lange in der Vergangenheit liegt, oder im vorliegenden Krimi mehrere Nachrichten über Skandale in der Biobranche, die zeigten, wie die Gier nach Profit Kriminelle dazu treibt, den Wunsch der Menschen nach sauberen Lebensmitteln und deren Bereitschaft, hierfür auch tiefer in die Tasche zu greifen, auf das Schändlichste zu missbrauchen.

Hierauf basierend habe ich eine Geschichte entwickelt, die so im realen Leben passieren könnte, letztendlich aber rein fiktiv ist. Der Reiz des Schreibens besteht für mich gerade in dieser Fiktion. Alles ist erfunden, und jede Ähnlichkeit mit Ereignissen oder existierenden Personen oder Gebäuden ist dem Zufall geschuldet.

Ich erarbeite die Geschichten weitgehend allein und bediene mich des Universums des Internets, um mir Informationen zu beschaffen. Neben Google Maps und Wikipedia bietet das Netz zu allen möglichen (und unmöglichen) Themen schier unendliche Informationen. So kann man sich beispielsweise bei Youtube mehrere Clips zum Bronzegießen anschauen. Ungenauigkeiten oder gar Fehler gehen aber ausschließlich auf mein Konto. Um Nachsicht bitte ich all die Leser, die sich mit der wirklichen Polizeiarbeit auskennen, denn davon habe ich dem Fortgang der Geschichte zuliebe vieles weggelassen. Es war auch nie mein Ziel, die bürokratischen Feinheiten des Polizeiapparats darzustellen, etwa zu zeigen, für welche Tat welche Polizeidirektion verantwortlich ist, oder nach welchen Kriterien grenzüberschreitend ermittelt wird.

Ist das Manuskript fertig, kommt die für mich ungeliebte Arbeit des Lektorats, wo der Krimi als Ganzes, die Szenen im Einzelnen und sogar spezielle Formulierungen zur Diskussion gestellt werden. Hier gilt ein erster Dank meiner Frau Gabi, die als äußerst genaue Leserin einiges verbessert hat und mich dazu bewegen konnte, Szenen zu streichen oder zu kürzen, um Längen zu vermeiden, noch bevor ich das Manuskript an den Verlag gesendet habe. Beim Prolibris Verlag gilt mein Dank insbesondere Pamela Levertz und Dr. Anette Kleszcz-Wagner, die den Roman in einem einfühlsamen, jedoch sehr intensiven Lektorat nochmals deutlich verbessern konnten.

Wie jeder Schaffende wünsche auch ich mir ein Feedback meiner Adressaten, also von Ihnen, liebe Leserinnen und Leser, und lade Sie ein, mir per E-Mail (paul.walz@email.de) die Meinung zu sagen. Kritik und Lob werde ich mir zu Herzen nehmen und es das nächste Mal hoffentlich besser machen, Fragen beantworte ich gerne so schnell, wie es mir möglich ist.

Vom selben Autor

Paul Walz, Lichthaus kaltgestellt
310 Seiten, Paperback, Originalausgabe 2012
ISBN: 978-3-935263-94-8, 12,95 €

Die Studentin Eva Schneider verschwindet im nächtlichen Trier. Kommissar Lichthaus, gerade zurück aus dem Vaterschaftsurlaub, nimmt die Suche nach der Vermissten auf. Schon bald wird ihre grausam zugerichtete Leiche entdeckt. In den heißen Augusttagen verdichten sich die Hinweise auf einen hochgradig psychopathischen Täter.
Ein handgemachter Knopf führt die SoKo in die Mittelalterszene. Der Einsatz auf dem historischen Burgenfest in Manderscheid nimmt einen dramatischen Verlauf, und Lichthaus wird von seinem Chef kaltgestellt. Doch er gibt die Jagd nicht auf und macht sich damit selbst zur Zielscheibe des Mörders.

Inselkrimis im Prolibris Verlag

Antje Friedrichs
Letztes Bad auf Norderney
Paperback, 204 Seiten, ISBN 978-3-935263-17-7

Klara G. Mini
Badezeiten
Langeoog Krimi
Paperback, 222 Seiten, ISBN 978-3-935263-64-1

Birgit C. Wolgarten
Und es wurde Nacht
Rügen Krimi
Paperback, 251 Seiten, ISBN 978-3-935263-24-5

Birgit C. Wolgarten
Der Tod der Königskinder
Rügen Krimi
Paperback, 190 Seiten, ISBN 978-3-935263-32-0

Volker Streiter
Mörderische Nachsaison
Amrum Krimi
Paperback, 214 Seiten, ISBN 978-3-935263-95-5

Volker Streiter
Grab ohne Meerblick
Amrum Krimi
Paperback, 261 Seiten, ISBN 978-3-95475-007-8

Johannes Wilkes
Der Tod der Meerjungfrau
Spiekeroog Krimi
Paperback, 183 Seiten, 978-3-95475-009-2